Aner Cui, geboren 1985 in Guangdong, China, studierte Sinologie, hat Lyrik und Prosa geschrieben und wurde 2007 mit dem 3. Preis für Lyrik der chinesischen Studenten ausgezeichnet. Er arbeitet als Lektor bei einem chinesischen Kinderbuchverlag. Mit seinem Debüt-Roman »Drachentotem« hat er 2009 den Wolfgang-Hohlbein-Preis China erhalten.

Aner Cui

Drachentotem

Aus dem Chinesischen
von Anna Stecher und Weiyi Zhang

UEBERREUTER

Der Verlag dankt der General Administration of Press and Publication of China für die Förderung der Übersetzung.

Published by agreement with HERCULES Business & Culture GmbH, Germany

ISBN 978-3-8000-5503-6

Aus dem Chinesischen von Anna Stecher und Weiyi Zhang
Lektorat: Alice Gendo
Umschlaggestaltung von init, Büro für Gestaltung, Bielefeld, unter Verwendung eines Fotos von Corbis

Gedruckt in Österreich
1 3 5 7 6 4 2

Ueberreuter im Internet: www.ueberreuter.at

Inhalt

I

Der Aufbruch

Shaodian war ein seltsamer Junge. Doch was genau an ihm so seltsam war, hätte keiner der Bewohner von Ruiwen mit Bestimmtheit sagen können. Irgendetwas an ihm unterschied ihn von den anderen Menschen. Wer ihn ansah, wurde von einem dunklen Gefühl gepackt, als hörte er einen Ruf aus der Tiefe des Universums, oder als sähe er ins Gesicht eines gütigen, längst verstorbenen Königs.

Shaodians Geburt verlief ohne Schreie und Weinen. Er lag ruhig und gefasst in seinem Bettchen und begann erst nach einigen Tagen zu essen. Als er einmal erkrankte, nahm er einen Monat lang weder Speise noch Trank zu sich, und alle befürchteten schon, er würde bald sterben. Da kam ein unbekannter Weiser auf einem Phönix nach Ruiwen und trug Shaodian mit sich fort. Erst viele Jahre später kehrte er als junger Erwachsener in das Dorf zurück. Die Nachbarn hatten sich schon daran gewöhnt, dass Shaodian ein besonderer Junge war und mit Dingen zu tun hatte, die sie nicht begreifen konnten. Hätte jemand behauptet, er sei ein Prophet aus einer anderen Zeit, dann hätte man ihm auch geglaubt.

So kam es, dass kein Mensch darüber erstaunt war, als eines Tages eine Gruppe von königlichen Boten aus dem Drachenland auf fliegenden Einhörnern in den kleinen weltvergessenen Ort kam und vor Shaodians Tür haltmachte.

Obwohl Shaodian nicht genau wusste, weshalb die Boten aus dem Drachenland gekommen waren, ahnte er, dass er seine Heimat verlassen musste. Eine innere Stimme sagte ihm, dass er eine wichtige Aufgabe zu erledigen habe. Nach dem eiligen Abschied von seinen Eltern folgte Shaodian den Boten, schwang sich auf das Einhorn, das aus dem fernen Drachenland gekommen war, und brach zur Reise auf, für die ihn seine Vorfahren vor vielen Millionen Jahren auserwählt hatten.

»Ehrwürdiger Herr Shaodian, unser König wünscht Euch zu sehen!« meinte der Bote, der vor ihm auf dem Rücken des Einhorns saß.

»Bitte verratet mir zuerst Euren Namen«, antwortete Shaodian.

»Gewiss. Wie konnte ich nur so unhöflich sein. Ich heiße Babuduo und bin der Leibwächter des Königs von Drachenland. Bitte verzeiht, dass unsere Ankunft Euer geregeltes Leben unterbrochen hat.«

Shaodian meinte rasch: »Herr Babuduo, Ihr braucht Euch nicht zu entschuldigen. Ich wurde geboren, um diese Aufgabe zu erfüllen. Sie wäre ohnehin früher oder später auf mich zugekommen.«

Babuduo erwiderte ernst: »Die Nachfahren Pangus leben abgeschieden von der Welt, ihr seid die Urahnen des Drachenvolkes und die Beschützer des Universums.«

»Schade«, murmelte Shaodian, »jedes Mal wenn einer der Nachfahren Pangus in die Welt zurückkommt, bedeutet das, dass schwierige Zeiten für die Erde und das Universum angebrochen sind.«

Während die beiden sich miteinander unterhielten, hatte das Einhorn schon einen weiten Weg zurückgelegt.

Die Pangumenschen hatten die enge Verbindung zu ihrem Ahnvater niemals vergessen. Nachdem Pangu die Welt erschaffen hatte, ließ er den Neun-Länder-Drachen zurück, um das Universum und die Gerechtigkeit zu bewachen, die für immer zwischen Himmel und Erde herrschen sollte. Jedes Mal wenn das Böse ins Universum zurückkehrte, war es Aufgabe der Pangusippe, zusammen mit dem Großen Drachen seine verderbliche Kraft zu vertreiben.

Nach der letzten Epoche war der größte Teil der Pangusippe zusammen mit dem Neun-Länder-Drachen in ein anderes Land gezogen – doch wohin genau, darüber schwiegen die Geschichtsbücher. Nur eine kleine Zahl war zurückgeblieben, um die Gerechtigkeit und die Heimatstadt Ruiwen zu beschützen, die sich in einem Tal unter dichten Wolkenschwaden verbarg. Vor der Stadt stand ein großes, massives Tor, das mit dem Pangusiegel verschlossen war. Daher kam es, dass die Nachfahren Pangus von der restlichen Welt getrennt waren und in Ruiwen friedlich miteinander lebten. Nur den Boten aus dem Drachenland mit dem königlichen Befehl war es gelungen, das Pangusiegel im Schatten der Dunkelheit aufzubrechen, um den jungen Weisen zu finden, der die Gerechtigkeit zurückbringen konnte.

»Wie viele Jahre ist es her, Herr Shaodian, dass ein Angehöriger der Pangusippe in unsere Welt kam, um die Menschen zu retten? Auch diesmal dürfen wir neue Hoffnung schöpfen! Unter der Führung Pangus wird es den Menschen bestimmt gelingen, Chiyou, den Geist des Bösen, in das alte Nest der Dunkelheit zurückzutreiben.«

Shaodian meinte ernst: »Die Kraft der Nachfahren Pangus, das Universum zu beschützen, kommt vom Großen Drachen selbst. Aber leider wissen wir selber nicht, wohin unsere Vorfahren zusammen mit dem Großen Drachen verschwunden sind. Ich bin zwar ein junger Weiser der Pangusippe, doch selbst ich weiß nicht, wo er sich aufhält. Was bewog meine Vorfahren in jener Nacht vor vielen Jahren dazu zu fliehen? Wohin sind sie nur gezogen? Existiert die Kraft des Großen Drachen überhaupt noch?« Shaodian schien ein bisschen traurig. »Werter Babuduo, ich habe keine Ahnung.«

Babuduo antwortete: »Auch wenn die Geschichtsbücher schweigen, haben wir einige Spuren – die alten Lieder zum Beispiel. Darin heißt es, dass die Pangusippe aus einem ganz bestimmten Grund ihren Wohnort verließ und in ein anderes Gebiet zog, in ein Neues Land für die Menschheit.«

In der Zwischenzeit hatte das Einhorn die beiden schon durch das Tor hinausgetragen. Die anderen Einhörner folgten. Sie durchquerten die endlose Kette des Andu-Gebirges, flogen über ein grenzenloses Meer und glitten durch dichte Wolkenberge. Als die Hauptstadt des Drachenlandes in der Ferne erglänzte, schlug Shaodian vor Aufregung das Herz bis zum Hals: »Große Heimat des Drachenvolkes, Paradies der menschlichen Gerechtigkeit, geliebte Verwandte!«

Das Einhorn flog langsam tiefer und galoppierte durch

die dicken Wolken, welche sanft an Shaodians Körper vorbeistrichen. Um sie herum kreisten einige Vögel, die freiheitsliebende Eule, der stolze Adler, die anmutigen Einhörner und elegante Phönixe. Ihre Schreie erfüllten den Himmel über der Hauptstadt des Drachenlandes wie Wind.

»Herr Babuduo, was ist das?«, fragte Shaodian und zeigte auf eine Gruppe von Einhörnern, die in der Ferne vorbeiflogen.

»Die gehören zum Einhornheer des Drachenlandes, sie fliegen gerade in den Süden, um gegen Chiyous Krieger zu kämpfen.«

»Scheint so, als seien es nicht besonders viele.« Shaodians Blick war sehr besorgt.

»Chiyous Truppen sind von mehreren Seiten gleichzeitig eingefallen, sodass das Drachenland den Angriffen kaum mehr standhalten kann, die Soldaten sind vollkommen überfordert. Die Einhornkrieger von gerade eben gehören eigentlich zu den nördlichen Truppen, doch nun müssen sie die Truppen im Süden unterstützen. Wir haben nicht mehr genügend Glückstiere, auf denen unsere Soldaten in den Krieg reiten können. Deshalb muss ein großer Teil der Soldaten sich nun zu Fuß auf den Weg machen, um die Grenze im Süden zu halten. Obwohl Chiyou noch nicht erwacht ist, hat er bereits ein gigantisches Herr um sich gescharrt. Allein durch seine bösen Gedanken schafft er es, jede Art von Bestie zu bändigen und sie in seinen Bann zu ziehen. Im Süden ist es besonders schlecht um das Drachenland bestellt.«

Shaodian wiegte bekümmert den Kopf: »Sieht aus, als sei unsere Lage sehr ungünstig. Doch ich hoffe, in den Augen des Königs das Licht der Hoffnung zu erblicken.«

Schon hatten sie das Zentrum der königlichen Hauptstadt erreicht, jene vier Pagoden, die so hoch in die Wolken aufragten, dass sie an den Himmel geschmiedet zu sein schienen. Zahllose Vögel flatterten munter zwischen den vielen Einhornkriegern umher, die den Himmel über dem Königspalast bewachten. Sollte die Bedrohung aus dem Süden nur kommen!

Das Einhorn ließ sich auf einem reich verzierten Dachvorsprung nieder. Sofort trat ein Krieger an sie heran: »Zu welchem Zweck kommt ihr?«

Babuduo antworteter mit fester Stimme: »Ich bin Babuduo, Leibwächter unseres Königs, und bringe einen Gast.«

Als der Ritter den königlichen Bogen in Babuduos Hand erblickte, verbeugte er sich tief und befahl den bewaffneten Wächtern am Tor zurückzutreten. »Herr Babuduo, ich bin froh, Euch zu sehen. Der König hat schon lange auf Euch und den Weisen gewartet. Er fürchtete schon, Ihr würdet es nicht schaffen, das Pangusiegel aufzubrechen. Er war zutiefst besorgt.«

Babuduo und Shaodian stiegen von dem Einhorn ab und gingen Richtung Palast. Überall waren bis an die Zähne bewaffnete Wachtposten zu sehen. Wahrscheinlich weil sie sich im Krieg befanden. Nervös blickten die Wachen Babuduo und seinem Gast nach. War dieser junge Mann wirklich der Auserwählte?

Wie groß und prächtig alles war! Shaodian hatte noch

nie einen so großen und prachtvollen Palast gesehen. Die Säulen sahen aus, als seien sie die drachenförmigen Himmelssäulen selbst. Sie waren mit Gold geschmückt und jede einzelne Säule glich einem riesigen, sich den Himmel emporschlängelnden Drachen. Prächtige Teppiche erstreckten sich bis in die Tiefen der Gemächer, im eleganten Licht unter den edlen Vorhängen herrschte eine beinahe andächtige Atmosphäre. Der Königspalast war unbeschreiblich groß und vielfältig. Jedes Mal wenn sie einen Raum durchquert hatten, kamen sie in den nächsten, der noch viel prächtiger und größer war als der zuvor. Sie durchquerten viele Räume, bis sie endlich in einem großen Raum mit unzähligen Gemälden standen. Dies war die Ahnengalerie und neben dem Thronsaal das Herzstück des Palastes.

Ein Dienstmädchen wartete bereits auf den Leibwächter und Shaodian und führte sie in einen noch tieferen Teil des Palastes. Ein leichter Luftzug war zu spüren und Shaodian wusste, dass sie bald an ihrem Ziel angelangt waren.

Sie befanden sich in einer Halle, deren Wände rundherum von alten Lanzen, Streitrossen, Rüstungen und Gemälden bedeckt waren. In der Mitte hing ein Bild, auf dem ein ruhiges Gesicht mit großen, tiefen Augen zu sehen war – Pangu selbst. An dieser Stelle war der Palast nicht überdacht, sodass sich der weite Sternenhimmel direkt über ihnen wölbte.

»Willkommen, Shaodian, junger Weiser aus der Pangusippe«, begrüßte ein alter Mann Shaodian ehrerbietig. Langes weißes Haar und ein weißer Bart umrahmten sein Gesicht mit den dichten Augenbrauen, unter denen ein frisches Augenpaar blitzte. Die tiefen Falten in den Augenwinkeln ließen erahnen, dass dieser Mann schon unzählige Jahre hinter sich hatte. Die schwere Rüstung verbarg sein Alter und seine Müdigkeit.

Instinktiv wusste Shaodian, dass dies der König des Drachenlandes war, ein Nachkomme der Pangusippe. Er spürte die Kraft, die von ihm ausging, und grüßte ehrfürchtig: »Großer, mächtiger Drachenkönig!«

Der König trat auf ihn zu und hielt ihn von der Verbeugung zurück: »Verehrter Shaodian, mein Volk hofft auf deine Rettung.«

Shaodian verneigte sich und sprach: »Verehrter König, ich bin hier, um den Auftrag der Ahnen zu erfüllen. Das Schicksal der Bewohner des Drachenlandes ist auch das Schicksal der Nachfahren Pangus, deshalb werde ich versuchen mein Bestes zu geben.«

»Bitte setzt euch!«, meinte der König. »Shaodian, ihr seid bestimmt müde von der Reise, gleich werden die Diener sich um euch kümmern.«

Shaodian wehrte ab: »Verehrter König, heute ist keine Zeit für Höflichkeiten. Ich möchte so schnell wie möglich etwas für das Drachenland tun. Ich habe zunächst eine Frage: Wie hat der verehrte König mich überhaupt gefunden?«

Der König meinte langsam: »Ich selbst bin ein Nachkomme Pangus und des Neun-Länder-Drachen, unsere Drachensippe ist durch Blutsverwandtschaft mit der Pangusippe verbunden. Seitdem der letzte Kaiser mir den Thron überlassen hat, sind schon tausend Jahre vergangen, und obwohl mir als König ein sehr langes Leben beschieden ist, merke ich, dass es langsam dem Ende zugeht.«

Ruhig fuhr er fort: »Seitdem die Drachensippe und die Pangusippe getrennt leben, war die Drachensippe immer der Vertreter der Pangusippe auf der Erde. Wir regieren über die zehntausend Dinge und sorgen dafür, dass die Menschen und alle Kreaturen sich möglichst gut entfalten können, wir beschützen die Einheit der Welt und kämpfen gegen die Macht des Bösen. Chiyou ist ein sehr großes Übel für die Welt, seit Langem bereitet er uns großen Kummer und Sorgen und unglücklicherweise haben unsere gemeinsamen Vorfahren nach dem Ende der letzten Epoche den Großen Drachen mit sich genommen.«

Der König sah Shaodian lange an, dann blickte er in den endlosen Sternenhimmel hinauf: »Wohin unsere Vorfahren wohl gezogen sind? Was glaubst du? Und warum wohl? Weil sie einen neuen Plan hatten oder weil sie nicht anders konnten? Werden sie jemals zurückkehren?«

»Shaodian«, er wandte sich wieder zu ihm, »du als junger Weiser der Pangusippe und Besitzer der Drachenperle, kannst du irgendwo den Atem der Vorfahren spüren, wenn du den Sternenhimmel in der Stille der Nacht ansiehst?«

Shaodian konzentrierte sich. »Ich spüre den Atem, doch er ist sehr schwach und will nicht stillstehen, manchmal ist er im Osten, manchmal im Süden, dann wieder im Norden. Die Vorfahren ziehen immer weiter, denn sie haben noch keinen festen Wohnort gefunden. Meine Rufe erhalten keine Antwort, es ist, als existierte der Große Drache nicht mehr.«

»Wenn es so ist«, meinte der König, »dann bin ich immer mehr davon überzeugt, dass sich unsere Vorfahren auf der Flucht befinden. Aber«, fuhr er fort, »die Pangusippe scheint alles gut geplant zu haben. Die Vorfahren haben einen jungen Weisen auf der Erde zurückgelassen, der in diesem Augenblick ihren Nachfahren zu Hilfe kommt, und der bist du, Herr Shaodian.«

Shaodian verstand: »Verehrtester König, heißt das, dass das Wissen um mich von den Vorfahren des Königs überliefert wurde?«

»Ganz genau, Shaodian«, meinte der König langsam. »Meine Vorfahren überlieferten Generation um Generation, dass ich einen Weisen aus der Pangusippe auf die Erde zurückrufen würde. Seit einigen Milliarden Jahren, nach der Zeit des zweiten Kaisers, als das Goldene Zeitalter anbrach, sind in unserem Drachengeschlecht schon fünfzehn Kaiser einer auf den anderen gefolgt. Seit jener Zeit wurde dieses Wissen Generation um Generation überliefert, bis heute zu mir. Deshalb handelte ich nach der Überlieferung und versuchte, den Weisen der Pangusippe auf den Kontinent zu rufen, um die Menschheit zu retten.«

»Was genau besagte die Überlieferung?«, fragte Shaodian.

»*Groß und stark, Kinder Pangus, große Häuser sie erbau'n, tausend Jahre soll'n zieh'n und nach Norden sollst du geh'n, um das Siegel dort zu brechen und den Weisen herzuführ'n.* Daraufhin schickte ich meinen tapfersten Krieger Babuduo

Richtung Norden. Ich gab ihm den königlichen Bogen mit, um das Siegel aufzubrechen und Shaodian, den Besitzer der Drachenperle, zu suchen.«

Der König sah ihn fragend an: »Shaodian, wie hast du die Drachenperle erhalten?«

Shaodian antwortete: »Ich hatte sie seit meiner Geburt. Als ich zur Welt kam, trug ich eine blaue Perle um den Hals, in welcher sich die Gestalt des Großen Drachen spiegelte. Da sie einen eigentümlichen Glanz ausstrahlte, kamen alle möglichen Leute, um sie anzusehen. Sie waren davon überzeugt, dass ich ein merkwürdiges Kind sein musste. Ich war in der Tat merkwürdig. Bevor Herr Babuduo nach Ruiwen kam, um mich abzuholen, sprach ich kaum mit anderen Menschen. Die Drachenperle wies mich jeden Tag an, die Kette der Andu-Berge anzuschauen, um den Atem der Vorfahren zu spüren.«

»Das klingt, als hätte die Drachenperle an deinem Hals magische Kräfte!«

»Ja, ich denke schon«, meinte Shaodian, »in Wirklichkeit stammt die gesamte Kraft der Nachfahren Pangus vom Großen Drachen selbst. Er ist ihr Beschützer, ihr Totem, das Symbol für Gerechtigkeit und Frieden des ganzen Universums, denn er entstand aus Pangus Geist, als er die Welt erschuf. Er besitzt die Gerechtigkeit und die Kraft Pangus, gehorcht Pangus Befehl und bewacht das Universum und die Erde. Doch ich weiß auch, dass der Große Drache zusammen mit den Vorfahren verschwunden ist. Jetzt ist er entweder bei ihnen oder er wurde schon längst von Chiyou gefangen genommen oder gar vernichtet. Chiyous Kraft scheint unbezwingbar! Allein sind die Nachkommen Pangus viel zu schwach. Nur der Große Drache besitzt die Kraft der Gerechtigkeit, die Chiyou fürchtet.«

»Ich verstehe.« Der König seufzte. »Im Süden ist Chiyou schon eingefallen und hat alle Bestien um sich vereinigt, um die Erde, auf der die Menschen wohnen, zu unterwerfen. Unsere einzige Rettung besteht darin, den Großen Drachen zu finden.«

»Weise Worte des Königs«, erwiderte Shaodian. »Wenn wir die Menschheit retten wollen, müssen wir den Großen Drachen zu Hilfe rufen, und um den Großen Drachen zu finden, gilt es zunächst zu erfahren, wohin unsere Vorfahren gezogen sind.«

»Kurz gesagt«, meinte der König, »besteht unsere Aufgabe darin, das Neue Land der Pangusippe und den Großen Drachen zu finden, um mithilfe seiner Kraft Chiyou zu vertreiben.«

Shaodian nickte. »In den Geschichtsbüchern gibt es einige Aufzeichnungen, die vermuten lassen, wohin die Vorfahren gezogen sind. In meinem Geburtsort Ruiwen, wo viele Nachfahren Pangus leben, gibt es ein altes Lied, nach welchem der größte Teil unserer Sippe vom Großen Drachen in ein anderes Land getragen wurde. Außerdem kann ich mithilfe der Perle seinen Atem spüren und den Eingang zum neuen Aufenthaltsort meiner Sippe finden.«

Der König nickte: »Ich stimme deinen Worten vollkommen zu, aber ich befürchte, dass es nicht einfach sein wird, die Spuren des Großen Drachen zu finden, die er hinterlassen hat, als er in den Himmel flog. Nach den Liedern, die uns von der Pangusippe überliefert wurden, flog der Große Drachen irgendwo im Süden in den Himmel hinauf. Doch Süden ist ein vager Begriff, außerdem ist es dort sehr gefährlich, besonders jetzt, wo Chiyou dort seinen Machtbereich ausdehnt. Wenn ihr in den Süden wollt, dann seid ihr Chiyous Klauen sehr nahe. Ich kann für eure Sicherheit nicht garantieren.«

»Wir haben keine andere Wahl, verehrter König. Wenn wir uns nicht auf die Suche nach dem Drachen machen, wird Chiyou diese Welt zerstören«, sagte Shaodian entschlossen.

Der König wiegte den Kopf. »Nach unseren Berechnungen wird Chiyous Macht in einem halben Jahr ihren Höhepunkt erreichen, bis dahin bleibt uns also noch ein wenig Zeit, den Süden zu halten. Doch der Süden ist groß, deshalb ist es beinahe unmöglich zu erfahren, wo der Große Drache hingeflogen ist.«

Plötzlich hatte Shaodian eine Idee. »Verehrter König, in Eurem Reich gibt es bestimmt einen Mann, der mit der alten Geschichte des Landes und der Ahnen vertraut ist. Falls die Möglichkeit besteht, würde ich ihm gerne einen Besuch abstatten.«

»Oh ja!«, rief der König. »Gut, dass du mich daran erinnerst, das hätte ich beinahe vergessen. In der Tat gibt es einen Gelehrten der alten Geschichte, er heißt Bors und lebt in einem kleinen Haus am Stadtrand. Er kennt die Kunst, das Leben zu verlängern, und ist selbst schon zehntausend Jahre alt. Niemand kennt sich mit der Geschichte besser aus als er.«

»Verehrter König«, sprach Shaodian eifrig, »bitte erlaubt, dass ich ihn besuche, um einige alte Dinge zu erfahren. Ich würde nur allzu gerne den Gelehrten Bors sehen.«

»Natürlich, Shaodian«, meinte der König. »Ein Sprichwort sagt, führe keinen Krieg ohne Vorbereitung. Deshalb sollten wir uns zunächst gründlich vorbereiten. Erst wenn wir mit der Situation vertraut sind, gilt es Entscheidungen zu treffen.«

Shaodian verbeugte sich. »Herr König, ich habe das Gefühl, dass es noch sehr viele Dinge gibt, die überdacht werden sollten. Wir brauchen zunächst einige geeignete Personen, die sich auf die Suche nach dem Drachen begeben: einen Krieger, ja, wir brauchen unbedingt einen tapferen Krieger. Ein Kenner der Geschichte und der Geografie als Berater ist auch unentbehrlich. Deshalb werde ich zunächst Herrn Bors aufsuchen, um mich von ihm über die Geschichte aufklären zu lassen und gleichzeitig auch herauszufinden, was er von der Suche nach dem Großen Drachen hält. Wenn Herr Bors lieber sein ruhiges Leben weiterführen möchte, dann wollen wir ihn auch auf keinen Fall dazu zwingen, die lange Reise anzutreten.«

»So soll es sein«, meinte der König. »Ich hatte zunächst gedacht, du möchtest dich ein bisschen ausruhen, doch du warst sehr beharrlich, und nun sehe ich, dass ich erst dann meine Gastfreundschaft erfüllt habe, wenn ich dich so schnell wie möglich mit Herrn Bors bekannt gemacht habe.«

»Babuduo!«, rief der König.

»Ja, mein König!«, rief Babuduo und verneigte sich.

»Weiche niemals von Shaodians Seite, wohin auch immer er geht, was auch immer er braucht, kümmere dich um Speise und Trank und sein Wohlergehen. Pass gut auf ihn auf und lass ihn nie aus den Augen.«

»Ich werde Eurem Befehl gehorchen.« Babuduo verneigte sich vor Shaodian. »Darf ich bitten, Herr Shaodian.«

Shaodian verneigte sich tief vor dem König und folgte Babuduo durch die vielen Gänge und Windungen des Palasts zu einem der unzähligen Ausgänge, wo bereits ein Phönix auf sie wartete. Elegant erhob sich der Feuervogel in den Himmel und flog zu dem Haus, wo Bors, der berühmte Geschichtsgelehrte, wohnte.

Der alte Bors war ein sehr geschätzter Mann, der mit allen nur erdenklichen Wissensgebieten bestens vertraut war. Es gab nichts, was er nicht wusste. Doch die Menschen im Drachenland kümmerte das wenig, sein Wissen und seine unaufhörlichen Belehrungen waren ihnen vollkommen egal. Trotzdem verehrten sie ihn, aber aus einem anderen Grund: seinem Alter. Manche meinten, er sei zwanzigtausend Jahre alt, einige behaupteten sogar, er lebe schon seit dreißigtausend Jahren. Wie alt er wirklich war, darüber gab es viele Meinungen und Spekulationen, nur eines war gewiss: Er war mindestens zehntausend Jahre alt. Zehntausend Jahre – immerhin, das war nicht wenig, egal mit welchem Wesen in der Geschichte man einen Vergleich wagte.

Dass einfache Leute hundert oder zweihundert Jahre alt wurden, war keine Seltenheit im Drachenland, einige wurden auch etwas älter und konnten eine Drei voranstellen. Auch der König war einige Tausend Jahre alt. Doch Bors war mit seinen zehntausend Jahren sozusagen der Älteste der Ältesten. Die Bewohner des Drachenlandes waren äußerst stolz darauf, einen Menschen unter sich zu haben, der Tausende von Geschichtsjahren in der Geschichte selbst erlebt hatte, weshalb jedes von Bors' Wehwehchen gleich im ganzen Land Anlass zu Kummer und Sorge gab. Seine Gesundheit galt sogar als beliebtes Gesprächsthema beim Essen oder beim Tee.

Doch eigentlich war Herrn Bors' Gesundheit ziemlich stabil. Er führte jeden Tag sein Hündchen im kleinen Garten spazieren, goss die Blumen und blickte von seinem Balkon aus auf das Drachenland hinunter. Dabei winkte er hin und wieder einem Krieger zu, der auf einem Einhorn vorbeiflog. So lebte er glücklich einen Tag nach dem anderen. Doch in letzter Zeit – keiner wusste, warum – hatte sich das Temperament des alten Herrn Bors sehr stark verändert: Er war plötzlich aufbrausend und konnte sich über die geringste Kleinigkeit maßlos aufregen. Sein Hündchen hatte schon mehrmals erschrocken die Flucht ergriffen und die armen Diener wagten sich gar nicht mehr in seine Nähe.

»Verdammte Teeblätter!«, fluchte Bors, der gerade im Begriff war, etwas zu schreiben, und an seinem Tee nippte. Er hasste diese Sorte!

»Annasi, was ist mit meinem Tee aus dem Bambusland? Du kennst doch meinen Geschmack!« Bors wurde immer ungeduldiger und rief in Richtung Tür.

»Ehrwürdiger Herr«, Annasi kam sogleich herbeigelaufen, »die Teeblätter vom Bambusland sind seit letztem Monat aufgebraucht!«

»Verdammt!«, schimpfte Bors weiter, »wenn sie aufgebraucht sind, kann man doch neue kaufen, oder?«

Annasi schaute ihn erschrocken an: »Herr Bors, die Teeblätter aus dem Bambusland gibt es schon seit einem Jahr nicht mehr zu kaufen.«

»Was?« Bors unterdrückte seinen Ärger und überlegte schnell, was in letzter Zeit alles passiert war. Richtig, nachdem Chiyou eingefallen war, hatte er sogleich das Bambusland besetzt und sofort jeden Handel mit dem Drachenland verboten.

»Ja, stimmt.« Bors seufzte und starrte eine Weile geradeaus, dann meinte er zu Annasi: »Entschuldige bitte, der alte Herr ist in letzter Zeit oft schlecht gelaunt.«

Babuduo und Shaodian, die schon seit geraumer Zeit vor der Tür warteten, waren über die aufbrausende Art des Gelehrten sehr erstaunt. Niemals hätten sie gedacht, dass ein alter Mann, der auf den ersten Blick ruhig und friedlich wirkte, wegen eines Tees so aufbrausend werden könnte.

Eigentlich mochte es Bors nicht, Gäste zu empfangen, besonders wenn es sich um Gäste vom Königshof handelte. Deshalb machte er keine Anstalten, herauszukommen um Shaodian und Babduo zu begrüßen. »Wer ist da?«, rief er von drinnen.

Babuduo verneigte sich höflich und meinte bescheiden: »Babuduo, Leibwächter des Königs, bringt einen Weisen aus der Pangusippe zu Besuch.«

»Einen Weisen aus der Pangusippe?« Bors wollte ihm

nicht so recht glauben und drehte sich herum, um Shaodian von Kopf bis Fuß zu mustern.

»So ist es, verehrter Herr Bors«, meinte Shaodian und verneigte sich tief.

Bors legte nicht besonders viel Wert auf die Etikette. Er hob nur kurz die Hand als Zeichen der Begrüßung.

»Ein Winzling«, murmelte er undeutlich vor sich hin und schüttelte den Kopf. »Wer hätte jemals gedacht, dass ein Weiser aus der Pangusippe eines Tages so aussehen würde.«

Shaodian verstand nicht: »Was meint Ihr damit, Herr Bors? Heißt das, dass Ihr meine Vorfahren gesehen habt?«

»Ha, ha, ha!« Bors lachte laut auf. »Die lebten vor sehr langer Zeit, das war in der letzten Epoche. Bors lebt erst seit zehntausend Jahren.«

»Ja, aber«, fragte Shaodian, »wie könnt Ihr dann wissen, dass die Pangusippe sich verändert hat?«

»Ich besitze einige Quellen, die ein Gelehrter hinterlassen hat, der zu Beginn dieser Epoche lebte, lange vor unserer Zeit. Darin steht geschrieben, dass die Angehörigen der Pangusippe einige Dutzend Meter groß waren und unerschöpfliche Kräfte hatten, einer alleine konnte es mit einem von Chiyous Ungeheuern aufnehmen. Jetzt aber …« Bors schüttelte den Kopf, »ich befürchte, du dürftest kaum dazu imstande sein.«

Babuduo spürte, dass diese Aussage von Bors Shaodian sehr verletzt hatte. Trotzdem behielt er Haltung und bat den alten Mann, ihnen zu helfen. »Das ist auch der Grund für meinen Besuch. Ich, Shaodian, habe einige

Fragen zu der Geschichte des Landes und seiner Ahnen und möchte Euch bitten, Euer Wissen mit mir zu teilen.«

»Du heißt Shaodian? Was willst du wissen?« Bors holte zwei Stühle und deutete den beiden, sich zu setzen. Erst da bemerkte er, wie erschöpft Shaodian aussah, und erinnerte sich an die üblichen Höflichkeiten. Sogleich rief er Annasi herbei und trug ihr auf, Tee zu kochen und Gebäck zu bringen.

Shaodian bedankte sich, dann meinte er: »Ehrwürdiger Herr, ich bin ein junger Weiser der Pangusippe, der nach der Bestimmung seiner Vorfahren auf die Erde zurückkommt, um die Welt vor Chiyou zu retten. Jetzt herrscht die Grausamkeit, und die Dunkelheit kriecht beständig aus dem Süden Richtung Norden. Als Beschützer der Drachensippe will ich die Aufgabe übernehmen, den Großen Drachen zu finden und aufzuwecken. Aber nicht einmal die Drachenperle, die vom Großen Drachen hinterlassen wurde, fühlt, wo sich der Drache aufhält. Der Legende nach sind meine Vorfahren zusammen mit dem Großen Drachen in eine andere Epoche gezogen. Mir ist nicht klar, von wo aus meine Vorfahren mit dem Großen Drachen in den Himmel aufgestiegen sind – und um dies zu erfahren, bin ich hier.«

Bors' Augen leuchteten plötzlich auf: »Das ist in der Tat die Frage. Obwohl ich im Augenblick keine Antwort darauf weiß, ist dies ein Thema, das es zu erforschen gilt.«

Er blickte angestrengt durch seine Brille und überlegte laut. »Nach den ersten Vermutungen ist der Große Drache zusammen mit dem größten Teil der Pangusippe verschwunden. Pangus Nachfahren waren plötzlich weg, kein Mensch weiß, warum. Nur sehr wenige blieben in der alten Heimat Ruiwen zurück. Seitdem sind zahllose Jahre vergangen, in denen ihr kleiner geworden seid. Die Drachenperle, die der Große Drache hinterlassen hat, ist nicht imstande zu fühlen, wo er sich aufhält, was wiederum bedeutet, dass er entweder fort ist oder tief schläft. Der Große Drache ist also verschwunden. Er entstand aus Pangus Geist als Symbol für Gerechtigkeit und Frieden und kann Chiyou in Schach halten. Aber kaum ist der Große Drache verschwunden, kommt Chiyou aus seinem Versteck zurück und verbreitet von Neuem Angst und Schrecken. Der Chiyou, der jetzt im Süden sein Unwesen treibt, ist nur ein Vertreter jenes Bösen Geistes aus ferner Zeit, als Pangu in die Welt kam. In einem halben Jahr wird der wirkliche Chiyou erwachen und ohne den Schutz des Großen Drachen wird die Menschheit auf dem Kontinent vernichtet werden. Dies bedeutet nicht nur das Ende der Menschen, sondern vielleicht sogar das Ende des Universums selbst. Um die Menschheit zu retten, gibt es also nur eine Möglichkeit: den Großen Drachen zu rufen.«

Shaodian, der Bors aufmerksam zugehört hatte, seufzte: »Und gerade jetzt haben wir nicht die kleinste Spur vom Großen Drachen, die Situation ist wirklich aussichtslos.«

»Vielleicht auch nicht.« Bors wurde plötzlich fröhlich. »Wir müssen nur die Spuren finden, die der Große Drache hinterlassen hat, als er verschwand, und genau beobachten, was die Drachenperle uns mitteilt. So können wir den Großen Drachen zurückrufen und Chiyou vertreiben. Ich bin mir ziemlich sicher, dass der Große Drache Richtung Süden geflogen ist. Ich habe das in meinen alten Büchern gelesen. Ich werde sofort in meine Bibliothek gehen. Shaodian, ich bitte dich zugehen. Ich werde dich sofort verständigen, sobald ich etwas Neues herausgefunden habe. Annasi wird euch hinausbegleiten.«

Als Shaodian das Leuchten in Bors Augen sah, fragte er sogleich: »Würdet Ihr uns auf der Suche nach dem Großen Drachen zur Seite stehen? Ich bin mir sicher, dass Euer Wissen eine große Hilfe für uns sein wird. Wir würden uns sehr geehrt fühlen, wenn der Gelehrte Bors uns begleiten würde.«

»Den Großen Drachen suchen?« Bors sprang erregt auf, »das ist eine große Herausforderung! Da kann ich meine alten Knochen auf die Probe stellen. Mal sehen, ob das Gerüst noch hält. Wann soll es losgehen?«

»Sobald das Ergebnis Eurer Forschung da ist«, sagte Shaodian.

Bors war sehr aufgeregt. Sie verabschiedeten sich voneinander und Bors ging schnellen Schrittes in seine Bibliothek.

Babuduo und Shaodian fiel ein großer Stein vom Herzen. Es wäre kein guter Anfang gewesen, wenn sie schon vor dem Aufbruch auf Schwierigkeiten gestoßen wären. Doch Herr Bors hatte zugestimmt, das war in der Tat ein Sieg! Was den Krieger betraf, so entschied Shaodian, dass diese Aufgabe von Babuduo übernommen werden sollte. Babuduo konnte auf keinen Fall ablehnen und war gern dabei.

»Außerdem brauchen wir noch einen Zauberer«, murmelte Shaodian auf dem Rückweg zu sich selbst.

Babuduo äußerte seine Bedenken: »Es gibt aber nur sehr wenige gute Zauberer im Drachenland, die dieser Aufgabe gewachsen sind. Die meisten erwachsenen Zauberer sind nur auf Profit aus und führen nichts als Betrügereien im Schilde. «

»Das wird bestimmt kein Problem sein, wir werden auf jeden Fall einen Weg finden.« Shaodian war ausgesprochen guter Laune.

Am Abend führte Babuduo Shaodian in ihr Schlafgemach in einem der prächtigsten Zimmer des Palastes. Die beiden waren sofort Freunde geworden. Da sich ihr Schlafzimmer hoch oben in der Luft befand, hingen einige Wolkennebel tief in ihr Fenster, was dazu führte, dass sie lange nicht einschlafen konnten.

In Shaodians Kopf überschlugen sich die Gedanken. So erhob er sich aus dem Bett, trat auf den Balkon hinaus und sah auf das Drachenland hinunter, wo jedes Fenster die fahle Farbe der Nacht angenommen hatte. Erst als es im Osten schon langsam Tag wurde, entspannten sich seine Glieder und er fiel in einen tiefen Schlaf. Hin und wieder hallten unheimliche Laute durch die Nacht. Das mussten die Schreie von Chiyous Bestien sein, die sich an der südlichen Grenze versammelten, wo zwei gebündelte Lichtstrahlen die Nacht wie bei Tag erhellten.

Auf der Seite des Drachenlandes hingegen herrschte absolute Stille. Die Menschen schliefen, die Sterne glänzten nebeneinander und zusammen mit dem hellen Licht des Mondes hüllten sie das Drachenland in ein sanftes und friedliches Licht. Obwohl es angenehm warm war, konnte man die versteckte Gefahr spüren, die in der Stille der Nacht lauerte. Über dem Himmel des Königspalastes zogen die Einhörnerwachtposten regelmäßig ihre Kreise. Hin und wieder landete ein Pferdewagen, doch in dieser Zeit kamen nur wenige Gäste. Die Menschen fürchteten um ihren Frieden und schliefen tief und ruhig.

»Halt! Stehen bleiben!«, durchbrach plötzlich eine laute Stimme die nächtliche Stille.

»Stehen bleiben, oder ich greife an!«

Offensichtlich gehorchte der Angesprochene nicht, denn die Wächter auf den Einhörnern setzten einem fliehenden Schatten nach.

»Was ist da los?«, fragte Shaodian Babuduo.

»Die Einhornwachen jagen bestimmt einen Verbrecher«, meinte Babuduo gleichgültig, »macht Euch keine Sorgen. Hier im Palast kann Euch nichts passieren.«

Während es sich beide wieder in ihren Betten gemütlich machen wollten, zwängte sich plötzlich ein schwarzer Schatten zum Fenster herein. Shaodian und Babuduo blickten verwirrt zum Fenster. Der schwarze Schatten hatte das Fenster schon geschlossen und legte ihnen die Hand auf den Mund. »Pst!«, flüsterte er und schlüpfte in den Kleiderschrank.

Da klopften schon die Einhornpolizisten an die Tür und fragten: »Verzeihung, habt Ihr einen jungen schwarzen Schatten gesehen? Eher klein, mit verdecktem Gesicht?«

Babuduo wollte gerade zu reden beginnen, da schüttelte Shaodian den Kopf. Babuduo verstand sofort und meinte unschuldig: »Nein, wir schliefen gerade, da wurden wir von eurem Klopfen geweckt.«

»Wir bitten vielmals um Entschuldigung.« Die Wache verbeugte sich. »Falls ihr ihn entdecken solltet, lasst es uns bitte sofort wissen, ich bitte nochmals um Verzeihung.« Schon war er fort, um an einer anderen Tür zu fragen.

Nach einiger Zeit kroch der Schatten aus dem Kleiderschrank hervor, riss sich die schwarze Maske herunter und gab sein Gesicht zu erkennen. Die Stirn triefte vor Schweiß.

»Das war knapp!«, keuchte er.

»Bist du ein Dieb? Hast du etwa gestohlen?«, fragte Babuduo tadelnd, »das ist kein gutes Benehmen.«

Der Junge lachte auf und meinte frech: »Ich stehle nicht für mich selbst, Herr, ich bin ein ritterlicher Dieb, bestehle die Reichen und schenke die Beute den Armen.«

»Auch ritterliche Diebe sind Gesetzesbrecher.« Babuduo war offensichtlich gegen jede Form von Gesetzesbruch. »Eigentlich sollten wir dich der Polizei melden.«

»Entschuldigung! Vielleicht sollte ich wirklich nicht stehlen! Doch ich stehle nicht für mich, ich stehle für andere, das habe ich ja schon gesagt. Ein guter Mensch ist deshalb ein guter Mensch, weil er die Dinge von einem Gesichtspunkt außerhalb der Gesetze betrachtet. Ich hoffe, du verstehst das.« Der Junge gab keineswegs nach.

»Bist du ein Zauberer?«, fragte Shaodian.

»Ja, bin ich. Aber woher wisst ihr das? Habt ihr einen Wunsch?« Sein hübsches Gesicht wirkte fest entschlossen. Er war nicht sehr groß und noch ziemlich jung, vielleicht siebzehn oder achtzehn Jahre alt. Doch das Haar war schon weiß, wie es sich für einen richtigen Zauberer gehörte. Die dunklen Augen blickten munter und direkt aus dem schönen Gesicht.

»Kannst du zaubern?«, fragte Shaodian abermals.

»Natürlich. Ich beherrsche die Kunst auf hohem Niveau, sogar unter den erwachsenen Zauberern gibt es kaum einen, der mir das Wasser reichen kann«, meinte er stolz.

»Angeberei!« Babuduo war offensichtlich kein bisschen beeindruckt. »Nichts als leere Worte! Wenn deine Zauberkunst so gut wäre, wärst du schon längst Mitglied der königlichen Zauberer. Aber du bist nicht so gut, sonst hättest du es doch nicht nötig, mitten in der Nacht andere Leute zu bestehlen.«

»Pah!«, antwortete der junge Zauberer trotzig. »Das hat mit meiner Kunst gar nichts zu tun. An den königlichen Prüfungen habe ich nie teilgenommen, denn die interessieren mich kein bisschen. Jeder im Drachenland weiß doch, dass die königlichen Zauberer nur Dinge unternehmen, die den Menschen schaden.«

»Was beschuldigst du denn andere Leute? Tatsache ist, deine Zauberkunst ist nicht besonders gut und dein Verhalten ist absolut schlecht. Ein guter Mensch käme niemals auf die Idee, mitten in der Nacht andere Leute zu bestehlen, die Wachen würden einen guten Menschen nicht verfolgen, er würde niemals in die Situation kommen, sich in einem Kleiderschrank verstecken zu müssen. Ich hätte ihnen dein Versteck verraten sollen. Ich bereue es, dass ich gerade so gutmütig war.«

»Das sind nichts als blinde Vorurteile«, meinte der Junge. »Es hat überhaupt keinen Sinn, mit jemandem zu reden, der Vorurteile hat. Ich werde weder auf deine Provokationen eingehen noch auf deine Fragen antworten.«

Shaodian versuchte die Atmosphäre etwas aufzulockern und sprach den jungen Zauberer an: »Ich bin Shaodian und das ist Babuduo. Er ist königlicher Leibwächter und deshalb etwas streng, deshalb möchte ich mich an seiner Stelle bei dir entschuldigen. Es gibt etwas, was ich sehr gerne mit dir besprechen würde. Dürfte ich zunächst deinen Namen erfahren?«

»Het«, antwortete der Junge kühl und musterte Shaodian. »Wer bist du? Du trägst ja merkwürdige Kleider, so einen Menschen wie dich habe ich noch nie gesehen.« Seine Worte waren weder abwertend noch ironisch, im Gegenteil, es schwang ein gewisser Respekt mit.

Shaodians Haltung, sein tiefer Blick und die harmonischen Bewegungen hatten etwas Geheimnisvolles an sich. Wer ihn ansah, merkte sofort, dass es sich nicht um einen Menschen wie jeden anderen handelte. Zudem trug er die üblichen Kleider der Pangusippe, die nach der langen Reise ganz verstaubt waren. Er war ziemlich groß und wirkte trotz seiner jugendlichen Gestalt sehr erwachsen und wissend – dies alles beeindruckte den jungen Zauberer sehr.

»Ich bin ein Weiser der Pangusippe«, meinte Shaodian und verbeugte sich. »Ich bin mir sicher, du bist ein ehrenhafter Mann.«

Het lächelte. »Danke für dein Verständnis. Ich denke, wir können Freunde werden. Die Pangusippe ist eine große Sippe und einem ihrer Weisen gegenüber empfinde ich größten Respekt.«

»Ich habe das Gefühl, als ob wir uns schon ewig kennen würden«, meinte Shaodian. »Wir wollen den Großen Drachen suchen – für das Drachenland und für die Menschheit. Doch wir brauchen einen guten Zauberer, der uns auf dem Weg dabei hilft, unsere Feinde zu bekämpfen und zurückzuschlagen. Deshalb möchten wir dich bitten, mit uns mitzukommen. Aber ich sage dir gleich, dass der Weg beschwerlich und gefährlich sein kann.«

»Da brauchst du dir um mich keine Sorgen zu machen. Die Gefahr gehört zu meinem Alltag. Dieses gemütliche Leben behagt mir überhaupt nicht. Was soll ich den ganzen Tag in der Zauberkammer tun? Ich will mit euch auf diese Reise kommen, die Welt entdecken und den leibhaftigen Großen Drachen sehen. Die Gefahren machen mir keine Angst. Wer Angst vor dem Tod hat, kann niemals ein guter Zauberer werden.«

»Sehr gut«, meinte Shaodian und drehte sich um: »Auch Babuduo, der tapferste Krieger des Drachenlandes, wird mit auf die Reise kommen. Es ist also besser, wenn ihr euch miteinander anfreundet.«

»Ich möchte mich für mein Verhalten von eben entschuldigen«, meinte Het höflich, »ich hoffe, du kannst mir verzeihen.«

»Kein Problem, natürlich verzeihe ich dir. Vielleicht hätte ich dir wirklich glauben sollen, dass du ein ritterlicher Dieb bist. Auf unserer Reise wirst du genug Möglichkeiten haben, zu beweisen, dass du ein guter Mensch bist.«

Jene Nacht verbrachten alle drei im selben Raum, sie waren alle etwa im selben Alter und hatten vieles zu besprechen. Angefangen von den Lebensgewohnheiten der Nachfahren Pangus bis hin zur Teezeremonie am Hof und zu jener Frage, die alle interessierte: das Alter von Bors. Als sie auf seinen Zorn zu sprechen kamen, lachten sie alle laut auf.

Vor dem Fenster zog sich die Schwere der Nacht zurück. Die Schreie von Chiyous Bestien im Süden waren immer noch nicht verstummt und die zwei Strahler im Himmel leuchteten weiter. Die Einhornwächter, die nach Het gesucht hatten, waren im dichten Nebel nicht mehr zurückgekommen.

Die Zeit schien einerseits schnell zu vergehen, andererseits blieb sie immer an derselben Stelle. Shaodian hatte das Gefühl, in einer Welt voller Gegensätze zu leben.

Er wurde mehrmals vom König eingeladen, traf die Minister und erklärte ihnen seinen Plan. Die meisten Minister verhielten sich Shaodian gegenüber sehr freundlich und respektvoll, alle waren der Meinung, dass er ein sehr gebildeter und mutiger junger Mann war. Vor allem der siebzehnjährige Prinz Maihan, der Anwärter auf den königlichen Thron, war von Shaodian begeistert und erklärte, dass auch er mit auf die Suche nach dem Drachen kommen wolle. Nur einer behandelte Shaodian eher kühl: der jüngere Bruder des Kaisers, Maihans Onkel. Seine Augen blickten unergründlich tief aus dem roten verunstalteten Gesicht, und als er das Glas erhob, um mit Shaodian anzustoßen, meinte er herausfordernd: »Glaub nur nicht, dass ein paar Kinder, die noch grün hinter den Ohren sind, den Großen Drachen finden können. Auf Chiyous Seite kämpfen Bestien und Zauberer, die mit allem vertraut sind, gehörnte Würmer, einäugige Monster, alle Ungeheuer aus dem Buch der Berge und Meere strecken schon ihre Zungen aus und lechzen nach eurem Blut.« Zum Schluss fügte er noch hinzu: »Wenn ihr wirklich meint, Chiyou besiegen zu können, dann seid ihr nicht ganz bei Sinnen.«

Natürlich war Shaodian anderer Meinung, doch er konnte nicht abstreiten, dass vieles der Wahrheit entsprach. Also hielt er es für besser zu schweigen.

»Hör ihm ja nicht zu, er ist ein böser Mann.« Ein junges schönes Mädchen trat an Shaodian heran und hob ihr Glas. Ihr edler Gesichtsausdruck und ihr prachtvolles Kleid verrieten sofort, dass sie zum Königshaus gehörte.

Shaodian war verblüfft und gleichzeitig geblendet von ihrer Schönheit. Sie hatte unterdessen schon damit begonnen sich selbst vorzustellen: »Ich bin Anta, die Tochter des Königs und Maihans kleine Schwester. Nenn mich einfach Anta. Bitte verzichte auf all die Höflichkeiten, ich hasse dieses ganze Getue.«

»Sehr erfreut, königliche Hoheit.« Shaodian leerte auf der Stelle sein Glas.

»Er ist wirklich ein böser Mann. Sein Mund ist der eines Raben, bitte mach dir nur keine Gedanken über das, was er eben gesagt hat.«

Shaodian lächelte. »Hehe, ich habe seine Worte sowieso nicht ernst genommen. Wenn ich mir einmal etwas vorgenommen habe, gebe ich nicht so schnell auf.«

»Ja, das ist sehr wichtig. Die Gerechtigkeit darf auf keinem Fall dem Bösen weichen, so wie der Mut niemals der Angst Platz machen darf. Ich habe gehört, im Süden gibt es ein Ungeheuer, das Einäuger genannt wird, sein ganzer Körper besteht nur aus einem einzigen Auge. Außerdem gibt es noch das Land der Langarme und das Land der Riesen, das Land der Zwerge, das Land der Mädchen, die dreibeinigen Vögel und so weiter. Diese Wesen sind so seltsam und zugleich faszinierend.«

»Seltsam, aber gefährlich«, meinte Shaodian und sah sie zweifelnd an, »das ist keine Märchenwelt, und noch weniger ist es eine Gutenachtgeschichte. Das ist das Land des Bösen. Das sind gefährliche Bestien, welche die Menschen fressen. Dieses Mal in den Süden zu fahren ist wahrlich nicht zur Unterhaltung, da geht es um Leben und Tod. Darüber sollte sich die Prinzessin im Klaren sein.«

Shaodian wirkte ruhig und gelassen, während er sprach, sein junges Gesicht zeigt Härte und Entschlossenheit, die Worte klangen angenehm, dazu kamen noch der Charme der Pangusippe und seine hervorstehenden Backenknochen, die verrieten, dass er schon einiges hinter sich hatte – dies alles hatte das Mädchen im Handumdrehen verzaubert.

Antas Herz klopfte ihr bis zum Halse. Sie sah ihn mit ihrem großen dunklen Augen voller Bewunderung an. Dann meinte sie: »Davor habe ich keine Angst. Ich kann aus Liebe mitziehen.«

»Was? Wirklich?« Erst da sah Shaodian das Funkeln

in ihren Augen und begann langsam zu verstehen: »Vielleicht ist dies ein besserer Grund.«

Anta meinte langsam: »Ich würde sofort aus Liebe mein Leben lassen, besonders wenn es um dich geht, Shaodian!«

In Wirklichkeit hätte sich Shaodian keine Sekunde lang um das Wohl der Prinzessin sorgen müssen. Prinz Maihan und die Prinzessin hatten nicht die geringste Chance mitzukommen, denn der König winkte sofort ab, als sie ihn mit ihrem Anliegen bedrängten.

Die Zeit verging und Shaodian wurde zunehmend unruhiger, weil immer noch nicht feststand, wann sie losziehen sollten. Immer wieder besuchte er Bors, der sich im Studierzimmer vergraben hatte. Doch jedes Mal wurde er von ihm mit »noch kein Ergebnis« und ähnlichen Worten vertröstet und nach Hause geschickt. Wenn er merkte, dass Shaodian allzu sehr enttäuscht war, fügte er eventuell noch einen Satz hinzu: »In der Forschung darf nicht schlampig gearbeitet werden, besonders wenn es um so wichtige Fragen geht.«

Shaodian war des Wartens überdrüssig, doch was sollte er auch tun? Solange nicht klar war, von wo aus der Große Drache in den Himmel geflogen war, hatte es überhaupt keinen Sinn aufzubrechen. Obwohl er das vollkommen einsah, wollte er sich doch so bald wie möglich auf den Weg machen. Es genügte ihm, auch nur ungefähr den Ort zu wissen. Es war ja nicht notwendig, alles bis ins kleinste Detail zu planen. Shaodian merkte, dass Bors schon eine Vermutung hatte, doch als pedantischer Gelehrter verriet er nichts, solange er keine Beweise hatte. Jemand, der sich so verhielt, verletzte seiner Meinung nach den Geist des Gelehrtseins und verdiente Kritik.

Deshalb blieb Shaodian nichts anderes übrig, als tatenlos auf das Ergebnis von Bors' Forschung zu warten und immer aufgeregter zu werden. Auf diese Weise vergingen mehr als zehn Tage. Also nutzte Shaodian diese zehn Tage, um die Geschichte der vergangenen Epochen zu studieren. Er lernte vieles über die Sitten und Bräuche des Drachenlandes, über das Verhalten der Soldaten an der Front und die Techniken und Strategien der Pangusippe. Er stürzte sich in die Geschichte und versuchte selbst zu berechnen, von wo aus der Große Drache in den Himmel aufgeflogen war, dachte über die Gefahren nach, denen sie möglicherweise begegnen konnten, und bereitete sich in Gedanken darauf vor, keinen aussichtslosen Kampf zu führen.

In dieser Zeit kamen auch Prinz Maihan und Prinzessin Anta häufig zu Besuch. Besonders Prinzessin Anta freute sich über jedes Treffen mit Shaodian. Sie versuchte so viel Zeit wie möglich mit ihm zu verbringen, aber oft war Shaodian zu beschäftigt. Dennoch genoss sie es, einfach nur in seiner Nähe zu sein. Ihre jugendlichen Liebesgefühle und die Art und Weise, sie direkt auszudrücken, waren für Shaodian sehr ungewohnt. Doch schon bald sollten diese Tage zu Ende sein. Denn der König erließ den Befehl, dass sie den Einhornkriegern zu folgen hatten, die von Norden nach Süden zogen.

Sie hatten ihre Vorbereitungen beendet und bereiteten sich zum Aufbruch vor. Jeder im Drachenland wusste davon und kam zur großen Abschiedszeremonie, welche vom König persönlich geleitet wurde.

Ein Einhorn war ungefähr fünf Meter hoch, zehn Meter lang und fünf Meter breit, sodass es das Gewicht von zehn Menschen leicht tragen konnte. Da es auf seinem Flug eine beträchtliche Geschwindigkeit erreichen konnte, waren auf dem Rücken aus Sicherheitsgründen Sattel angebracht worden. Alle vier fanden auf dem Rücken eines Tieres Platz. Als die große Zeremonie vorbei war, erhob sich das Einhorn in die Lüfte und folgte den Truppen Richtung südliche Front.

Das Einhorn war schnell, und der Wind, der ihnen ins Gesicht schlug, schmerzte wie Messerschnitte. Obwohl sich alle ständig um Bors kümmerten und um seine Gesundheit besorgt waren, war der Flug für den alten Körper eine schwere Belastung.

«Ich fürchte, uns werden auf unserer Reise viele unangenehme Dinge widerfahren«, meinte Babuduo. »Aus vielen Orten dürften nicht viele lebendig zurückgekehrt sein. Ich hoffe, dass unsere Suche nicht unser Ende sein wird.«

»Bitte denkt nicht so negativ, Herr Babuduo. Zusammen mit Shaodian und seiner Klugheit werden wir unser Ziel sicher erreichen und die Menschheit vor Chiyou retten. Woher wollt Ihr wissen, dass noch keiner lebendig zurückgekehrt ist, wenn niemand aus dem Drachenland jemals einen Fuß in jenes Gebiet gesetzt hat«, sagte Het.

»Mag sein, doch die Tatsache, dass noch niemals jemand dort war, ist ja noch furchtbarer, als dass niemals jemand heil zurückgekehrt ist«, meinte Babuduo.

Shaodian meinte zuversichtlich: »Durch uns wird sich das Schlechte immer zum Guten wenden.«

»Betrachten wir das alles doch ganz einfach aus einem anderen Blickwinkel: Wenn wir nicht ins Land der Unsterblichkeit reisen, dann werden wir sicherlich in Chiyous Klauen zugrunde gehen. Im Augenblick sind wir die Hoffnung der Menschen. Sollten wir auf der Suche nach dem Großen Drachen scheitern, werden wir als Helden in die Geschichte eingehen. Wenn auch nicht viele Menschen diese Namen besingen, so ist es doch eine große Ehre für uns.«

»Shaodian hat recht«, meinte Bors, der immerhin bereits seit zehntausend Jahren lebte. Schon lange hatte er gehofft, dass sein Leben nicht in seinem alten Schaukelstuhl oder zwischen den Büchern zu Ende gehen möge, sondern auf einer Mission zum Wohle der Menschheit. »Der Gedanke, ein großer Held zu sein, gefällt mir sehr«, meinte Bors furchtlos.

»Die Unwissenden fürchten nichts, die Vielwissenden fürchten noch weniger«, meinte Het.

»Bevor ich sterbe, müssen diese Ungeheuer mein Schwert um Erlaubnis fragen«, rief Babuduo und klopfte auf den Schwertknauf. »Das ist ein gutes Schwert, es hat mich auf vielen Feldzügen begleitet und zahlreiche Feinde getötet. Dieses Mal hofft es, einigen Dämonen und Einäugern zu begegnen.«

»Kommt, Freunde, lasst uns die Landschaft vom Rücken des Einhorns aus genießen. Mutlose Worte bringen gar nichts.«

Das Einhorn sauste ruhig durch die Lüfte und die

kühle, frühmorgendliche Brise erfrischte ihr Gemüt. Verglichen mit der düsteren Dämmerung und der dunstigen Nacht war der Morgen eine sehr angenehme Zeit. Die Luft schien voller Leben zu sein: Feuchte Wolken zogen vorbei, Zugvögel flogen mit den Einhörnern um die Wette, einige seltene Pflanzen, die in der Luft wuchsen, reckten und streckten sich, und Pferdewägen sausten quer über den Himmel. All das gab ihnen ein wohliges Gefühl, bedeutete es doch, dass die Welt lebte, die Sonne auf der Erde immer noch jeden Tag auf- und unterging und die Menschen ihr tägliches Leben führten. Alles schien so friedlich und die Gefahr schien vergessen.

Bis zu Mittag waren sie schon weit von der Hauptstadt entfernt. Als das Einhorn über einen zehntausend Meter hohen Berg hinwegflog, konnte sich Shaodian vor Staunen einige Minuten lang nicht bewegen.

Nach der Bergspitze waren der Glanz und die Pracht der Hauptstadt verflogen. Außerhalb der Königsstadt war das Land verlassen und unbewohnt, nur wenige Behausungen waren verstreut zu entdecken, von den Patrouillen der Einhornkrieger gab es keine Spur mehr und auch die Bewohner der Wüste waren verschwunden. Nur vereinzelt erhoben sich dünne Rauchfahnen in den Himmel, einsam und düster.

Bors überlegte laut: »Nach der Blütezeit zu Beginn der letzten Epoche ging es mit dem Drachenland immer mehr bergab. Die Pangusippe zog fort und der Große Drache verschwand. Daraufhin folgte ein Übel nach dem anderen. So schrumpfte das Gebiet des Drachenlandes unablässig und viele tapfere Soldaten verloren im

Kampf gegen die Feinde ihr Leben. Die Einwohnerzahl ging merklich zurück und gerade jetzt hat Chiyou sich erneut im Süden erhoben. Chiyou, der Geist des Bösen, eine unermessliche Kraft – die Menschheit ist zu Recht verzweifelt.« Traurig verstummte er.

»Nun wollen wir aber nicht sentimental werden, alter Herr«, meinte Babuduo. »In Kürze werden wir die Grenze erreichen. Dort werden die Krieger absteigen und unser Einhorn kann sich ein bisschen ausruhen.«

2

In den alten Wäldern

Dieses Mal waren es zehntausend Einhornsoldaten, die auf tausend Einhörnern in den Süden flogen.

Zur Stunde des Sonnenuntergangs gab der General den Befehl, in einem tiefen Wald zu landen. Sie wollten sich ausruhen, etwas essen und sich ein Lager für die Nacht suchen. Der General war davon überzeugt, dass es sicherer war, in den Wäldern zu übernachten, als auf den Feldern oder irgendwo in den Bergen, wo die Feinde sie leicht umzingeln konnten. Immerhin befanden sie sich hier schon außerhalb der Grenzen des Drachenlandes. Obwohl sie von Chiyous Machtbereich noch weit entfernt waren, war es besser, vorsichtig zu sein.

In letzter Zeit hatte Chiyou schon oft kleine Truppen als Vorhut in den Bereich zwischen die Grenzen der beiden Länder geschickt, welche die Sümpfe, Berge und Täler auskundschafteten.

Als der alte Herr Bors davon hörte, dass sie die Nacht in den Wäldern verbringen sollten, war er empört. Er suchte den General auf und begann mit ihm zu diskutieren.

Doch der Truppengeneral wollte Bors' Einwände nicht hören. »Es wird euch noch leid tun!« rief Bors laut. »Die Wälder sind voll von seltsamen Schreien, magischen Fallen und uralten Zaubereien. Außerdem können sie voller negativer Kräfte sein, die mit Chiyou in Verbindung stehen. Somit wird Chiyou sofort erfahren, dass wir die Wälder betreten haben. Dann ist es gut möglich, dass er in der Nacht einen Angriff führt.«

»Ihr macht Euch zu viele Gedanken«, meinte der General beschwichtigend. »Herr Bors, wir wissen alle, dass Ihr sehr belesen seid, dafür habe ich größten Respekt. Doch ich bin Oberbefehlshaber dieser Truppen, und wenn es darum geht, einen Ruheplatz für die Nacht auszusuchen, dann werde ich natürlich einen sicheren Ort wählen, wo die Feinde nicht so leicht angreifen können. Immerhin trage ich die Verantwortung für das Leben von zehntausend Soldaten.«

»Du verschenkst gerade das Leben deiner Soldaten!«, rief Bors. »Schau nur, wie stark die negativen Kräfte in den Wäldern sind, die sind doch bestens geeignet für magische Fallen. Außerdem ist es gut möglich, dass Chiyous Vorhut nur darauf wartet, die Truppen anzugreifen, die von Norden nach Süden ziehen. General, ich bitte dich, hör auf meine Worte, sie sind nicht falsch!«

»Es tut mir leid, Herr Bors. Wir haben die Entscheidung bereits getroffen und sind gelandet. Noch einmal aufzubrechen ist nicht mehr möglich«, antwortete der General. Auch er musterte die tiefen Wälder um sie herum skeptisch. Die Bäume ragten einige Hundert Meter in die Höhe, und auch die kleinsten von ihnen waren so dick, dass es zwei Menschen gebraucht hätte, um sie zu umarmen. Dichtes Wurzelwerk breitete sich über den Boden aus, und es schien, als seien alle Wurzeln miteinander verbunden und verflochten, wodurch die Wege sehr holperig waren. Auf den Wurzeln türmten sich die Blätter auf, die über die Jahre von den Bäumen gefallen und mittlerweile so hoch waren wie ein Mensch. Sie waren schwer und nass vom Regen, sodass es knirschte und zischte, wenn sie drauftraten. Es hörte sich sehr unheimlich an. Da es das Mondlicht kaum durch die dichte Blätterdecke in den Wipfeln der Bäume schaffte, lag der Wald grau und dunkel vor ihnen. Die wenigen Strahlen, die hier und dort hindurchdrangen, machten den Ort noch unheimlicher.

Doch der General blieb hart. Bors schüttelte den Kopf und meinte laut: »Gut! Es ist wirklich nicht besonders realistisch, jetzt einen anderen Lagerplatz zu finden. Ich kann nur hoffen, dass wir alle hier heute Nacht nicht sterben werden.«

»Wo wart Ihr, alter Herr? Warum seid Ihr so aufgebracht?«, fragte Shaodian, als Bors zurückkam.

»Nichts. Ich habe nur einem dummen Grünschnabel etwas erzählt, was er nicht hören wollte.« Bors strich sich über seinen Bart und betrachtete besorgt den dunklen Wald um sie herum.

»Waa!« Plötzlich hörten sie den lauten Schrei eines Ungeheuers. »Ah!« Ein weiterer Schrei folgte, es war der jämmerliche, lang gezogene Schrei eines Tieres in Todesangst. Shaodian und die anderen sahen sich besorgt um. Weit und breit konnten sie nichts sehen lediglich die Umrisse der riesigen Bäume zeichneten sich bedrohlich in der Dunkelheit ab.

»Sha sha sha« – ein Rascheln näherte sich, als ob irgendetwas auf sie zulief. Hin und wieder hielt es inne, dann fuhr es wieder fort.

Bors war nervös und besorgt und riet allen, vorsichtig zu sein und nicht einzuschlafen. Er befürchtete, dass Chiyous Monster sie jeder Zeit angreifen würden.

»Vorsicht ist immer gut«, meinte Shaodian. »Wir sollten einen magischen Ring um unser Lager errichten. Das wäre das Beste. Het!«

»Was gibt es, Shaodian?«

»Ich möchte dich darum bitten, einen magischen Schutz für uns vier und für die Armee vorzubereiten.«

»Das ist sehr vernünftig«, meinte Het. »Als wir gerade in den Wald hereinkamen, habe ich einige magische Fallen entdeckt. Obwohl sie schon sehr alt sind, haben sie ihre Kraft noch nicht verloren. Einige dieser magischen Fallen sind sehr gefährlich, wir müssen vorsichtig sein! Aber der magische Ring wird uns schützen. Allerdings ist der Ort hier sehr groß und unser Heer ist riesig. Dadurch wird der magische Schutz nicht besonders stark sein.«

»Immerhin besser als gar nichts«, warf Bors ein. »Mit einem magischen Schutz schlafen wir bestimmt viel besser. Meine alten Knochen können einem Angriff von Chiyous Klauen niemals standhalten.«

»Gut, beginnen wir«, rief Shaodian und sprang auf. »Ich gehe zum General, um das mit ihm zu besprechen.«

Der General unterstützte Shaodians Vorschlag sofort. Die merkwürdigen Schreie und das seltsame Rascheln machten ihn nervös und er fragte sich, ob er nicht doch auf Bors hätte hören sollen. Jetzt war es aber bereits zu spät und zu dunkel, um einen neuen Platz für ihr Nachtlager zu suchen.

»Gut, Herr Shaodian. Ich werde den Soldaten befehlen, heute Nacht besonders achtsam zu sein und die Bewachung zu verstärken. Ich bitte Euch darum, so schnell wie möglich mit der Ausführung Eures Plans zu beginnen. Die seltsamen Laute kommen immer näher, es könnten Soldaten oder Ungeheuer sein. Je schneller der magische Schutz errichtet wird, desto besser.«

»Wir werden uns bemühen. Herr General, ich bitte Euch darum, so schnell wie möglich Eure Befehle zu geben. Am besten schlafen wir alle auf dem Rücken der Einhörner, so können wir sofort aufbrechen, falls Gefahr droht.« Shaodian wirkte besorgt, aber ruhig. Der General nickte und befahl seinen Männern, sich auf den Rücken der Einhörner auszuruhen, die schweren Rüstungen nicht abzulegen und die Waffen bereitzuhalten. Zusätzlich wurden weitere zweihundert Soldaten in die nähere Umgebung geschickt, um das Areal zu bewachen und notfalls rechtzeitig Alarm zu schlagen.

Auch Het hatte schon mit seiner Arbeit begonnen. Er griff nach dem Zauberstab, murmelte einige Zaubersprüche und zog eine magische Linie um das Lager herum. Shaodian und die anderen halfen ihm dabei. Shaodian erstellte einige Dutzend magische Figuren, die er an die Bäume auf der Linie hängte. Babuduo schritt Het voraus und hieb mit dem Schwert die Äste ab, die sich ihnen in den Weg stellten. »Dieser Wald ist wirklich sehr alt«, murmelte Babuduo.

»Nicht nur das!«, rief Het. »Das ist ein Wald aus einer anderen Epoche. Dieser Wald ist wirklich sehr unheimlich. Die negativen Kräfte sind sehr stark und eine geeignete Brutstätte für Ungeheuer jeglicher Art. Das hier ist das Reich der Dunkelheit.« Während er redete, zog er seine magische Linie weiter.

Bors hingegen hatte sich mit der Ausrede, ein alter schwacher Mann zu sein, zur Ruhe gelegt und schlief umgehend ein.

»Er hat wirklich das Recht, zu schlafen. Immerhin hat er in seinem Leben eine längere Strecke an Brücken zurückgelegt, als wir Wege gegangen sind«, sagten die anderen Soldaten.

Nachdem der magische Schutzkreis gezogen wurde, legten sich alle erschöpft auf die Rücken der Einhörner. Die Schreie in der Ferne klangen immer grausamer und bedrohlicher. »Wa! Wa! Wa!«, hallte es ohne Unterlass. Auf einmal verwandelten sich die Schreie in eine Kinderstimme, die ein altes, trauriges Lied sang.

Babuduo meinte: »Was kann das nur für ein Mensch sein, der so traurig singt? Mir stehen die Haare zu Berge.«

Plötzlich wurde es still. Die bleichen Strahlen des Mondlichtes tauchten den Wald in ein unheimliches Grau.

Doch was den Soldaten und dem General die größten Sorgen bereitete, war nicht die Kinderstimme, sondern jenes raschelnde Geräusch, das sich beständig näherte. »Sha sha sha.«

»Seid bereit zum Kampf!«, befahl der General. Durch seine Erfahrung wusste er, dass Feinde in der Nähe waren. Doch als die Soldaten ihre Waffen zogen, verstummte das Geräusch plötzlich. Kein Laut durchbrach die Nacht, nur das Lied des Kindes hallte in weiter Ferne, doch dann verstummte auch das.

Sanft und lieblich erklang eine andere Stimme. Es

war die Stimme einer Frau, die sich zwischen den Bäumen ausbreitete. Ein Lied folgte dem nächsten und plötzlich überkam alle eine starke Müdigkeit. Nach und nach konnte keiner mehr die Augen offen halten und alle fielen in einen tiefen Schlaf.

Sie träumten, dass sie sich plötzlich am Beginn der Welt und des Universums befanden. Sie reisten über die Grenze von Zeit und Raum hinaus, wo sie der Liebe begegneten und von romantischen Gefühlen verfolgt wurden. Endlich kamen sie wieder in die Welt des menschlichen Geistes zurück, er befand sich nirgendwo im Universum und existierte doch wirklich. Alle schliefen ruhig und tief, um sie herum verbreitete sich der süße Duft von Blumen, Vögel sangen helle Lieder, die Bauern verrichteten ihre Arbeit auf den Feldern und schöne Mädchen wuschen im Fluss ihr langes Haar. Die Welt schien unendlich, die Zeit ewig, und alles war wunderschön und friedlich.

Dann war es plötzlich, als würden die Mädchen vertrieben werden. Hastig packten sie ihr Hab und Gut zusammen und liefen weg. Ruhelos zogen sie umher, die Blumen waren verschwunden, Falten durchzogen die Gesichter der schönen Mädchen, verdorrte Blumen und uralte Steine säumten ihren Weg. Kriegsfeuer flackerten auf, eine böse Macht herrschte über die Welt, am Ende blieben nur Ruinen und Zerstörung.

»Was für ein schöner Traum!«, rief Bors und erwachte. »Nur die zweite Hälfte war nicht besonders gut.«

Doch verglichen mit dem, was sich vor ihnen befand, war die zweite Hälfte des Traumes durchaus angenehm:

Eine riesige Gruppe von furchtbar hässlichen Ungeheuern hatte sich der magischen Linie bis auf fünfzig Meter genähert und bildete eine bedrohliche Mauer um das Lager.

»Haltet Pfeil und Bogen bereit!« Auch der General war soeben erwacht. Als er die Mauer der Feinde sah, weckte er in aller Eile die Soldaten. Ein schwerer Kampf stand ihnen bevor.

»Woher kommen die Feinde, Het?« Shaodian war sich sicher, dass alles, was um sie herum geschah, mit Magie zu tun hatte, und Het war der Einzige, der ihnen dabei helfen konnte.

Het sah auf die schwarze Mauer der Feinde und wurde von großer Angst erfasst. Er war noch sehr jung und hatte noch nie so viele Ungeheuer auf einmal gesehen. Aufgeregt hielt er seinen Zauberstab, um die Feinde jederzeit angreifen zu können. Als er Shaodians Frage hörte, meinte er nur kurz: »Wir wurden von Chiyous Zaubersprüchen verzaubert, im Schlaflied von gerade eben vermischten sich gute Elemente mit bösen, das ist sehr wirksam, um Menschen zu verzaubern. Wir sind in seine Falle getappt.«

Als Babuduo die Situation erfasste, griff er sofort zu seinem Schwert und bereitete sich auf einen großen Kampf vor. Zwar war er königlicher Leibwächter, doch an der Front war er noch nie gewesen. Er war sehr aufgeregt und freute sich auf seinen ersten Kampf an der Front. »Kommt herbei, grauenhafte Ungeheuer, ich gebe euch mein Schwert zu kosten.«

Bors war kein Mann des Krieges, sondern ein gewissenhafter, alter Gelehrter. Für ihn war es schwierig, in diesem Augenblick Ruhe zu bewahren. Aufgebracht schrie er los: »Ich habe es doch gesagt! Wir werden alle hier sterben! Wer nicht auf die Alten hört, wird ein böses Ende nehmen!«

Dann griff er entschlossen nach einem Bogen und meinte: »Mindestens einen muss ich erledigen, sonst kann ich nicht in Ruhe sterben.«

Shaodian war trotz seiner jungen Jahre der ruhigste von allen. Bevor er ins Drachenland gerufen worden war, hatte er jeden Tag seinen Geist durch Meditationen gestärkt, um in den Augenblicken äußerster Gefahr Ruhe und einen klaren Kopf zu bewahren.

»Alle sollen Ruhe bewahren!«, rief er laut. »Ihr braucht keine Angst zu haben, der magische Kreis wird uns schützen. Sobald sich die Feinde dem magischen Kreis nähern, werden sie von den Zaubersprüchen getötet. Halten wir unseren Bogen bereit, damit wir die Feinde sofort angreifen können, falls der magische Kreis zerstört wird.«

Als der General sah, wie ruhig Shaodian war, bewunderte er ihn und befahl: »Hebt den Bogen, schießt!«

Nachdem die zehntausend Soldaten erwacht waren und die Feinde erblickten, fürchteten sie sich sehr. Wo waren all die Ungeheuer bloß hergekommen? Zunächst herrschte ein riesiges Durcheinander unter den Truppen.

Nachdem Shaodian alle zur Ruhe gerufen und der General seine Befehle erteilt hatte, erhoben sie einer nach dem anderen den Bogen und schossen ihre Pfeile ab. Die erste Pfeilwolke schwirrte in die feindlichen Reihen und einige Hundert Ungeheuer schrien getroffen auf.

Die Ungeheuer waren wirklich furchterregend, manche hatten menschliche Körper, Tiergesichter und bewegten sich auf vier Beinen. Vor allem ihre Gesichter sahen furchtbar aus, wild und hässlich, stinkende Fetzen aus faulem Fleisch hingen herunter und dicke Maden krochen darin herum. Sie hielten keine Waffen in den Händen, denn sie töteten die Feinde mit ihren großen Krallen. Dabei stießen sie laute Schreie aus.

Als die erste Reihe gefallen war, schrie der Anführer der Ungeheuer auf: »Tötet all diese Menschen der Drachensippe, euer Anführer wird euch dafür reich belohnen!«

Als die Ungeheuer den Befehl hörten, stürmten sie ohne zu zögern voran.

»Dies sind die Wesen des Chaos!«, rief Bors den anderen zu. »Menschliche Körper mit Tierköpfen, die auf vier Beinen gehen, sie werden in den alten Büchern erwähnt. Wer hätte sich gedacht, dass sie zu Chiyous Helfern werden.« Bors war sehr unruhig geworden und plapperte unaufhörlich, doch keiner schenkte ihm Beachtung.

Shaodian betrachtete das feindliche Heer, das sich endlos in die weiten Wälder erstreckte. Die Feinde hatten keine Angst vor dem Tod und quollen weiter zwischen den Bäumen hervor.

Nachdem die ersten Reihen der Feinde gefallen waren, war der Raum zwischen Lager und Ungeheuern breiter geworden.

»Tötet sie, tötet sie für mich!«, kreischte der Anführer der Ungeheuer.

Da kämpften die Bestien noch wilder als vorher.

Sofort hatte die hintere Reihe die vordere ersetzt. Auf einige Hundert folgten einige Tausend. Bald waren die Ungeheuer nur mehr dreißig Meter vom Lager entfernt. Plötzlich hörten die Soldaten ein seltsames Zischen und schrien auf. Es war der Speichel der Ungeheuer gewesen, der die Soldaten verletzte. Der Speichel war wie eine Säure und fraß sich durch die Haut und das Fleisch der Soldaten.

»Fäulniswasser!«, schrie Bors. »Seid vorsichtig und passt auf, dass ihr nicht mit dem Speichel in Berührung kommt!«

»Greift zum Schild!«, rief der General.

Der Speichel der Ungeheuer flog in einem hohen Bogen auf die Soldaten zu. Somit mussten sie die Schilde heben, um ihn abzufangen, und konnten daher leicht von der Seite her angegriffen werden. Die Zahl der Feinde nahm stetig zu, wenn eine Reihe gefallen war, folgte die nächste, und die Kraft der Angriffe ließ nicht nach, im Gegenteil, sie nahm zu. Während die eine Seite immer schwächer wurde, wurde die andere immer stärker, die Ungeheuer kamen immer näher und waren jetzt nur noch zwanzig Meter vom magischen Kreis entfernt.

Der General war sehr besorgt, denn die Soldaten konnten die Schilde nicht herunternehmen, doch zugleich konnten sie sich gegen die Angriffe von der Seite her nicht wehren.

Die Verluste der Soldaten des Drachenlandes waren sehr groß. Die Ungeheuer brauchten nur ihren Speichel auszuspucken, sofort fielen Hunderte von Soldaten, mittlerweile waren schon über tausend gefallen.

Während er ständig Befehle gab, lief der General zu Shaodian und bat ihn um Rat: »Herr Shaodian, es sieht schlecht für uns aus. Wir müssen einen Ausweg finden.«

»So ist es«, antwortete Shaodian. Dann wandte er seinen Kopf und fragte Het: »Wie stark ist der magische Kreis? Wie lange kann er noch halten?«

Het meinte selbstsicher: »Mindestens eine Stunde. Es sei denn, diese Ungeheuer verfügen über unvorstellbar große Kräfte.«

»Sehr gut, Het«, meinte Shaodian. Dann wandte er sich wieder an den General: »Wir sollten uns besser zurückziehen. Wenn es so weitergeht, verlieren wir zu viele Soldaten. Es hat keinen Sinn, diese Position zu halten.«

Babuduo fragte: »Wohin sollen wir uns zurückziehen?«

»Nach hinten, hinten sind keine Feinde!«, rief Shaodian. Doch da entdeckte er schon, dass das nicht stimmte. Auch hinter ihm erhob sich bereits eine dunkle Mauer von Ungeheuern.

Shaodian warf einen Blick darauf und meinte: »Wir sollten es doch versuchen. Zumindest sind es dort weniger.«

»Nach vorne können wir nicht, außer wir hätten Flügel. Nach rechts auszuweichen ist auch unrealistisch, die Gegend dort ist sehr gebirgig, voller negativer Kräfte und Gefahren. Und links ist die Richtung, aus der wir gekommen sind«, führte Shaodian seine Überlegungen zu Ende. Er blickte zum General, dann zu den Soldaten, danach fragte er: »Was haltet ihr davon?«

Alle waren einverstanden. Shaodians Ruhe und Vernunft hatten sie überzeugt. Der General befahl seinen Männern, sich nach hinten zurückzuziehen. Nur noch wenige Meter trennten die Soldaten des Drachenlandes und ihre Feinde. Doch als die Ungeheuer den magischen Kreis berührten, begann der Zauber zu wirken, ein glänzender Lichtkreis erschien und eine Stimme aus alter Zeit sprach eindringlich: »Zurück, zurück, zurück!«

So blieb den Feinden nichts anderes übrig, als zurückzuweichen.

Doch die hinteren Reihen preschten voran, und als sie sich mit ganzer Kraft auf den magischen Kreis stürzten, gab er ein wenig nach. »Nach hinten! Nach hinten! Alle nach hinten! Schlagt euch einen blutigen Weg nach hinten!«, rief der General. »Kämpfen wir um unser Leben!«

Viele der Soldaten des Drachenlandes waren bereits gefallen. Von denen, die in den ersten Reihen gekämpft hatten, waren über zweitausend vom giftigen Speichel aufgelöst worden. Als sie jetzt den Kampfplatz räumten, erblickte der General die Überreste der gefallenen Soldaten und verfiel in tiefe Trauer. Wieder wurde ihm bewusst, wie falsch es gewesen war, das Lager in den Wäldern aufzuschlagen.

»Verzeihung, Herr Bors«, wandte sich der General an den alten Herrn, »ich habe eine falsche Entscheidung getroffen. Werdet Ihr mir jemals verzeihen?«

Bors meinte hart: »Ich habe es dir längst gesagt.« Doch als er sah, wie leid es dem General tat, fügte er hinzu: »Es ist gut, dass du deinen Fehler einsiehst.«

Auf dem Weg nach hinten waren die Soldaten bald außer Reichweite des giftigen Speichels der Ungeheuer.

So nahmen sie nach und nach die Schilde herunter, hoben Bogen und Pfeile und begannen ihrerseits die Feinde anzugreifen.

Die Feinde fielen nacheinander, schon über fünftausend toter Körper lagen am Boden. Doch verglichen mit der bedrohlichen schwarzen Wand war diese Anzahl immer noch lächerlich klein.

Die Einhörner waren den Soldaten im Wald keine Hilfe. Sie konnten ihre starke Seite nur unter dem weiten, freien Himmel entfalten, doch im engen, dichten Wald bewegten sie sich sehr schwerfällig und blieben ständig hängen und kamen kaum voran. So war schon über ein Dutzend Einhörner durch den giftigen Speichel gestorben.

»Ich habe wirklich einen Fehler gemacht«, schimpfte sich der General selbst. »Einen gewaltigen Fehler, ich hätte auf den alten Herrn Bors hören sollen.«

Als Bors sah, wie der General mit sich selbst kämpfte, meinte er tröstend: »Ich hätte gerade eben nicht so kalt sein sollen. Wir haben noch genug Zeit, um die Lage zu retten. Lass dich nicht zu sehr entmutigen; wenn du den Mut verlierst, machst du weitere Fehler.«

Der General meinte ehrfürchtig: »Der alte Herr hat recht.« Dann rief er: »Beeilt euch! Der magische Kreis wird bald zerbrechen, mit ganzer Kraft zurück, nach hinten!«

Der feindliche General war wütend über den magischen Kreis und befahl immer mehr Ungeheuern, nach vorne zu preschen: »Mit voller Kraft nach vorne, ihr Dummköpfe!«

Ein großer Haufen von Ungeheuern preschte nach vorne und prallte wie ein riesiger Berg auf den magischen Kreis. »Ao, ao!« Laut hallten die Schreie durch den nächtlichen Wald.

Het rief aufgeregt: »Der magische Kreis wird nicht mehr lange halten! Wie es aussieht, haben wir nicht mehr viel Zeit, ich habe die Ungeheuer unterschätzt!«

Während er sprach, dehnte und spannte sich der magische Kreis, dass er jeden Augenblick zu zerreißen drohte.

Vor ihnen wütete der Kampf. Auch hinter ihnen sah es nicht viel besser aus. Nachdem sie sich nach hinten zurückgezogen hatten, hoben die vorderen Soldaten Pfeil und Bogen und legten auf die Ungeheuer an.

Die Ungeheuer hinter Shaodian und den anderen erhoben sich wie Hummeln und versperrten den Soldaten den Weg.

»Vorwärts!«, rief der General. Auch die Soldaten des Drachenlandes waren furchtlose Krieger und preschten nach vorne. Als die erste Reihe fiel, nahm die zweite ihre Plätze ein. Immerhin kamen sie ein wenig voran.

Babuduo rief angespannt: »So geht es nicht, wir sind zu langsam. Seht doch! Der magische Kreis wird gleich zerbrechen, dann werden die Feinde uns von beiden Seiten angreifen und umzingeln.«

Shaodian meinte: »Wir haben keine andere Möglichkeit, wir müssen nach vorne. Hoffen wir, dass wir dort irgendwo durchkommen! Wir haben noch eine Hoffnung, schaut dorthin, die Feinde sind dort schwächer.«

Bors meinte: »Ich hätte nie gedacht, dass meine Knochen noch dazu imstande sind, Feinde zu töten. Ich habe fünf erledigt. Und du, Babuduo?«

»Fünfundzwanzig!«, rief Babuduo stolz. »Viel mehr als Ihr!«

Bors war nicht zufrieden und wandte sich an Het: »Und du, Kerlchen?«

Het antwortete: »Tut mir leid, auch mehr als Ihr, neunzehn!«

»Also habe ich verloren«, meinte Bors kleinlaut, »aber für mein Alter bin ich doch nicht schlecht.«

Shaodian mahnte: »Konzentriert euch, wir sind noch nicht so weit, dass wir blind und optimistisch sein können. Noch sind wir nicht in Sicherheit.«

Die Soldaten an der Spitze kamen gut voran. Schon bald hatten sie sich einen Weg freigekämpft.

Der General rief: »Schnell! Alle Mann nach hinten!«

Die Soldaten des Drachenlandes liefen nach vorne.

Der General wandte sich an Bors und fragte: »Alter Herr, wo können wir einen Schutz finden, wenn wir in diese Richtung laufen? Wir sind immer noch viel zu langsam.«

Bors verzog seinen Mund und meinte: »Nach allen Büchern, die ich gelesen habe, gab es in der Geschichte keinen einzigen Fall, in dem es ein gutes Ende nahm, wenn die Menschen in die Alten Wälder eindrangen. Wenn sie nicht durch irgendwelche Zaubereien festgehalten wurden, dann wurden sie von diesen grauenhaften Ungeheuern getötet. Diese Wälder sind ein Schmelztiegel des Bösen. Überall verstecken sich Gefahren, und wer einen Augenblick lang nicht aufpasst, riskiert sein

Leben.« Sogar in diesem Augenblick konnte er es nicht lassen, den General zu tadeln. »Ich habe es dir schon längst gesagt, General, doch du hast mich nicht ernst genommen.«

Dem General tat alles schon furchtbar leid, er ließ den Kopf hängen und sagte kein Wort. Als Shaodian das sah, stand er ihm sofort bei und meinte: »Alter Herr, jetzt ist nicht die Zeit für Diskussionen, ich denke, wir überlegen uns besser, wie wir hier wieder hinauskommen. Je schneller, desto besser.«

»Ja, das ist im Augenblick das Wichtigste«, schaltete sich auch Babuduo ein. »Um den Großen Drachen zu finden, dürfen wir hier nicht sterben. Wir wissen nicht, wie viele Ungeheuer uns noch angreifen werden. Himmel! Ich habe noch nie so viele Ungeheuer gesehen. Ich verstehe bis jetzt nicht, wie sie alle auf einmal da waren, als wir aus dem Schlaf erwachten.«

Het meinte: »Wenn ich das richtig erkannt habe, dann hat Chiyou im Gebiet zwischen den zwei Ländern viele Fallen aufgestellt, welche Nachrichten zu Chiyou übertragen. Als wir im Wald unser Lager aufschlugen, wurden die Fallen ausgelöst. Sie informierten Chiyou über unser Kommen. Daraufhin schickte er sofort ein zehnmal stärkeres Heer aus, um uns zu vernichten.«

Babuduo meinte: »So muss es sein. Das ist wahrscheinlich auch der Grund, weshalb das Drachenland bei allen Kämpfen an der Grenze immer verlor. Chiyou hat an jedem strategisch wichtigen Punkt magische Fallen aufgestellt und wir sind hineingetappt.«

Shaodian war sehr besorgt, denn er spürte, dass ihre

Situation unmöglich schien. Immer noch kamen sie viel zu langsam voran und die Ungeheuer rückten ständig näher. Also befahl Shaodian den Truppen, unnötige Dinge zurückzulassen, in der Hoffnung schneller voranzukommen.

Wie viele Jahre diese Wälder schon überdauert hatten, das wusste kein Mensch. Manche Wurzeln ragten einige Meter aus dem Boden heraus, dazwischen wucherten Blumen und Büsche und oft versperrten den Soldaten Pflanzen den Weg. Der Boden war weich und oft blieben sie im sumpfigen Boden stecken. So kamen sie nur sehr langsam und mühsam voran.

Die negativen Kräfte waren immer noch sehr stark, die Luft war feucht und schwül. Die Soldaten waren bereits sehr erschöpft, aber keiner wagte es, stehen zu bleiben oder gar eine Pause zu machen. Zu groß war die Angst zurückzufallen. Im Wald gab es einige merkwürdige Vogelarten, die bei Nacht nicht schliefen und auf einmal laut zwischen den dunklen Bäumen laut riefen. Ab und zu hörten sie merkwürdige Rufe und seltsame Stimmen in einer fremden Sprache.

»Alte Legenden«, sprach Bors, »das ist die Sprache aus der Chuanyi-Epoche, seit wie vielen Jahren habe ich diese Lieder nicht mehr gehört!«

»Die Sprache aus der Chuanyi-Epoche?«, fragte Het überrascht.

»Ja. In den unbekannten Zeiten soll angeblich eine große Katastrophe über die Welt gekommen sein, die den Menschen großen Schaden gebracht hat. Leider kann ich die Sprache nicht verstehen. Ich kann lediglich sagen, um welche Sprache es sich handelt und aus welcher Zeit sie stammt.«

Sie kämpften sich mit aller Kraft voran und kamen doch nur sehr langsam von der Stelle, dabei hallte ein merkwürdiger Laut durch den Wald, es war kein Vogelruf, sondern menschlicher Gesang. Das Lied klang immer bitterer und schwerer verständlich, die Stimme wurde immer trauriger. Nachdem sie einen weiten Weg hinter sich hatten, hörten sie in der Ferne das Geräusch von Kriegstrommeln.

Plötzlich blieb Shaodian stehen. Er hörte Trommeln. Das monotone Geräusch kam aus der Richtung, auf die sie zuliefen. Instinktiv wusste er, dass das Geräusch aus einer anderen Welt stammen musste. Als Pangumensch verfügte er über besondere Fähigkeiten, die den anderen fremd waren. Doch um seine Freunde nicht zu beunruhigen, sagte er nichts und lief weiter.

Plötzlich wurde Het von einem Ast umschlungen und fing laut an zu schreien: »Hilfe! Shaodian, hilf mir!«

Shaodian kam sofort herbei und rief: »Immer mit der Ruhe, dieser Baum hat keine böse Absicht, wahrscheinlich prüft er nur, ob du böse Absichten hast oder nicht.«

Het strampelte wild mit beiden Beinen: »Was soll das Gerede, schnell, helft mir! Babuduo, schnell, nimm dein Schwert und befrei mich!«

Schon hob Babuduo sein Schwert, um den Ast abzuhauen, doch Shaodian hielt ihn zurück. Gerade als er zu reden anfangen wollte, streckten auch die anderen Bäume um sie herum die Äste aus und hielten sie fest.

Alle schrien auf und die Soldaten schlugen mit ihren Schwertern wild auf die Äste ein.

»Halt! Hört auf euch zu wehren und legt eure Waffen nieder!«, rief Shaodian laut. »Wir dürfen dem Wald keinen Schaden zufügen. Diese Bäume verfolgen keine böse Absicht, sie prüfen nur, ob wir gute Menschen sind. Wir brauchen nur zu versuchen mit ihnen zu kommunizieren, um mit ihnen mit ehrlichem Herzen Freundschaft zu schließen, dann werden sie uns verstehen und uns gehen lassen.«

»So ist es. Ich habe davon in meinen Büchern gelesen. Das ist ein Geisterwald, die Bäume hier leben schon seit sehr langer Zeit und haben eine Seele, einen Geist. Mit dieser Methode überprüfen sie, ob du ein guter Mensch bist oder ein schlechter. Wenn wir schlechte Menschen sind und die Äste abhacken, dann wird sich der Wald an uns rächen und wir brauchen gar nicht mehr zu versuchen den Weg hinaus zu finden. Doch da wir zu den guten und gerechten Menschen gehören, brauchen wir nur stillzuhalten und zu versuchen ehrlich mit den Bäumen zu sprechen. Wenn wir ihnen erzählen, warum wir hier sind, dann werden sie uns sicher freilassen«, sagte Bors.

Alle respektierten Shaodian und Bors und taten so, wie sie es ihnen gesagt hatten. Shaodian wurde als Erster freigelassen. Als Weiser der Pangusippe hatte er ein besonders reines Herz und das spürten die Bäume sofort.

»Und was ist mit uns?«, rief Het aufgeregt.

Babuduo unterbrach ihn und meinte: »Du wirst sicher der Letzte sein, kleiner Herr Het. Denn du bist ein Mensch, der andere bestohlen hat.«

Het war beleidigt, seine jungen Augen färbten sich rot und er begann zu weinen. »Lieber Baum, ich bin ein guter Mensch, ich habe das Diebesgut den Armen gegeben, ich bin ein guter Mensch.« Der Baum war kein gefühlloses Wesen, vielleicht hatten Hets Tränen ihn überzeugt oder vielleicht war Het wirklich so gut in seinem Herzen. Sehr bald gab der Ast, der Het festhielt, langsam nach und ließ ihn frei. Dann klopfte er ihm noch kurz auf die Schultern, so als wollte er ihn trösten.

Het lachte: »Wie es aussieht, ist es wirklich besser, ein guter Mensch zu sein.«

Alle anderen bemühten sich darum, mit den Bäumen zu sprechen, und so kam einer nach dem anderen frei.

Shaodian freute sich sehr und rief den Bäumen zu: »Vielen Dank für euer Verständnis, in Zukunft wollen wir Freunde sein, ich hoffe sehr, dass ihr uns durch den Wald helft.«

Babuduo war sehr verwirrt und blickte zu Shaodian. Noch nie hatte er von so etwas Seltsamem gehört, geschweige denn selbst erlebt.

Het überlegte hin und her, er zweifelte an seiner Entscheidung, mitgekommen zu sein. An eine Umkehr war nicht mehr zu denken, denn hinter ihnen befanden sich die Feinde und vor ihnen mochten noch so manche Gefahren versteckt sein. Aber dann dachte er an sein Versprechen, das er Shaodian gegeben hatte, und verwarf seine Zweifel. Shaodian hingegen dachte weder an Rückzug noch bereute er, die Reise angetreten zu haben, denn er war von Geburt an dafür bestimmt, den Großen Drachen zu finden und die Menschheit zu retten.

Was Babuduo betraf, so machte er sich nicht so viele Gedanken. Er war ein loyaler Ritter, der den Befehlen seines Königs immer Folge leisten würde.

Die Soldaten hingegen waren sehr müde. Obwohl sie tapfere und starke Krieger waren, waren sie nach einem so langen und beschwerlichen Marsch sehr erschöpft und konnten sich kaum noch auf den Beinen halten.

Der General konnte die Gefühle der Soldaten verstehen. Es war schon beinahe Tag und sie fühlten sich vorerst sicher.

Also trat er zu Shaodian und beriet sich mit ihm. »Shaodian, wir haben jetzt einen weiten Weg hinter uns, die Feinde sind weit zurückgefallen, unsere Soldaten haben sich lange nicht mehr ausgeruht und sind sehr müde; wenn sie sich nicht bald ein bisschen ausruhen können, befürchte ich, dass wir nicht sehr weit kommen werden.«

Shaodian sah die Soldaten an, jeder schleppte sich dahin und viele ließen sich einfach auf den Boden fallen. Doch er wusste auch, dass sie nicht in Sicherheit waren, wenn sie sich jetzt ausruhten. Die Feinde würden sie bald einholen, denn Chiyou würde nicht aufgeben, bevor er nicht den letzten Soldaten aus dem Drachenland getötet hatte.

Doch die Truppen konnten wirklich nicht mehr weiter. Der Wald schien kein Ende zu nehmen. Also suchte Shaodian einen sicheren Platz und wies die Soldaten an, sich auszuruhen.

Doch im Herzen war er unruhig: »Die Situation ist nicht günstig, Freunde.« Er inspizierte die Gegend und strich über die Bäume. »Die Feinde kommen unaufhörlich näher und näher, ich kann in der Ferne ihre raschen Schritte hören. Anscheinend kennen sie keine Müdigkeit.«

Bors legte den Bogen ab und meinte: »Sie sind Ungeheuer, Ungeheuer haben keinen Willen und kennen keine Müdigkeit. Sie sehen nichts als den Kampf, kein Mensch kann sie daran hindern, uns zu verfolgen. Außer sie werden getötet oder ihr Anführer ruft sie zurück.«

Babuduo meinte: »Wir können nichts dagegen tun, wir sind immer noch im Vorteil, durch den magischen Kreis haben wir Zeit gewonnen. Obwohl sie uns immer noch verfolgen, sind sie doch weit von uns entfernt.«

»Haha!« Bors holte wieder einmal alle auf den Boden der Tatsachen zurück. »Die Ungeheuer werden sich niemals ausruhen. Auch wenn wir mit gleicher Geschwindigkeit vorankommen, werden sie uns früher oder später einholen. Deshalb ist es besser, an irgendwelche unterhaltsame Dinge zu denken, wie an unsere Geliebten oder so, und immer weiterzulaufen.«

Die Stimmung war gedrückt, denn alle wussten, dass Bors recht hatte. Eine ganze Nacht waren sie schon durch den Wald gelaufen und noch immer konnten sie das Tageslicht nicht sehen. Die dichten Baumkronen, Zweige und Blätter waren wie ein Ozean, sie hatten schon längst einen großen Teil der Sonne verdeckt. Nur hin und wieder drangen ein paar Lichtstrahlen durch, die einige helle Punkte auf die Steine im Wald warfen.

Shaodian war besorgt, doch als Anführer musste er Ruhe bewahren. Zunächst lehnte er sich an einen großen Baum, schloss die Augen und meditierte. Als die anderen das sahen, wollten sie ihn nicht stören und gingen zum General und den restlichen Soldaten. Alle wurden ruhig, nur das Scharren der Einhörner war zu hören.

Im Wald war es sehr ruhig. Der Gesang und die Vögel waren verstummt. Wahrscheinlich weil die Nacht vorbei war und die Vögel sich schlafen legten.

Erschöpft von dem langen Marsch und dem Kampf schliefen alle sofort ein. Als sie sahen, wie ruhig und entschlossen Shaodian war, vergaßen sie ihre Sorgen und Ängste.

Shaodian sammelte sich und überlegte, wie es weitergehen solle. Als guter Anführer musste er mehr Verantwortung auf sich nehmen. Er überlegte, wie er alle sicher zurückbringen konnte, obwohl dieser Wunsch im Augenblick nicht besonders realistisch zu sein schien.

Die Zeit verging, doch im Wald war es immer noch dunkel. Hin und wieder fielen einige schwache Strahlen herein, so als wollten sie die düstere Hölle erhellen. Immer noch war der Weg durch den Wald beschwerlich und mühsam. Die Umgebung hatte sich verändert und der Boden wurde zunehmend fester. Die Gruppe versank zwar nicht mehr im sumpfigen Boden, aber riesige Gesteinsbrocken und Felsen versperrten ihnen oft den Weg. Doch andere Möglichkeiten gab es nicht, nach vorne, das war der einzige Ausweg.

Auf der Seite der Feinde hatten sich die Gruppen der Ungeheuer, die Chiyou zusammengerufen hatte, mittlerweile alle über den magischen Kreis hinweggesetzt. Die alten Zaubersprüche vor allem gegen einzelne Ungeheuer wirksam, doch wenn sich eine ganze Gruppe darauf stürzte, war die einzige Wirkung des magischen Kreises, dass er sie kurz aufhielt und den Verfolgten mehr Zeit gab.

Durch den großen Druck war der magische Kreis bereits nach einer halben Stunde zerbrochen. Die Ungeheuer waren wie eine große Woge hindurchgebraust. Sie hatten weder eine Seele noch Gedanken, das Einzige, woran sie denken konnten, war Kampf. Durch ihre vier Beine kamen sie schnell voran, nur die quer wachsenden Äste hielten sie hin und wieder zurück. Wütend zerbrachen sie die Äste mit ihren Klauen. Das sollte ihnen zum Verhängnis werden, denn schon bald hatten sie den Zorn des Waldes geweckt. So stellten sich den Ungeheuern immer mehr Bäume und Äste in den Weg und hinderten sie am Vorankommen. Manchmal blieb ihnen keine andere Möglichkeit, als einen großen Umweg zu machen. So kam es, dass die Ungeheuer keineswegs schneller vorankamen als die Soldaten der Drachensippe.

Ihr Anführer war über das langsame Vorwärtskommen sehr unzufrieden. »Schlagt diese verdammten Bäume ab, Dummköpfe! Schneller! Wenn ihr die Feinde nicht erledigt, werdet ihr selber sterben.«

So begannen sie Äste abzuhacken und Bäume zu fällen. Schon waren alle Bäume vor ihnen gefällt. Doch der Wald gab nicht auf und nutzte alle ihm verfügbaren Kräfte, um die Ungeheuer aufzuhalten.

Shaodian wusste, dass Chiyou niemals aufgeben würde, ohne die Truppen des Drachenlandes vernichtet zu haben. Wenn diese Ungeheuer nicht dazu imstande waren, die Aufgabe zu vollbringen, würde er andere, noch furchtbarere aussenden. Dann würden sie sich auf eine aussichtslose Verfolgungsjagd einstellen müssen. Was sollten sie tun?

Obwohl sie eine ganze Nacht lang ununterbrochen gelaufen waren, sahen sie immer noch kein Ende des Waldes, im Gegenteil, es schien, als ob der Wald immer tiefer, dunkler und gefährlicher wurde, je weiter sie hineingingen.

Schließlich fiel Shaodian auch in einen leichten Schlaf, bis er plötzlich von einem Geräusch geweckt wurde. Es waren die Ungeheuer, die die Bäume fällten, die er hörte. »Sie sind fast da!« fuhr es Shaodian durch den Kopf. Schnell weckte er die anderen auf und drängte sie weiterzulaufen. Schlaftrunken taumelte der Tross weiter.

Shaodian hatte nicht erwartet, dass die kurze Ruhepause zwei Stunden in Anspruch nehmen würde. Dadurch waren ihnen die Ungeheuer wieder auf den Fersen. Er versuchte die Soldaten zu beruhigen, denn er spürte, dass sie verängstigt und angespannt waren. Er sprach zum General: »Überlast mir zwanzig Soldaten. Ich werde mit ihnen die Nachhut bilden. Hoffentlich können wir so ein wenig Zeit gewinnen.«

Der General stimmte zu: »So soll es sein, Herr Shaodian.« So befahl er zwanzig Soldaten, mit Shaodian zurückzubleiben.

»Nein!«, rief Babuduo. »Du kannst nicht alleine zurückbleiben. Ich bleibe bei dir.« Auch Het und Bors wollten Shaodian nicht alleine zurücklassen. Obwohl alle Bors rieten aufgrund seines Alters mit dem General und der Rest der Gruppe zu gehen, blieb er stur und beharrte darauf, bei Shaodian und den anderen zu bleiben.

Als Shaodian das sah, war er sehr bewegt. Alle meldeten sich für die Nachhut, sie abzulehnen hatte auch keinen Sinn. Also meinte er: »Zwanzig Soldaten und wir vier werden die Nachhut bilden, um für die anderen einen größeren Vorsprung zu erkämpfen. General, versucht so schnell wie möglich aus dem Wald herauszukommen. Wir dürfen nicht zulassen, dass dieses große Heer vernichtet wird.«

Der General nickte und führte die restlichen achttausend Soldaten, die geblieben waren, und die neunhundert Einhörner weiter durch den Wald.

Shaodian sagte zu den anderen, die zurückgeblieben waren: »Liebe Brüder, die Ungeheuer sind noch einige Kilometer von hier entfernt. Wir haben ein bisschen Zeit, um uns auf den Kampf vorzubereiten und einen geschützten Ort zu finden.«

Die zwanzig Soldaten gehorchten und machten sich sofort daran, Pfeil und Bogen vorzubereiten. Sie trennten sich, kletterten in die Wipfel der Bäume und suchten sich schnell ein sicheres Versteck.

»Was sollen wir tun?«, fragte Babuduo.

»Zunächst warten wir. Ich muss mich noch ein bisschen umsehen. Dann schauen wir weiter«, meinte Shaodian, trat zu einem Baum und berührte einen Wassertropfen, der über den Baumstamm lief. Er überlegte kurz und fragte plötzlich: »Hat jemand Feuer?«

Bors antwortete: »Ja! Normalerweise benutze ich es

dazu, meine Pfeife anzuzünden.« Er nahm ein Streichholz aus der Tasche und reichte es Shaodian.

Shaodian nahm es in die Hand und lachte kühl. Dann gab er weitere Anweisungen: »Holt das Wasser von den Bäumen und bringt es dahin, wo ich euch sage.« Babuduo, Bors und Het begannen sofort mit der Arbeit. Währenddessen zeichnete Shaodian in geringem Abstand große Kreise auf den Waldboden. In jeden Kreis sollten sie Wasser tropfen, um den Kreis herum häufte er getrocknete Blätter auf.

»Gut«, meinte er. »Gefährten, habt ihr alle Feuer?«

»Ja, Shaodian.«

»Sehr gut! Wenn die Ungeheuer die Kreise betreten, schießt ihr die brennenden Pfeile sofort ab und setzt das getrocknete Laub in Brand. Das Wasser auf den Bäumen hat die Kraft, das Dämonische Feuer zu entzünden, welches die Feinde vernichten wird.«

Nachdem alle den Plan verstanden hatten, suchten sie sofort wieder ihre geschützten Verstecke auf.

Schon nahten laut schnaufend die Ungeheuer und traten in die Kreise. »Schießt!«, rief Shaodian.

Alle zündeten die Pfeilspitzen an und zielten auf die trockenen Blätter am Boden.

Als die Pfeile die dürren Blätter erreichten, flammte das Feuer sofort auf. Auch das Wasser entzündete sich, die Flammen des Dämonischen Feuers wuchsen und wuchsen und verschlangen die Ungeheuer, die jämmerlich verbrannten. Am Ende blieb von ihnen nur ein großer Berg Asche übrig.

Shaodian zögerte keinen Augenblick. Er wies die anderen an, von den Bäumen herunterzuklettern und so schnell wie möglich wegzulaufen.

Als der Anführer der Ungeheuer sah, was an der Spitze vor sich ging, nahm er keine Rücksicht auf die Verwundeten und schrie wütend: »Da drüben! Ihnen nach!«

Die Ungeheuer waren viele an der Zahl; obwohl einige Tausend von dem Feuer getötet wurden, schwärmten die restlichen ein weiteres Mal aus und nahmen die Verfolgung auf.

Shaodian führte seinen Trupp genau in die entgegengesetzte Richtung, welche die Soldaten der Drachensippe genommen hatten.

Pfeil und Bogen der vierundzwanzig ruhten keine Sekunde lang, alle liefen weiter und schossen immer wieder Pfeile nach hinten. Jedes Mal waren es einige Dutzend Ungeheuer weniger. Schon nach kurzer Zeit waren einige Hundert Ungeheuer erledigt.

Der Anführer der Ungeheuer wurde immer zorniger: »Tötet diese Menschen!«

Mit ihren vier Beinen kamen die Ungeheuer schnell voran, Shaodian und die anderen waren viel langsamer. Es sah nicht gut für sie aus.

Het hatte gerade einen Pfeil abgeschossen und ein Ungeheuer erledigt. »Noch ein paar«, rief er, »dann hat es sich wenigstens gelohnt.«

Shaodian sah abwechselnd nach vorne und nach hinten. Plötzlich lichtete sich der Wald und ein Tal öffnete sich vor ihnen. »Schnell, dorthin, dort ins Tal!«, rief er laut, fasste das Schwert und teilte ein Ungeheuer, das ihn bereits erreicht hatte, in zwei Teile.

Die anderen liefen auf das Tal zu, aus dem sich dichter Nebel erhob. Sie hofften, dass es aus dem dichten Wald hinausführte. Die Ungeheuer waren ihnen schon so nahe, dass ihnen nichts anderes übrig blieb, als Pfeil und Bogen weg zu werfen und die Schwerter heraus zu ziehen.

»Achtet auf den giftigen Speichel!«, rief Shaodian. »Weicht ihm aus!«

Als die Ungeheuer auf sie prallten, kamen einige der Soldaten der Drachensippe mit dem giftigen Speichel in Kontakt und starben schon nach wenigen Sekunden.

»Diese Schurken!«, rief Babuduo erbost, schwang sein Schwert und hieb einige der Ungeheuer entzwei.

Het kämpfte nicht mit dem Schwert, sondern mit seinem Zauberstab, mit dem er die Ungeheuer in steinerne Statuen verwandelte.

Im Nahkampf war Bors den anderen unterlegen. Obwohl er von sich behauptete, groß und kräftig zu sein, war er doch schon sehr alt und hatte schon bald keine Kraft mehr weiterzukämpfen.

Shaodian blieb hinter den anderen zurück und wartete, bis sie das Tal erreicht hatten.

Die Soldaten der Drachensippe hatten es nicht geschafft, sie waren alle im giftigen Speichel gestorben. So waren nur noch Shaodian, Babuduo, Bors und Het übrig. Als sie in das Tal hineinliefen, kam ihnen der weiße Nebel entgegen und hüllte sie ein. Er war so dicht, dass sie nicht weiter als einen Meter sahen.

Plötzlich hörten sie eine alte Stimme »Wer ist in das Loch der Epochen eingedrungen?«

3

Die Pagode der Erdgeister und das Loch der Epochen

»Wer wagt es, in das Loch der Epochen einzudringen? Ich werde ihn töten!« Die Stimme erklang ein zweites Mal.

Babuduo fragte erschrocken: »Wer kann das sein? Die Stimme klingt wie alter Wein, der viele Jahre lang gegoren ist, voll und betörend.«

Het meinte: »Ich verstehe mich nur auf Zauberei und ähnliche Dinge, doch mir scheint, mit Zauberei hat diese Stimme nichts zu tun.«

»Es könnte ein Erdgeist sein«, warf Bors ein. Shaodian und die anderen beiden fragten erschrocken: »Ein Erdgeist?«

»So ist es.« Gemächlich zündete sich Bors seine Pfeife an. »Das ist ein Erdgeist; der Erdgeist, der am Ende der Welt das Tor zum Loch der Epochen bewacht.«

Bors war sehr müde, er ließ sich auf einem Stein am Rand des Tales nieder. »Die Ungeheuer haben wirklich keine Manieren, nicht einmal den Alten gegenüber erweisen sie Respekt. Wie können sie meine armen, alten Knochen nur so quälen!« Er wischte sich mit seiner schmutzigen Hand über die Nase und zog an seiner Pfeife. Dann schlug er die Beine übereinander und begann zu erzählen: »Die Erdgeister existieren schon seit dem Beginn des Universums und wurden von Pangu beauftragt, das Tor der Epochen zu bewachen. Seitdem wachen sie Tag um Tag, Jahr um Jahr am Eingang und sorgen dafür, dass niemand unerlaubterweise in eine andere Epoche gelangt.«

Alle sahen Bors verständnislos an. Keiner von ihnen hatte verstanden, was Bors gerade zu ihnen gesagt hatte.

Bors zog an seiner Pfeife und sprach weiter: »Im Universum gibt es nicht nur eine, sondern viele Epochen, die parallel existieren. Jede dieser Epochen hat ihre Grenzen, die nicht so einfach überschritten werden können. Um die Ordnung des Universums zu garantieren, hat Pangu dem Erdgeist befohlen, den Durchgang zu bewachen. Nicht jeder kann einfach in eine andere Epoche reisen.«

Shaodian fragte: »Wie viele Durchgänge gibt es hier in unserer Epoche auf dem Kontinent, durch die man in eine andere Epoche gelangen kann?«

»Einen«, antwortete Bors und paffte.

Shaodian fragte weiter: »Heißt das, dass der Große Drache und die Vorfahren der Pangusippe in ein Land gezogen sind, das sich in einer anderen parallelen Epoche befindet?«

»Das ist gut möglich«, meinte Bors. »Bevor wir in dieses Tal kamen und den Erdgeist hörten, war ich davon überzeugt, dass sich der Ort, von wo aus der Große Drache in den Himmel aufgestiegen ist, im Süden unserer Welt befindet, irgendwo zwischen den Wäldern, den Nebelseen und dem Land der Unsterblichkeit. Doch vielleicht ist das falsch. Vielleicht ist die Pangusippe auf dem Rücken des Großen Drachen in eine andere Epoche gezogen.«

Het fragte neugierig: »Ihr seid ja auch zum ersten Mal

hier. Wie habt Ihr dann gleich gewusst, dass sich hier in diesem Tal das Loch der Epochen befindet und dass die Stimme zum Erdgeist gehört?«

»Alter Kerl, du quatschst zu viel!«, rief die Stimme. Dann begann sie in einer für die anderen unverständlichen Sprache zu reden.

»Was sagt er? Wieso verstehen wir nichts?«, fragte Het ängstlich.

»Er redet in der Sprache, die zur Zeit des zweiten Kaisers unserer Epoche gesprochen wurde, natürlich verstehst du nichts«, schimpfte Bors. Er blies eine kleine Rauchwolke aus und fügte hinzu: »Gerade eben hat der Erdgeist in der uns vertrauten Sprache geredet, also war es für euch verständlich. Jetzt spricht er in der Sprache aus der Zeit des zweiten Kaisers, um mich auf die Probe zu stellen. Immerhin habe ich meinen Gelehrtentitel nicht umsonst bekommen!«

Er hob den Kopf und rief laut: »Ich habe verstanden, Herr Erdgeist! Verglichen mit den Kerlchen hier sind wir beide ehrenwerte alte Persönlichkeiten. Wenn ich unter diesen als eine der ehrenwertesten gelte, dann bist du, großer Herr Erdgeist, der König der ehrenwerten Persönlichkeiten!«

»Ha, ha, ha!« erschallte das Gelächter des Erdgeistes und hatte den bedrohlichen Unterton von vorhin abgelegt. »Hab Dank für dein Lob, kleiner, alter Herr!«

Alle waren überrascht. Niemals hätten sie gedacht, dass es jemand wagen würde, Bors »kleiner, alter Herr« zu nennen. Neugierig fragte Het: »Wie alt ist der Erdgeist?«

Bors hob zwei Finger.

»Zwanzigtausend Jahre?«, fragte Babuduo und riss die Augen weit auf.

Bors schüttelte den Kopf.

»Zwei Millionen Jahre?«

Bors schüttelte immer noch den Kopf.

»Zwanzig Millionen Jahre?«

Bors schüttelte abermals den Kopf. »Nein, zwei Milliarden Jahre!«

»Zwei Milliarden Jahre?« Alle sahen ihn staunend an. Sie hatten gedacht, dass Bors das älteste Wesen auf dieser Welt sei. Nie hätten sie gedacht, dass sie plötzlich auf ein anderes Wesen treffen sollten, das zwei Milliarden Jahre alt war. Das war einfach unvorstellbar.

»Wird er nie sterben?«, fragte Shaodian.

»Er wird schon sterben, aber erst nachdem er seine Aufgabe erfüllt hat. Jeder Erdgeist hat eine große Aufgabe in seinem Leben, und wenn er die erfüllt hat hinterlässt er ein Ei und stirbt. Aus dem Ei wird der nächste Erdgeist geboren. Der Erdgeist kann sterben, doch es muss immer einen Erdgeist geben, der das Tor der Epochen bewacht. Es sei denn, die Sterne drehen sich nicht mehr, die Zeit steht still und die Ordnung des Universums zerbricht.«

»Ach, so ist das.« Het hatte endlich verstanden.

Da hörten sie den Erdgeist wieder reden: »Wie kommt es, dass ihr euch im Tal der Epochen befindet und anscheinend nicht die kleinsten Verletzungen habt? Was seid ihr für Menschen? Und die da draußen, was sind das für Kerle?«

Dieses Mal hatte er wieder in einer Sprache gesprochen, die sowohl Bors als auch alle anderen verstanden. Doch die Stimme klang merkwürdig und alt.

Bors antwortete ihm laut: »Verehrter Herr Erdgeist! Wir sind Vertreter der Gerechtigkeit, deshalb sind wir hereingekommen. Die da draußen sind böse Ungeheuer.«

»Böse Ungeheuer? Was sind das für Dinge?« Die Stimme änderte ihren Tonfall und wurde kratzig.

»Chiyous Gesellen.« Bors hob seine Stimme.

Als der Erdgeist den Namen »Chiyou« hörte, begann seine Stimme zu zittern: »Chiyou, Chiyous Gesellen?«

»So ist es, Chiyous Gesellen!«, bestätigte Bors.

Es war still. Das raue Gestein lag immer noch ruhig im Tal, jene dichten Nebel, die aussahen, als gehörten sie zu Überirdischen, verbreiteten eine unheimliche Atmosphäre. Einige Schatten bewegten sich. Plötzlich erklang ein spitzer Schrei. Die Vögel stoben auseinander und flogen in die Tiefe des Tales hinein.

Der Erdgeist rief verzweifelt: »Chiyou, Chiyou ist gekommen, wie furchtbar, wie furchtbar ... furchtbar ...« Sein erbärmlicher Schrei breitete sich bis weit in die Tiefe des Tales aus und das Echo hallte immer wieder zurück. Dann war es wieder still.

Het verstand nicht: »Warum hat der Erdgeist solche Angst, wenn er den Namen Chiyou hört?«

Über Shaodians Gesicht huschte ein ernster Schatten. »Ein Sturm ist im Anmarsch. Vielleicht wird er bald sterben.«

»Was?« Babuduo drehte seinen Kopf nach hinten und schaute aus dem Tal hinaus. »Warum sind die Ungeheuer uns nicht gefolgt?«

Bors meinte: »Die Ungeheuer können hier nicht rein, in das Tal des Lochs der Epochen dürfen nur die Vertreter der Gerechtigkeit. Die Bösen schaffen es nicht, den Bannkreis zu zerbrechen, um in dieses Tal hereinzukommen. Es sei denn, sie sind sehr viele.«

Shaodian fragte: »Alter Herr, warum ist es den Vertretern der Gerechtigkeit erlaubt, ins Tal hereinzukommen? Hat Pangu das so gewollt?«

»Bestimmt gibt es einen Grund. Doch im Augenblick kenne ich ihn auch nicht«, brummte Bors und überlegte.

»Aber was sollen wir dann tun?«, fragte Het. »Sollen wir weiter ins Tal hineingehen oder sollen wir es wieder verlassen?«

»Hm«, meinte Bors und blies Rauch aus. »Das ist die Frage. Wo wir hereingekommen sind, können wir auf keinen Fall hinaus, denn dort warten immer noch die Ungeheuer auf uns, sie sind bestimmt noch nicht verschwunden. Das Dumme ist, dass wir jetzt bereits Chiyous Aufmerksamkeit geweckt haben und zu seinem Ziel geworden sind. Chiyou kann jederzeit seine Zauberer zu uns schicken, die sich mit seiner dunklen Kraft vollgesogen haben. Sie können den Bannkreis brechen und in das Tal hereinkommen. Sie sind ja davon überzeugt, dass sich hier die große Armee des Drachenlandes befindet, doch in Wirklichkeit ist jenes große Heer längst in eine andere Richtung gezogen.«

»Stimmt«, meinte Babuduo. »Glaubst du, dass es unserer Armee gelingen wird, sicher aus dem Wald zu kommen?«

»Ich denke, das ist kein Problem«, meinte Shaodian.

»Sie werden nicht verfolgt und werden hoffentlich ohne weiteren Probleme den Waldrand bald erreicht haben. Außerdem haben sie Proviant für einen Monat. In diesem Monat werden sie es bestimmt schaffen, den Wald zu verlassen. Vorausgesetzt, sie treffen auf keine weiteren Fallen.«

Babuduo meinte: »Ich denke nicht, dass es irgendwelche Hinterhalte geben wird. Denn das Ziel von Chiyous Ungeheuern befindet sich jetzt hier. Wenn alles gut geht, dann werden sie in einigen Tagen den Wald hinter sich gelassen haben.«

»Auch wenn sie den Wald hinter sich haben, sind sie noch nicht in Sicherheit«, warf Bors ein. »Da wir im Wald in einige Hinterhalte geraten sind, haben wir die Orientierung verloren. Auch von der ursprünglichen Route sind sie abgekommen. Ihr wisst, jetzt gibt es häufig Angriffe an den Grenzen. Hoffen wir, dass der Ort, wo sie den Wald verlassen, nicht Chiyous Hauptquartier ist.«

»Tja!«, seufzte Het. »Wir leben in bewegten Zeiten, nichts geht wie geplant.«

Bors klopfte auf seinen Kopf und meinte: »Wenn du willst, dass alles gut geht, dann legst du dich am besten in deine weiche Decke und schläfst oder trinkst ein bisschen Tee am Morgen. Diese lange Reise ist jedenfalls nicht das Richtige für dich. Doch auch wenn du dich zu Hause verkriechst, wird es nicht ewig so bleiben, denn Chiyou wird trotzdem kommen und das friedliche Nest der Menschen umwerfen.«

»Das ist nicht der Punkt«, meinte Shaodian, »der

Punkt ist, uns bleibt tatsächlich keine andere Wahl. Wir können nur tiefer ins Tal. Ob dort der Aufenthaltsort des Großen Drachen sein kann?«

Bors fügte hinzu: »Ob der Große Drache und die Pangusippe wirklich in eine andere Epoche gezogen sind? Nur wenn wir das herausgefunden haben, können wir endlich entscheiden, in welche Richtung wir gehen sollen. Anders gesagt, nur dann können wir wissen, ob es einen Sinn hat, dass wir tiefer ins Tal vordringen.«

Shaodian versank in seinen Gedanken und meinte: »Ich denke, der Große Drache befindet sich in einer anderen Epoche. Denn wenn der Große Drache und unsere Vorfahren sich in dieser Epoche aufhalten würden, dann könnte sie Chiyou bestimmt finden, auch wenn sie sich noch so gut verstecken. Doch im Augenblick sieht es nicht so aus, als ob Chiyou wüsste, wohin der Große Drache verschwunden ist. Deswegen bin ich mir ziemlich sicher, dass sich der Große Drache außerhalb dieser Epoche befindet. Außerdem heißt es in den alten Liedern, die von meiner Sippe überliefert wurden, dass der Große Drache in eine andere Epoche geflogen ist.«

Het meinte: »Ich denke, es ist doch besser, weiter ins Tal vorzudringen, immerhin warten am Ausgang die Ungeheuer auf uns und es werden immer mehr werden. Wenn wir in die Wälder zurückkehren, ist uns der Tod gewiss.«

Babuduo meinte: »Wenn man die verschiedenen Möglichkeiten vergleicht, scheint es mir ebenfalls wahrscheinlicher, dass sich der Große Drache in einer anderen Epoche aufhält. Immerhin ist er schon lange verschwunden. Wenn er sich irgendwo in dieser Epoche aufhalten würde, müsste er irgendwann einmal in all diesen Jahren entdeckt worden sein. Doch da es keine einzigen Überlieferungen gibt, bedeutet das wohl, dass er sich nicht in dieser Epoche befindet.«

Plötzlich knurrte Hets Magen und alle merkten, wie hungrig sie eigentlich waren. »Ich habe noch einige Zauberbohnen der Pangusippe«, meinte Shaodian und nahm ein kleines Säckchen heraus, in dem sich zwanzig Bohnen befanden. »Eine Bohne wirkt einen Monat lang, sie gibt dem Körper Kraft und heilt die Wunden.«

Bors sagte: »Wartet! Ich denke, wir sollten die Zauberbohnen besser noch nicht essen. Auf unserer Suche nach dem Großen Drachen werden wir noch viele beschwerliche Augenblicke durchmachen, da werden wir sie bestimmt noch brauchen. Wir sind insgesamt vier; wenn wir jetzt alle eine essen, haben wir nur noch sechzehn übrig. Wir sollten sorgsam mit ihnen umgehen. Gehen wir zuerst ins Tal, es könnte ja auch sein, dass es dort eine Möglichkeit gibt, Tiere zu jagen.«

»Gut!«, meinte Shaodian und packte die Bohnen weg. »Na dann, los! Weiter zum Tor der Epochen!«

So machten sie sich hungrig auf den Weg und gingen tiefer ins Tal hinein.

Die Mittagszeit war schon längst vorbei und die Sonne stand im Westen. Sie liefen weiter und weiter, immer tiefer ins Tal hinein. Ihre Beine taten schon weh, ihre Körper waren schwach und kraftlos, doch sie nahmen all ihren Willen zusammen und schritten mutig voran.

Die Wege im Tal schlängelten sich schmal durch die Felsen. Dichte Nebel stiegen auf und verbargen alles, was vor ihnen lag. In einer Kurve entdeckten sie eine Quelle, die aus dem Fels entsprang. Das Wasser, das sich in einem kleinen Bach sammelte, war vollkommen grün.

»Ah! Das Wasser der Zeit!«, rief Bors erstaunt. »Das ist das Wasser der Zeit, es kommt aus einer anderen Epoche und ist grün, reines Grün. Auf der anderen Seite muss sich ein riesiges Meer befinden.«

Der grüne Bach floss den Fels entlang, immer weiter durch imposantes Gestein, und erstreckte sich bis tief in den Berg hinein.

Doch dies alles konnte ihren Hunger doch nicht vertreiben. Nachdem sie eine Zeitlang am kleinen Bach entlang gelaufen waren, gab Het als Erster auf. Dieses Mal tadelte Bors Het nicht, sondern pflichtete ihm bei: »Ich kann auch nicht mehr. Mein alter Bauch beschwert sich ständig.«

Babuduo schlug vor, die Zauberbohnen zu essen, doch Bors war immer noch dagegen.

Shaodian schlug vor, eine Pause zu machen. Alle stimmten sofort zu. Sie wählten einige bequeme Steine zwischen den Bergen und Tälern und streckten sich darauf aus.

Der Himmel war ein graues düsteres Feld. Einige weiße Wolken hingen an den Spitzen der Berge. Die dichten Nebel bedeckten das Tal, der Bach plätscherte hell über den Boden. Verglichen mit den alten Felsen wirkte sein frisches Grün zweifellos vielversprechender und hoffnungsvoller.

Keiner sagte ein Wort. Es schien, als existierte die Zeit

in diesem Tal nicht. Alle waren unvorstellbar müde und sprachen kein Wort.

Das Bächlein hüpfte immer noch lustig vor sich hin und wiegte sie in den Schlaf.

Als sie wieder erwachten, befanden sie sich in einem warmen, weichen Betten, um sie herum standen feine, in einem eigenartigen Stil gearbeitete Möbel. Sie verstanden nicht, woraus der Raum gemacht war, in dem sie sich befanden, er wirkte zugleich stabil und zerbrechlich, es sah aus wie Holz und zugleich doch nicht. Kein Lichtstrahl fiel in den düsteren Raum. Auch vor dem Fenster war alles dunkel und grau. Kein Sonnenlicht, kein Wind, kein Lebenshauch. Nur das weiche Bett gab ihnen das Gefühl von Geborgenheit und Wärme.

Im Zimmer befanden sich neben vier Betten, in denen Shaodian und die anderen schliefen, auch ein großer runder Tisch.

Shaodian begann als Erster zu sprechen: »Wo sind wir hier?«

Het schaute zum Fenster hinaus und kratzte sich am Kopf: »In der Stadt der Stille. Zumindest kommt es mir so vor.«

Babuduo meinte: »Sieht aus, als seien die Sachen hier sehr alt. Schaut euch diese Möbel an, sie sind ganz anders als die Möbel bei uns im Drachenland.«

Bors sprang auf, strich über die Stühle und untersuchte sie genau. Dann meinte er: »Die sind mindestens einige Milliarden Jahre alt.«

»Schaut doch, was liegt da auf dem Tisch?« Het zeigte auf den Tisch in der Mitte des Zimmers.

In der Mitte des Zimmers stand ein großer, reich verzierter Esstisch. Die Speisen auf dem Tisch waren so bizarr, dass alle vollkommen sprachlos hinstarrten.

»Dreieckige Fische, habt ihr so was jemals gesehen?«, fragte Babuduo.

»Nein«, antwortete Het, »und diese glänzenden Kristalle auch nicht. Was ist das? Auch diese dreieckigen Becher sehen sehr alt aus.«

Shaodian meinte: »Wir sollten das besser nicht anfassen, bevor jemand kommt.«

Während er sprach, hörten sie Schritte, die über eine Treppe stiegen, sie hörten sich seltsam an, nicht besonders fest, sondern irgendwie schwebend.

»Pst, da kommt jemand.« Alle setzten sich an den Tisch und warteten schweigend.

Ein Mensch stieß die Tür auf. Himmel, vielleicht war es eher ein Tier. Das merkwürdige Wesen, das zur Tür hereinkam, trug drei Hörner und rutschte mit seinem Körper über den Boden. Es hatte keine Hände, alle Bewegungen wurden durch die Hörner ausgeführt.

»Herzlich willkommen, Abgesandte aus dem Land der Menschen«, sprach das Wesen. Dabei bewegte es nicht den Mund, sondern den Bauch. Es hatte keine Nase, nur zwei Augen funkelten unter den drei Hörnern.

Shaodian fand als Erster die Sprache wieder. »Seid gegrüßt, ehrwürdiger, alter Herr! Erlaubt mir eine Frage, wo befinden wir uns hier? Wer seid Ihr?« Shaodians Stimme klang sehr höflich, seine Haltung war sehr ehrerbietig.

Der Dreihörner fühlte sich geehrt und meinte: »Oh, diese Haltung ist nicht schlecht!« Doch er gab keine Antwort auf Shaodians Fragen, sondern wackelte nur mit seinen Hörnern. »Oh, lange waren keine Gäste mehr hier, wie viele waren es damals? Oh, ich kann mich nicht erinnern ... wie viele Jahre kann das schon her sein?« Bors hörte, dass sich in den Worten etwas verbarg, und fragte: »Waren früher Menschen hier?«

Die Stimme des Dreihörners klang tief wie eine Glocke. Er meinte langsam: »Ja, es waren Menschen hier, lass mich nachdenken, ein, zwei Mal, einmal oder zweimal? Oh, nein, nur einmal.«

»Wann war das denn? In welcher Zeit?«

»Zeit? Ich unterscheide nicht zwischen den Zeiten. Die gibt es hier nicht.« Das dreihörnige Wesen seufzte und meinte: »Oh, vor langer, langer Zeit. Ich bin sehr einsam, seit langer, langer Zeit.«

Dann begann es wieder zu sprechen. »Zuerst wird gegessen, ihr seid bestimmt hungrig.« Es kam langsam ins Zimmer und blieb in einem Winkel stehen.

»Ihr braucht mich nicht zu beachten«, meinte es langsam, »esst. Ein hungriger Bauch tut niemandem gut.«

»Kann man diese Dinge essen?« Het zeigte fragend auf den Esstisch.

»Ja, das sind Speisen aus der Pagode der Erdgeister«, antwortete das dreihörnige Wesen langsam.

Erst in diesem Augenblick erinnerten sich alle wieder an ihren Hunger. Sofort stürzten sie sich auf die Speisen und schlangen sie wie Wölfe in sich hinein. »Diese Fische schmecken sehr gut. So ähnlich wie die, die ich mir in meinem kleinen Teich halte.« Bors spuckte einige Gräten aus.

»Was sind das für Kristalle?«, fragte Shaodian neugierig.

»Die Früchte vom Zeitbaum«, meinte der Dreihörner. Es klang dumpf, langsam, so, als sei es für ihn sehr anstrengend zu reden.

»Der Zeitbaum? Gibt es diesen Baum?«, fragte Het.

»Natürlich gibt es ihn, er wächst auf dem großen Berg im Norden der Pagode. Er trägt Kristalle und dreieckige Fische.«

»Merkwürdig«, seufzte Babuduo und biss in einen Kristall. »Ist es bei Euch … Entschuldigung, sehr geehrter Herr, was wir hier essen, sind das alles Früchte von diesem Baum?«

»Da du so höflich fragst, will ich dir gerne antworten. Ja, so ist es, alles, was ihr hier esst, kommt von diesem Baum. Auf dem Zeitbaum kann alles wachsen, was du dir wünschst. Doch er trägt nur einmal im Jahr Früchte, deshalb sind die Früchte relativ selten.«

Während sie aßen, stellten sie dem dreihörnigen Wesen unzählige Fragen. Sie spürten, dass es sehr freundlich war, wie ein alter, gutmütiger Mann, der sich um die Jüngeren kümmerte.

»Seid Ihr hier der Hausherr? Was bedeutet Pagode der Erdgeister?«

»Hier befindet sich das Loch, durch das man in andere Epochen gelangen kann. Ich bin hier nicht der Hausherr, mein Herr ist der Herr Erdgeist, ich bin nur sein Diener. Herr Erdgeist ist viel älter als ich, vielleicht habt ihr von ihm schon gehört.«

»Herr Erdgeist? War das vielleicht jener, der im Tal gesprochen hat?«, fragte Het.

Das dreihörnige Wesen nickte.

Schon bald beendeten sie ihr Mahl. Die Früchte vom Zeitbaum waren sehr sättigend. So waren ihre Kräfte bald zurück.

Bors strich sich über seinen alten Bauch und meinte: »Ich bin sehr satt, ich hätte nichts dagegen, öfter ein so reichhaltiges Mahl zu mir zu nehmen.«

Der Dreihörner schüttelte den Kopf. »Nach diesem Essen werdet ihr einen Monat lang nicht hungrig sein.«

»Einen Monat lang?«, fragten die anderen erstaunt und konnten seinen Worten nicht so recht glauben.

»Lieber Himmel! Wenn man diese Speisen den Truppen vor dem Krieg geben könnte!«, meinte Babuduo.

»Krieg!?«, spie das dreihörnige Wesen verächtlich aus seinem Bauch. Dann wurde es ernst und starrte geradeaus. »In meiner Gegenwart sollt ihr nie den Krieg erwähnen, darüber wollen wir nicht sprechen. Dieses furchtbare Wort ... darüber wollen wir nicht reden ...«

Sie verstummten sofort.

Als er sah, dass die vier satt waren, meinte er: »Mein Herr wünscht euch zu sehen, bitte folgt mir.«

Also folgten die vier dem dreihörnigen Wesen aus dem Zimmer und stiegen eine steile Treppe hinauf. Da merkten sie erst, dass sie sich in einer einige Hundert Meter hohen, uralten Pagode befanden. Sie war von oben bis unten aus einem merkwürdigen schwarzen Material gemacht, so, als wäre sie aus einem uralten Holz, zugleich schien sie auch aus einem Metall zu bestehen.

Das Innere der Pagode war riesig, breit und dunkel. Prächtige Ornamente rankten sich um die Säulen. In der Pagode selbst brannte das ewige Dämonische Feuer und die Wände waren von seltsamen Malereien bedeckt. Keiner von ihnen konnte die genauen Motive der Malereien erkennen. Sie folgten schweigend dem Dreihörner.

Sie stiegen nach oben und kamen in ein anderes gigantisches Zimmer. An den Wolken, die vor den Fenstern vorbeizogen, konnten sie sehen, dass es sehr hoch oben in der Pagode sein musste.

»Herr, sie sind da«, meldete das dreihörnige Wesen.

»Gut, du kannst gehen, Dreihörner.« Erst in diesem Augenblick sahen sie den Mann, der gesprochen hatte. Er war sehr klein; die trockene, faltige Haut hatte schon lange ihren Glanz verloren. Die Knochen standen hervor, die Augen lagen tief in den Höhlen und er war dürr wie Brennholz.

»Herr Erdgeist?«, fragte Bors.

»So ist es.« Sein dürrer Kopf bewegte sich leicht. »Willkommen, außerordentliche Abgesandte der Menschheit.«

Shaodian verbeugte sich und meinte: »Es ist mir eine große Ehre, Herrn Erdgeist zu treffen, der an Alter dem Himmel ebenbürtig ist. Ich bin ein Weiser der Pangusippe, mein Name ist Shaodian.«

»Haha ...« Sein Lachen klang dunkel und verbreitete Angst. All die vergangene Zeit war herauszuhören. »Was lügst du Kerlchen! Wie können Pangumenschen so aussehen?« Er maß Shaodian immer wieder von Kopf bis Fuß.

Auch Bors sah Shaodian an und meinte: »Shaodian, sei ehrlich, ich zweifle auch manchmal daran.«

Shaodian wollte gerade zu einer Erklärung ansetzen,

da zeigte der Erdgeist ein noch böseres Gesicht und meinte: »Das beweist, dass ihr keine guten Gesellen seid, ich habe euch genau beobachtet und habe beschlossen, euch gefangen zu nehmen, um euch den Ungeheuern am Eingang des Tales zu übergeben. Ihr dürft nicht durch das Loch der Epochen in die andere Welt.« Schon begann er einige Zaubersprüche zu murmeln.

Het rief erschrocken: »Fesselsprüche?«

Eine Sekunde später legten sich bereits Seile um Shaodian und die anderen. Wie sehr sie sich auch wehrten, sie konnten sich keinen Schritt mehr bewegen.

Shaodian fragte: »Herr Erdgeist, was habt Ihr mit uns vor?«

»Ich muss meine Pflicht erfüllen«, meinte er. »Ich tue das, um den Frieden der anderen Welten zu bewahren, ich kann euch nicht erlauben, das Loch der Epochen zu durchqueren. Chiyou ist schon erwacht, über eure Welt wird eine große Katastrophe hereinbrechen. Ich darf nicht zulassen, dass diese Katastrophe auch noch den Frieden einer anderen Welt stört.«

Bors fuhr zornig dazwischen: »Erdgeist, fehlt dir denn jedes bisschen Mitleid? Bist du denn so gefühllos, dass du einen alten Herrn den Ungeheuern zum Fraß vorwerfen kannst?«

»Hehe! Das geht mich nichts an. Ich muss meine Pflicht erfüllen, und die besteht darin, die Ordnung zwischen den Epochen zu halten. Einfach gesagt: Ihr dürft nicht durch das Loch der Epochen, sondern müsst in die Welt zurück, in die ihr gehört.«

Shaodian erwiderte: »Wir haben auch das Recht auf

Freiheit, auch wir wollen den Frieden und die Harmonie der anderen Welt bewahren. Ich habe schon längst bemerkt, dass die Pagode von einem öden Feld umgeben ist. Alles ist voller Knochen und Skelette, das ist ein Kriegsplatz aus alter Zeit. Damals zog unsere Pangusippe hier durch das Loch der Epochen, um ihrem düsteren Schicksal zu entrinnen. Als die Vorfahren von Herrn Erdgeist dem größten Teil meiner Sippe erlaubten, durch das Loch der Epochen zu ziehen, wurden sie von Chiyou entdeckt. So schickte er seine Soldaten, worauf meine Sippe einen erbitterten Kampf gegen Chiyou begann. Er wurde vernichtend geschlagen und in einen tiefen Schlaf versetzt, von dem er bis vor Kurzem nicht erwacht ist.«

»Was redest du für einen Blödsinn!«, rief der Erdgeist und starrte ihn an. Doch er schaffte es nicht, die Nervosität zu verbergen, die in sein Gesicht getreten war, als er log.

»Euer Blick hat Euch verraten, Herr Erdgeist. Natürlich wart das damals nicht Ihr, sondern Eure Vorfahren. Damals floss viel Blut, um das Loch der Epochen zu beschützen. Doch auch die Pangusippe hat einen hohen Preis dafür bezahlt. Nur so konnte Chiyou geschlagen werden. Der Hauptkampfplatz jener Zeit, der über Sieg und Niederlage entschied, befand sich nicht auf menschlichem Gebiet, sondern bei dieser Pagode. Das ist an den vielen Spuren an der Pagode und den Skeletten um die Pagode herum sichtbar.«

Der Erdgeist konnte sich nicht länger verstellen und meinte verärgert: »Das ist Sache meiner Vorfahren, doch ich habe das nicht selbst erlebt. Seit damals ist meine

Sippe in einen tiefen Schlaf gefallen, aus dem sie nie wieder erwachen wird, es sei denn, es ist unbedingt notwendig. Als Nachkomme der Sippe der Erdgeister habe ich die Pflicht, die Pagode der Erdgeister und das Loch der Epochen zu bewachen. Ich darf nicht zulassen, dass es einfach so geöffnet wird. Außerdem muss ich dafür sorgen, dass meine Sippe friedlich weiterschlafen kann.«

Er sah sehr traurig aus und meinte leise: »Im Universum soll es nie wieder einen Krieg geben, nie wieder, deshalb müsst ihr ins Tal zurückkehren, um das Schicksal zu ertragen, das für euch bestimmt ist.«

»Ihr betrügt Euch selbst, Herr Erdgeist«, fuhr Shaodian fort. »Wenn Chiyou wieder erwacht, wird es im Universum keinen glücklichen Ort geben, wo die Menschen in Frieden leben können. Das gilt für alle Epochen. Chiyou wird den Großen Drachen töten, die Pangumenschen verfolgen, egal ob im Himmel oder in den hintersten Ecken des Meeres, egal in welcher Epoche und welcher Galaxie. Doch die Kraft der Gerechtigkeit muss Chiyou aufhalten, das gilt auch für die Sippe der Erdgeister. Es kann doch nicht sein, dass Ihr die Gerechtigkeit ignorieren und den Ruf Eurer großen Sippe beleidigen wollt.«

Da er merkte, dass jedes Wort von Shaodian ihn in seinem Herzen berührte, wurde der Erdgeist immer wütender. »Dreihörner! Wirf sie ins Verlies, in das tiefste. Sie sollen spüren, wie sich die Hölle anfühlt.«

Die vier konnten sich nicht wehren. Der Dreihörner war ein gutmütiges Wesen, doch er musste dem Befehl seines Herrn Folge leisten.

»Es tut mir leid, Menschen aus dem Drachenland. Ich muss euch ins Verlies bringen.« Die drei Hörner des Dreihörners wurden auf einmal so lange, dass er sie damit fesseln konnte. Dann brachte er sie ins Verlies.

Shaodian wusste, dass sie nur ein Wunder retten konnte. Es gab nur ein Fenster, das so klein und schmal war, dass kaum mehr als eine Faust hindurchpasste.

»Ich schätze, dass wir schon morgen aus dem Tal hinausgeführt werden. Dort warten die Ungeheuer auf uns und werden uns fressen«, sprach Het und fürchtete sich mit jedem Wort mehr. »Wir werden alle sterben.«

Shaodian versuchte ein paar tröstende Worte zu finden: »Dass wir keine Hoffnung haben, stimmt auch nicht, wir dürfen die Hoffnung nie aufgeben. Halte durch, Het.« Obwohl sich Shaodian Mühe gab, merkten die anderen, dass auch er unruhig und besorgt war.

Bors ließ den Kopf hängen und meinte kraftlos: »Ich bin müde. Meine alten Knochen können die Anstrengung nicht mehr ertragen.« Auch Babuduo ließ den Kopf hängen und blickte traurig ins Leere.

Obwohl Shaodian nach außen hin stark und unerschütterlich wirkte, kamen auch ihm hin und wieder Zweifel. Besonders in dieser Situation, wo die Hoffnung auf Flucht fast ganz entschwunden war.

Auf einmal begann die Drachenperle hell zu leuchten. »Die Drachenperle zeigt eine Reaktion!«, rief Shaodian froh. »Die Drachenperle reagiert!«

Aber was hatte das zu bedeuten? Sie hatten doch keine Möglichkeit zur Flucht.

Dennoch machte sich auf Shaodians Gesicht Freude

breit, er rief aufgeregt: »Freunde, macht euch keine Sorgen, wir bekommen gleich Besuch!«

Shaodian hatte eben fertig gesprochen, da fielen zwei riesige Lichtstrahlen ins Verlies, im funkelnden Licht nahmen zwei Menschen Gestalt an. Die Gefangenen waren so erstaunt, dass sie kein Wort herausbrachten.

Als Shaodian sah wer vor ihm stand, war er den Tränen nahe. »Oh! Beim Himmel! Der Prinz und die Prinzessin!«

»Himmel! Wie ist das möglich?«, rief Bors erstaunt.

»Nachdem ihr uns verlassen habt, sind wir beide heimlich aufgebrochen. Ihr habt mich und meine Schwester vergessen, darüber waren wir sehr traurig!«, meinte Maihan.

Prinzessin Anta lief besorgt zu Shaodian und fragte: »Shaodian, was ist passiert? Warum seid ihr hier gefangen?«

»Das ist eine lange Geschichte, bitte binde mich zuerst los, dann werde ich dir alles erzählen.«

Babuduo und Het rissen ihren Mund weit auf und brachten kein Wort heraus. Sie hatten immer noch nicht verstanden, was da vor sich ging.

Maihan und Anta halfen ihnen dabei, sich von den Fesseln zu befreien. Dann erklärten die anderen ihnen Wort für Wort, was geschehen war.

Auch Maihan und Anta erzählten von ihren Erlebnissen. Sie waren sehr neugierig auf die Welt außerhalb des Schlosses gewesen und wollten zusammen mit Shaodian aufbrechen. Doch ihr Vater hatte es ihnen nicht erlaubt. Deshalb hatten sie sich heimlich aus dem Schloss geschlichen und durch die Spuren der Drachenperle Shaodian gefunden.

»Wir hätten nie gedacht, euch im Verlies der Pagode der Erdgeister zu finden«, rief Maihan. »Was ist das für ein Ort? Wieso seid ihr hier eingesperrt?«

Het meinte: »Zum Glück seid ihr hier um uns zu befreien, verehrter Prinz, verehrte Prinzessin.«

Anta rief: »Das ist ja aufregend! Schon immer sehnte ich mich nach so einem Leben, das ist ja viel aufregender, als im Palast zu wohnen.«

In diesem Augenblick fasste Anta Shaodian fest an der Hand und sagte: »Ich bin froh, dass es dir gut geht. Ich habe mir solche Sorgen um dich gemacht.«

Shaodian legte seinen Arm auf ihre Schulter, lächelte sie an und sprach zu den anderen: »Überlegen wir uns zunächst, wie wir hier herauskommen, und sprechen wir später darüber.«

»Das ist eine gute Idee«, meinte Babuduo und ergriff die Gelegenheit, auch etwas zu sagen. »Versuchen wir so schnell wie möglich aus der Pagode der Erdgeister zu fliehen und in die andere Epoche zu kommen.«

»Meiner Meinung nach wird unsere Reise ohnehin bald zu Ende sein«, meinte Bors. »Aber zumindest können wir versuchen unser Leben zu retten.«

Maihan meinte: »Die Türen hier sind verriegelt, die Fenster sind zu klein, da kommen wir auf keinen Fall raus – außer wir sind Fliegen. Het, du bist der Zauberer in unserer Gruppe. Kennst du nicht einen Zauber, mit dem wir durch durch die Wand gehen können?«

Het nickte. Er nahm einen kleinen Ring aus seinem Zaubersack, der sich sofort vergrößerte, als er ihn an die Wand legte. Er murmelte einen unverständlichen

Spruch und plötzlich erschien in dem Kreis ein Loch, das groß genug war, um hindurchzugehen.

»Los geht's! Wir dürfen keine Zeit verlieren!«, rief Shaodian. Doch keiner rührte sich.

»Geht Ihr zuerst, alter Herr Bors«, sagte Babuduo.

»Ah? So?«, wehrte Bors ab. »Ich denke, Maihan und Anta sollten als Erste durchgehen, immerhin sind sie Prinz und Prinzessin.«

Maihan meinte: »Alter Herr, hier wird nicht unterschieden, wir gehören alle zur selben Truppe. Die Älteren zu ehren ist unsere Tradition, geht Ihr zuerst!«

Also ging Bors als Erster durch das Loch, dann folgte Het, der Dritte war Maihan, der Vierte Babuduo, das Ende bildeten Anta und Shaodian.

»Bemüht euch, leise zu gehen, und ab jetzt sollten wir nur noch miteinander flüstern«, mahnte Shaodian die anderen.

Shaodian vermutete, dass sich das Tor der Epoche auf dem Dach der Pagode befand. Zielsicher führte er seine Gruppe über zahllose Treppen hinauf. Die anderen vertrauten auf Shaodians Instinkt und liefen ihm wortlos hinterher.

In der Pagode war es sehr dunkel. Von draußen kam kein Licht herein und die Pagode selbst war nur spärlich beleuchtet. Das ganze Gebäude wirkte wie ein riesiges Verlies.

Noch blieb ihre Flucht unentdeckt. Trotzdem ging Shaodian schnellen Schrittes voran. Vor allem Anta hatte Mühe, ihnen zu folgen. Auf jeder Etage waren einige merkwürdige Dinge aufgestellt. Bors wäre gerne stehen geblieben um sie zu untersuchen, doch er wusste, dass sie dafür keine Zeit hatten. Sie wollten so schnell wie möglich das Loch der Epochen auf der Spitze der Pagode finden, um in die andere Epoche zu gelangen.

Ab und zu begegneten sie Fledermäusen, die kopfüber von den Wänden hingen. Sie wussten nicht, ob es bereits Abend war oder nicht, denn sie hatte seit ihrer Ankunft in der Pagode jegliches Zeitgefühl verloren. Die Fledermäuse flatterten über ihren Köpfen hin und her, flogen bei den Fenstern hinaus und wieder herein. Manche fielen sofort tot auf den Boden, sobald sie das Innere der Pagode erreichten. Shaodian und die anderen verstanden nicht, warum. Bors erklärte, dass das mit der Pagode der Zeit zusammenhing.

Also kümmerten sie sich nicht weiter darum und stiegen immer höher und höher. Je weiter sie nach oben kamen, umso schwerer fiel ihnen das Atmen. Anta meinte: »Ich kriege keine Luft mehr.«

Bors antwortete: »Kleine Prinzessin, du hättest im Palast bleiben, und nicht in dieser staubigen, alten Pagode herumklettern sollen.«

Anta funkelte Bors böse mit ihren großen dunklen Augen an: »Alter Herr, wenn Ihr mich unterschätzt, begeht Ihr einen großen Fehler.«

In diesem Augenblick dröhnte eine laute Stimme aus dem Inneren der Pagode herauf: »Sie sind entkommen, sie sind entkommen ... schnell, ihnen nach!«

Darauf erhob sich eine Horde Fledermäuse aus den Tiefen der Pagode, flog die Treppen entlang nach oben und nahm die Verfolgung auf.

»Schnell, lauft!«, rief Maihan. Die anderen liefen die endlosen Treppen nach oben. Obwohl sie nicht langsam waren, hatten die Fledermäuse sie schon sehr bald eingeholt. Sie bissen, kratzten und schlugen mit ihren Flügeln in die Gesichter von Bors und den anderen. Anta fing an zu schreien und schlug wild mit ihren Armen um sich.

Babuduo riss sein Schwert heraus und hieb wild durch den Schwarm. Het griff nach seinem Zauberstab und verwandelte die Fledermäuse, die herbeiflogen, in Steine.

Doch es waren zu viele, jedes Mal wenn sie einen Schwarm erledigt hatten, folgte bereits der nächste. Als die Spitze der Pagode in Sichtweite kam, liefen alle noch schneller.

Babuduo war verletzt, die Fledermäuse hatten ihn gebissen, er blutete aus vielen Wunden. Het sah nicht besser aus, auch er war an einigen Stellen verwundet und litt furchtbare Schmerzen. Als Shaodian das sah, griff er nach Babuduos Schwert, übernahm die Nachhut und versuchte so gut wie möglich die Fledermäuse zu töten. Er stellte sich mit dem Rücken zur Treppe, um die anderen, die hinaufliefen, zu schützen.

Bors stieß eine Tür auf und rief aufgeregt: »Wir sind da!« Maihan und Anta waren erleichtert. Sie stützten die Verletzten Babuduo und Het und liefen auf das Tor in der Spitze der Pagode zu. Shaodian bildete immer noch die Nachhut und wartete darauf, bis alle durch die Tür gegangen waren. Dann schloss er die Tür von innen ab, sodass die Fledermäuse nicht hereinfliegen konnten. Wützend kratzten die Tiere gegen die Holztür.

»Jetzt sind wir vorübergehend in Sicherheit!«, rief er. »Im Augenblick kommen die Fledermäuse nicht herein. Suchen wir so schnell wie möglich das Loch der Epochen.«

»Ich fürchte, ich muss dich enttäuschen, Shaodian«, meinte Bors und breitete hilflos seine Hände aus, »hier gibt es nichts, gar nichts.«

An der Spitze der Pagode war ein leerer Platz, auf dem es außer einer verschlossenen, kleinen Hütte nichts gab.

»Das muss das Loch der Epochen sein!«, rief Shaodian. Alle traten herbei. An dem kleinen Holzhäuschen hing ein kleines goldenes Schloss. »Stimmt, das ist es. Das ist das Schloss der Zeit. Einfache Menschen können es nicht öffnen. Nur ein Weiser, der in der Dunkelheit in eine andere Epoche reist, hat das Recht, das Schloss zu öffnen.« sagte Bors aufgeregt zu Shaodian.

Alle starrten auf das Schloss. Die Fledermäuse kratzten wütend zu Hunderttausenden an der Tür und wetzten ihre Krallen. Die Tür rüttelte und ächzte; sie würde nicht mehr lange standhalten.

»Uns bleibt keine Zeit!«, rief Shaodian und griff nach dem Schwert. »Lasst mich versuchen es zu öffnen!«

Shaodian sammelte seine Kräfte und schlug auf das kleine Schloss ein. Nach einem gewaltigen Klirren erzitterte die gesamte Pagode, die kleine hölzerne Tür flog auf und eine Fledermaus mit einem menschlichen Gesicht sprang heraus. Sie trug ein langes Kleid und richtete sich auf. Dann beugte sie sich nach unten und fragte: »Wer ist es, der durch das Loch der Epochen will?«

»Ich bin es! Shaodian, der große Weise der Pangusippe. Ich und meine Begleiter wollen durch das Loch der Epochen, um die Spuren des Großen Drachen zu finden!«

Das Ungeheuer lachte laut auf und schüttelte den Kopf: »Das Loch der Epochen wird nie mehr geöffnet, das gilt auch für den Weisen der Pangusippe.«

Shaodian nahm die Drachenperle aus seiner Tasche. »Und was ist mit dem Besitzer der Drachenperle?«, schrie er.

Als das Ungeheuer die Drachenperle erblickte, entfuhr ihm ein wilder Aufschrei. Mit einem lauten Seufzer löste es sich in Staub auf. Der Weg zum Loch war frei.

Nachdem das Ungeheuer verschwunden war, sprang die Tür zur Treppe auf und die Fledermäuse schwärmten herein. Ihre Angriffe waren aggressiver als die davor und wie wild attackierten sie Shaodian und die anderen. »Geht durch das Loch! Beeilt euch!«, rief Shaodian den anderen zu, und versuchte mit seinem Schwert die Angriffe der Fledermäuse abzuwehren. Einer nach dem anderen fiel durch das Loch. Und als der Letzte im Loch verschwand, sprang auch Shaodian hinein. Unmittelbar danach schloss sich das Tor von selbst.

Sie wussten nicht, wie ihnen geschah. Nachdem sie ins Loch der Epochen eingetreten war, fiel ihr Körper in eine schwarze bodenlose Dunkelheit, nach unten, immer weiter nach unten. Sie verloren das Bewusstsein.

Als sie wieder zu sich kamen, fragte Anta erstaunt: »Wo sind wir hier?«

4

Das Jingwei-Meer

Als sie wieder zu sich kamen, befanden sie sich an einem Strand. Hinter ihnen erstreckte sich ein großer dunkler Wald. Eine leichte Brise wehte ihnen durch die Haare. Außer dem Geräusch der Wellen und dem Rascheln der Blätter war nichts zu hören.

»Wo sind wir? Gerade waren wir noch in der Pagode der Erdgeister.« fragte Bors. »Haben wir Xiaers zweite Epoche erreicht?«

»Das muss eine andere Epoche sein«, sprach Shaodian. »Das Drachenland und Ruiwen gehören zur ersten Epoche, und soeben sind wir durch das Loch der Epochen geschritten und in Xiaers zweiter Epoche gelandet.«

»Und was sollen wir jetzt tun?« fragte Babuduo. »Nun befinden wir uns in einem fremden Land und wissen nicht, wohin.«

Auch Anta fragte: »Werden wir jemals wieder den Weg zurück in Xiaers erste Epoche und ins Drachenland finden?«

Shaodian dachte eine Weile nach, dann meinte er: »Wir müssen zuerst den Großen Drachen finden. Ich bin mir sicher, dass er uns helfen wird, zurück in die erste Epoche zu gelangen. Er wird uns sicher zurück ins Drachenland bringen und Chiyou besiegen. «

»Aber«, sprach Bors und streckte seine Hände aus, »wo befindet sich der Große Drache? Was macht dich so sicher, dass er sich in dieser Epoche befindet? Nun gut, angenommen, der Große Drache hält sich wirklich in dieser Epoche auf, wie können wir ihn finden? Sollen wir nach Norden über das große Meer? Oder nach Süden durch die tiefen Wälder?«

Shaodian antwortete: »Ich erinnere mich, damals in Ruiwen, ich war noch sehr klein, blätterte ich einmal in den Schriften, die unsere Vorfahren uns hinterlassen hatten.«

»Was sagten die Schriften?«, fragte Maihan.

»Es war ein Lied, an eine Strophe kann ich mich genau erinnern, sie lautete so: *Die weit entfernten Verwandten in einem fremden Land, dort am Jingwei-Meer.* Als ich damals diese Zeilen las, fand ich das sehr seltsam. Wie sollten die Vorfahren in ein fremdes Land kommen?« antwortete Shaodian. »Deshalb habe ich mir diesen Satz gemerkt.«

»Hm«, meinte Bors und strich sich über seinen Bart. »Könnte es nicht sein, dass mit dem ›fremden Land‹ in diesen Zeilen eine andere Epoche gemeint ist, und zwar diese hier, Xiaers zweite Epoche, in der wir uns gerade befinden? Und das Jingwei-Meer ist vielleicht das große Meer vor uns?«

Shaodian nickte. »Das ist gut möglich.«

»Aber warum sollte ausgerechnet dies das Jingwei-Meer aus den alten Schriften der Pangusippe sein?«, fragte Het und blickte verständnislos auf das endlos scheinende Meer vor ihnen.

»Wir können nichts anderes tun, als den Worten aus den alten Schriften der Pangusippe zu vertrauen, wir haben in der Tat keine Wahl. Da wir nicht zurückkönnen, können wir nur nach vorne«, meinte Shaodian. »Wir müssen uns entscheiden, ob wir nach Norden wollen oder nach Süden.«

»Da in den alten Schriften der Pangusippe das Jingwei-Meer erwähnt wird, schlage ich den Weg nach Norden vor.«, meinte Bors und sah auf das weite Meer hinaus. »Ist das wirklich das Jingwei-Meer? Es ist in der Tat unendlich weit, es ist noch größer als ich es mir je vorgestellt habe.«

»Ihr meint, Ihr wollt dieses endlos weite Meer überqueren?« Maihan riss die Augen weit auf. »Wie lange werden wir wohl brauchen, um ans andere Ufer zu gelangen? Ich denke, wir sollten besser doch durch den Wald gehen.«

»Dass wir den Großen Drachen im Süden finden, ist noch unwahrscheinlicher. Vergiss nicht, Maihan, in den Schriften der Pangusippe wurde ein großes Meer erwähnt«, warf Anta ein.

Shaodian dachte nach und meinte: »Gut, dann gehen wir nach Norden. Immerhin haben wir die Hoffnung, dort den Großen Drachen zu finden.«

»Aber wir haben kein Schiff«, wandte Babuduo ein. »Ein so großes Meer ohne Boot zu überqueren scheint mir ein unmögliches Unterfangen.«

»Wir können uns selbst eines bauen«, antwortete Shaodian, »immerhin befindet sich hinter uns ein großer Wald. Wir könnten einige Bäume fällen und ein kleines Boot bauen.«

»Worauf warten wir dann noch? An die Arbeit, los!«

Trotz seines Alters sprang Bors auf und lief als Erster auf den Wald zu.

Die anderen folgten ihm.

Mit seinem Schwert fällte Babuduo über ein Dutzend Bäume, während die anderen die Baumstämme an den Strand zogen. Die Baumstämme waren schwer und Anta und Bors waren schon bald völlig erschöpft und keine große Hilfe. Selbst durch einen Zauberspruch von Het, der die Stämme leichter machte, war es trotzdem sehr anstrengend und kräftezehrend, die Stämme an den Strand zu bringen.

Shaodian verstand sich hervorragend auf den Schiffsbau, unter seinen Anweisungen war das kleine Boot sehr bald gebaut. Obwohl es ein sehr einfaches Boot war, genügte es, um sie über das Meer zu bringen.

Sie hielten sich nicht länger am Strand auf. Als das Boot im Wasser schwamm, stiegen alle ein und legten ab. Shaodian stieß das Boot vom Strand ab und sprang als Letzter hinein.

Das Boot war zwar nicht besonders geräumig, aber für die sechs reichte es vollkommen. Het und Bors saßen am Bug und hielten ihr Gesicht in die Brise. Prinz Maihan und Babuduo saßen in der Mitte des Bootes, Anta und Shaodian am Heck.

»Obwohl ich schon so lange lebe, ist dies mein erstes Mal, dass ich das Meer sehe. Auch an der Grenze des Drachenlandes befinden sich einige Seen, die sicher nicht als klein zu bezeichnen sind. Doch verglichen mit diesem Meer sind sie nichts als kleine Pfützen.«, sprach Bors und seufzte beim Anblick des Meeres.

»So erstaunlich ist das nun auch wieder nicht«, meinte Het. »Ihr meint doch die Nebelseen an der Grenze des Drachenlandes, ich war auch mal dort. Da sieht es doch ähnlich aus wie hier.«

Babuduo saß schweigend da, ihm war es egal, ob sie auf einem See oder über das Meer fuhren.

Das Boot fuhr auf den Horizont zu, auf das Ende der Welt, in die Heimat des Großen Drachen. Zwischen Himmel und Erde war es totenstill, kein Laut war zu hören. Das Meer lag ruhig vor ihnen. Irgendwo in der Ferne vereinigten sich Himmel und Meer zu einem weiten weißen Feld wie ein Leichentuch.

Über ihnen flogen die Möwen dahin und einige seltsame Vögel mit vier Beinen und einem menschlichen Gesicht.

Im Boot zu liegen und den salzigen Wind zu spüren, die Luft der Freiheit zu fühlen, mit dem Gesicht nach oben dazuliegen, den Himmel zu küssen, dieses Gefühl war wirklich unbeschreiblich. Bors murmelte: »Ich kann dieses Gefühl nicht in Worte fassen, ich liebe das Meer.«

»Ich auch«, rief Maihan, »das ist viel besser als der abgeschottete Palast. Ich bin ein Ritter der Freiheit, das Meer ist mein Paradies!«

Auch Anta genoss das Meer, aber noch mehr genoss sie es, neben Shaodian zu sitzen und seine Nähe zu spüren. Müde und erschöpft von der langen Reise schlief sie ein und lehnte ihren Kopf an seine Schulter.

Nach einer Weile schliefen auch Het und Babuduo ein und lächelten friedlich, als befänden sie sich in einem schönen Traum.

Das war auch kein Wunder; seitdem sie aufgebrochen waren, hatten sie nie Zeit gehabt, sich wirklich auszuruhen, ständig wurden sie von Feinden angegriffen und waren auf der Flucht.

In diesem Augenblick war ihnen egal, welches Schicksal sie erwartete. Verglichen mit Chiyous Ungeheuern und den merkwürdigen Bergen und Steinen im Tal schien das Meer vor ihnen voller Hoffnung, auch wenn sie nicht wussten, wo das andere Ufer war.

So die Ruhe und den Frieden zu genießen war für sie unschätzbar wertvoll. Als die Müdigkeit sie übermannte, die sich über so lange Zeit angesammelt hatte, lullte sie der Schlaf warm ein. Sie vermochten sich nicht zu wehren und fielen in einen tiefen Schlaf.

Shaodian nutzte diesen Augenblick der Sicherheit, um zu überlegen und neue Pläne zu schmieden. Erst als Antas Hand wiederum seine linke Hand fasste, erwachte er aus seinen Gedanken. Er sah Anta an. Wie schön sie doch war. Trotz der Anstrengungen und Strapazen war sie immer noch wunderschön. Ihre kindlichen Züge wichen der einer jungen Frau. Shaodian musste lächeln. Nie hätte er gedacht, dass er auf einer gefährlichen Reise wie dieser sein Herz an eine Frau verlieren würde.

»Ich liebe dich, Shaodian«, sagte Anta und blickte ihm tief in die Augen. »Ich will dir überallhin folgen. Auch wenn wir von dieser Reise nicht mehr zurückkehren sollten, bereue ich es keinen Augenblick, mit dir gegangen zu sein.«

Shaodian lächelte und strich ihr liebevoll eine Strähne aus ihrem Gesicht. Er sagte kein Wort und schloss die Augen. In seinem Inneren spürte er das Aufwallen der Liebe, dieses Gefühl umspielte warm sein Herz.

Anta hatte sich an sein Schweigen gewöhnt. Sie lehnte sich an Shaodians Brust und sah auf das weite Meer hinaus.»Ich wünsche mir, für immer zu hören, wie dein Herz klopft.«

Alle anderen schliefen noch und Anna und Shaodian genossen die Ruhe und friedliche Stimmung. Die Dämmerung kam langsam näher und näher, am Horizont färbte die Abendsonne den Himmel blutrot.

Die Möwen und die seltsamen Vögel kehrten nach und nach in ihre Nester zurück. Das Meer war immer noch sehr ruhig, doch in der Stille verbarg sich etwas Unheimliches. Nach dem angenehmen Tag und ihrem langen erholsamen Schlaf waren alle wieder frischen Mutes und Hoffnung. Bors sprach in die Abendwolken: »Wie schön doch die Abendsonne ist, ich liebe sie mehr als das Morgenrot, die Abendsonne ist tiefer und erfahrener.«

Babuduo fragte: »Was glaubt ihr, wann werden wir das andere Ufer erreichen? Es sieht so aus, als hätte dieses Meer kein Ende.«

Auch Shaodian blickte besorgt zum Horizont. »Leider kann ich dir darauf keine Antwort geben«, antwortete er. »Vielleicht in einigen Tagen, vielleicht brauchen wir auch Jahre. Doch es gibt keinen Weg zurück, verglichen mit Chiyous Ungeheuern, die hinter uns warten, scheint mir dieser Weg auf jeden Fall besser zu sein.«

»Wir werden das Ende niemals erreichen«, sagt Bors.

»Niemals, schließlich ist dies das Jingwei-Meer. Hier gibt es viele Ungeheuer, die in den Tiefen des Meeres lauern, riesige Raubfische, dreiköpfige Warane, meterlange Krokodile, um nur einige zu nennen. Vielleicht sind wir in einigen Tagen schon tot. Wenn wir nicht von den Monstern gefressen werden, dann werden wir wahrscheinlich verhungern. Auch wenn wir jetzt noch von den Früchten des Zeitbaumes satt sind, werden wir in einem Monat wieder hungrig sein. Aber vielleicht treffen wir auch auf eine schöne Meerjungfrau, das wäre natürlich wunderbar.«

Babuduo meinte: »Alter Herr Bors, wie alt seid Ihr eigentlich? Die Menschen im Drachenland behaupten alle etwas anderes, ich hoffe, aus Eurem Mund eine befriedigende Antwort zu hören, obwohl ich weiß, dass das sehr unhöflich ist. Doch ich bin mir sicher, dass es alle gerne wissen würden.« Doch Bors dachte gar nicht daran, ihnen sein wahres Alter zu verraten. Beleidigt sah er die Freunde an und blickte wieder aufs Meer. Alle sahen sich an, dann lachten sie laut auf.

Die Nacht war trotz der vielen Sterne sehr dunkel. Die Vögel waren schon lange zu Hause und hatten sich zur Ruhe gelegt. Shaodian und die anderen hatten jegliches Zeitgefühl verloren. Durch den langen Schlaf während des Tages konnten sie jetzt nicht einschlafen und waren hellwach. Das Meer war ruhig und das kleine Boot schaukelte friedlich vor sich hin.

Die Stimmung am Boot war ausgelassen. Shaodian erzählte viel von seiner Heimat Ruiwen, Het unterhielt die anderen mit kleinen Zaubertricks und Anta und

Maihan erzählten vom Leben am Hof. Irgendwann, keiner konnte genau sagen, wie spät es war, schliefen sie ein und wachten erst wieder auf, als die Sonne langsam aufging.

Da tauchte vor ihnen plötzlich etwas Großes auf.

»Was ist das?«, fragte Bors. »Schaut alle her! Da ist etwas vor uns, ist das eine Insel?«

»Eine Insel! Seht doch! Da ist eine Insel!«, rief Maihan aufgeregt.

»Das ist nicht nur eine Insel, sondern eine ganze Inselgruppe!«, meinte Het aufgeregt. Bors stand am Schiffsbug und rief laut: »Endlich haben wir Festland gefunden, wir wollen anlegen und uns ein bisschen bewegen.«

Gerade als sie sich den kleinen Inseln nähern wollten, begann es zu schneien. Es war ein unbeschreibliches Gefühl, als ob sie von einem Augenblick zum anderen in eine Welt aus Frost und Schnee eingetreten wären.

Ihnen war schrecklich kalt, sie kauerten sich zusammen, die Kälte kroch von den Knochen bis ins Herz. Doch was noch seltsamer war, das Meerwasser war auf einmal völlig weiß geworden. Soweit das Auge reichte, war alles endlos weiß. Zudem schwebten über dem weißen Meerwasser einige Pflanzen dahin.

»Unglaublich!«, rief Shaodian. »Was soll das? Das sieht ganz ungewöhnlich aus!«

»Ein weißes Meer«, seufzte Anta, »und fliegende Pflanzen. Was für ein wundersamer Anblick!«

Bors meinte: »Lasst euch von dieser Idylle nicht täuschen! Wer weiß, ob wir hier nicht erfrieren werden.«

»Wieso könnt Ihr über nichts anderes reden«, rief Babuduo, »wie wäre es denn mit einer Glück bringenden Bemerkung?«

»Man überlebt nur, wenn man sich sorgt, doch man stirbt, wenn man immer nur an Fröhliches denkt!«, meinte Bors. »Ich will ja nur, dass alle wachsam sind.«

Das Kielwasser des Bootes glänzte silbern und das kleine Boot steuerte auf die Inselgruppe zu. Eine der Pflanzen, die über dem Wasser schwebte, berührte Maihans Kopf. Es war eine Blume. Maihan wollte sie herausziehen, doch sie musste im Wasser festgewachsen sein, denn sie rührte sich nicht.

Das Boot kam den Inseln immer näher. Plötzlich befand sich vor ihnen ein hoher Felsen, den sie nicht so einfach umfahren konnten. So wählte das kleine Boot den Weg zwischen zwei anderen Inseln.

Der Weg war sehr schmal. Zu beiden Seiten hingen hohe Felsen herab und es gab keinen geeigneten Platz, wo sie hätten anlegen können.

Die Eiskristalle fielen weiter vom Himmel und hatten schon den Weg zwischen den beiden Inseln gefüllt. An den hervorstehenden Felsen wuchsen sehr viele Bäume, von denen einige schon sehr alt sein mussten. Sie streckten sich breit aus, hingen quer über den kleinen Wasserweg und versperrten ihnen die Durchfahrt. So konnten sie nicht anders, als die Äste mit dem Schwert durchzuschneiden, um vorbeizukommen.

Ihnen war schrecklich kalt, Hände und Füße waren bereits blau und wie gefroren, doch sie wussten nicht, wo sie haltmachen sollten, um einen geschützten Ort zu finden, wo sie vor der Kälte in Sicherheit waren.

Es war das erste Mal, dass sie sich von der Kälte bedroht fühlten.

Shaodian meinte: »Wir müssen einen Weg finden, um auf die Insel zu gelangen. Dort können wir das Dämonische Feuer anzünden und uns ein bisschen aufwärmen. Dieser Frost ist vollkommen überraschend gekommen.«

»Doch wie sollen wir hinaufkommen?«, fragte Het. »Auf beiden Seiten sind nichts als Felsen.«

»Schaut!«, rief Shaodian und alle blickten nach vorne. »Der Weg vor uns wird immer breiter, ich schätze, dort gibt es einen Strand, an dem wir anlegen können.«

»Aber hier ragen zu viele Bäume ins Wasser herein und hinder uns an der Fahrt«, warf Het ein.

Die großen Baumstämme waren schon längst verfault, Wasserblasen stiegen an die Oberfläche und blubberten. Zwischen den anderen Bäumen hingen kalte Nebel zwischen den Ästen und Blättern, nass und beängstigend.

»Wir haben keine andere Wahl, wir müssen durch das Holz«, meinte Shaodian. Sobald sie an einen quer liegenden Baum kamen, legten sie sich flach ins Boot, damit es darunter hindurchfahren konnte. Einige dürre Äste ragten aus dem Wasser heraus und erschwerten dem kleinen Boot die Durchfahrt.

Je weiter sie den kleinen Weg entlangfuhren, umso stärker wurde die Kälte. Als das Boot durch einen sehr kurvigen Abschnitt fuhr, begann auf einmal dichter Schnee zu fallen. Die Schneeflocken fielen in elegantem Tanz auf die Äste der Bäume, die Felsen und auf das Boot.

»Es ist so kalt«, flüsterte Anta und zitterte. Sie schmiegte sich enger an Shaodian, der seinen Mantel um sie legte.

Auch den anderen erging es nicht viel besser. Bors' alte Nase war gefroren, sodass sie violett leuchtete. »Ich werde sterben. In der Kälte zu sterben ist viel unwürdiger, als im Krieg zu sterben.«

»Redet nicht so einen Blödsinn«, rief Babuduo. »Wir müssen uns etwas einfallen lassen.«

Ihre dünnen Sommerkleider waren im dichten Schnee vollkommen nutzlos und bereits nass. Sie konnten sich nicht mehr bewegen und froren erbärmlich.

»Wenn wir nur ein Feuer hätten!« rief Maihan. »So etwas habe ich noch nie erlebt.«

Shaodian überlegte eine Zeit lang, dann meinte er: »Zünden wir das Dämonische Feuer an! Auch wenn Gefahr besteht, dass unser Boot in Brand gerät. Ich denke, wir können nicht mehr länger warten. Ansonsten würden wir hier erfrieren.«

So entzündete Shaodian mithilfe der Pangukunst das flackernde Dämonische Feuer, das die Kraft hatte, endlos lange zu brennen.

Alle umringten das Feuer, rieben sich die Hände und wärmten sich. Langsam verschwand die Kälte aus ihren Knochen. Die Schneeflocken, die vom Himmel fielen, schmolzen sofort, sobald sie mit dem Dämonischen Feuer in Berührung kamen.

Shaodian befürchtete, dass Anta es nicht länger aushalten könnte, und drückte sie eng an seinen Körper. Anta war froh über diese Geste und drückte sich noch fester an Shaodians Körper. Trotz der Kälte, die sie umgab, war es in ihrem Herzen warm wie im Frühling.

»So kann es nicht weitergehen«, meinte Shaodian. »Wir müssen einen Plan ausarbeiten, um einen Platz auf der Insel zu finden, wo wir vor der Kälte in Sicherheit sind.«

»Warm ist es immer noch nicht. Ich spüre die Kälte in allen Knochen«, meinte Maihan und rollte sich zusammen.

»Vielleicht hilft es auch nichts, wenn wir auf der Insel landen. Denn die Inseln scheinen einsam und verlassen zu sein, ich sehe nicht die kleinste Spur von menschlichen Behausungen«, meinte Babuduo.

»Was sollen wir bloß tun? Zurück können wir auch nicht mehr. Oder glaubt ihr, dass wir mit dem Dämonischen Feuer die Nacht überleben? Lieber Himmel, da müssen wir bestimmt erfrieren!«, meinte Het nervös.

In Wirklichkeit stand ihnen noch viel Schlimmeres bevor. Nachdem sie das Dämonische Feuer entzündet hatten, waren sie noch eine Weile auf dem Boot weitergefahren. Doch auf einmal stand das Boot still und sie hörten ein dumpfes Geräusch. Es schien, als klopfte jemand an das Boot.

»Da klopft jemand an den Boden des Bootes«, rief Bors starr vor Schreck.

Alle verstummten und hörten zu. Das Klopfen wurde immer lauter und lauter.

Shaodian wies alle an, still zu sein. Dann lehnte er sich aus dem Boot hinaus und hielt seinen Kopf ins Wasser. Da war etwas, doch er konnte es nicht klar erkennen. Es kam näher und näher. Auf einmal schrie er auf: »Eine Leiche!«

Seine Stimme war soeben verklungen, da schnellte eine tote Hand aus dem Wasser und packte Shaodian an der Schulter. Shaodian zog seinen Kopf sofort zurück. Alle waren starr vor Schreck.

Babuduo machte seinem Namen als tapferer Ritter alle Ehre, er erkannte die Situation, zog sein Schwert heraus und wollte die Hand abtrennen, doch da war diese schon wieder verschwunden.

»Bleibt alle ruhig!«, rief Shaodian. »Wenn wir uns nicht hinauslehnen, kann uns die Leiche nichts anhaben.«

Keiner wagte mehr, sich zu bewegen. Doch die Kälte stieg ihnen wieder in die Glieder. Sie konnten nur die Hände aneinander reiben, um sich zu wärmen, und versuchen unnötige Bewegungen zu vermeiden.

Das Klopfen an der Unterseite des Bootes wurde immer stärker und eindringlicher. Auf einmal sprühte Wasserschaum auf und der Tote sprang heraus. »Wer hat das Dämonische Feuer angezündet? Wer bringt das Feuer des Bösen auf die Insel der Kälte?«

Babuduos Schwert sauste durch die Luft. Schon hatte er den Toten in zwei Teile zerteilt.

Shaodian verstand und löschte sofort das Dämonische Feuer. Er meinte: »Ich schätze, die Menschen im Wasser wurden von Dämonen getötet. Als sie das Dämonische Feuer spürten, wurden sie wütend.«

»Aber ohne Feuer werden wir bestimmt erfrieren. Der Tote hat doch gerade gesagt, dass dies hier die Insel der Kälte ist.«

Shaodian meinte: »Wir müssen unbedingt einen Weg auf die Insel finden.«

Gerade in diesem Augenblick hob Het seine Finger und zeigte in eine Richtung: »Seht doch! Da drüben macht der Weg eine Biegung. Vielleicht können wir ja von dort auf die Insel steigen.«

»Gut! Mit voller Kraft voraus! Es ist besser, wenn wir miteinander reden, so lenken wir uns ein bisschen von der Kälte ab.«

Shaodian fragte: »Babuduo, kannst du mit dem Schwert die Äste, die ins Wasser hängen, aus dem Weg schaffen?«

Babuduo meinte: »Das ist gut, durch die Bewegung wird mir auch wieder warm.« Er hob das Schwert und ließ es links und rechts auf die Äste niedersausen. Ihm war so kalt, dass er schon am ganzen Körper blau gefroren war. Seine Bewegungen wirkten steif und unrund.

Het ruderte hinten mit seinem Zauberstab und trieb das Boot an. Da das Dämonische Feuer schon gelöscht war, befürchtete niemand, dass ein weiterer Toter sie aufsuchen würde. Doch die Toten tief im Wasser versetzten alle in große Angst. Allein der Gedanke an das weiße verfaulte Fleisch im Wasser ließ sie erschauern.

Babuduo fuhr fort, die Bäume vor ihnen mit dem Schwert aus dem Weg zu räumen. Seine Hände bluteten schon.

Als Shaodian das sah, übernahm er seine Arbeit. Auch Het hatte schon aufgehört zu rudern, er war steif wie ein Eisblock. Als Pangumensch machte Shaodian die Kälte weniger zu schaffen als den anderen. Trotzdem war es sehr schwer für ihn, in dieser eiskalten Situation einen Weg durch das Gewirr von Ästen zu schlagen. Doch wenn er daran dachte, dass Antas Sicherheit und die der anderen bedroht war und zudem das Schicksal der gesamten Menschheit auf dem Spiel stand, kehrten seine Kräfte zurück.

Obwohl das Boot ein bisschen schneller vorankam als vorher, war es immer noch sehr langsam. Die merkwürdigen Steine, die sich ihnen immer wieder in den Weg stellten, waren das größte Hindernis. Die Äste konnten sie aus dem Weg räumen, doch die großen Steine lagen unbeweglich da. Shaodian gab nicht auf und schlug noch fester und schneller auf die Äste ein.

Als sie die Biegung erreichten, waren alle schon erstarrt und brachten kein Wort mehr heraus. Shaodian machte sich große Sorgen um die anderen. Endlich schöpfte er neue Hoffnung. Da war ein Weg auf die Insel.

Shaodian hielt das kleine Boot an und trug die anderen, die schon starr vor Kälte waren, einen nach dem anderen an Land. Auf der kleinen Insel befand sich ein dichter, alter Wald. Die Bäume standen hoch und dicht wie ein dunkles pechschwarzes Feld. Unter den Bäumen entzündete er das Dämonische Feuer.

Als dieses aufloderte, schmolzen der Schnee und die Eisschicht, die sich um die Menschen gelegt hatte. Nachdem der Schnee und das Eis geschmolzen waren und ihre Haut wieder eine rosige Farbe bekommen hatte, erlangten alle unter der Wärme des Feuers langsam wieder ihr Bewusstsein.

»Wir wären beinahe gestorben«, flüsterte Maihan.

»Auch die Kälte kann Menschen töten, nicht nur das Schwert.«

Um Anta machte sich Shaodian am meisten Sorgen. Ihr Gesicht war sehr blass. Shaodian umarmte sie, zog sein Hemd aus und wickelte sie darin ein. Anta meinte tapfer: »Bevor ... ich mit ... dir nicht ... das Land des Glücks ... gefunden habe, werde ich ... nicht sterben. Die glücklichen Tage ... sind noch nicht ... gekommen.«

Maihan sorgte sich um seine kleine Schwester und fragte: »Anta, wie geht es dir?« Auch er zog sein Hemd aus und legte es um sie.

Unter Shaodians Umarmung bekam ihr Gesicht langsam wieder Farbe und ihr Körper wärmte sich. »Mir geht es gut«, meinte sie leise, »wir müssen uns schnell etwas Warmes zum Anziehen suchen.«

Es schneite immer weniger und am Ende hörte es ganz auf. Seltsamerweise begann der Schnee um sie herum plötzlich zu schmelzen, überall plätscherten kleine Bäche dahin. Die Kälte war plötzlich verschwunden und es wurde wärmer, beinahe wie im Frühling.

»Was geht hier vor?«, fragte Het erstaunt. »Wie kann es plötzlich so warm werden?«

Da vernahmen sie auf einmal ein langanhaltendes Geräusch. Als das Geräusch verklungen war, war der alte Wald plötzlich verschwunden. Die Insel war im nächsten Augenblick vollkommen leer.

Die Kälte war vorbei und alle fühlten sich viel besser.

»Die Kälte ist wirklich tödlich. Jetzt ist es schon ein bisschen besser. Ich denke, das ist eine merkwürdige Insel mit tausend verschiedenen Gesichtern, in einem Moment ist es die Insel der Kälte, im nächsten die Insel der Geräusche. Wer weiß, was als Nächstes kommt«, meinte Bors.

»Auch ich bin darüber besorgt«, rief Shaodian. »Vielleicht sollten wir wirklich diese Gelegenheit nutzen, um von der Insel wegzukommen, schaut doch, der Schnee am Wasser ist auch geschmolzen. Das Wasser im Meer ist wieder blau. Wir sollten diesen Ort wirklich so schnell wie möglich verlassen.«

»Ich bin auch dafür«, meinte Het. »Diese Insel ist sehr seltsam. Wenn hier plötzlich Ungeheuer auftauchen, kann es sehr gefährlich für uns werden.«

In diesem Augenblick erklang ein anderes Geräusch wie Donner oder von Trommeln, worauf die ganze Insel zu beben begann.

»Da kämpft jemand«, rief Babuduo. »Ich denke, das ist ein alter Kriegsschauplatz.«

Maihan war sehr erstaunt. »Was meinst du, woher kommt dieses Geräusch? Warum sind die Bäume und die Schneefelder auf einmal verschwunden? Was für eine Magie herscht auf dieser Insel, dass sich hier alles so schnell verändert, dass wir es nicht verstehen?«

Alle verstummten. Anta war nervös und meinte: »Lasst uns besser schnell von hier fortgehen! Ich habe Angst.«

Alle waren einverstanden. So beschlossen sie, in das kleine Boot zu steigen und die Insel zu verlassen.

Da ebbte der Lärm plötzlich ab. Die Insel lag ruhig da, kein Laut war zu hören. Auch das Wasser war glatt. Nur spitze Felsen ragten bedrohlich in die Luft heraus und versetzten alle in Unruhe.

Es war Abend. Die Dunkelheit überzog langsam den Himmel. Schwere dunkle Wolken verdeckten die Sicht. Der Mond schien nur sehr leicht und spendete kaum Licht. Kein Baum, kein Haus, nur das Dämonische Feuer leistete ihnen Gesellschaft. Es ließ sie neue Hoffnung schöpfen und schenkte ihnen Wärme.

Lange nachdem die Geräusche verklungen waren, änderte sich das Bild vor ihnen abermals. In der Mitte der Insel erhob sich plötzlich eine riesige, alte Burg, auf deren Mauern sich die Spuren des Krieges abzeichneten. Verkrustetes Blut klebte am alten Gemäuer und im Burggraben lag eine zerrissene Kriegsfahne. Überall erhoben sich graue Nebelschwaden. Es war ein unheimliches Bild.

Es herrschte immer noch Totenstille. Antas Angst wurde immer größer. Sie meinte: »Besser, wir gehen, kommt schnell! Je schneller, desto besser.«

Alle eilten zum kleinen Boot. Es lag so, wie sie es eben verlassen hatten, da. Doch der Wasserweg, über den sie gekommen waren, war plötzlich verschwunden. Die Insel war nun von hohen Bergen umgeben, sodass es unmöglich schien, zum Meer zurückzufinden.

»Jetzt ist alles aus, da finden wir nie einen Weg hinaus«, rief Het.

Bors schimpfte: »Ich habe ja schon längst gesagt, dass wir gehen sollen. Die Berge stehen so hoch, da kommen wir nie auf die andere Seite, es sei denn, wir verwandeln uns in Vögel.«

Shaodian blickte auf die Berge, dann drehte er sich noch einmal um und sah auf die Burg, die in der Dunkelheit vor ihnen lag. Er meinte: »Besser, wir ziehen uns in die Burg zurück und warten bis morgen früh. Wahrscheinlich finden wir dort auch warme Kleidung für den Fall, dass die Kälte wieder zurückkommt.«

Die Burg war sehr hoch, das große, alte Tor stand weit offen. Vorsichtig traten sie ein. Der Geruch von Tod erfüllte die Luft, doch die Toten selbst waren nicht zu sehen.

»Schließt das Tor«, rief Shaodian. »So fühlen wir uns sicherer.«

»Was für ein grauenhafter Ort ist das hier? Kein einziges Lebewesen, alles ist still und trotzdem brennt Licht in den Zimmern«, stellte Maihan fest.

Vorsichtig gingen sie weiter ins Innere der Burg. Alle waren äußerst nervös und unruhig. Dieser Ort gefiel ihnen nicht. Alles wirkte ruhig und geordnet, doch zugleich war alles von einer dicken Staubschicht bedeckt. Sie konnten sich nicht erklären, was das zu bedeuten hatte.

Anta fürchtete sich sehr, fasste Shaodians Hand und blieb keinen halben Schritt hinter ihm zurück.

Als er in ein prächtiges Schlafzimmer getreten war, hieß Shaodian die anderen, an einem großen runden Tisch Platz zu nehmen, und meinte zu ihnen: »Wo sind wir hier jetzt?«

»Immer noch auf der Insel. Vorher waren wir auf dem großen Meer, Tage und Nächte lang«, meinte Babuduo.

»Das ist sicher, bevor wir auf die kleine Insel kamen, war alles, was wir erlebten, real. Doch nachdem wir auf die Insel gekommen sind, fühle ich mich wie in einem Traum«, sagte Het.

Maihan fragte erstaunt: »Könnte es sich vielleicht um Geister handeln?«

Shaodian sah Maihan an und meinte fest überzeugt: »Das kann nicht sein, auf dieser Welt gibt es keine Gespenster, früher gab es keine, jetzt auch nicht, selbst in Zukunft wird es keine geben. Obwohl diese kleine Insel merkwürdig ist, werden wir herausfinden, was hier vorgeht.«

Bors meinte nachdenklich: »Es ist gut möglich, dass wir uns auf der Insel der Zeit befinden.« Er strich sich über seinen Bart und fuhr fort: »In den alten Schriften wird von einigen Inseln erzählt, die vom Geist der Zeit beherrscht werden und imstande sind, die Zeit und ihre Gestalt ständig zu verändern. Diese Inseln hat kaum jemand lebend verlassen.«

»Heißt das, dass es sehr schlecht um uns steht?«, fragte Anta.

»Nicht unbedingt«, meinte Bors, »Shaodian wird sicher einen Weg finden, wie wir diese Insel verlassen können.«

Het warf ein: »Es könnte sich um eine Magie handeln, die ein großer Zauberer geschaffen hat, vielleicht hat er alte Zaubersprüche verwendet, dadurch haben die Menschen, die auf die Insel kommen, das Gefühl, dass alles unwirklich ist. Wenn es sich um Magie handelt, kann bestimmt eine Methode gefunden werden, um sie zu brechen.«

»Was ist das hier?« Anta zeigte auf ein Heft, das mitten auf dem runden Tisch lag. Es sah sehr edel aus, die dicke Staubschicht darauf ließ darauf schließen, dass es schon sehr alt sein musste. Die Seiten waren voll beschrieben.

»Herr Bors, bitte schaut Euch das kurz an, was ist das für eine Sprache?«, fragte Shaodian.

Bors näherte sich und betrachtete das Heft. Dann meinte er: »Das ist eine sehr alte Sprache, ich denke, die Sprache der Erdgeister. Nein, das ist es nicht ...«

Shaodian hatte zu Beginn nur einen flüchtigen Blick darauf geworfen. Jetzt sah er genauer hin und sprang erstaunt auf: »Das ist Knochenschrift, lieber Himmel!«

Maihan fragte erstaunt: »Knochenschrift? Ich habe noch nie davon gehört. Was bedeuten diese Zeichen?«

»Das ist die Knochenschrift. Eine der ältesten Schriften der Menschheit. Auch der Pangusippe ist sie bekannt. Zu Beginn wurde sie auf Orakelknochen geschrieben, um Opfer aufzuzeichnen. Dann wurde daraus langsam diese Schrift hier, sie ist sehr alt, sie stammt noch aus der Zeit des Beginns des Universums«, erklärte Shaodian den anderen.

Er begann zu lesen. »Wir sind auf die Insel der Zeit gekommen. Ich weiß genau, wenn wir den Vogel Jingwei, den Geist der Zeit, nicht finden können, werden wir es niemals schaffen, diese Burg zu verlassen ...«

Noch ehe Shaodian fertig gelesen hatte, seufzte Maihan laut auf und meinte: »Schaffen wir es nicht, diese Burg zu verlassen? Wir sind jetzt auch in dieser Burg, wir werden doch nicht etwa hier sterben?«

Bors warf ein: »Die Insel der Zeit wird vom Geist der Zeit beherrscht, der Geist der Zeit dieser Insel ist der Vogel Jingwei. Wer einmal auf die Insel der Zeit kommt, findet nicht mehr hinaus, es sei denn, es hilft ihm der Geist der Zeit, der Vogel Jingwei.«

»Lasst Shaodian bitte fertig lesen«, bat Het Maihan und Bors. »Shaodian, lies bitte weiter, schauen wir, was darunter steht.«

Shaodian fuhr fort: »Wir haben versucht, die Insel der Zeit zu verlassen, doch alle Versuche waren vergeblich, die vielen Gesichter der Insel der Zeit haben alle unsere Anstrengungen zunichtegemacht. So mussten wir wieder in diese Burg zurückkehren. Unsere Vorräte gehen langsam zur Neige, sie werden nicht mehr viele Tage reichen. Wir müssen einen Weg hinaus entdecken. Doch wir können den Geist der Zeit nicht finden. Denn wir wissen nicht, wo sich der Vogel Jingwei befindet.«

»Ich bin mir sicher«, meinte Bors, »dass dieser Mann hier in dieser Burg gestorben ist.«

»Was macht Euch da so sicher?«, fragte Anta neugierig.

»Ich habe früher in den alten Schriften gelesen. Darin stand, wer auf die Insel der Zeit kommt, ist nicht mehr weit entfernt vom Tod, denn der Geist der Zeit ist nicht so leicht zu finden. Wenn man den Geist der Zeit nicht finden kann, ist es unmöglich, die Insel zu verlassen. Irgendwann sind die Vorräte aufgebraucht und die Menschen, die hierhergekommen sind, sterben«, meinte Bors und fuhr sich über seinen Bart.

»Hier liegt ein Skelett!«, rief Babuduo.

Alle liefen herbei und blickten auf das Skelett, das zusammengesunken auf einem Stuhl saß. Der tote Mann trug einen edlen Anzug. Er musste schon lange tot sein, denn die Kleider waren zerrissen und mit einer dicken Staubschicht bedeckt.

»Ich glaube, das ist der Besitzer des Tagebuches«, antwortete Bors, »ich bin mir sicher, dass das Heftchen von diesem Mann hinterlassen wurde.«

Shaodian hatte kein Wort gesagt, er ging an den Tisch zurück und die anderen folgten ihm.

Shaodian las weiter: »Heute ist der neunte Tag des neunten Monats nach dem Pangukalender, es ist schon einen Monat lang her, seitdem wir das Loch der Epochen auf der Pagode der Erdgeister durchquert haben und hierhergekommen sind. Seit zehn Tagen befinden wir uns auf der Insel der Zeit. Unsere Vorräte gehen zur Neige; wenn wir den Geist der Zeit nicht bald finden, werden wir hier sterben, ohne die Aufgabe, die uns unser Führer Chiyou anvertraut hat, vollendet zu haben. Das ist schade, denn ich bin mir sicher, dass die Pangusippe dieses Meer überquert hat. Wenn wir das Jingwei-Meer überqueren, werden wir den Goldenen Kontinent erreichen. Ich habe gehört, dass sich auf dem Goldenen Kontinent ein Land befindet, das von den Pangumenschen gegründet wurde. Dort würden wir bald den Drachen aus den Legenden finden, ihn töten, die Gerechtigkeit mit einem Streich ausrotten und die Reinkarnation von Chiyou willkommen heißen.«

»Also ist dieser Tote ein Anhänger von Chiyou, der auf der Suche nach dem Großen Drachen war«, murmelte Bors, »so gesehen ...«

»Wir sind auf dem richtigen Weg«, fügte Shaodian ein. »Dieser Mann schreibt, dass sich am Ufer des Jingwei-Meeres der Goldene Kontinent befindet, und auf dem Goldenen Kontinent ein von der Pangusippe gegründetes Land. Wir müssen also nur das Jingwei-Meer überqueren und schon können wir die Pangumenschen und den Großen Drachen finden.«

»Aber wie sollen wir das Jingwei-Meer überqueren? Das Jingwei-Meer ist unendlich groß, jetzt sind wir zudem noch auf die Insel der Zeit gekommen. Wenn wir den Geist der Zeit nicht finden, werden wir wie dieser Chiyou-Spion hier sterben«, meinte Het bekümmert.

»Das ist in der Tat ein Problem«, überlegte Babuduo. »Und noch mehr, da wir die sonderbaren Geschehnisse auf der Insel der Zeit überhaupt nicht gewohnt sind. Der Geist der Zeit, der Geist der Zeit – wo können wir den Geist der Zeit finden?«

»Ich hätte nie gedacht, dass einer von Chiyous Männern der Verfassser des Tagebuchs sein könnte. Dann würde das bedeuten, dass Chiyou ständig seine Leute ausgeschickt hat, um den neuen Aufenthaltsort der Pangusippe zu finden und den Großen Drachen zu vernichten.«

»Das ist verständlich, denn die Kraft des Drachen ist unermesslich groß. Das Erwachen des Drachen bedeutet die Vernichtung Chiyous. Deshalb fürchtete Chiyou die Kraft des Großen Drachen und hat seine Leute ausgeschickt, um das Loch der Epochen zu durchqueren. Sie sind aus der ersten Epoche hierhergekommen, um den Aufenthaltsort des Großen Drachen zu finden.«

»Hm«, nickte Shaodian. »Mich beunruhigt, dass Chiyous Männer so weit gekommen sind. Wir müssen unbedingt überlegen, wo der Vogel Jingwei sein könnte. Der Vogel Jingwei ist der Gebieter des Jingwei-Meeres, auch diese Insel der Zeit wird von ihm beherrscht. Nur wenn wir ihn finden, können wir erfahren, wie wir diese Insel verlassen können.«

»Was steht weiter im Tagebuch?«, fragte Bors. Shaodian nahm das Tagebuch in beide Hände und las weiter: »Heute ist der elfte Tag des neunten Monats. Wieder sind zwei Tage vergangen, unsere Vorräte werden nicht mehr lange reichen, es steht wirklich schlecht um uns, doch das Gute ist, in der großen Halle haben wir eine Landkarte gefunden, die uns hilfreiche Hinweise geben kann, wie wir den Geist der Zeit finden können.«

»Ist das die Landkarte, von der er spricht?« Maihan zeigte auf den Tisch.

Sie hatten vorher gar nicht auf die Karte geachtet. Erst jetzt sahen sie genau hin. Unter der dicken Staubschicht befand sich ein Gewirr von Linien.

Shaodian rollte die Karte auf und blies den dicken Staub weg. Sofort wurden die Linien klarer. Er beugte sich über die Karte und die Zeichen daneben, studierte sie genau und meinte: »Ich wage zu behaupten, dass dies der Plan ist, wie man den Geist der Zeit finden kann.«

»Also ist das auch Knochenschrift«, meinte Anta und fuhr mit dem Finger über die Bildzeichen auf dem Plan.

»Zum Glück kann Shaodian die Knochenschrift lesen«, meinte Babuduo erleichtert.

»Freut euch nur nicht zu früh«, meinte Shaodian und betrachtete weiterhin den Plan, »manche Zeichen sind verändert und ich kann sie nicht verstehen.«

»Shaodian, was sollen wir tun? Sollen wir hier einfach sitzen und warten?«, fragte Het.

»Nein, wir müssen so schnell wie möglich etwas unternehmen«, meinte Bors geschäftig, »je länger wir auf der Insel der Zeit bleiben, umso größer ist die Gefahr, dass wir von den merkwürdigen Phänomenen auf der Insel beeinflusst werden, und umso kleiner die Wahrscheinlichkeit, dass wir von dieser Insel entkommen. Ich verstehe nur immer noch nicht, warum der Vogel Jingwei mitten im Jingwei-Meer die Insel der Zeit geschaffen hat. Was war sein Ziel?«

»Ich denke, dass der Vogel Jingwei vermeiden wollte, dass die Menschen, die aus Xiaers erster Epoche kamen, von der Existenz des Goldenen Kontinents erfahren«, antwortete Het.

»Ich bin ganz deiner Meinung«, meinte Babuduo, »so gesehen ist die Aufgabe der Insel der Zeit, die Menschen zu vernichten, die aus Xiaers erster Epoche kommen, vor allem Chiyous Anhänger, jene Schurken, die versuchen den neuen Aufenthaltsort der Pangusippe auszukundschaften.«

»Aber wir sind auf der Seite der Gerechtigkeit, deshalb suchen wir den Großen Drachen. Warum sollten wir auf der Insel der Zeit vernichtet werden? Ist das ein schlechter Scherz? Will man uns auf die Probe stellen?« meinte Maihan aufgeregt.

»Seid alle still! Warten wir zuerst mal, bis Shaodian die Karte entziffert hat, dann sehen wir weiter«, rief Bors mit lauter Stimme. Dann fragte er sanft: »Was meinst du, Shaodian?«

»Laut dieser Karte befindet sich auf dem Dach der Burg ein Zeitzauber. Nur wenn wir es schaffen, den Zeitzauber zu durchbrechen, können wir die Insel verlassen«, antwortete Shaodian. »Auf dieser Karte ist auch beschrieben, wie wir auf das Dach der Burg steigen können.«

Shaodian nahm die Karte und das Tagebuch und begab sich wie beschrieben in die große Halle der Burg.

Im Inneren der Burg war es so dunkel, dass man die Finger der ausgestreckten Hand nicht sehen konnte. Shaodian zündete wieder das Dämonische Feuer an, das sich ganz von selbst bewegte und ihnen folgte.

Die Burg war sehr hoch, ein Stockwerk erhob sich über das andere. Drinnen war es so dunkel, ein einziges schwarzes Feld. Auch das Dämonische Feuer reichte nicht aus, um die Burg bis in ihre Tiefen zu erleuchten. Die dunklen Winkel und Säle versetzten alle in Unruhe.

Anta fühlte sich unwohl und hatte Angst. Sie lief zu Shaodian, nahm seine Hand und blickte nervös um sich.

Die Wand der Burg war schwarz und dick mit Staub bedeckt. Im Inneren des Schlosses war kein einziger Laut zu hören, nur ihre Schritte hallten durch die hohen Gänge. Immer wieder sahen sie ein paar Skelette, die auf dem Boden lagen.

»Hier sind schon viele Menschen gestorben. Keine Ahnung, ob sie verhungert sind oder sich im Wahnsinn selbst gerichtet haben. Hm, wieso steckt ein Pfeil in diesem Schädel?«, fragte Het.

»Nicht nur in einem Schädel, auch in den anderen. In vielen Schädeln stecken Pfeile«, fuhr Babuduo fort.

»Offensichtlich sind sie nicht verhungert, sondern wurden von Pfeilen getroffen«, folgerte Shaodian, »reden wir besser nicht zu viel, wir müssen uns konzentrieren.«

Sie folgten Stockwerk um Stockwerk und kamen in einen dreistöckigen, großen Saal. Hier lagen besonders viele Skelette, in jedem steckte ein Pfeil.

»Shaodian hat recht, sie wurden alle von Pfeilen getötet, aber warum? Hat es hier vielleicht einen Kampf gegeben? Was ist mit diesen Menschen vor ihrem Tod passiert? Warum liegen ihre Leichen immer noch hier?«, fragte Bors, während er immer weiter ging.

Shaodian wies die anderen an, still zu sein.

Am Ende der Halle befand sich ein langer Gang. Ohne das Licht des Dämonischen Feuers wäre es überall finster gewesen. Doch seltsamerweise lag im Gang kein einziger Knochen, obwohl der Saal voller Skelette war. Und nicht nur das, auf dem dunklen Boden des Ganges gab es kein einziges Staubkorn und keine Fußspur. Es sah so aus, als habe kein Mensch diesen Gang jemals betreten.

»Kommt, gehen wir!«, rief Bors und schritt entschlossen voraus.

»Nein!«, rief Shaodian und hielt Bors zurück. »Vorsicht, das könnte Euch Euer Leben kosten.«

»Warum?«, fragten alle wie aus einem Munde.

»Denn vor uns muss eine Falle sein, da vorne wartet der sichere Tod.«

»Warum sagst du das? Du warst noch nie hier, wie kannst du wissen, dass sich da vorne eine Falle befindet?«, fragte Bors.

»Man muss nicht alles am eigenen Körper erfahren, um einen Schluss zu ziehen.«

Er hielt einen Augenblick inne, dann fuhr er fort:

»Seid alle auf der Hut, warum, glaubt ihr, haben wir auf dem ganzen Weg so viele Skelette gesehen, noch dazu mit Pfeilen in den Köpfen?«

»Ja, warum?«, fragte Babuduo.

»Weil diese Burg voller Fallen ist. Die Menschen hier wurden von den Pfeilen getroffen, die von den Fallen abgeschossen wurden.«

»Absurd, das ist einfach absurd!«, widersprach Bors. »Wenn es schon diese Fallen gibt, warum sind wir dann auf keine einzige gestoßen, nachdem wir in die Burg kamen? Wir haben nichts von Pfeilen und ähnlichen Dingen gemerkt oder gar gesehen.«

»Weil die, die vor uns kamen, die Fallen ausgelöst haben. Sie funktionieren wohl nur einmal; sobald sie einmal ausgelöst wurden, sind sie nutzlos.«

»Sehr gut, angenommen, du hast recht, warum liegt dann kein einziger Knochen im Gang vor uns?«

»Weil bisher kein einziger Mensch den Gang lebend erreicht hat.«

»Heißt das, dass sich hier noch weitere Fallen befinden, die uns töten können?«, fragte Het.

Shaodian nickte. »Ja, so ist es. Wenn wir jetzt einfach so durchgehen, werden wir zweifellos sterben.« Er zog sein langes Panguschwert aus der Scheide und warf es in den dunklen Gang. Als es mit lautem Klirren aufschlug, schossen zahllose Pfeile aus den dunklen Wänden.

»Himmel!«, schrie Bors. »Zum Glück sind wir da nicht hineingetreten, sonst wären wir jetzt alle Fleischspieße.«

»Wenn Shaodian das nicht erkannt hätte, wären wir alle schon längst im dunklen Gang von den Pfeilen durchbohrt worden, wie Chiyous Spione«, sagte Maihan erschrocken.

Sie warteten, bis keine Pfeile mehr aus den Wänden des Ganges schossen, dann trat Shaodian als Erster hinein.

Sie liefen den langen Gang entlang und erreichten schließlich das Dach der Burg. Ähnlich wie auf der Pagode der Erdgeister befand sich auch hier ein flacher, leerer pechschwarzer Platz. Nur durch das Dämonische Feuer konnten sie die Umrisse erkennen.

Das weite Dach des Schlosses hatte eine fünfeckige Form mit einem großen schwarzen Loch in der Mitte, wo die Treppe, über die sie heraufgestiegen waren, heraufführte. Etwas Magisches erfüllte diesen Raum. Es schien, als seien die fünf Ecken durch eine unsichtbare Kraft miteinander verbunden. Auf dem Boden sahen sie seltsame Zeichen, konnten sie aber weder erkennen noch zuordnen.

Vom Dach aus konnten sie auf die ganze Insel der Zeit hinunterblicken. Um sie herum herrschte vollkommene Dunkelheit, ab und zu fuhr ein kalter Windstoß über sie hinweg, sodass es allen kalt den Rücken runterlief.

»Das ist die höchste Etage der Burg«, meinte Shaodian und zog das Tagebuch heraus. »Der Zauber der Insel der Zeit, der auf der Karte erwähnt wird, muss etwas mit diesem Fünfeck zu tun haben.«

»Was ist das für ein Zauber? Sieht gar nicht so kompliziert aus«, brummte Het, trat in eine der fünf Ecken, untersuchte sie kurz und rief: »Hier liegt ein Buch! In dieser Ecke liegt ein Buch!«

Alle liefen in die anderen Ecken und schauten nach, ob dort auch etwas versteckt war.

»Obwohl es so einfach aussieht, muss es ein sehr starker Zauber sein«, meinte Bors, »ist das auch Knochenschrift?«

»Ja, das ist Knochenschrift«, meinte Shaodian bestimmt.

»Was bedeuten diese Zeichen hier?«, fragte Anta.

»In dieser Ecke steht das Zeichen für Feuer.« Shaodian lief in die anderen Ecken und murmelte laut: »Gold, Holz, Wasser und Erde.«

»Das ist der Zauber der fünf Elemente«, meinte Shaodian überzeugt. »Jede der fünf Ecken steht für eines der fünf Elemente Gold, Holz, Wasser, Feuer und Erde. Das ist ein sehr alter Zauber der östlichen Länder. Wer hätte gedacht, dass der Geist der Zeit den Zauber der fünf Elemente versteht? Nur wenn wir diesen Zauber brechen, können wir es schaffen, die Insel der Zeit zu verlassen.«

»Zauber der fünf Elemente? Wieso habe ich noch nie davon gehört?«, fragte Bors. »Wie sollen wir ihn brechen, wenn wir ihn nicht verstehen?«

»Ich habe eine Idee«, meinte Shaodian langsam und begann zu erklären: »Babuduo, Herr Bors und Het, ihr drei kehrt noch einmal in die Burg zurück. Babuduo, schneide mit dem Schwert eine Ecke vom großen hölzernen Tisch ab. Alter Herr Bors, steigt bitte auf den Balkon im Inneren des Schlosses und bringt uns ein Glas Wasser. Het, bring uns eine Handvoll Erde.«

»Was machen wir jetzt damit?«, fragten alle drei wie aus einem Munde.

»Ihr werdet schon sehen.«

So kehrten die drei wieder in den unteren Teil der Burg zurück, Shaodian, Maihan und Anta blieben auf dem Dach. Shaodian studierte noch einmal genau den Plan. Ein Punkt war besonders markiert.

»Was bedeutet das?«, murmelte er. »Was kann hier sein?«

Anta fragte: »Shaodian, stimmt was nicht?«

»Nein, mir scheint das nur ein bisschen seltsam«, meinte Shaodian unruhig.

Kurz darauf waren Bors, Babuduo und Het wieder zurück und brachten Holz, Wasser und Erde.

Shaodian sprach: »Jene Ecke steht für das Wasser, Herr Bors, bitte bringt das Glas mit dem Wasser dorthin und stellt es auf dem Wasser-Zeichen ab. Babuduo, leg das Holz, das du gebracht hast, auf das Holz Zeichen. Het, bitte geh in die Ecke der Erde und häufe den Lehm in deiner Hand auf das Erde-Zeichen. Maihan, bitte nimm mein Schwert, stell dich in die Ecke des Goldes und leg es auf das Gold-Zeichen.«

»Jetzt fehlt nur noch eine Ecke«, fuhr Shaodian fort und stellte das Dämonische Feuer in die fünfte Ecke, auf das Feuer-Zeichen. »Anta, bitte bleib kurz hier.«

Danach trat er selbst in die Mitte des Fünfecks.

Auf einmal erstrahlte ein goldenes Licht aus jeder der fünf Ecken und schoss zum Himmel hinauf, wo sich die fünf Lichtstrahlen vereinigten und einen starken goldenen Glanz verströmten.

Shaodian studierte immer noch den runden Punkt auf dem Plan. Auf einmal lächelte er: »Ach, jetzt verstehe ich!«

In diesem Augenblick begann die Drachenperle an

Shaodians Brust plötzlich zu leuchten und verströmte einen hellen Glanz, der sich mit den fünf Strahlen vereinigte, sodass das Licht noch heller glänzte und den ganzen Nachthimmel erleuchtete wie am helllichten Tag.

»Was willst du tun? Shaodian, willst du uns umbringen? Wozu brauchst du dieses starke Licht?«, fragte Bors.

»Das ist der Zauber der fünf Elemente. Ich habe in Ruiwen in einem alten Buch darüber gelesen. Wir wollen mit dem Licht den Geist der Zeit wecken. Der Vogel Jingwei wird uns helfen das Jingwei-Meer zu überqueren. Chiyous Spione verstanden nichts vom Zauber der fünf Elemente. Deshalb konnten sie den Vogel Jingwei nicht herbeirufen, obwohl sie die Karte gefunden hatten.«

Kurz darauf erschien am Ende des Lichtstrahles ein riesiger Schatten, der langsam aus der Höhe heruntertauchte und mit unvorstellbarer Geschwindigkeit auf die Insel der Zeit zuflog.

Der Vogel Jingwei war groß und schwarz, die beiden schwarzen Flügel schlugen unaufhaltsam auf und ab, der riesige Körper bewegte sich und tanzte durch die Nacht. Schon bald erreichte der Vogel Jingwei das Dach der Burg und ließ sich darauf nieder. Er legte seine Flügel an den Körper und meinte ruhig: »Sei gegrüßt, Weiser aus der alten Heimat Ruiwen.«

»Du, bist du der Vogel Jingwei?« Bors fand als Erster seine Stimme wieder. »Der Vogel Jingwei aus den Legenden? Der Geist der Insel der Zeit?«

Der Vogel Jingwei nickte. »Ich bin der Geist der Insel der Zeit und zugleich der Gebieter des Jingwei-Meeres. Vor Milliarden von Jahren empfing ich den Befehl der

Ältesten der Pangusippe, hier an dieser Stelle Chiyous Spione davon abzuhalten, das Jingwei-Meer zu überqueren und den Goldenen Kontinent zu erreichen. Zugleich erwartete ich auch die Ankunft des Besitzers der Drachenperle, des Weisen der Pangusippe aus Xiaers erster Epoche.«

»Ich bin Shaodian, der Besitzer der Drachenperle. Das sind meine Begleiter Prinz Maihan und seine Schwester Prinzessin Anta, der Gelehrte Bors, der Zauberer Het und der Soldat Babuduo. Also wurde die Insel der Zeit ursprünglich gebaut, um Chiyous Spione aufzuhalten. Als wir hereinkamen, wären wir um ein Haar selbst umgekommen.«

»Verzeiht, Freunde, das ist meine Pflicht. Deshalb habe ich auf jeder der Inseln eine Karte zurückgelassen, in der Hoffnung, dass ihr sie findet«, erklärte der Vogel Jingwei.

»So war das also«, seufzte Bors. »Was geschieht dann, wenn Chiyous große Truppen herbeikommen? Wenn Chiyous Millionenheer aus Xiaers erster Epoche herbeikommt, kann die Insel der Zeit dann noch Chiyou daran hindern, das Meer zu überqueren?«

»Das geht leider nicht, alter Herr, die Insel der Zeit kann nur eine sehr kleine Gruppe aufhalten, doch gegen ein großes Heer kann sie nichts ausrichten. Wenn Chiyous Riesenheer aus Xiaers erster Epoche durch das Loch der Epochen auf die Insel kommt, ist es nur eine Frage der Zeit, bis sie das Jingwei-Meer überqueren werden. Doch anscheinend hat Chiyou noch nicht entdeckt, dass sich die Pangusippe auf dem Goldenen Kontinent im Norden des Jingwei-Meeres befindet. Ich denke, wir brauchen uns keine Sorgen zu machen.«

»Auf dem Goldenen Kontinent leben Pangumenschen?«, fragte Shaodian neugierig.

Der Vogel Jingwei nickte. »Ja, so ist es. Auf dem Goldenen Kontinent leben Pangumenschen und auch noch einige andere Sippen. Vor einigen Milliarden Jahren brach der größte Teil der Pangusippe von der alten Heimat Ruiwen auf, überquerte das Loch der Epochen auf der Pagode der Erdgeister und das Jingwei-Meer und erreichte den Goldenen Kontinent, wo die Pangumenschen im Reich von Dayu leben. Dayu ist ein sehr guter Herrscher, der sein Land und sein Volk liebt.«

»Kannst du uns dabei helfen, das Jingwei-Meer zu überqueren? Wir haben nur wenig Zeit, denn Chiyou wird schon sehr bald erwachen. Wir wollen so schnell wie möglich das Reich von Dayu erreichen. Wir haben nicht mehr viel Zeit«, rief Shaodian eilig.

»Freunde, setzt euch auf meinen Rücken. Ich werde euch über das Meer zum Goldenen Kontinent bringen.« Der Vogel Jingwei stellte sich so hin, dass sie auf seinen Rücken Platz nehmen konnten.

Er breitete seine beiden Schwingen aus und flog auf den Goldenen Kontinent zu.

Als der große Vogel sie über den weiten Himmel trug, zogen die Wolken durch ihre Körper, und der Wind strich ihnen leicht über die Schultern. Das endlos weite Jingwei-Meer schien unter den Schwingen des Tieres klein und unbedeutend.

Sie flogen über die hohen Berge, die überall aus dem

Meer herausragten, brausten über die Meeresgebiete voller Pflanzen hinweg. Shaodian und die anderen waren sehr glücklich. Schon bald würden sie den Goldenen Kontinent erreichen, die zweite Heimat der Pangusippe.

So flogen sie einige Tage und Nächte dahin, bis sie endlich das Ufer des Goldenen Kontintents sehen konnten. »Goldener Kontinent, großes Land der Pangusippe!«, murmelte Shaodien immer wieder vor sich hin.

5
Das Dayureich der Pangusippe

Langsam kamen sie näher und die verschwommene Küste wurde immer klarer. Shaodian konnte schon die hohen Stadtmauern erkennen, die sich bis in die Wolken erhoben. Pferdewagen galoppierten durch die Lüfte und an der Küste lagen voll beladene Lastschiffe vor Anker. Der ganze Kontinent war ein Feld wacher Geschäftigkeit.

»Der Wohnort der großen Pangusippe, das Paradies der menschlichen Freiheit, dass ich, Bors, in meinem Leben auf den Goldenen Kontinent kommen darf, den Ort der Vorfahren der Menschheit – ich kann es gar nicht glauben!« Bors war zutiefst bewegt.

Der Vogel Jingwei ließ sich an einer freien Stelle am Ufer des Meeres nieder und beugte sich nach vorne, sodass seine Passagiere absteigen konnten.

Shaodian und die anderen wussten auch nicht, warum, doch auf einmal waren sie sehr betrübt.

Het meinte: »Vogel Jingwei, du fliegst wirklich sehr schnell, in nur wenigen Tagen und Nächten hast du uns über das riesige Jingwei-Meer getragen! Wenn wir es alleine versucht hätten, wären wir mindestens einige Monate lang unterwegs gewesen.«

Der Vogel Jingwei lachte freundlich auf und sprach: »Ich hoffe wirklich, dass ihr den Ort findet, wo der Große Drache wohnt.«

Shaodian meinte: »Im Namen von uns allen möchte ich dir unsere tiefste Dankbarkeit ausdrücken.«

Auch der Vogel Jingwei schien sehr traurig. Er meinte: »Früher oder später kommt der Abschied. Liebe Freunde, ich muss fort. Ich wünsche euch viel Glück!« Er hatte kaum fertig gesprochen, da erhob er sich schon in die Lüfte und war fort.

»Jeder Abschied ist traurig, bewahrt die Freundschaft in eurem Herzen. Wir haben noch viel vor uns«, tröstete Het seine Freunde.

Nachdem sie wieder festen Boden unter den Füßen hatten, fanden sie endlich Gelegenheit, die Stadt genauer zu betrachten.

Die Straßen, auf denen sich die Menschen drängten, waren groß und prächtig. Die Fahrwege waren so breit, dass drei Pferdewagen bequem nebeneinander fahren konnten. Die meisten Menschen ritten auf Pferden oder anderen Wesen. Doch diese Wesen waren ganz anders als Chiyous Ungeheuer, es waren Glückstiere wie im Drachenland. Nur schienen diese hier noch größer und prächtiger zu sein als die, die sie kannten

»Was für eine prächtige Stadt! Viel schöner als die Städte des Drachenlandes!«, rief Babuduo bewundernd.

»Ist das die Königsstadt?«, fragte Het neugierig.

»Anscheinend ist das nicht die Königsstadt, das ist nur eine kleine Grenzstadt am Meer«, antwortete Bors. »Ich bin mir sicher, dass die Zivilisation des Dayulandes der Pangusippe viel weiter als die unseres Drachenlandes ist.«

Die meisten Menschen auf der Straße waren einfache, schlicht gekleidete Leute, nur hin und wieder patrouillierten einige Soldaten an ihnen vorbei. Die Menschen waren nicht besonders groß, ungefähr wie Shaodian, circa zwei Meter.

Die Neugierde der Menschen war geweckt, denn wann kam es schon vor, dass ein riesiger Vogel mit fünf Menschen auf seinem Rücken am Hafen landete. Dazu kam die merkwürdige Kleidung von Shaodian und den anderen. So kamen die Menschen herbei und umringten die Reisenden, um sie genau zu betrachten.

Sie konnten sich nicht erklären, warum Bors so klein war und zudem einen so langen weißen Bart trug. Babuduos Rüstung war auch seltsam, Maihans Kleidung so prächtig, Hets Zaubermantel wiederum sehr merkwürdig, und dazu kam natürlich noch Antas auffallende Schönheit.

»Mag sein, dass in ihren Augen einige Zweifel liegen«, meinte Bors, »aber ich mag es gerne, wenn alle uns ansehen. Ich fühle mich wie ein Held.«

»Ich mag das überhaupt nicht, die Pangumenschen sehen uns an, als wären wir Ungeheuer«, sagte Het.

»Sie haben überhaupt nichts Böses im Sinn«, erklärte Shaodian, »sie sind nur neugierig.«

Anta meinte unruhig: »Es ist doch besser, wenn wir schnell gehen. Mir ist das alles ein bisschen zu unheimlich.«

Doch sehr bald hatten sie die Aufmerksamkeit eines älteren Offiziers der kleinen Stadt erregt. Während sie ratlos herumstanden, trat der Offizier auf sie zu und stellte ihnen einige Fragen. Einige Soldaten folgten.

Als er erfuhr, dass Shaodian aus der alten Heimatstadt Ruiwen kam und ein Weiser der Pangusippe war, änderte sich seine Haltung sofort, und er begegnete den Reisenden mit großem Respekt.

»Niemals hätte ich gedacht, dass ihr aus der alten Heimatstadt Ruiwen in Xiaers erster Epoche kommt! Ich dachte noch, dass Ruiwen nur in den Legenden existiere. Und noch weniger hätte ich gedacht, dem Weisen der Pangusippe zu begegnen, ich fühle mich sehr geehrt.« Der Offizier war sehr erstaunt und konnte fast nicht glauben, was sich vor seinen Augen abspielte.

Als er fertig gesprochen hatte, ging ein Raunen durch die Reihen der Pangumenschen, die sie umringten. Auch sie konnten es nicht glauben. Sie hatten wirklich den Weisen der Pangusippe vor sich und die alte Heimatstadt Ruiwen aus den Legenden existierte ebenfalls.

Die Pangumenschen, die vorbei kamen, blieben einer nach dem anderen stehen und umringten Shaodian und die anderen immer mehr, sodass es ihnen beinahe unheimlich wurde.

Als der Offizier das bemerkte, überkam ihn große Besorgnis um die Reisenden. Also brachte er sie in sein Quartier.

»Wir sind auf dem Weg in die Königsstadt, um König Dayu zu treffen. Wir haben eine sehr wichtige Nachricht, die wir so schnell wie möglich dem König überbringen müssen«, meinte Shaodian.

»Wenn mir eine Frage erlaubt ist, welches ist das Ziel dieser Reise?«, fragte der Offizier sehr ehrerbietig.

»Wir wollen den Großen Drachen finden. Dafür müssen wir zunächst in Erfahrung bringen, wo er sich aufhält. Dann wollen wir ihn wecken, denn Chiyou wird schon sehr bald erwachen. Wir haben nicht mehr viel Zeit. Unsere Zeit ist sehr knapp, bitte teilt uns mit, wo sich der Große Drache aufhält, und bitte, schickt uns sofort jemanden, der uns in die Königsstadt begleiten kann, wir bitten um eine Audienz bei König Dayu.«

»Der Große Drache wohnt am Ende des Goldenen Kontinents, im Norden des Dayureiches. Doch dazwischen liegt der Machtbereich der Gonggongs – den zu durchqueren ist sehr schwierig, denn die Gonggongs sind jetzt eingeschworene Todfeinde des Dayureiches der Pangusippe«, antwortete der Offizier.

Er hielt einen Augenblick inne, dann fuhr er fort: »Doch unseren König zu besuchen ist sehr einfach. Er hält sich in Zhuolu auf, der Königsstadt unseres Reiches, um mit den Oberhäuptern der anderen Länder darüber zu beraten, wie mit Gonggong, diesem Schurken, umzugehen sei. Die Königsstadt Zhuolu ist nicht weit von hier entfernt, ihr könnt sie in einer halben Tagesreise erreichen.«

»Gut, dann machen wir uns sofort auf den Weg, wir haben nicht viel Zeit, denn wir haben schon auf dem Jingwei-Meer sehr viel Zeit verloren. Chiyou wird sehr bald erwachen. Wenn es uns nicht gelingt, den Großen Drachen zu wecken, bevor Chiyou erwacht, wird der gesamten Menschheit ein trauriges Schicksal bestimmt sein«, meinte Bors eilig.

»Wollt ihr euch wirklich nicht eine Nacht lang hier ausruhen?«, fragte der Offizier Shaodian.

»Vielen Dank, Herr Offizier«, lehnte Shaodian höflich ab. »Ich denke, es ist doch besser, wenn wir uns so schnell wie möglich auf den Weg in die Königsstadt machen. Jetzt ist es Mittag; wenn wir es schaffen, heute Abend die Königsstadt zu erreichen und Euren König Dayu zu sprechen, dann fühlen wir uns ruhiger. Die Sorge um Chiyous Erwachen lässt uns nicht los. Wir müssen so schnell wie möglich zu König Dayu, um zu erfahren, wohin der Große Drache verschwunden ist.«

»Gut, Herr Shaodian«, antwortete der Offizier und befahl einem seiner Soldaten, Shaodian und die anderen in die Königsstadt zu bringen.

Unter seiner Führung machten sie sich auf den Weg nach Zhuolu. Um nicht die Aufmerksamkeit aller Bewohner zu wecken, mieden sie die großen Städte und reisten vor allem über Land. Dort wohnten verhältnismäßig wenige Menschen, außerdem kamen sie so schneller voran.

Ohne jede Ruhepause zogen sie durch Wälder, Sümpfe und Täler. Bei Einbruch der Nacht erreichten sie endlich die schillernde Königsstadt Zhuolu.

In diesen Tagen war König Dayu sehr unruhig. Seine Haut war fahl, die Augen blickten müde aus seinen dunklen Augenhöhlen, sein Bart wirkte zerzaust und sein schwarzes Haar war von vielen grauen Strähnen durchzogen. Verglichen mit den anderen Pangumenschen war er sehr groß. Doch trotzdem wirkte er im Licht der Lampe alt und gebrechlich.

Er war sehr besorgt, denn er hatte den Bericht erhalten, dass die Gonggongsippe im Norden des Dayureiches

Kriegsvorbereitungen traf und plante die Grenzstädte anzugreifen. Gonggong, der Anführer der Gonggongs, hatte seine Ungeheuer schon mobilisiert und war somit zu einer großen Bedrohung für die Pangumenschen an der nördlichen Grenze geworden.

Als der alte König Dayu sich gerade einige Minuten ausruhen wollte, brachte ein Bote eine noch schlechtere Nachricht: Die Brieftaube hätte Nachrichten von der anderen Seite des Jingwei-Meeres gebracht, nach denen Chiyou aus seinem tiefen Schlaf erwacht sei und mit der Kraft seines Geistes ein riesiges Heer gesammelt habe. Damit habe er einen Feldzug gegen das Drachenland geführt, das mittlerweile schon zusammengebrochen sei.

Daraufhin habe sich Chiyou mit seinem gewaltigen Heer, dem sich viele südliche Sippen angeschlossen hatten, auf den Weg zu der Pagode der Erdgeister gemacht, um durch das Loch der Epochen in Xiaers zweiter Epoche zu kommen. Seine Soldaten waren in die Alten Wälder ausgeschwärmt und hatten sich am Tal der Pagode der Erdgeister versammelt. Der Drachenkönig war äußerst besorgt, er wollte einen Gegenangriff führen, um Chiyous Truppen in den Alten Wäldern vernichtend zu schlagen, doch er hatte nicht genügend Soldaten dafür. Also konnte er nichts anderes tun, als den Geschehnissen stumm zuzuschauen.

Chiyou hatte erwartet, dass in der Pagode der Erdgeister ein großer Kampf stattfinden würde, denn er fürchtete die Kraft der Erdgeister sehr. Deshalb hatte er den Truppen befohlen am Tal in Kampfbereitschaft zu gehen. Er hatte dafür nicht wenige Tage gebraucht. Doch am

Ende entdeckte er, dass die Erdgeister gar nicht erwacht waren. Chiyous Truppen kletterten ohne großen Widerstand auf die Pagode der Erdgeister und erweiterten das winzig kleine Loch der Epochen zu einem riesigen Durchgang, durch den der gewaltige Zug aus Wilden, Ungeheuern und Soldaten hindurchziehen konnten. Sie waren so viele, dass sie zwei volle Tage brauchten, um das Loch der Epochen zu durchqueren. Danach ruhten sie sich nicht aus, sondern stürmten weiter voran. Mit seinem Geist weckte Chiyou alle Arten von Ungeheuern, die das Jingwei-Meer bewohnten. Neunköpfige Schlangen und andere Ungeheuer mit bizarren Formen, halfen den Truppen auf ihrer Überfahrt. Es würde nicht mehr lange dauern, bis sie den Goldenen Kontinent erreichen würden.

Dayu zog die Augenbrauen über seinen dunklen Augen besorgt zusammen. Er bemühte sich darum, seine Erschöpfung zu verbergen, doch der bleiche Gesichtsausdruck verriet ihn trotzdem. Plötzlich huschte ein Hoffnungsschimmer über sein Gesicht. Doch dieser war sogleich wieder verschwunden. Dayu meinte: »Unsere einzige Hoffnung ist der Besitzer der Drachenperle aus der alten Heimatstadt Ruiwen.«

»Jene Legende ist bestimmt nicht wahr«, erwiderte einer der Minister. »Sie wurde seid dem Beginn der großen Wanderung unserer Sippe überliefert, doch über die Jahrhunderte und Jahrtausende sind einige unwahre Elemente hinzugekommen. Das Herz des königlichen Shaodian schlägt in Ruiwen vielleicht schon längst nicht mehr. Egal wie wohlüberlegt die Pläne unserer Vorfahren waren, nach diesen vielen Jahren kann es schon sein, dass sich einige Fehler eingeschlichen haben.«

Ein anderer Minister meinte: »König Dayu, auch wenn es den Besitzer der Drachenperle aus der alten Heimatstadt Ruiwen gibt, wird es nicht einfach für ihn sein, den Großen Drachen zu finden. Denn zwischen hier und dem Goldenen Kontinent liegt das Gebiet der Gonggongs. Da Gonggong bestimmt auch von dieser Legende weiß, wird er seine Soldaten ausschicken, um die Pangumenschen zu suchen und zu fangen. Es wird für Shaodian sehr schwierig werden, das Gebiet der Gonggongs zu überqueren und das Ende des Goldenen Kontinents zu erreichen.«

»Das ist auch meine Sorge«, meinte Dayu. »Doch trotzdem bleibt dies meine einzige Hoffnung. Die Vorfahren unserer Sippe hatten die Fähigkeit, die Zukunft vorherzusehen, und haben einige Vorsichtsmaßnahmen für die Zeit nach der Großen Wanderung getroffen, um die Pangumenschen und das ganze Universum zu retten. Doch manchmal habe ich das Gefühl, dass ihre Maßnahmen nicht besonders verlässlich sind, die Sicherheit an einem seidenen Faden hängt und das Schicksal der Menschen in großer Gefahr ist.«

Gerade in diesem Augenblick erreichte Dayu die Nachricht von Shaodians Eintreffen und erfüllte ihn mit großer Freude.

Dayu empfing Shaodian in seinem Palast.

Warmherzig bot er Shaodian die Hand zum Gruß und rief: »Willkommen, Shaodian! Ihr seid unsere letzte Hoffnung!«

Shaodian rief: »Verehrter König Dayu, doch die Hoffnung sind nicht wir, die Hoffnung ist der Große Drache. Nur wenn wir den Großen Drachen finden, dürfen wir auf Rettung hoffen.«

»Nein«, rief Dayu. »Unsere Hoffnung bist auch du. Nur der Besitzer der Drachenperle kann den Großen Drachen führen. Der Große Drache ist der Drache des Himmelssohnes, und der Einzige, der ihn führen kann, ist der wahre Himmelssohn, und der bist du.«

»Das verdiene ich nicht«, erwiderte Shaodian bescheiden, »nur ein König kann den Großen Drachen führen, doch ich habe kein königliches Blut.«

»Doch du hast reines königliches Blut und bist der Beginn eines neuen Zeitalters.« König Dayu war sehr aufgeregt. »Vielleicht ist dir die Geschichte der Pangusippe nicht bekannt. Doch ich kann dir klar mitteilen, du bist der Anfang eines neuen Zeitalters, der wahre Erbe der königlichen Sippe.«

Er war sehr aufgeregt, so, als ob er besorgt darum wäre, nicht gut genug zu erklären. Er meinte: »Shaodian, darf ich dich etwas fragen? Ist es nicht so, dass es in der alten Heimatstadt Ruiwen den Namen Shaodian nur in einer Familie gibt und von jeder Generation nur ein Sohn geboren wurde?«

»So ist es, das kann ich bestätigen. In Ruiwen gab es nur eine Familie namens Shaodian, ich bin die zehnte Generation.«

»Sehr gut.« Er wurde ein bisschen ruhiger, anscheinend hatte er schon einen Grund gefunden, mit dem er Shaodian überzeugen konnte. »Der Name Shaodian ist der väterliche Name der königlichen Familie. Vor Jahren haben die Vorfahren der königlichen Familie den Großen Drachen und die Pangusippe durch das Loch der Epochen auf der Pagode der Erdgeister geführt, um ein Neues Land zu suchen. Als sie in den Goldenen Kontinent kamen, blieb ein kleiner Teil von ihnen zurück, doch der größte Teil der Pangusippe folgte dem Großen Drachen und zog fort. Das Dayureich ist jener Teil der Pangusippe, der auf dem Goldenen Kontinent zurückgeblieben ist. In Ruiwen ist der Name Shaodian ein königlicher Name und Shaodian ist der Erbe der zehnten Generation dieses Namens, in seinen Adern fließt wahres königliches Blut.«

Dayu schüttelte Shaodians Hand und meinte: »Die Vorfahren meiner Sippe waren sehr weise, sie haben alles vor vielen Millionen Jahren geplant. Obwohl so viele Jahre vergangen sind, bist du zur rechten Zeit auf dem Goldenen Kontinent erschienen und hast uns neue Hoffnung gebracht.«

Shaodian erwiderte: »Unsere Vorfahren waren sehr weitblickend, sie sahen, dass Chiyou, der nach dem Kampf in der Pagode der Erdgeister eingeschlafen war, wieder erwachen würde. Deshalb haben sie einem Teil der Pangusippe befohlen, in Ruiwen zurückzubleiben.«

»Doch noch haben wir keinen Grund zu jubeln«, meinte Dayu bekümmert. »Der Ort, von wo aus der Große Drache sich in den Himmel erhoben hat, befindet sich am Ende des Goldenen Kontinents. Um dorthin zu kommen, muss der Machtbereich der Gonggongs durchquert werden. Es wird nicht einfach sein, dort sicher durchzukommen. Gonggong weiß bestimmt auch von dieser Legende und wird seine Männer aussenden, um nach Pangumenschen und anderen fremden Reisenden zu fahnden.«

Ein Minister meinte: »Sie sehen vollkommen anders aus als die Gonggongs, dadurch wird es nicht schwierig sein, sie zu entdecken.«

»Das ist kein großes Problem«, meinte Dayu. »Die Pangumenschen beherrschen viele Künste, besonders die Verwandlungskunst ist sehr hoch entwickelt, dadurch könnt ihr euer Aussehen so verändern, dass ihr von Gonggongs nicht mehr zu unterscheiden seid. Ich denke, Shaodian beherrscht diese Kunst bestimmt.«

Shaodian nickte.

»Doch ich bin zu klein«, warf Bors ein, »ich bin einfach zu anders als die Gonggongs, Gonggongs sind unheimlich groß und stark, ich habe einige dieser unheimlichen Gesellen auf dem Weg hierher gesehen.«

Dayu meinte beruhigend: »Herr Bors, das ist wirklich kein großes Problem. Ihr habt Gonggongsoldaten gesehen, die sind natürlich sehr groß, doch normale Gonggongs sind nicht so riesig, wie du dir vielleicht vorstellst. Außerdem gibt es in jeder Sippe auch kleinere Menschen, alter Herr. Auch wenn Ihr etwas kleiner seid als andere Menschen, fällt das nicht besonders auf. Bitte macht Euch keine Sorgen.«

Bors war beruhigt und meinte: »Gut, wenn sogar König Dayu dieser Meinung ist, sollte ich mir vielleicht wirklich keine Sorgen machen.«

»Alter Herr, dafür gibt es wirklich keinen Grund, ich

werde Euch in einen perfekten Gonggong verwandeln«, meinte Shaodian.

Die Umstehenden lachten erleichtert auf.

»Vielleicht ist es jetzt wirklich an der Zeit, erleichtert zu lachen«, meinte Dayu, »eure Ankunft hat bewiesen, dass es um uns wirklich nicht so schlecht steht, wie wir befürchtet hatten, vielleicht können wir Chiyou wirklich besiegen.«

Shaodian meinte: »Ich höre, dass Chiyous Truppen im Augenblick schon dabei sind, das Jingwei-Meer zu überqueren und den Goldenen Kontinent bald von allen Seiten angreifen werden. Sieht so aus, als hätten wir nicht viel Zeit. Ich denke, wir sollten uns hier nicht zu lange aufhalten. Deshalb rate ich zu sofortigem Aufbruch, um so viel Zeit wie möglich zu gewinnen.«

Dayu nickte und meinte: »Ich denke, es wäre das Beste, wenn ihr einen Begleiter dabei habt, der mit der Geografie des Goldenen Kontinents vertraut ist. Er kann euch führen.«

»Vielen Dank, König Dayu«, rief Shaodian. »Aber wir dürfen nicht zu viel Aufmerksamkeit erregen. Unsere Gruppe ist bereits groß. Ein weiterer Mann würde uns noch verdächtiger machen. Wir brauchen nur die ungefähre Richtung wissen. Denn je näher wir an die Drachenspuren herankommen, umso stärker wird mich die Drachenperle führen. So werden wir den Aufenthaltsort des Großen Drachen spüren. Allerdings wäre ich Euch sehr dankbar, wenn Ihr eine Karte vom Goldenen Kontinent hättet, die Ihr uns überlassen könntet. So können wir viele Umwege vermeiden.«

»Gut, wenn das so ist, dann gebe ich euch nur einen Mann mit, der euch bis an die Grenze zum Gebiet der Gonggongs begleiten wird. Danach müsst ihr euren Weg selbst finden.« König Dayu reichte Shaodian eine Karte des Goldenen Kontinents und meinte: »Ich wünsche euch, dass es euch gelingen möge, das Gebiet der Gonggongs sicher zu durchqueren, den Aufenthaltsort des Großen Drachen zu finden und auf dem Großen Drachen zurück zum Goldenen Kontinent zu reiten, um Chiyou zu besiegen und das Böse für immer zu vernichten.«

Nach dem kurzen Treffen trennten sie sich wieder. Dayu blieb in der Königsstadt Zhuolu zurück, um sich mit seinen Ministern und Verbündeten darüber zu beraten, wie Chiyou besiegt werden könne. Shaodian und die anderen machten sich unter der Führung eines kundigen Bewohner des Dayureiches weiter auf ihren Weg.

Als sie sich der Grenze des Dayureiches näherten, blieb der Begleiter, den Dayu ihnen mitgegeben hatte, zurück und Shaodian und die anderen setzten ihren Weg alleine fort. Schon bald würden sie in den Machtbereich der Gonggongs eindringen.

Bald hatten sie den Schneefluss erreicht, der im Dayureich entsprang und in das Gebiet der Gonggongs floss. Sie suchten eine Höhle zwischen zwei Felsen und entzündeten das Dämonische Feuer, das ihnen angenehme Wärme spendete.

Doch es war immer noch sehr kalt. Im Fluss trieben spitze Eisstücke und merkwürdig geformte Eisskulpturen vorbei. Das Eis glänzte bläulich, der dichte Nebel breitete sich über den klaren Fluss. Der bleiche Mond in der Ferne brachte ihnen nur wenig Licht, im Osten erhoben sich schwarze Berge, die alten, Wälder in der Ferne lagen ruhig und schweigsam da.

Im Licht des Dämonischen Feuers nahm Shaodian die Landkarte heraus und beriet sich mit den anderen über ihren Weg.

»Wenn wir den Schneefluss entlangfahren, kommen wir an die Bugulu-Mündung. Nicht weit von der Mündung entfernt liegen einige Gonggongdörfer. Nach den Dörfern müssen wir uns entscheiden: Entweder wir gehen am Ufer des Schneeflusses entlang, wo an beiden Seiten die schönsten Städte und Dörfer der Gonggongs liegen. Oder wir fahren auf dem Fluss in das Gebiet des Anyin-Flusses. Dort treffen wir sicher auf wenige Menschen, doch der Fluss birgt zahllose Ungeheuer und Gefahren.« Shaodian wies auf die Landkarte und sah die anderen fragend an.

Doch sie wurden sich nicht einig. Bors war dafür, das Ufer entlangzulaufen. Auf dem Weg könnten sie sich immer wieder ausruhen, denn nachdem sie sich verkleidet hatten, waren sie für die Gonggongs nur sehr schwer zu erkennen. Doch die anderen waren für den sichereren Flussweg. Dort würden sie weniger Gonggongs begegnen und wären vor allem schneller unterwegs.

Einige furchtbare Tage zwischen Bergen und Tälern zu verbringen weckte in Bors schreckliche Erinnerungen. Plötzlich wollte er dorthin, wo viele Menschen waren, dadurch wäre ihre Reise nicht mehr so kalt und einsam.

Doch die anderen befürchteten, dass sie von den

Gonggongs entdeckt werden könnten, wenn sie am Ufer entlanggingen und so auf dem Landweg das Gonggonggebiet durchquerten. Dabei riskierten sie jederzeit entdeckt zu werden. Am Ende waren sie doch nicht ganz davon überzeugt, dass sie durch die Verwandlungskunst wirklich genau gleich aussehen würden wie die Gonggongs.

Nachdem die Diskussion zu keinem Ende führte, richteten sich alle Blicke auf Shaodian. Er sollte entscheiden.

Shaodian überlegte noch einmal mögliche Vor- und Nachteile, aber es schien, als könnte er keine Entscheidung treffen.

Er rieb sich die Hände und meinte: »Warten wir mit der Entscheidung bis zur Bugulu-Mündung. Wir sollten jetzt nicht streiten.«

Er blickte in die Runde und fuhr fort: »Ich werde beide Möglichkeiten genau überdenken und dann eine Entscheidung treffen, damit wir wohlbehalten das Ende des Goldenen Kontinents erreichen.«

»Du bist unser Anführer, wir werden deine Entscheidung respektieren.« Bors gähnte. »Ich rate euch, legt euch bald zur Ruhe, damit wir uns morgen mit gesammelten Kräften auf den Weg machen können.«

»Zum Glück«, meinte Anta und nahm ein großes, fest zusammengeschnürtes Bündel heraus, »hat König Dayu uns einige Kleider und Decken gegen die Kälte mitgegeben. Er muss es wohl geahnt haben.«

»Sehr gut«, meinte Shaodian, »ziehen wir uns die Kleider an. Beschützt vom Dämonischen Feuer, werden wir in der Nacht nicht unter der Kälte leiden. Morgen haben wir noch einen weiten Weg vor uns, immer nur ruhig dahinzuleben ist nicht der ganze Sinn des menschlichen Daseins.«

Die weite Nacht wirkte verheißungsvoll und romantisch. Auf dem Schneefluss vor ihrer Höhle schwamm ein Eisbrocken nach dem anderen vorbei, das Mondlicht fiel wie Wasser auf die Erde und wiegte sie in einen tiefen Traum.

Sie befanden sich schon außerhalb der nördlichen Grenze des Dayureiches, vor ihnen erstreckte sich der Machtbereich der Gonggongs.

Verglichen mit den Pangumenschen und den Bewohnern des Drachenlandes waren Gonggongs kräftiger und größer. Ihre Haut hatte einen bronzeähnlichen Farbton und ihr Haar fiel ihnen lang und dicht über die Schultern. Ihre Augen waren dunkel und verbargen sich hinter tiefen Augenhöhlen, und die Lippen waren schwarz und fleischig.

Ihre Augenbrauen konnten bis zu zwei Meter lang werden. Wenn sie vom Gesicht fielen, sahen sie aus wie zwei kleine Wasserfälle. Außerdem hatten sie furchterregende Zähne, weit hervorstehend und spitz.

Als sie am nächsten Tag erwachten, begann Shaodian die anderen mithilfe der Pangukunst zu verwandeln. Bors widersetzte sich und fragte: »Shaodian, bist du sicher, dass die Gonggongs so sind, wie König Dayu sie beschrieben hat?«

»Ja«, antwortete Shaodian entschlossen. »Normale Gonggongs sind etwa zwei Meter groß, breit und kräftig gebaut und stark im Kampf. Die Krieger der Gonggongs sind noch viel größer und stärker und haben die Kraft, die Erde zu zerschlagen.«

»Meine Schönheit«, schimpfte Anta, »ist durch diesen Aufzug vollkommen ruiniert.«

»Schwesterchen«, rief Maihan, »wir sind hier nicht im Drachenland, sondern auf dem Goldenen Kontinent und im Begriff, in das Land einzureisen, das vom Wassergeist Gonggong regiert wird, deshalb ist die Schönheit im Augenblick nicht das Wichtigste.«

Babuduo meinte: »Nach dem, was ich gehört habe, sind die Gonggongs gar nicht so anders als die Pangumenschen. Vor langer, langer Zeit sahen sich die Gonggongs und die Pangumenschen durchaus ähnlich, erst seit der Wassergott Gonggong regiert, haben sich die Gonggongs dem Bösen zugewandt und mithilfe der Hexerei verwandelt, um im Krieg stärker zu sein.«

»So ist es«, rief Bors. »So gesehen werden wir in ein böses Land eindringen, das von Gonggongs kontrolliert wird. Dort gibt es alle möglichen Arten von Ungeheuern und bösen übernatürlichen Wesen.«

»Reden wir zunächst nicht davon«, erinnerte Babuduo die anderen, »überlegen wir zuerst, wie wir es schaffen, das Gebiet der Gonggongs zu durchqueren. Denn von diesem Unternehmen hängt ab, ob wir es schaffen, den Großen Drachen zu finden oder nicht. Wenn wir von den Gonggongs gefangen genommen werden, war unser ganzer bisheriger Fleiß umsonst.«

Auf Shaodians Anweisung hin fällte Babuduo im nahen Wald einige riesige Bäume, die bis in den Himmel emporwuchsen. Aus diesen zimmerten sie ein kleines Boot, in dem sie mit der Strömung flussabwärts trieben, Richtung Bugulu-Mündung.

Der Schneefluss war sehr breit, im Wasser trieben viele Eisstücke dahin und hohe Schneewälle türmten sich an beiden Seiten des Flusses auf. Die kalte Luft, die aus dem eisigen Wasser aufstieg, stach tief in die Knochen.

Shaodian musste ein weiteres Mal das Dämonische Feuer auf dem kleinen Boot entzünden. Im Licht des Dämonischen Feuers wurde allen warm. Sie hatten zunächst gedacht, dass sie nur etwa einen halben Tag bis zur Bugulu-Mündung brauchen würden, doch obwohl sie am frühen Morgen losgefahren waren, sahen sie um die Mittagsstunde immer noch nichts außer den kalten Schneefluss, der sich in zahllosen Kurven vor ihnen dahinschlängelte. Immer noch war keine Spur von der Bugulu Mündung in Sicht.

Während sie auf dem Schneefluss flussabwärts trieben, kamen einige Wuzhiqi in der Luft herbeigeflogen, riesige, fliegende Affenmonster, die auch ohne Flügel durch die Luft fliegen konnten.

»Wuzhiqi«, stellte Bors fest. »Ungeheuer des Wassergottes Gonggong.«

Babuduo fragte zweifelnd: »Wie kommen die Wuzhiqi hierher? Kann es sein, dass sie nach uns suchen?«

»Das ist sehr gut möglich«, meinte Shaodian besorgt. »Wenn die Vermutung des Königs zutrifft, dann kennt Gonggong jene alte Legende und hat schon seine Ungeheuer ausgeschickt, um nach unseren Spuren Ausschau zu halten. Wir sollten das Dämonische Feuer löschen und uns in unsere Decken wickeln. Die Wuzhiqis können das Boot im Dunklen so nicht finden.«

Maihan meinte: »Wenn der Wassergott Gonggong wirklich das Dayureich erobern will, dann muss er uns natürlich daran hindern, den Großen Drachen zu finden.«

»Hm«, meinte Het, »so gesehen müssen wir jederzeit damit rechnen, von Gonggong gefangen zu werden.« Bors war gar nicht davon begeistert. Er stellte sich seine Reise nicht so beschwerlich vor. Denn durch seinen Stolz gab er nur ungern zu, dass ihm die Reise zu anstrengend war. Manchmal sehnte er sich nach seinem Tee und seinem gemütlichen Stuhl bei ihm zu Hause.

Es war sehr beschwerlich für das kleine Boot, den Fluss entlangzufahren. Das Boot war sehr klein und ließ ihnen keinen Platz, sich zu bewegen. Die Reise war lang und wenig abwechslungsreich, sie konnten nichts anderes tun als sich zu langweilen.

In der Öde kam langsam der Abend. Die bleichen schneeigen Berge wurden grau, die Schatten der alten Wälder länger, der Nebel an den Ufern des Schneeflusses erhob sich, verdichtete sich, wurde undurchsichtig und romantisch. Die Stimmung war ruhig und nahezu friedlich. Im Licht des Abendrots schimmerte der nächtliche Fluss orange wie Bronze. Die klare und kühle Luft erfrischte den Geist und Körper.

»Ich bin sehr gerne hier«, meinte Bors. »Es ist wunderschön hier und sehr romantisch, es hat etwas von einem großen Anfang. Ich würde hier gerne länger wohnen, um in meiner freien Zeit ein paar Verse zu schreiben und so den Rest meines Lebens verbringen.«

»Scheint, als wolle sich der alte Herr als Eremit in die Einsamkeit zurückziehen«, kommentierte Babuduo. »Das zu verwirklichen ist nicht so schwierig, doch die Voraussetzung dafür ist, dass wir Chiyou vernichten und den Goldenen Kontinent vereinen. Nur in einer Zeit des Friedens und der Sicherheit kann dein Traum Wirklichkeit werden.«

»Träume sind Schäume«, meinte Het. »Wer kann garantieren, dass wir erfolgreich sein werden? Wir haben keine Ahnung. Wir haben koch einen langen Weg vor uns und vielleicht ist die Strecke, die wir vom Drachenland bis hierher zurückgelegt haben, nur ein unbedeutender Abschnitt davon.«

»Wir haben keinen anderen Ausweg als den Weg vor uns«, meinte Shaodian. »Auch hier ist große Vorsicht geboten! Auch wenn unsere richtige Reise erst am Ende des Goldenen Kontinents beginnt, sind die Gefahren hier nicht weniger gefährlich.«

»Schaut!« Anta wies mit der Hand auf einen Punkt weit entfernt auf dem Schneefluss vor ihnen. »Die Bugulu Mündung, ist das nicht die Bugulu Mündung?«

Alle schauten in die Richtung, in der Ferne befand sich eine Stelle, wo der Schneefluss zwischen zwei hohen Bergen hindurchfuhr. Auf den Bergen befanden sich einige Türme, die aus der Ferne im Dunst bleich und verschwommen aussahen. Vereinzelt erkannten sie einige menschliche Schatten, die sich auf den Bergen bewegten.

»Nach unserer Karte ist das die Bugulu-Mündung.« Shaodian nahm die Landkarte heraus und zeigte sie den anderen. »Wir befinden uns schon im Machtbereich der Gonggongs, wir müssen auf der Hut sein!«

6

Durch das Land der Gonggongs

Das kleine Boot fuhr den Schneefluss flussabwärts und näherte sich langsam der Bugulu Mündung. Schon konnten sie die hohen steinernen Türme erkennen, die sich an der Mündung steil in die Höhe reckten. Die Wächter auf den Türmen waren durch die bronzene Haut und die langen Augenbrauen von weitem als Gonggongs erkennbar. Die Bugulu-Mündung befand sich dort, wo der Schneefluss in den Anyin-Fluss, der aus der anderen Richtung kam, mündete.

Als sie das Ende des Tales erreichten, kam ihnen ein Gonggongwächter auf einem Wasserungeheuer stromaufwärts entgegen. Er stellte sich ihnen in den Weg und rief ungehalten: »Woher kommt ihr? Warum wollt ihr durch die Bugulu-Mündung?«

Sie waren nicht darauf vorbereitet und sahen ihn zunächst nur stumm an. Zum Glück fiel Shaodian schnell eine Antwort ein. Er rief: »Wir sind Gonggongs und haben seit vielen Jahren im Dayureich Handel betrieben. Da wir gehört haben, dass bald der Krieg ausbrechen wird, wollen wir so schnell wie möglich in unsere Heimat zurück.«

»Was?« Der Wächter maß Shaodian von Kopf bis Fuß. »Warum sprichst du in der Amtssprache des Goldenen Kontinents und nicht in der Sprache der Gonggongs?«

»Verzeihung, Herr Wächter«, meinte Shaodian, »wir

sind echte Gonggongs, doch da wir im Dayureich geboren wurden und von klein auf dort gearbeitet haben, können wir nur die Sprache des Goldenen Kontinents.«

Obwohl Shaodians Ausrede durchaus glaubhaft klang, musste der Wächter Verdacht geschöpft haben, denn nun warf er auch auf die anderen prüfende Blicke. Als er bemerkte, dass Bors eher klein gewachsen war und Anta ungewöhnlich fein und dünn aussah, verstärkten sich seine Zweifel.

»Meine Herrschaften, ihr müsst entschuldigen«, meinte der Wächter. »Zweifellos seht ihr wie Gonggongs aus – ihr habt zwei lange Augenbrauen und auch die Hautfarbe ist ähnlich. Doch vor Kurzem hat unser Anführer den Befehl erlassen, jeden Einzelnen, der durch die Bugulu-Mündung will, genauestens zu kontrollieren. Denn anscheinend wollen Pangumenschen unser Gebiet durchqueren und sie beherrschen die Verwandlungskunst, wodurch sie sich als Gonggongs verkleiden und unerkannt die Grenze passieren könnten. So wäre es möglich, dass sie uns großen Schaden zufügen können.«

»Wir sind echte Gonggongs«, beteuerte Shaodian ernst. »Herr Wächter, ich bitte Euch, glaubt uns, mit solchen Dingen haben wir nicht das Geringste zu tun. Die Verwandlungskunst mag es schon geben, doch ich kann mir nicht vorstellen, dass sich die Pangumenschen dadurch so gut verkleiden, dass sie nicht erkannt werden. Herr Wächter, ihr seid ein sehr kluger Mann, schaut uns doch an, wir sind geborene Gonggongs, so etwas kann keine Pangukunst der Welt schaffen.«

»Trotzdem müsst ihr einen Augenblick mitkommen«,

meinte der Wächter, »so will es unsere neue Vorgehensweise. Wir müssen eure Identität überprüfen.«

»Du lieber Himmel!«, rief Bors laut. »Wir lieben unsere Gonggongsippe! Warum hätten wir sonst in Kriegszeiten unser angenehmes Leben im Dayureich aufgegeben, um zu unserer Sippe zurückzukehren? Herr Wächter, es kann doch nicht sein, dass ihr ein ehrliches Herz so misslich behandelt?«

Bors' Worte brachten einen milden Ausdruck auf das Gesicht des Wächters. Offenbar tat es ihm leid, dass er sie verdächtigt hatte, denn er meinte: »Meine Herrschaften, ich bitte vielmals um Verzeihung! Wenn meine Fragen euch verletzt haben, möchte ich mich aufrichtig dafür entschuldigen. Doch auch wenn sich die Gründe dafür absurd anhören mögen, muss diese Untersuchung durchgeführt werden.«

»Ich lehne ab«, meinte Bors schnell. »Das ist eine Verletzung unserer ehrlichen Absichten und noch mehr unserer Würde. Wenn ihr wirklich eure Überprüfungsprozedur durchführen wollt, werden wir sofort, auf der Stelle umkehren und nie wieder zu unserer Sippe und auf unseren Boden zurückkehren.«

Aus Bors' Worten war herauszuhören, dass er zutiefst erzürnt und beleidigt war. »Gut«, meinte der Wächter versöhnlich. »Vielleicht muss ich euch glauben, dass ihr ehrliche Menschen seid. Vielleicht sollte ich nicht an euren ehrlichen Gefühlen als Gonggongs zweifeln.«

Er blickte alle der Reihe nach an. Plötzlich verschwand der freundliche Gesichtsausdruck abermals und er meinte hart: »Wenn ihr aber Pangumenschen seid und es zu eurem Plan gehört, das weite Gebiet der Gonggongs zu durchqueren, dann teile ich euch als Soldat der Gonggongs mit, dass dies eine leere Illusion ist. Auf euch warten noch unzählige strenge Kontrollen, und wenn ihr Böses im Schilde führt, wird eure wahre Identität früher oder später ans Tageslicht kommen.«

Vielleicht tat es ihm leid, dass er gerade so raue Worte verwendet hatte, denn sein Gesichtsausdruck wurde plötzlich wieder sehr freundlich. Er meinte: »Natürlich, ich glaube euch, dass ihr echte Gonggongs seid. Das gab mir vor allem die ehrliche Reaktion dieses alten Herrn zu erkennen.«

»Seht gut«, meinte Bors, »ich bin ein alter Mann, der sich nach seinem Vaterland sehnt. Deshalb komme ich zurück. Wenn du das verstehst, ersparst du dir sehr viele Unannehmlichkeiten und behältst unseren Respekt.«

Shaodian beeilte sich, schnell hinzuzufügen: »Herr Wächter, unsere Zeit ist knapp. Wir müssen so schnell wie möglich in die Königsstadt der Gonggongs, um unser neues Heim zu beziehen. Wenn Herr Wächter keine anderen Fragen an uns hat, möchten wir so schnell wie möglich durch die Bugulu-Mündung.«

Der Wächter der Gonggongs war offensichtlich ein guter Mann. Er lenkte jenes seltsame Wasserungeheuer über den Fluss, drehte sich um und rief dem Soldaten auf dem Turm zu: »Krieger der Gonggongs, öffne die Schleuse und lass sie durch.«

Sogleich öffnete sich die Schleuse und gab den Weg zu einem breiten Kanal frei.

»Los, fahrt durch!«, rief der Soldat der Gonggongs

freundlich. »Die Kontrollen an diesem Durchgang sind nicht gut gemacht, aber bei anderen Durchgängen der Gonggongs wird die Identität jedes Einzelnen genauestens geprüft werden. Geht jetzt, ich wünsche euch viel Glück für euer neues Zuhause!«

»Macht Euch keine Sorgen, Herr Wächter«, meinte Bors. »Und habt Dank für Euer Vertrauen.«

Sogleich wurde das kleine Boot von der starken Strömung mitgerissen und erreichte im Handumdrehen die Bugulu Mündung.

Die Bugulu Mündung war sehr breit, die Schiffe, die über den Anyinfluss herunterkamen, versammelten sich hier, um Wasser und Nahrungsmittel aufzuladen. Bei den meisten Schiffen handelte es sich um riesige Segelschiffe aus Holz. Sie waren über den Anyin-Flusses gekommen und hatten an der Bugulu-Mündung die Anker geworfen, um am frühen Morgen den Anyin-Fluss weiter direkt in die Königsstadt der Gonggongs zu fahren.

Es herrschte reges Treiben am Hafen. Auf den Schiffen liefen die Händler der Gonggongs schreiend umher, Waren wurden auf- und abgeladen, hölzerne Kisten wurden hinauf- und hinuntergehievt.

Die meisten der Schiffe hatten Waren geladen. Nur auf einem drängten sich Menschen. Sie waren schlecht gekleidet und sahen ziemlich verwahrlost aus. Zwischen ihnen standen riesige Gonggongsoldaten mit Peitschen in der Hand und schrien laut: »Ihr nutzlosen Herumtreiber, Verbrecher, ihr kommt ins Exil. Wir werden euch an die öde Grenze im Norden bringen, ans Ende des Goldenen Kontinents, damit die Ungeheuer und die

Einsamkeit dort eure Seele und eure Leiber auffressen können.« Als er fertig war, sausten einige Peitschenhiebe gnadenlos auf die ausgemergelten Körper.

»Auf diesem Schiff werden Gonggongverbrecher ins Exil gebracht«, meinte Shaodian leise zu den anderen.

»Was? Wohin werden sie geschickt?«, fragte Het neugierig.

»An die nördliche Grenze des Gebiets der Gonggongs, ans Ende des Goldenen Kontinents.«

»Was?«, rief Maihan. »Dann haben wir ja alle das gleiche Ziel.«

»Ja«, meinte Shaodian, »wir könnten mit ihnen zusammen reisen! Nehmen wir doch dieses Schiff, dann fallen wir niemandem auf!«

»Das ist eine gute Idee«, antwortete Bors. »Wir können versuchen, auf das Schiff zu kommen und uns zwischen diese Gefangenen mischen. Da dies ein staatliches Gonggongschiff ist, wird es an den Durchgängen bestimmt nicht kontrolliert So werden wir ohne Schwierigkeiten das Ende des Goldenen Kontinents erreichen.«

Als Bors allen von seiner Idee erzählt hatte, rissen sie die Augen weit auf. Seine Idee war waghalsig und sicherlich nicht ungefährlich.

»Wie soll das möglich sein? Herr Bors? Seid Ihr sicher, dass wir keine Peitschenhiebe abbekommen, wenn wir uns unter die Verbrecher auf dem Boot mischen? Ihr wisst ja, Peitschenhiebe gehören nicht zu jenen Dingen, die jeder Mensch ertragen kann«, meinte Anta zweifelnd.

Sie überlegten eine Weile. Schließlich meinte Babuduo: »Die Peitschenhiebe wären unser geringstes Übel.

Aber ob wir es schaffen, unsere wahre Identität so lange zu verbergen, bis wir das Gebiet der Gonggongs ohne Zwischenfälle durchquert haben, um das Ende des Goldenen Kontinents zu erreichen?«

»Ja, genau«, meinte Shaodian. »Unser erstes Ziel ist es, das Gebiet der Gonggongs unentdeckt zu durchqueren. Erst wenn wir das Ende des Goldenen Kontinents erreicht haben, reden wir über das nächste Ziel, die Suche nach dem Großen Drachen. Ihr alle wisst, wenn wir dieses Ziel nicht erreichen, hat alles andere sowieso keinen Sinn.«

»Aber«, meinte Maihan, »wie kommen wir auf dieses Gonggongschiff? Es ist hoch und groß wie ein Turm, es wird für uns sehr schwierig werden, da hinaufzuklettern.«

Shaodian meinte: »Das ist vielleicht gar nicht so schwierig. Jetzt ist es schon Abend, und so wie das Schiff aussieht, wird es die ganze Nacht über an der Bugulu-Mündung vor Anker liegen. Wir könnten mit unserem Boot einfach auch hier anlegen, heimlich auf das Gonggongschiff klettern und uns unter die Gefangenen mischen.«

Auch wenn sie von der Idee nicht sehr begeistert waren, war ihnen bewusst, dass sie keine andere Wahl hatten. So machten sie das kleine Boot an einem abgelegenen Platz an der Bugulu-Mündung fest.

»Lasst uns hier warten«, meinte Shaodian. »Wenn es dunkel genug ist und die meisten Gonggongs auf dem Schiff schlafen, wollen wir mit unserem Vorhaben beginnen.«

Die Nacht war schon da. Nach und nach verstummten die vielen Stimmen und Geräusche an der Bugulu-Mündung. Die Schiffe hatten die Segel bereits eingeholt und die Lichter an der Mündung tauchten alles in schummeriges Licht. Auch auf den Schiffen flackerten nach und nach die Lichter auf. Die meisten der Händler waren müde von der Reise und der Hektik am Hafen und gingen früh zu Bett.

Doch auf dem kleinen Boot schlief niemand. Shaodian und die anderen verfolgten gespannt das Geschehen auf dem großen Gefangenenschiff.

Am Bug des Schiffes wurde ein Licht angezündet, an der Seite des Schiffes hing ein weiteres Licht. Da es ein staatliches Schiff war, fehlten natürlich auch nicht die Soldaten. Obwohl die meisten Menschen auf dem Schiff sich schon zur Ruhe gelegt hatten, patrouillierten immer noch einige Wachen auf und ab. Das kleine Boot war in sicherer Entfernung vom staatlichen Schiff vor Anker gegangen. Shaodian und die anderen versuchten aus sicherem Abstand zu verfolgen, was darauf geschah. Obwohl sie die Situation ungefähr verfolgen konnten, waren sie nicht imstande, genau zu erkennen, was auf dem Schiff vorging.

»Wo die Gefangenen wohl die Nacht verbringen?«, fragte Het.

»Am Abend werden sie auf Deck angebunden und geschlagen. Ich schätze, dass sie auch die Nacht auf Deck verbringen werden«, antwortete Bors. Erschrocken blickte Anta zu Bors. Ihre Angst war in ihr schönes Geschicht geschrieben. Leise fing sie an zu schluchzen. Noch nie war sie von jemandem geschlagen worden. »Mach dir keine Sorgen, noch haben sie nicht die Gelegenheit dazu«, antwortete Shaodian und versuchte sie zu beruhigen. »Erst müssen wir unentdeckt auf das Schiff kommen und uns unter die anderen Gefangenen mischen. Doch hab keine Angst, liebe Anta, wir werden dich beschützen. Dir wird nichts geschehen, das verspreche ich dir.«

Alle nickten und überlegten, wie sie ihr Aussehen verändern sollten, um den Gefangenen möglichst ähnlich zu sehen. Shaodian konzentrierte sich auf die Pangukunst und machte alle dünner und schmächtiger, sodass sie ausgehungert, mager, von Wind und Wetter gezeichnet aussahen.

»Was das Äußere betrifft, müsste das vollkommen reichen«, meinte Maihan, von Kopf bis Fuß in Lumpen gekleidet. »Nun müssen wir es nur noch schaffen, heimlich auf das Schiff zu klettern. Dort legen wir uns einfach zu den Gefangenen, die auf Deck schlafen. Wir müssen uns darauf einstellen, dass wir keine sauberen Kleider bekommen werden und nicht besonders viel zu essen. Außerdem wird es auf dem Schiff sehr schmutzig sein.«

Shaodian meinte: »Im Augenblick bereiten mir hauptsächlich die Gonggongsoldaten Sorgen, die dort am Eingang des Kanals Wache halten. Das Licht dort ist sehr hell, wenn wir nur einen Augenblick lang nicht aufpassen, werden sie uns sofort entdecken, während wir versuchen auf das Schiff zu klettern.«

»Ah, schau doch, sie haben ständig den ganzen Eingang und die Bugulu-Mündung im Blickfeld. Sie sind sehr wachsam. Wir müssen sehr vorsichtig sein, wenn wir auf das Schiff klettern. Falls sie uns entdecken, führt unser nächster Weg direkt nach Yuzhou, in die Königsstadt der Gonggongs, wo uns als Gefangene ein bitteres Schicksal erwartet.«

»Dass sie uns bis jetzt nicht entdeckt haben, grenzt an ein Wunder«, meinte Maihan. »Eigentlich sollte unser kleines Boot ja auf dem Weg in die Königsstadt sein.«

»Kleiner Prinz, um das braucht ihr euch nicht zu sorgen«, meinte Bors ruhig. »Das hier ist ein sehr abgelegener Ort, bis hierher reichen die Lichter nicht. Unser kleines Boot ist hier in Sicherheit. Solange wir uns nicht bewegen, ist es für sie in dieser tiefschwarzen Nacht beinahe unmöglich, uns zu entdecken.«

Die Nacht wurde immer dunkler und schwärzer, die Kälte kroch ihnen in die Knochen. Das Wasser rauschte und gurgelte, was der Nacht einen unheimlichen Geschmack verlieh.

In der Stille der Nacht drangen außer den unheimlichen Geräuschen des Wassers nur hin und wieder die tiefen Stimmen der Gonggongsoldaten auf dem großen Schiff an ihre Ohren.

»Ich habe fest vor, eine schöne Frau aus dem Schneeland mitheimzunehmen«, meinte einer der Soldaten. »Das letzte Mal, als ich ein Schiff mit Gefangenen ans Ende des Goldenen Kontinents führte, hatte ich das Glück, die Schneemenschen zu sehen und einige andere seltsame Völker.«

»Ich hingegen hoffe sehr, ein bisschen guten Tabak mitheimzunehmen«, warf ein anderer ein. »Der Tabak vom Ende des Goldenen Kontinents soll angeblich der beste sein. Auch der Tabak, den unsere Anführer rauchen, kommt aus den fernen Ländern.«

»Ich will euch etwas erzählen, Freunde. Ich habe schon einmal die Wichte gesehen, das sind sehr kleine Menschen, die auf Vögeln durch die Luft fliegen. Am Anfang dachte ich noch, es wären kleine Fliegen. Woher sollte ich wissen, dass es einige Wichte waren, die miteinander plauderten«, erzählte ein Wächter den anderen.

»Da geschehen noch viel unvorstellbarere Dinge«, meinte der vierte Wächter. »Als ich dort war, wurden einige Soldaten, die mit uns gekommen waren, von Wolken gefangen und verschwanden. Sie wurden nie mehr gesehen.«

»Es soll dort sehr viele seltsame Länder geben. Wir passen besser gut auf uns auf, damit wir wohlbehalten wieder zurückkommen. Mein Vorschlag wäre, dass wir zunächst über den Anyin-Fluss bis in unsere Königsstadt fahren. Dann fahren wir weiter, bis an die Grenze unseres Landes am Ende des Goldenen Kontinents, dort können wir mit den Händlern einige Waren austauschen. Doch daach kehren wir gleich wieder um, ohne an irgendwelche andere Dinge zu denken. Sonst kann es für uns sehr gefährlich werden.«

Das Gespräch der vier Wächter drang vage auf das kleine Boot, wo Shaodian und die anderen aufmerksam zuhörten. Obwohl sie nicht alles hören konnten, hatten sie ungefähr verstanden, worum es ging.

»Sie reden über die merkwürdigen Dinge am Ende des Goldenen Kontinents«, meinte Shaodian. »Anscheinend gibt es dort wirklich sehr seltsame Dinge, die unsere Vorstellungskraft bei Weitem übersteigen.«

»Das ist ja fantastisch. Sie haben tatsächlich das gleiche Ziel wie wir! Wir müssen also nur ihr Schiff besteigen, um das Ende des Goldenen Kontinents zu erreichen«, sagte Het.

»Die Voraussetzung dafür ist, dass es uns auch gelingt, auf das Schiff der Gonggongs zu kommen und während unserer ganzen Reise nicht erkannt zu werden. Dort wird es nicht leicht für uns werden«, meinte Bors ernüchternd.

Shaodian wirkte nachdenklich und sprach: »Egal wie, wir werden warten und sehen, was zu tun ist. Wenn alle schlafen, geht es los. Doch zunächst gilt es geduldig zu warten. Ich rate euch, ein bisschen zu schlafen, und sammelt neue Kräfte. Ich werde den Turm am Kanal mit den Wächtern im Auge behalten. Wenn mir der Zeitpunkt günstig erscheint, werde ich euch wecken.«

So legten sich die anderen zur Ruhe. Müde von den Strapazen der Reise fielen sie sofort in einen tiefen Schlaf.

Je tiefer und ruhiger die Nacht wurde, umso klarer erklangen die Geräusche des Wassers. Die Lichter auf den Schiffen sahen sehr einsam aus, die wenigen Schatten konnten sich der Müdigkeit nicht mehr widersetzen und schliefen nach einigen Gesprächen über Gott und die Welt auf den Schiffsplanken ein.

Shaodian freute sich. Es waren nur noch die Soldaten auf dem Turm wach, die die Umgebung aufmerksam beobachteten. Noch war es zu früh, auf das Schiff zu klettern. Shaodian war nervös. Was sollten sie tun, wenn die Wachen nicht einschlafen würden? Sollten sie trotzdem riskieren, auf das Boot zu klettern? Wie würde ihr Alternativplan aussehen, um schnell an ihr Ziel zu kommen? Er versuchte einen kühlen Kopf zu bewahren und verfolgte aufmerksam jede kleinste Bewegung auf dem Turm am Eingang des Kanals.

Langsam kletterte der Mond in die Mitte der Berge im Westen und erhellte die Bergspitzen mit seinem müden Licht. Die zweite Hälfte der Nacht war bereits angebrochen, doch die Lichter flackerten immer noch. Als Shaodian sah, dass die Soldaten auf dem Wachtturm endlich schlaftrunken hin und her schwankten und schon beinahe im Stehen einschliefen, weckte er leise die anderen. »Es ist Zeit. Verlassen wir das Boot und gehen wir zu Fuß zum Hafen. Es ist besser, wenn wir von dort aus auf das Gonggongschiff klettern.«

Alle erwachten und bemühten sich, keinen Laut von sich zu geben. Die sechs Gestalten gingen auf Zehenspitzen an Land. Shaodian griff nach dem Seil, mit dem das kleine Boot festgemacht war, und meinte: »Lasst das kleine Boot den Fluss entlang nach Norden treiben.«

»Ja, aber was wird aus uns, falls wir es nicht schaffen, auf das staatliche Schiff zu klettern?«

»Wir können ein neues Boot bauen«, meinte Shaodian, »wenn das kleine Boot hier an der Mündung bleibt und von den Soldaten entdeckt wird, können sie sich sofort ausrechnen, was unser Ziel ist und wo wir uns befinden.«

»Pst!«, flüsterte Bors und deutete den anderen, leiser zu sprechen. »Reden wir nicht so viel. Gehen wir!«

Die sechs liefen am Hafen entlang und näherten sich auf Zehenspitzen dem Schiff der Gonggongs. Das Schiff war riesig, der Schiffsbauch allein war einige Dutzend Meter hoch.

»Wie sollen wir da jemals hochkommen?«, fragte Maihan. »Doch nicht etwa so mit bloßen Händen?«

Bors drehte sich um und meinte zu Shaodian: »Shaodian, lass dir schnell etwas einfallen.«

Shaodian betrachtete den riesigen Schiffsbauch. Dann warf er einen Blick auf den Wachtturm am Eingang des Kanals und stellte erfreut fest, dass die Soldaten auf dem Turm schon tief schlummerten. Darauf meinte er ruhig: »Ich werde vorausgehen. Dann werfe ich euch ein Seil herunter und ihr klettert hinauf. Auf dem Schiff werden genug Seile herumliegen.«

Schon begann Shaodian am Heck des Schiffes hochzuklettern. Das Schiff war einige Dutzend Meter hoch und in fünf Decks unterteilt.

Obwohl Shaodian im Vergleich zu seinen Vorfahren eher klein war, hatte er die Kraft zu klettern noch nicht verloren. Den Schiffsbauch hochzuklettern, stellte für ihn keine Schwierigkeit dar.

»Keine Sorge, er kann gut klettern. Ihm wird nichts passieren«, beruhigte Maihan seine Schwester, die besorgt zum Heck blickte. Mit zwei schnellen Bewegungen hatte Shaodian das Deck erreicht. Von den Gefangenen fehlte jede Spur. Nur vier Gonggongsoldaten waren auf Deck zurückgeblieben – sie schliefen tief und fest. Shaodian blickte wiederum auf den Turm. Als er sah, dass die Wächter dort immer noch schliefen, lächelte er.

Er schnappte sich ein Seil und warf es seinen Begleitern zu, die einer nach dem anderen auf das Schiffsdeck kletterten. Zuerst Het, dann Bors, dann Maihan und Anta, als Letzter Babuduo.

Dann legte Shaodian das Seil wieder an den ursprünglichen Ort zurück und gab seinen Begleitern durch Gesten zu verstehen, dass es nun darum ging, die Gefangenen zu finden. Die sechs liefen auf Zehenspitzen von Deck zu Deck, wo sie nur hin und wieder auf einige schlafende Gonggongsoldaten stießen. Schließlich entdeckten sie die große Kabine, in der die Gefangenen eingeschlossen waren, und kletterten durch ein kleines Fenster hinein.

In der großen Kabine stank es fürchterlich. Sie erkannten einige Hundert in Lumpen gekleidete Gefangene, die einer neben dem anderen auf engstem Raum zusammen gepfercht waren und auf dem Kabinenboden schliefen.

»Was für ein furchtbarer Gestank!«, rief Anta, hielt sich die Nase zu und zeigte eine sehr angeekelte Miene.

»Halte durch, meine Prinzessin«, ermutigte sie Bors. »Da wir uns schon als Gonggongs verkleidet haben und zudem auch noch Gefangene auf dem Weg ins Exil sind, können wir keine hohen Ansprüche haben.«

»Es könnte viel schlimmer sein«, meinte Het leise. »Zumindest hat uns niemand bemerkt. Wir sind in Sicherheit.«

»Das ist nur vorübergehend«, meinte Shaodian. »Unsere Prüfung hat gerade erst begonnen.«

Die sechs waren sehr müde. Sie legten sich zwischen den Gefangenen auf den Boden und schliefen sofort ein. Für Anta war der Gestank beinahe unerträglich, doch als die Müdigkeit sie übermannte, lehnte sie sich an Shaodian und schloss die Augen.

Die Nacht verging sehr schnell.

Am nächsten Tag wurden sie von lauten Stimmen und Lärm geweckt. Einige riesige Gonggongsoldaten mit Peitschen in den Händen standen in der Tür. Sie traten laut schimpfend in die Kabine und begannen auf die Gefangenen einzuschlagen. Dabei brüllten sie: »Aufstehen, ihr toten Schweine!«

Für die Gonggongs waren die Gefangenen keine Menschen, wer immer ihnen im Weg lag, wurde ausgepeitscht oder mit den Füßen getreten. Als einer der Peitschenhiebe Bors erwischte, rappelte er sich auf und starrte den Soldaten an: »Himmel, Herr Soldat, wie könnt Ihr zu einem alten Mann wie mir so unmenschlich sein?«

»Was?«, dröhnte der Soldat. »Du wagst es noch, dich zu beschweren? Glaubt ihr Verbrecher etwa, dass ihr die gleichen Rechte habt wie die Menschen? Ihr seid tote Menschen!« Die Peitsche sauste noch ein paar Mal auf Bors' alten Körper hinab. Shaodian flüsterte Bors schnell ein paar Worte ins Ohr. Bors biss die Zähne zusammen und murmelte schnell: »Entschuldigung, Herr Soldat, ich habe falsch gehandelt. Die Peitsche ist bestimmt die gerechte Strafe für meine Untaten.«

Es folgte ein weiterer Peitschenhieb. »Wage es nicht, dich jemals wieder aufzulehnen! Alle an Deck! Legt ihnen die Ketten ab. Wir wollen ja nicht, dass uns einer abhandenkommt.«

Nachdem alle an Händen und Füßen aneinandergekettet waren, folgten die sechs den anderen Gefangenen auf Deck. Es mussten einige Hundert sein. Alle wurden auf einen Haufen zusammengetrieben und mit Dutzenden Peitschenhieben begrüßt.

»Schmutzige Dreckskerle, jeder hat an seinem Platz zu bleiben! Wer drängt, dem werde ich das Mark aus den Knochen peitschen!«

Als Bors das sah, senkte er den Kopf und meinte leise zu den anderen: »Freunde, seid ihr sicher, dass das die richtige Wahl war? Wie sollen wir es so bis zu unserem Ziel schaffen?« Shaodian flüsterte: »Alter Herr, auf die Gefangenen hier wartet keine andere Strafe als das Exil, bis dahin werden wir es schon schaffen.« Innerlich hoffte Shaodian, dass er recht behalten würde. Die Umstände waren schwierig, denn die Brutalität, mit denen die Soldaten die Gefangenen behandelten ware nicht zu unterschätzen. Als Babuduo sah, dass sich ein Gonggongsoldat ihnen näherte, meinte er besorgt zu den anderen: »Seid still, es kommt jemand!«

»Was tut ihr hier?«, rief der Soldat, wobei er bedrohlich seine Peitsche schwang. »Soll ich euch eure Sehnen aus dem Leib peitschen?«

Er musterte sie einen Augenblick lang. Dann meinte er zweifelnd: »Wieso habe ich euch noch nie gesehen?«

Shaodian antwortete ruhig: »Es sind zu viele Gefangene hier, Herr Soldat. Vielleicht habt Ihr uns bisher übersehen.«

»Vielleicht ist der Herr Soldat durch seine eigenen wichtigen Angelegenheiten so beschäftigt, dass er uns ganz vergessen hat«, meinte Bors.

»Wusch«, und seine Peitsche sauste auf Bors' Körper.

»Wer hat dich denn gefragt, alter Mann? Sprich erst, wenn man dich gefragt hat.« Bors krümmte sich vor Schmerz und blieb wimmernd am Boden liegen.

Der Gonggongsoldat schien nicht besonders überzeugt. Er hielt einen Augenblick inne und meinte abwesend: »Vielleicht ist es ja wirklich so.« Ein Peitschenhieb sauste herab und er donnerte: »Auf das Deck jetzt, ihr nutzlosen Kerle.«

Als die Peitsche Anta streifte, schrie sie vor Schmerz auf. »Was? Eine Frau?«, rief der Gonggongsoldat und ließ weitere Peitschenhiebe folgen.

Shaodian hielt die Peitsche mit aller Kraft zurück und meinte ernst: »Herr Soldat, könnt Ihr nicht ein bisschen Nachsicht haben? Sie ist nur eine schwache Frau.«

»Ah, wie?« Auf dem Gesicht des Soldaten machte sich ein Lächeln breit. »Sie ist wirklich eine schwache Frau. Gehörst du zu ihr?«

»Ich bin ihr Mann«, meinte Shaodian. »Ich bitte den Herrn Soldaten untertänigst, uns zunächst zu verschonen.«

»Natürlich«, meinte der Soldat, lachte böse und musterte Anta von Kopf bis Fuß mit funkelnden Augen. Obwohl Anta sich als Gonggong verkleidet und ihr Gesicht dunkel gefärbt hatte, sah sie unter den Gefangenen immer noch wunderschön aus. Da nützten auch die langen Augenbrauen und die hässlichen, schmutzigen Kleider nicht viel.

Der Gonggongsoldat sah sie gierig an und meinte: »Aber du musst mir einen Kuss geben, komm her, kleines Mädchen.«

Shaodian wollte gerade nach vorne treten, um sich zwischen Anta und den Soldaten zu stellen, da donnerte eine laute Stimme:

»Purji!« Ein großer Gonggongsoldat fixierte den Soldaten vor ihnen mit einem strengen Blick, »Was tust du da?«

Der Soldat vor ihnen erschrak und drehte sich um. »Verzeihung, General Sim, ich ...«

»Du unterhältst dich mit weiblichen Gefangenen!«, donnerte der General und trat näher. »Den Soldaten ist untersagt, sich mit weiblichen Gefangenen zu unterhalten, das verdirbt ihren Geist. Du kannst sie schlagen oder hungern lassen, doch du darfst dich nicht mit ihnen unterhalten, hast du verstanden?«

General Sim näherte sich Shaodian und den anderen und fragte: »Woher kommt ihr? Aus welcher Provinz der Gonggongs?«

Als er so fragte, blieben ihnen allen die Worte im Hals stecken. Sie hatten keine Ahnung, wie die Gebiete der Gonggongs unterteilt waren. Shaodian war zunächst unsicher, doch dann fasste er sich schnell und meinte ruhig: »Wir gehören zu den herumfahrenden Händlern und leben auf dem Anyin-Fluss.«

»Zu den Händlern, die auf dem Anyin-Fluss herumfahren? Dann gehört ihr zur Grenzprovinz.«

Shaodian nickte und blieb vollkommen ruhig. Darüber war Sim erstaunt und neugierig zugleich. Also fragte er weiter: »Was habt ihr angestellt, dass ihr ins Exil an die Grenze kommt?«

Shaodian wusste zunächst nicht, was er sagen sollte,

und überlegte. Bors meinte schnell: »Wir haben einen Raub begangen, deshalb kommen wir ins Exil.«

»Doch wir sind gute Menschen«, rief Het. »Wir haben immer nur die Reichen beraubt, um die Beute an die Armen zu verteilen. Wir sind gute Menschen.«

»Das ist trotzdem nicht richtig«, meinte Sim. »Egal zu welchem Zweck, zu rauben ist ein Verbrechen. Das ist nicht im Sinne des Gesetzes unserer Sippe.«

Sim maß Shaodian von Kopf bis Fuß mit seinem Blick und meinte ernst: »Deshalb kommt ihr ins Exil, das ist eure gerechte Strafe.«

»Ja, so ist es«, meinte Babuduo. »Wir wissen, dass wir falsch gehandelt haben, und werden mit der Konsequenz, ins Exil zu gehen, leben müssen. Doch wir hoffen unser Ziel sicher zu erreichen.«

»Das kann ich garantieren«, meinte Sim. »Bisher ging keines der Schiffe, die ich begleitete, auf halbem Weg verloren. Natürlich, Schläge und Hunger sind für euch schwer zu vermeiden, doch das ist eure gerechte Strafe. Immerhin habt ihr die Regeln unserer Sippe missachtet.«

»Wir haben keinen anderen Wunsch mehr, als unser Ziel sicher zu erreichen«, murmelte Bors leise vor sich hin.

Sim nickte und warf Purji einen strengen Blick zu. Purji vermochte ihm nicht standzuhalten und senkte den Kopf. Sim befahl: »Gebt den Verbrechern zu essen, nach dem Frühstück fahren wir sofort los in Richtung Königsstadt.«

Die sechs folgten den anderen Gefangenen und erreichten schließlich das Deck. Das Deck war riesig, doch die nahezu tausend Gefangenen mussten sich zusammendrängen, um darauf Platz zu finden. Auch die über hundert Gonggongsoldaten waren auf Deck gekommen und stellten sich furchteinflößend hinter Sim auf. Als alle auf Deck versammelt waren, begann Sim laut und hallend zu sprechen: »Ihr habt die Gesetze unserer Sippe verletzt. Doch ihr habt Glück. Eure Schuld ist nicht so groß, dass ihr mit dem Tod bestraft werdet. Deshalb kommt ihr ins Exil. Das ist eure gerechte Strafe.«

Auf Deck war es mucksmäuschenstill.

Sim hielt einen Augenblick inne, dann sprach er weiter: »Wie ihr wisst befindet sich das Exil an der nördlichen Grenze unseres Gebietes, am Ende des Goldenen Kontinents.«

Obwohl den Gefangenen ihr Schicksal bereits bewusst war, ging ein Raunen durch die Menge.

»Das ist doch dasselbe wie der Tod! An der nördlichen Grenze werden wir kaum überleben. Da gibt es nichts als seltsame Länder und unmenschliche Gebiete. Wie sollen wir denn von dort lebendig zurückkommen? Es sieht zwar so aus, als ob es besser wäre, als sofort zu sterben. Doch wenn ihr glaubt, dass ihr uns dorthin schickt, damit wir die nördliche Grenze bewachen, dann täuscht ihr euch gewaltig. Das werden wir nie schaffen, unsere Körper sind viel zu schwach. Das ist ja fast dasselbe wie die Todesstrafe! Doch die Verbrechen, die wir begangen haben, sind gar nicht so schlimm Wir werden dort bestimmt sterben! Himmel, ich hatte wirklich gehofft, heil nach Hause zu kommen!«, rief einer der Gefangenen

»Das hättet ihr euch vorher überlegen sollen!«, unterbrach Sim die Gefangenen. »Zu sterben und ein Jahr lang an die nördliche Grenze ins Exil geschickt zu werden, sind zwei vollkommen verschiedene Dinge. Wenn ihr euch an das haltet, was ich euch sage, dann werdet ihr nicht sterben und in einem Jahr wieder sicher nach Hause zurückkehren.«

»Das sind nichts als Lügen!«, fiel ein großer Mann Sim ins Wort. »Du lügst, Herr Sim, ins Exil an die nördliche Grenze des Goldenen Kontinents geschickt zu werden, bedeutet zu neunzig Prozent Tod! Das haben wir schon gehört! Du brauchst uns nichts vorzumachen.«

»Wusch«, wieder schnellte eine Peitsche auf den Gefangenen. »Niemand wagt es, General Sim als Lügner zu bezeichnen!«

Sim erklärte den Gefangenen, dass das nur auf jene Gefangene zutraf, die sich nicht an seine Anweisungen hielten und sich unerlaubt vom Stützpunkt entfernten. Angeblich versuchten sie merkwürdigen Dingen auf den Grund zu gehen, kehrten aber nie wieder zum Stützpunkt zurück. Jedem, dem sein Leben jedoch teuer war, riet Sim, in der Nähe des Lagers zu bleiben. Mit seiner lauten Stimme und der besonderen Kraft, die er besaß, hatte Sim alle sofort zum Schweigen gebracht. Um nicht wieder Unruhe aufkommen zu lassen, befahl er seinen Soldaten, den Gefangenen ihr Frühstück zu geben und danach die Segel zu setzen.

Die Gonggongsoldaten gehorchten und begannen das Essen zu verteilen. Die Portionen waren sehr klein, für jeden gab es nur einen kleinen Napf Reis und ein Stück Brot.

»Das soll das Frühstück sein? Lieber Himmel!« Maihan traute seinen Augen kaum. »So werden wir garantiert verhungern!«

»Das ist gar nicht schlecht heute«, meinte ein großer Gefangener neben ihm. »Immerhin sind wir an der Bugulu-Mündung, da wurde Nachschub aufgeladen. Normalerweise gibt es nur ein Stück Brot und sonst nichts. An manchen Tagen bekommen wir nur eine einzige Mahlzeit, dazu kommen dann noch die Schläge. »Das ist ja wie Sklaverei«, rief Het laut.

»Ja, das ist es in der Tat. Sklaven oder Gefangene auf dem Weg ins Exil – das sind Synonyme, solche Menschen nimmt keiner ernst.«

»Herr, welches Gesetz hast du gebrochen, dass du auf diesem Schiff ohne Rückfahrt gelandet bist?«, fragte Bors.

»Fahnenflucht«, antwortete der Gefangene. »Als sie mich einberufen haben, ging ich nicht hin. Deshalb komme ich jetzt ins Exil.«

»Es ist Pflicht der Soldaten, den Befehlen zu folgen. Ein Soldat darf sich keinem Befehl widersetzen«, meinte Babuduo.

»Das hängt vom Befehl ab. Der Anführer unserer Sippe ließ sich vom Bösen verführen. Er wollte das Dayureich der Pangusippe angreifen, um einen Krieg zu provozieren. Ich bin Pazifist, deshalb habe ich mich geweigert, dem Befehl zu folgen.«

»Hast du also deshalb das Gesetz der Gonggongs gebrochen und kommst nun ins Exil an die nördliche Grenze am Ende des Goldenen Kontinents?«, fragte Shaodian.

Der grobe Typ nickte, zögerte einen Augenblick und lächelte freundlich: »Ich heiße Telisen, vielleicht können wir ja Freunde werden. So können wir uns auf dieser harten Reise zumindest gegenseitig unterstützen.«

»Darüber würde ich mich sehr freuen«, rief Shaodian. »Du bist ein guter Mann! Bestimmt bist du ein guter Mensch! Ich fühle mich sehr geehrt, dein Freund zu sein.«

»Ohne Frieden geht der Edle zugrunde«, meinte Telisen. »Ich hasse den Krieg und bin davon überzeugt, dass es unser Recht ist, ein friedliches Leben zu führen. Das darf uns kein Mensch nehmen. Ich werde mich darum bemühen, dieses Recht zu verteidigen! Auch wenn ich dafür ins Exil komme, werde ich meine Tat niemals bereuen.«

»Du hast unsere volle Bewunderung«, meinte Babuduo. »Deine Haltung verdient großen Respekt. Es ist auch unsere Pflicht, für den Frieden einzutreten.«

Die sechs stellten sich einer nach dem anderen Telisen vor. Nur Shaodian verriet seinen wahren Namen nicht, da er Angst hatte, die Soldaten würden den Namen des Auserwählten wiedererkennen. »Sehr gut«, meinte Telisen. »In Zukunft werden wir alle Freunde sein und uns gegenseitig helfen.«

Für das Frühstück waren nur wenige Minuten vorgesehen. Dann legte das Gonggongschiff von der Bugulu-Mündung ab. Dichter Morgennebel füllte die Mündung. Die Schiffe zogen eines nach dem anderen die Segel auf und die Schiffsleute liefen geschäftig umher. Schon kamen viele neue Schiffe über den Anyin-Fluss herunter und hielten an der Bugulu-Mündung, um frische Nahrungsmittel aufzuladen. Zugleich lichteten die Schiffe, die hier die Nacht verbracht hatten, die Anker und setzten ihre Fahrt fort.

Sim meinte: »Die Strömung ist sehr stark hier, auch der Wind kommt aus der richtigen Richtung. Die Gefangenen haben Glück. Sie brauchen heute nicht zu rudern.«

Er schaute auf die Bugulu-Mündung zurück und hob kurz die Hand zum Gruß. Das Schiff hatte den Hafen schon verlassen.

»Purji, wie viele Tage brauchen wir, um die Königsstadt unseres Landes zu erreichen?«, fragte er.

Purji schaute auf die Segel, betrachtete die Strömung und antwortete: »Zehn Tage.«

»Und um das Ende des Goldenen Kontinents an der nördlichen Grenze zu erreichen?«

»Bei günstigem Wind und günstiger Strömung brauchen wir ungefähr einen Monat.«

»Einen Monat?«, fragte Sim. Normalerweise war es ihm egal, wie lange sie brauchten. Doch bald kam der Krieg und da wollte er eine Aufgabe an der Front übernehmen.

»Geht es auch schneller?«, meinte er. »Chiyou ist zwar noch nicht ganz erwacht, aber ich möchte mich noch auf den Krieg vorbereiten. Erst wenn er erwacht, ist für unsere Sippe die Zeit gekommen, alleine über den Goldenen Kontinent zu herrschen. Doch noch ist es nicht so weit. Wer sich jetzt beeilen sollte, ist Dayu, der König der Pangusippe.«

Er dachte einen Augenblick nach, dann fragte er: »Welche Neuigkeiten gibt es aus dem Dayureich?«

»Sehr erfreuliche«, meinte Purji. »Das Dayureich hat zu spät bemerkt, dass wir gegen sie kämpfen werden. Sie sind mit ihren Kriegsvorbereitungen in Verzug und vollkommen überfordert.«

»Wirklich?« Sims lange Augenbrauen bebten und die Stirn zog sich zusammen. »Wir sollten die Pangusippe nicht unterschätzen, sie sind Pangus Nachkommen und haben die Kraft, den Lauf der Dinge zu ändern. Denn sie werden vom Großen Drachen beschützt. Ohne Chiyous Hilfe würden wir es nie wagen, die Pangusippe anzugreifen.«

»Herr General, ihr braucht euch nicht zu sorgen«, meinte Purji beschwichtigend. »Der Große Drache hat sich schon längst an einen verborgenen Ort zurückgezogen, den niemand kennt. Seit einigen Millionen Jahren hat er sich nicht mehr gezeigt, es ist sehr unwahrscheinlich, dass er wieder erscheint. Vielleicht hat der größte Teil der Pangusippe die Pangumenschen, die auf dem Goldenen Kontinent zurückgeblieben sind, schon längst vergessen.«

»Nein!« Sim wirkte sehr besorgt. »Jene Legende, die von einem Weisen aus Ruiwen erzählt, welcher die Drachenperle besitzt, geht mir nicht aus dem Kopf. Was ist, wenn sie tatsächlich wahr ist? Vielleicht ist er schon längst unterwegs, und wenn es ihm gelingt, den Großen Drachen zu finden, steht uns ein trauriges Schicksal bevor.«

Sim verstummte, blickte auf den endlos langen Anyin-

Fluss vor ihnen und hob seine Augenbrauen. »Vielleicht werden wir den Krieg verlieren.«

Auf Deck saßen Shaodian und die anderen zwischen Hunderten von Gefangenen und blickten auf den breiten Fluss, der vor ihnen lag.

Die Zeit verging sehr schnell.

Um die Mittagsstunde brannte die Sonne unerträglich heiß vom Himmel. Bors hielt es fast nicht mehr aus, er blickte zur glühenden Sonne hinauf und fragte Telisen: »Wie lange brauchen wir noch, bis wir das Ende des Goldenen Kontinents erreichen? Wenn es so weitergeht, sind wir bestimmt tot, bevor wir dort ankommen.«

»Wenn alles gut verläuft, brauchen wir ungefähr einen Monat«, meinte Telisen. »Dazu kommen noch einige Tage, die wir in verschiedenen Häfen und in der Königsstadt vor Anker gehen werden, um unseren Proviant aufzufüllen.«

»So lange?« Het riss die Augen weit auf und fuhr mutlos fort: »Das ist ja noch anstrengender, als dieselbe Distanz auf dem Landweg zurückzulegen. Wenn wir das früher gewusst hätten, wäre es doch besser gewesen, den Landweg zu nehmen.«

»Den Landweg zu nehmen?«, fragte Telisen neugierig. »Ihr wolltet auf dem Landweg ans Ende des Goldenen Kontinents? Ich verstehe nicht.«

Bors warf Het einen bösen Blick zu. Der verstummte augenblicklich. »Oh, nichts«, meinte Bors, »bevor wir bei unserem letzten Raubüberfall entdeckt wurden, wollten wir über den Landweg ans Ende des Goldenen Kontinents, um dort Handel zu treiben. Wer hätte gedacht, dass wir genau in dem Augenblick, in dem wir aufbrechen wollten, gefangen genommen und auf dieses Schiff gebracht werden. Nun befinden wir uns doch auf derselben Reise – sind aber auf dem Weg ins Exil.«

»Das ist wirklich ein unglücklicher Zufall«, meinte Telisen. »Aber ihr könnt euer Ziel ja trotzdem verwirklichen. Ihr könntet ja immer noch versuchen, mit den Menschen dort Handel zu treiben. Doch ehrlich gesagt gibt es nur sehr wenige Menschen, die sich aus freiem Willen am Ende des Goldenen Kontinents aufhalten. Die meisten sind Verbrecher, die dort ihre Strafe absitzen.«

»Warum?«, fragte Shaodian.

»Weil die Wahrscheinlichkeit, lebend zurückzukommen, sehr gering ist.« Telisens Gesicht verdunkelte sich. »An der Grenze gibt es sehr viele seltsame Fallen, in die ein Mensch geraten kann. Und wer da hineingerät, der kommt nie wieder heraus.«

»Hat General Sim nicht gemeint, man müsse nur nach seinen Anweisungen handeln, dann würde nichts passieren?«, fragte Anta.

»Das ist eine riesengroße Lüge«, meinte Telisen zornig. »Sim sagt das nur, damit wir jetzt Ruhe bewahren. Er hat Angst, dass wir uns gegen ihn auflehnen.«

»Aber glaubst du denn, dass es uns gelingen wird, heil zurückzukommen?« Babuduo wirkte sehr bedrückt.

»Nicht unbedingt.« Telisens Augen waren voller Zweifel. »Die Dinge dort sind wirklich sehr sonderbar und unmöglich einzuschätzen.«

Er wiegte den Kopf hin und her, als suche er nach einer Antwort.

»Es ist reine Glückssache, ob du lebendig zurückkommst oder nicht. Wenn du Glück hast, läufst du keinem der seltsamen Wesen dort über den Weg. Aber wenn du Pech hast, kann es gut sein, dass du nie wieder zurückkommst.«

Er begann mit Feuereifer zu erzählen: »Einmal brachte ein staatliches Gonggongschiff einige Tausend Häftlinge ans Ende des Goldenen Kontinents – nach einem Jahr kamen alle heil wieder zurück. Keinem Einzigen war etwas zugestoßen, keiner hatte um sein Leben kämpfen müssen, keiner war verschwunden. Als sie zurückkamen, erzählten sie von einigen sonderbaren Dingen, die sie dort erlebt hatten.«

»Was geschah mit ihnen?«, fragte Anta neugierig.

»Das weiß ich auch nicht genau, ich habe nur davon gehört. Viele wagen es nicht, über diese Erlebnisse offen zu reden. Ich erinnere mich an einige Geschichten, die sich wie Märchen anhören.«

Er legte die Stirn in Falten und begann:

»Die Gebiete außerhalb der Pangusippe und der Gonggongsippe haben wir immer für Orte außerhalb der Welt gehalten – natürlich, die zivilisierten Länder umfassen auch noch einige andere Vasallenstaaten, und wenn wir die zusammenzählen, dann sind es bestimmt einige Hundert. Aber außer ihnen gibt es immer noch sehr viele Länder außerhalb unserer Welt, deren Namen wir nicht kennen und die mit Dingen in Verbindung stehen, die wir nicht verstehen können. Auch in den Geschichtsbüchern steht nichts über diese Länder geschrieben, weder über ihre Herkunft noch über ihre Sippen und ihre Ahnen und noch weniger über ihre Sitten und Bräuche. Kurz gesagt, all diese Länder befinden sich am Ende des Goldenen Kontinents – und sind ein großes Geheimnis.«

Er sah in die Runde und fuhr fort: »Wenn du bei den Pangumenschen oder den Gonggongs das Ende des Goldenen Kontinents erwähnst, gibt es keinen, der nicht vor Neugierde platzt. Doch zugleich haben auch alle schreckliche Angst davor. Und wenn die Kinder etwas anstellen, droht die Mutter: ›Wenn du noch einmal so unartig bist, dann schicke ich dich ans Ende des Goldenen Kontinents.‹Telisen sah auf den Fluss hinunter.

»Die Gelehrten der Gonggongs haben auch einige der Legenden und Phänomene am Ende des Goldenen Kontinents erforscht. Sie vermuten, dass es dort eine vollkommen andere Welt geben könnte, die vielleicht eine durchaus mit dem Goldenen Kontinent vergleichbare Zivilisation entwickelt hat. Doch all dies sind reine Spekulationen, denn von unseren zivilisierten Ländern ist nie jemand tiefer in den Goldenen Kontinent vorgedrungen. Auch die Gefangenen kommen nicht weit über die Grenzgebiete hinaus. Wie es in jener Welt wirklich aussieht, wissen sie nicht. Natürlich, einige sind auch tiefer vorgedrungen, doch sie kehrten nie mehr zurück.«

Er sprach sehr lange und wirkte plötzlich sehr erschöpft. »Ich bin durstig«, meinte er. »Schade, jetzt gibt es kein Wasser. Erst zur Abenddämmerung werden sie uns wieder etwas zu trinken geben. Himmel, ich hoffe wirklich, dass es heute nicht nur beim Frühstück geblieben ist.«

»Wie es aussieht«, meinte Shaodian, »warten keine angenehmen Zeiten auf uns.«

»So ist es.« Telisen schluckte und sprach: »Die Sache ist so: Wenn wir die Strapazen dieser Reise überleben, hängt es nur von unserem Glück ab, ob wir vom Ende des Goldenen Kontinents wieder lebendig zurückkommen oder nicht. Wenn wir Glück haben, sind wir nach einem Jahr wieder zu Hause. Wenn nicht …«

In seiner Stimme schwang ein bedrückter Unterton mit. Er hielt es vor Durst fast nicht mehr aus, sprach aber doch weiter: »Um zur Geschichte von eben zurückzukehren, wie weit bin ich gekommen?«

»Du hast erzählt, dass einige Menschen tief in die Welt am Ende des Goldenen Kontinents vorgedrungen sind und dann nie mehr zurückkamen«, meinte Anta.

Telisen nickte. »Ja, so war es, diese Menschen kamen nie mehr zurück, angeblich sollen sie von einigen Wolken gefangen genommen worden sein. Jemand hat von der Grenze aus beobachtet, wie sie in ein Wolkenfeld hineingingen – danach wurden sie nie wieder gesehen.«

»Das ist schon merkwürdig!«, sagte Maihan. »Die Geschehnisse am Ende des Goldenen Kontinents übertreffen bei Weitem die Vorstellungskraft der zivilisierten Länder.«

»Könnte es sich nicht um das Panguland handeln? Um den neuen Wohnort der Pangumenschen?«, rief Bors neugierig.

»Das Panguland? Den neuen Wohnort der Pangusippe?« Telisen stutzte zunächst und fragte noch einmal nach: »Du meinst das Land des Großen Drachen?«

»Ja, genau das meine ich damit.«

Telisen überlegte einen Augenblick, dann antwortete er: »Vielleicht. Das wäre durchaus möglich. Der Große Drache ist schon lange verschwunden. Auch die Pangusippe ist fortgezogen – wohin sie wohl gezogen sind? Bestimmt in eine andere Welt, an einen neuen friedlichen Wohnort. Doch ob diese Welt am Ende des Goldenen Kontinents liegt? Vielleicht ist die Welt am Ende des Goldenen Kontinents der Eingang zum Panguland? Das wäre natürlich eine mögliche Erklärung für die seltsamen Dinge, die dort geschehen.«

Als die sechs das hörten, wurden sie gleich viel ruhiger. Obwohl sie noch nicht wussten, ob ihre Reise erfolgreich verlaufen würde oder nicht, konnten sie zumindest sicher sein, dass sie sich in die richtige Richtung bewegten. Wenigstens war ihre Reise nicht vollkommen sinnlos.

Doch angesichts der gefährlichen, merkwürdigen Dinge, von denen Telisen erzählte, war ihre Freude schon bald wieder verschwunden.

Sie waren nicht sicher, ob sie in jener Welt am Ende des Goldenen Kontinents den Großen Drachen finden würden. Sie waren noch nicht einmal sicher, ob sie auf dem Gonggongsschiff in Sicherheit waren.

Wenn ihre wahre Identität ans Licht käme, würden sie direkt in die Königsstadt der Gonggongs kommen, um dort vom Anführer der Gonggongs »begrüßt« zu werden. Vage – das war das einzige Wort, das ihren Zustand zu beschreiben vermochte.

Im Gebiet der Gonggongs war das Wetter sehr wechselhaft. Während auf dem Schneefluss unweit der Bugulu-Mündung noch tiefster Winter herrschte, war das Wetter auf der anderen Seite der Mündung plötzlich unerträglich heiß. Die Sonne brannte erbarmungslos vom Himmel auf die halbnackten Gefangenen herab.

Während das Schiff weiter dem Anyin-Fluss Richtung Königsstadt folgte, zogen wunderschöne Landschaften zu beiden Seiten des Flusses vorbei. Auf hohe Bergketten folgten rauschende Schluchten, an deren Rändern sich riesige steinerne Statuen erhoben. Von Zeit zu Zeit fuhren sie dann wieder durch ebenes Land und konnten einen Blick auf die Siedlungen der Gonggongs werfen, die mitten in den riesigen Ebenen errichtet worden waren.

Verglichen mit den Städten des Dayulandes wirkten die Städte der Gonggongs einsamer und verlassener, doch standen sie ihnen an Pracht in nichts nach. Die steinernen Paläste breiteten sich weitläufig über den Boden aus und die hohen Türme reckten sich hoch in die Wolken.

In der Luft tummelten sich einige seltsame Vögel, die um die hohen Türme kreisten. Hin und wieder drangen die Schreie von wild kämpfenden Tieren an die Ohren der Gefangenen auf dem Schiff. Manchmal zog auch ein Pferdewagen vorbei, doch meistens waren es Gonggongs, die auf Ungeheuern durch die Luft flogen. Sie wirkten ängstlich und in Eile, so als wollten sie noch die letzten Geschäfte vor dem Krieg abschließen.

»Die Städte hier sind wirklich sehr prächtig«, meinte Babuduo. »Die Städte am südlichen Lauf des Anyin-

Flusses sind viel lebendiger, als ich mir vorgestellt habe. Sind alle Städte im unteren Teil so?«

»Nein, nicht unbedingt«, meinte Telisen. »Die prächtigste ist Yuzhou, die Königsstadt, die auch Zhuolu, der Königsstadt des Dayureiches, in nichts nachsteht. Doch wenn man die Kunst und Kultur von uns Gonggongs und die der Pangusippe miteinander vergleicht, dann gibt es große Unterschiede. Nimm zum Beispiel die fremden Schüler – in unserer Königsstadt tut man sich schwer, einen zu finden, doch im Dayureich sind sie überall. Denn die Pangumenschen schätzen die Literatur und legen Wert auf Bildung, wir hingegen schätzen nur die Waffen und regieren damit auch unser Land. Deshalb sind wir im Krieg stärker. Doch darauf brauchen wir nicht stolz zu sein, denn für die Bürger ist die Sicherheit der Familien und der Arbeit das Wichtigste. Wir wollen einfach nur ein ruhiges, sicheres Leben führen. Dann sind wir zufrieden.«

Shaodian dachte einen Augenblick lang nach und fragte ruhig: »Wie viele Soldaten haben wir Gonggongs insgesamt, die wir im Krieg gegen das Dayureich einsetzen können?«

»Eine Million!« Telisen hob einen Finger.

»Eine Million?« Die sechs brachten vor Schrecken kein Wort heraus.

Het meinte kalt: »Dann ist uns der Sieg sicher. Das Dayureich der Pangusippe ist kein ebenbürtiger Gegner für uns. Ich habe gehört, dass das Dayureich nur über ein sehr kleines Heer verfügt.«

»Von außen betrachtet mag es diesen Anschein haben. Doch der Sieg ist uns keineswegs gewiss«, meinte Telisen. »Ich zweifle daran, vor allem weil wir Gonggongs mit einem grausamen Verbündeten einen ungerechten Krieg führen. Als Pazifist bin ich aus ganzer Überzeugung gegen den Krieg, besonders gegen diesen ungerechten Krieg.«

Das Schiff fuhr durch die weite Ebene und näherte sich dem berüchtigten Wasserabschnitt der Geisternebel-Gewässer. Ein Raunen lief durch die Reihen der Soldaten.

»Wir sind in die Geisternebel-Gewässer gekommen. An alle Gefangenen, seid auf der Hut«, mahnte Sim. »Gonggongsoldaten, haltet euch kampfbereit! Wie Ihr alle bestimmt gehört habt, geschehen hier seltsame Dinge. Seid aufmerksam und meldet unverzüglich jegliche Zwischenfälle!«

»Geisternebel-Gewässer? Was ist das?«, fragte Bors.

Telisen meinte: »Dieser Flussabschnitt ist für seine unheimlichen Phänomene bekannt. An beiden Ufern erstrecken sich undurchdringliche, alte Wälder. Außerdem können hier merkwürdige Ungeheuer auftauchen, welche imstande sind, kleine Boote umzuwerfen. Doch unser Schiff ist groß, deshalb brauchen wir uns keine Sorgen zu machen.«

Die Abenddämmerung tauchte die Wälder in eine geheimnisvolle Atmosphäre.

In diesem Gebiet schien kein einziger Mensch zu wohnen. Auf beiden Seiten des Flusses erhoben sich riesige, uralte Bäume und reckten sich wie Burgen in die Höhe. Das dichte Blattwerk türmte sich beinahe hundert Meter hoch auf, wodurch der Wald wie ein riesiges Blättermeer aussah.

Da die alten Bäume ihre eleganten Äste weit über das Wasser streckten, wirkte der Anyin-Fluss plötzlich schmal und eng, so als wollte er nur ein Schiff nach dem anderen durchlassen.

Auch die Farbe des Wassers hatte sich geändert. Aus dem Gelb war ein dunkles Grün geworden, das durch die Strahlen der Abendsonne noch geheimnisvoller aussah. Um sie herum war es ganz ruhig, kein Laut durchbrach die Stille.

Sim drehte sich um und bemerkte, dass weit und breit kein anderes Schiff zu sehen war. Einsam und verlassen fuhren nur sie auf die Geisternebel-Gewässer zu. Die anderen Schiffe hielten flussaufwärts an, um Nahrungsmittel und Wasser aufzuladen. Sie hatten vor, am nächsten Morgen früh in einer Gruppe zusammen durch die Geisternebel-Gewässer zu fahren, da dieses Gebiet bei Tag zweifellos sicherer war als bei Nacht. Doch General Sim wollte keine Zeit verlieren und hatte keine Lust, eine Nacht flussaufwärts vor Anker zu gehen.»Herr General, Ihr braucht Euch nicht zu sorgen«, meinte Purji. »Auch wenn die Geisternebel-Gewässer ein wenig merkwürdiger aussehen mögen als der Rest des Flusses, sind sie überhaupt kein Grund zur Besorgnis. Das ändert sich auch bei Nacht nicht. Wenn alles gut geht, haben wir morgen früh diesen Abschnitt des Flusses schon hinter uns.«

»Für Besorgnis gibt es immer einen Grund«, meinte Sim. »Uns brauchst du nichts zu verbergen, Purji. Alle Schiffe fahren bei Tag durch die Geisternebel-Gewässer, um die Königsstadt sicher zu erreichen. Nur ein staatliches Schiff wie das unsere wagt das Risiko und durchquert das Gewässer bei Nacht, um einige Stunden zu sparen.«

»Herr Offizier, sehr viele staatliche Schiffe haben das Gewässer schon bei Nacht durchquert und bisher ist nie etwas geschehen. Auch uns wird nichts geschehen. Denn uns beschützen die Götter. Deshalb brauchen wir uns keine Sorgen zu machen.«

Sim schaute auf die dichten Wälder zu beiden Seiten. Seine Augenbrauen verrieten Besorgnis. »Hoffen wir, dass es so sein wird.«

Mittlerweile war es Nacht geworden.

Sim befahl den Soldaten, die Lampen anzuzünden. Mit seinen fünf Decks sah das Schiff aus wie eine schwimmende Stadt.

Nachdem die Gefangenen wieder in der großen Kabine eingeschlossen waren, bezogen die über hundert Gonggong Soldaten auf Deck Position.

»Sind wir hier sicher?«, wandte sich Bors an Telisen. »Ich werde ein seltsames Gefühl nicht los.«

»Hm. In den Geisternebel-Gewässern gibt es keine Geister – in dieser Welt gab es noch nie Geister – doch in diesen Gewässern gehen einige unerklärliche Dinge vor sich. Ich habe sogar gehört, dass sie ähnlich sind wie die seltsamen Dinge, die an der nördlichen Grenze geschehen.«

»Wirklich?« Maihan riss die Augen weit auf und seine beiden langen Gonggongaugenbrauen wippten aufgeregt auf und ab. »Wird es uns gelingen, sicher durch die Geisternebel,Gewässer zu kommen? Du hast schon recht, niemals gab es Geister auf dieser Welt und es wird sie auch nie geben. Nach dem wissenschaftlichen Standpunkt wäre das ohnehin absurd. Doch auch ich bin fest davon überzeugt, dass es übernatürliche Lebewesen gibt – immerhin leben wir in einer Welt voller Zauberei. Auf unserem Weg sind wir schon einigen merkwürdigen Lebewesen begegnet.«

»Ja, es gibt viele merkwürdige Dinge«, fuhr Telisen fort. »Der Goldene Kontinent ist voller fantastischer Vorkommnisse. Alle Dinge, egal ob wir sie verstehen können oder nicht, existieren wirklich. Vielleicht gelingt es uns, sicher durch die Geisternebel-Gewässer hindurchzufahren, aber vielleicht auch nicht. Wer kann das schon mit Sicherheit sagen?«

»Welchen Gefahren könnten wir hier begegnen?«, fragte Shaodian. »Ich hoffe nur, dass wir nicht die Zeit durchqueren oder Ähnliches, alles andere macht mir keine Angst. Du weißt auch, unser Schiff ist wirklich sehr groß und wir sind auch nicht gerade wenige.«

»Ich sterbe gleich vor Hunger«, meinte Het. »Wie sollen wir es bis morgen früh schaffen, wenn wir nicht einmal ein Abendessen bekommen? Vielleicht werden wir die seltsamen Phänomene der Geisternebel-Gewässer gar nicht mehr überleben, weil wir schon längst verhungert sind.«

»Ein Mensch muss lernen durchzuhalten«, belehrte Bors den Jüngeren. »Den Hunger zu ertragen ist eine wichtige Lektion im Leben eines Menschen, kein Mensch wird sein Leben lang immer genug zu essen haben.«

Die Nacht war immer noch sehr ruhig. Sim war sehr nervös und hatte zusammen mit seinen Soldaten auf

Deck Position bezogen, um jederzeit für eine eventuelle Bedrohung gewappnet zu sein. Der Wind ruhte und das Wasser des Flusses plätscherte fröhlich dahin. Das einzige Merkwürdige waren einige helle Strahlen, die von irgendwoher ins Wasser fielen und ihm einen seltsamen Schimmer verliehen.«

»Wind und Wasser sind vollkommen normal«, meinte Purji. »Herr General, Ihr braucht Euch keine Sorgen zu machen.«

»Die Nacht hat gerade erst begonnen«, sprach Sim besorgt. »Immerhin dauern die seltsamen Geschehnisse im Geisternebel-Gewässer schon seit einiger Zeit an und sind mit Sicherheit kein leeres Geschwätz. Deshalb müssen wir auf der Hut sein. Wir hätten nicht bei Nacht durch die Geisternebel-Gewässer fahren sollen.«

»Das kommt alles nur daher, dass die Gesetze unserer Sippe zu streng sind«, meinte Purji. »So haben wir keine andere Wahl. Wir müssen so schnell wie möglich nach Yuzhou. Doch nicht jeder begegnet diesen seltsamen Dingen. Hoffen wir, dass auch wir ihnen nicht begegnen werden.«

Sim seufzte laut auf: »Wir können uns nicht immer auf das Glück verlassen, Herr Purji.«

Trotz Sims Besorgnis über die Unruhe der Gefangenen verlief die erste Hälfte der Nacht ohne Zwischenfälle. Nichts geschah. Der dichte Wald auf beiden Seiten des Flusses streckte seine Äste weit über das Wasser und ließ dem Schiff nur eine schmale Durchfahrt.

Doch die Schönheit der Landschaft und der Nacht vertrieb schon bald ihre Befürchtungen.

Der Mond kletterte auf die Wipfel der Bäume, die Luft war kühl und die zweite Hälfte der Nacht hatte bereits begonnen.

Da erklang in der Stille der Nacht aus den Wäldern auf beiden Seiten des Flusses plötzlich ein merkwürdiger Gesang.

»Was ist das für ein Gesang?«, fragte Sim alarmiert. »Ist das die Sprache der Pangusippe?«

»Nein«, meinte einer der Soldaten, »diese Sprache habe ich noch nie gehört.«

Purji spitzte seine Ohren und meinte bestimmt: »Dieser Gesang kommt mir bekannt vor. Er gehört zu den seltsamen Phänomenen vom Ende des Goldenen Kontinents. Ich habe ihn dort an der Grenze gehört.«

»Vom Ende des Goldenen Kontinents? Doch hier sind wir mitten im Gebiet der Gonggongs, das Ende des Goldenen Kontinents ist noch sehr weit von hier entfernt. Bist du sicher, dass du an der Grenze genau diesen Gesang gehört hast?«, fragte Sim zweifelnd.

»Ja, ich bin mir absolut sicher, General Sim«, meinte Purji. »Doch diese Gesänge sind beunruhigend.«

Der Gesang wurde immer intensiver, dunkler, trauriger, langgezogener. Auch Shaodian und die anderen hatten keine Ahnung, was er bedeuten konnte.

»Was ist das für ein Gesang? Lieber Himmel!« Bors presste beide Hände an die Schläfen. »Mein Kopf fühlt sich plötzlich so schwerer an. Was ist es, das mich gefangen hält?«

Um ihn herum sanken die Gefangenen nacheinander auf den Boden.

Auch Sim und die anderen Gonggongsoldaten spürten den Gesang. Ihr Kopf wurde schwer und trüb. Sim versuchte sich dem Gesang zu widersetzen, doch er hatte keine Chance. Die lang gezogenen Melodien kamen näher und näher, der Zauber wurde immer stärker und stärker. So fiel er zusammen mit den anderen Soldaten in einen tiefen, traumlosen Schlaf.

In der großen Kabine schliefen alle schon längst. Die Gefangenen waren ohnehin schwach und Shaodian und seine Begleiter waren unsagbar müde.

Als Weiser der Pangusippe verfügte Shaodian über übermenschliche Kräfte. Doch auch er konnte sich nicht gegen den Zauber wehren. Schließlich gab er nach, sank quer über Babuduos Körper und schlief ein.

Der Gesang hielt noch eine Zeit lang an, dann brach er abrupt ab.

7
Die Wichte von der Pfirsichquelle

Nachdem das Schiff eine Zeit lang in vollkommener Stille über den Fluss getrieben war, drang plötzlich ein Funkeln und Leuchten aus den Tiefen des Wassers. Zwei kleine glänzende Männchen tauchten an die Oberfläche und schwammen dem Schiff hinterher. Dann kletterten sie hinauf und sprangen auf das Deck. Unterdessen waren am Waldrand zwei ähnliche Männchen erschienen. Sie liefen ans Ufer, sprangen in den Fluss und liefen über die Wasseroberfläche auf das Schiff zu. Dann kletterten sie am Schiffsbauch empor und landeten auf dem Deck, wo sie sich zu den zwei anderen Männchen gesellten.

Die vier merkwürdigen Wesen waren ungefähr dreißig Zentimeter groß und leuchteten am ganzen Körper, einer blau, der zweite grün, der dritte rot und der vierte orange. Ihre Körper waren den Pangumenschen durchaus nicht unähnlich, nur waren sie viel, viel kleiner.

»Bist du sicher, dass es dieses Schiff ist, Buha?«, fragte das blaue Männchen seinen roten Gefährten.

»Ganz sicher!« Das rote Männlein nickte. »Ich bin mir sicher, dass sie auf diesem Schiff sind. Oder zumindest sollte es dieses Schiff sein. Ein Schiff, das von der Grenze kommt und auf dem Anyin-Fluss flussabwärts fährt.«

»Das hier sieht wie ein staatliches Gonggong-Schiff aus«, meinte das blaue Männlein zweifelnd. »Sie werden sich doch nicht etwa auf ein Gonggong-Schiff begeben haben? Würde das nicht bedeuten, dass sie freiwillig in die Falle gehen?«

Buha hüpfte herum, fasste sich an die Ohren und meinte: »Ich verlasse mich ganz auf mein Gefühl, und ich fühle, dass sie sich auf diesem Schiff befinden. Wie könnte mein Gefühl mich trügen? Ich bin doch ein Berufshellseher aus dem Land der Pfirsichquelle, ein Experte auf diesem Gebiet.«

Das blaue Männlein meinte gelangweilt: »Lieber Freund, ehrlich gesagt, dein Gefühl hat dich schon oft in die Irre geführt. Es ist offensichtlich, dass dein Gefühl Schwierigkeiten hat.«

»Bitte vertrau mir, Siruo«, meinte das rote Männchen bestimmt. »Ich spüre wirklich, dass sie sich auf diesem Schiff befinden. Nur deshalb haben wir uns hier so lange versteckt und all die seltsamen Erscheinungen geschaffen.«

»Wir werden sehr wahrscheinlich von den Gonggongs entdeckt werden, wenn wir uns nicht beeilen. Dann ist es aus mit uns, und nicht nur mit uns, unser Land der Pfirsichquelle wird ebenfalls zerstört werden.«

»Alles nur wegen dir, Teleixi«, meinte Buha und zeigte auf das orange Männlein. »Wegen dir und deinen seltsamen Liedern. Ich befürchte, dass der Wassergott Gonggong diese merkwürdigen Erscheinungen schon längst bemerkt hat. Wenn wir gefangen werden, haben wir nicht nur unsere Aufgabe vermasselt, sondern geben auch noch unser Land der Vernichtung preis.«

Das orange Männchen war beleidigt und begann zu weinen. Es war zierlicher als die anderen und offensichtlich eine Frau: »Ich kann das Ergebnis nie so genau voraussagen, doch ich hatte gedacht, ich könnte euch helfen.«

»Hör auf zu weinen!« Buha zeigte auf Sim und auf die Soldaten: »Das hier sind Gonggongsoldaten, das sind nicht die Menschen, die wir suchen. Himmel! Auf diesem Schiff stinkt es ja fürchterlich!«

Die vier Männchen liefen tanzend durch das Schiff. Sie brauchten nur sehr kleine Ritzen, um in das Innere des Schiffes zu gelangen. Schließlich erreichten sie die große Kabine.

Siruo und Teleixi hielten sich die Nase zu. Der Gestank war erbärmlich.

»Gonggonggefangene auf dem Weg ins Exil«, meinte Buha und sprang hinein. »Hey, Freunde, ich glaube echt, dass wir hier an den falschen Ort gekommen sind. Das sind alles Gonggonggefangene, hier gibt es keine Pangumenschen. Ich kann sie nicht finden. Kann es etwa sein, dass mein Gefühl mich getrogen hat?«

»Dein Gefühl war noch nie richtig, außer ein, zwei Mal, natürlich. Lieber Buha, Bruder, ich mache mir wirklich Sorgen um deine Arbeit. Wenn dein Gefühl nie stimmt, dann wirst du in Zukunft im Land der Pfirsichquelle keinen Respekt erhalten und deine Berufserlaubnis als Wahrsager wird dir ebenfalls entzogen werden.«

Buha dachte eine Weile angestrengt nach. Dann meinte er: »Sag mir, könnte es nicht möglich sein, dass sie sich unter diese Gefangenen gemischt haben, um den Kontrollen der Gonggongs an den Durchgängen zu entkommen? Du weißt doch, der Wassergott Gonggong kennt die Legende und ist daher sehr wachsam. Wenn sie sich unter die Gonggonggefangenen mischen, können sie viele unangenehme Situationen vermeiden.«

Das orange Männchen zeigte auf die Gonggongs und meinte: »Du meinst, sie könnten sich als Gonggongs verkleidet haben? Könnte das sein? Ich weiß, es gibt die Verwandlungskunst, aber keine Ahnung, wie gut sie funktioniert.«

Siruo meinte besorgt: »Wie auch immer, ob sie sich auf das Gonggongschiff gemogelt haben oder nicht, früher oder später werden sie entdeckt und vom Wassergott Gonggong gefangen genommen werden. Daraufhin werden der Goldene Kontinent und das ganze Universum in ewiger Finsternis versinken. Wie stark ihre Verwandlungskunst auch immer sein mag, die Magier der Gonggongs werden sie bestimmt durchschauen. Und falls sie sich im Gebiet der Gonggongs aufhalten, werden sie bestimmt gefangen genommen werden.«

»Ich zweifle sehr, dass der Plan gelingt«, meinte Siruo. »Wie kamen die Pangumenschen bloß auf die Idee, uns kleine Wichte mit der Rettung des Weisen der Pangusippe zu beauftragen? Was, wenn wir scheitern?«

»Es ist sehr gut möglich, dass wir es nicht schaffen«, meinte der grüne Wicht. »Wie es jetzt aussieht, wissen wir nicht, ob Buhas Gefühl stimmt oder nicht. Wenn es nicht stimmt, dann sind sie irgendwo anders. Vielleicht durchqueren sie das Gebiet der Gonggongs ja auf dem Landweg. Wenn sie dabei durch die Kontrollen der Gonggongs müssen, ist es sehr wahrscheinlich, dass sie entdeckt werden. Aber da wir bis jetzt keine einzige Nachricht davon bekommen haben, weist das eher darauf hin, dass sie nicht auf dem Landweg unterwegs sind. Wenn sie auf dem Wasserweg kommen, müssten wir sie entdecken. Wir haben so viele Schiffe beobachtet, alle Schiffe, die bei Tag und bei Nacht durch die Geisternebel-Gewässer fahren – doch bisher gab es keine Spur von ihnen. Was hat das zu bedeuten?«

»Ruhe, Papila!« Buha sah den grünen Wicht böse an und blickte starr geradeaus und versuchte sich zu konzentrieren. Auf einmal leuchtete sein kleiner Kopf hell auf – das war immer so, wenn er eine Vision hatte. Er meinte entschlossen: »Freunde, ich bin fest davon überzeugt, dass sie hier auf diesem Schiff sind. Mein Gefühl ist wieder gekommen! Ich weiß, mein Gefühl trügt manchmal, doch ich bitte euch darum, mir noch einmal zu vertrauen.«

Das orange Männlein streckte seine Zunge heraus: »Wirklich? Sollen wir dir wirklich vertrauen? Immerhin hast du bisher keinen Beweis für deine Fähigkeiten geliefert. Natürlich, früher warst du einige Male recht erfolgreich, doch in letzter Zeit sind uns eher deine Misserfolge in Erinnerung geblieben.«

Papila dachte eine Weile nach. Dann meinte er: »Buha zu vertrauen ist unsere einzige Chance, den Weisen und seine Gefährten zu finden. Wir suchen sozusagen eine Nadel im Heuhaufen, das Einzige, worauf wir uns verlassen können, sind Buhas Visionen, die manchmal stimmen und manchmal nicht. Auch wenn seine Gefühle manchmal nicht richtig sind, können wir dadurch zumindest den Bereich unserer Suche einschränken. Der Legende nach ist es unsere Aufgabe, zu dieser Zeit den Weisen der Pangusippe zu suchen und ihn ins Schneeland zu führen. Ihn auf dem Weg ins Panguland zu begleiten und so gut wie möglich zu unterstützen. Himmel! Freunde, das Schicksal des Universums wird wohl nicht etwa von uns vier dreißig Zentimeter großen Wichten abhängen, oder? Manchmal habe ich wirklich den Verdacht, dass die Ältesten der Pangusippe ein bisschen zu optimistisch waren, als sie das vor vielen Milliarden von Jahren beschlossen. Ob das wohl richtig war? Entweder sie waren so weise, dass sie im Voraus die Gefahren einschätzen konnten, denen der Weise der Pangusippe begegnen würde – oder sie haben sich verrechnet. Ob wir den Weisen wirklich finden können? Was sollen wir tun? Freunde, sollen wir weiterhin dieses Schiff beobachten und untersuchen oder sollen wir doch unseren Standort ändern? Uns bleibt nicht mehr viel Zeit. Ich schätze, der Wassergott Gonggong wird schon sehr bald auf unsere Spuren stoßen. Wir sind also Buhas Gefühl gefolgt und von weit her an die Geisternebel-Gewässer gekommen. Doch nun ist es ein Gonggongschiff voller Gonggongsoldaten, das durch die Schleusen vom Oberlauf des Anyin-Flusses gekommen ist. Zudem befinden sich darauf nur Gonggonggefangene, die ins Exil geschickt werden. Wenn Buhas Vorsehung richtig ist und sie sich wirklich auf diesem Schiff befinden, dann gibt es eine einzige Erklärung: Sie müssen sich als Gonggonggefangene verkleidet haben. Das kann durchaus sein. Wenn es aber wirklich so ist, wie sollen wir sie dann entdecken? Sie unter beinahe tausend Gefangenen zu finden scheint mir schier unmöglich.«

Buha war sehr ernst geworden. Er sah die anderen an und meinte: »Ich bitte euch darum, mir zu vertrauen. Es ist für mich als Wicht von der Pfirsichquelle, als geborener und beruflicher Meister der Hellseherei ein ganz natürliches Gefühl. Mein Gefühl ist in diesem Fall sehr stark. Der Weise der Pangusippe und seine Begleiter befinden sich sicher auf diesem Schiff. Sie haben sich als Gonggonggefangene verkleidet und unter sie gemischt. Wenn der Weise aus Ruiwen den Großen Drachen findet, wird das für die Gonggongs ein vernichtender Schlag sein. Denn die Menschen auf dem Goldenen Kontinent, und ebenso Chiyou, wissen genau, dass kein Mensch und kein Gott den Großen Drachen vom Beginn des Universums besiegen kann. Denn er ist der Beschützer des Universums, die Reinkarnation der Gerechtigkeit. Das Erwachen des Drachen bedeutet das Ende des Bösen.«

Buha hatte sehr aufgeregt gesprochen, hin und wieder schien er ein bisschen verwirrt und stammelte zusammenhanglose Worte. »Freunde, kehren wir noch einmal zur Frage von vorhin zurück: Verglichen mit der Theorie, dass sie das Gebiet der Gonggongs auf dem Landweg durchqueren, ist die Wahrscheinlichkeit, dass sie den Wasserweg gewählt haben, zweifellos größer. Wenn sie sich auf das Schiff geschmuggelt haben, werden sie mit Sicherheit die Königsstadt der Gonggongs erreichen. Es ist gut möglich, dass sie sich unter die Gonggongs gemischt haben. Wir brauchen nur ein bisschen zu analysieren und schon kommen wir zu einem Ergebnis.«

»Red nicht so viel Blödsinn«, meinte Siruo. »Der Himmel wird im Osten schon langsam hell. Wenn die Dämmerung kommt, wird die Zauberkraft des Gesanges nachlassen, sie werden erwachen und wir können den Weisen der Pangusippe sicher nicht mehr finden. Oh, Himmel! Falls sie beschlossen haben, sich auf diesem Schiff zu verstecken, dann sind sie genau hier vor unseren Augen und wir finden sie trotzdem nicht. Oder vielleicht sind sie gar nicht auf diesem Schiff. Dann müssen wir irgendwo anders hin. Freunde, wir müssen sofort entscheiden, ob wir hier bleiben oder so schnell wie möglich das Schiff verlassen.«

Der orange Wicht brach in Tränen aus. »Wenn wir es nicht schaffen, unsere Aufgabe zu vollenden«, schluchzte er, »dann wird unser Oberhaupt uns bestimmt bestrafen. Was sollen wir tun? Was sollen wir nur tun?«

»Bitte vertraut auf die Kraft meines Gefühls«, meinte Buha.

Die vier Wichte redeten wild durcheinander, diskutierten und lärmten. Sie hatten immer noch nicht beschlossen, was ihr nächster Schritt sein sollte. Da fiel der erste morgendliche Lichtstrahl durchs Fenster. Die Nacht war schon vorbei, der helle Tag hatte die schwarze Nacht abgelöst.

»Es ist aus!«, rief Papila laut. »Gleich werden sie alle aufwachen! Was sollen wir bloß tun?«

Gerade als die vier kleinen Männchen verzweifelt nicht mehr ein noch aus wussten, erwachte Sim als

Erster auf Deck. Auch die anderen Gonggongsoldaten streckten sich und gähnten. Sim fragte: »Was ist geschehen? Warum haben wir so lange geschlafen?«

Purji kratzte sich ausgiebig am Kopf und antwortete: »Ich weiß es nicht, Herr General.« Er versuchte sich zu erinnern, dann meinte er: »Gestern Abend hörten wir einige merkwürdige Gesänge und dann schliefen wir ein. Was danach passiert ist, daran kann ich mich nicht erinnern.«

Sim war erstaunt: »So? Schau schnell nach, ob alle Gefangenen noch da sind!«

Einige Soldaten liefen los, stießen die Tür auf und traten in die große Kabine. Auch die Gefangenen erwachten gerade einer nach dem anderen. Erleichtert liefen die Wächter zu Sim zurück.

»Alle noch da, General Sim.«

»Dann können wir sicher sein, dass es sich nicht um einen Raubüberfall oder Fluchtversuch gehandelt hat«, meinte Sim. »Seltsam, außer den Gefangenen haben wir nichts besonders Wertvolles geladen.«

Sim dachte eine Weile angestrengt nach, dann meinte er: »Schaut nach, ob nicht doch irgendetwas fehlt oder das Schiff beschädigt wurde.«

Nachdem sie eine Weile beschäftigt waren, meldete Purji: »General Sim, es fehlt nichts. Wir haben keine Schäden am Schiff gefunden.«

»Das ist merkwürdig«, dachte Sim und fügte laut hinzu. »Wer hat diesen Schlafzauber ausgesprochen? Wenn nichts geraubt wurde und auch sonst keine Schäden zu finden sind, weshalb sind diese Leute dann gekommen?« In seinem Kopf häuften sich die Fragen.

»Das war nur ein seltsames Phänomen und sonst nichts«, meinte Purji. »In letzter Zeit hatten alle Schiffe, die durch die Geisternebel-Gewässer fuhren, ähnliche Erlebnisse. Auch auf den anderen Schiffen fielen die Passagiere wie wir in einen tiefen Schlaf. Als sie erwachten, fehlte ihnen nichts. Manche waren sogar voll beladen mit kostbaren Schätzen oder sogar Porzellan aus dem Osten, es war immer dasselbe: Alle Menschen auf dem Schiff verloren das Bewusstsein, und als sie wieder erwachten, war alles ruhig. Von den Waren fehlte nichts, die Schätze und das Porzellan waren immer noch da.«

»Das ist wirklich, wirklich seltsam und äußerst verdächtig«, meinte Sim. »Es kann doch nicht sein, dass es keine bessere Erklärung dafür gibt? Sollen wir das einfach alles vergessen und unsere Reise fortsetzen, als ob nichts geschehen wäre? Oder sollen wir doch unseren Führer Gonggong über diese Sache unterrichten?«

Purji dachte eine Zeit lang nach, dann meinte er: »General Sim, könnte es nicht sein, dass diese Sache mit dem Weisen der Pangusippe zusammenhängt? Der Legende nach wird der Weise der Pangusippe wieder auf den Kontinent zurückkommen, um den Großen Drachen zu suchen. Dabei muss er das Gebiet der Gonggongs durchqueren. Könnten die seltsamen Dinge, die in dieser Zeit an den Geisternebel-Gewässern geschehen, nicht irgendwie damit zusammenhängen?«

»Hm.« Sim nickte und sagte: »Es wäre zumindest denkbar. Ich würde sagen, im Augenblick können wir nicht sicher sein, ob dieses seltsame Phänomen mit dem Weisen der Pangusippe zu tun hat oder nicht. Wir können aber mit Sicherheit sagen, dass wir keinen Schaden hatten – es ist, als hätten wir geträumt. Wir wollen unseren Weg fortsetzen, um so schnell wie möglich die Königsstadt erreichen. Dort werde ich unserem Anführer Gonggong von der Sache erzählen und die Magier darum bitten, unser Schiff zu untersuchen und die Passagiere zu kontrollieren. Alle Menschen vom Goldenen Kontinent wissen, dass die Pangumenschen die Verwandlungskunst beherrschen.«

Purji dachte eine Weile leise nach, wobei er die Augenbrauen zusammenzog. Dann meinte er: »General Sim, da Ihr gerade darüber gesprochen habt – mir ist etwas eingefallen. Als wir von der Bugulu-Mündung ablegten, gerade als wir unsere Reise begannen, fielen mir einige Gefangene auf, die irgendwie anders waren.«

»Was? Wirklich?« Sim starrte Purji an. »Waren sie Gonggongs?«

»Natürlich«, Purji nickte. »Sie sind alle Gonggongs, nur dass die, die mir auffielen, ein wenig anders waren. Sie sahen zierlicher und edler aus. Jetzt frage ich mich, ob sie echte Gonggongs waren oder ob es nicht Pangumenschen sind, die sich als Gonggongs verkleidet haben.«

»Deine Überlegungen und Beobachtungen sind sehr wertvoll, Purji«, meinte Sim. »Wir haben einen zweifelhaften Punkt entdeckt, und ich denke, dass es besonders in Anbetracht dieser merkwürdigen Phänomene sehr wichtig ist, diesen Dingen auf den Grund zu gehen. Unser Anführer Gonggong ist zweifellos sehr klug. Er beabsichtigt, mit der Suche erst in dem Augenblick zu beginnen, wenn der Weise der Pangusippe, der die Drachenperle bei sich trägt, tief in unser Gebiet vorgedrungen ist – so sind wir Gonggongs zweifellos in der stärkeren Position. Denn in diesem Fall wird es dem Weisen, und mag er auch noch so klug sein, auf keinen Fall gelingen, ungestört durch unser Land zu kommen. Dass er versucht über den Luftweg das Land zu überqueren, ist noch unwahrscheinlicher, denn in der Luft halten unsere Patrouillen Wache. Die einzige Möglichkeit ist also der Landweg. Die Nacht ist vorbei. Lass uns frühstücken. Kannst du jene sonderbaren Gefangenen wiedererkennen?«

»Ihre Gesichter sind frisch in meiner Erinnerung.«

»Sehr gut. Bring sie nach dem Frühstück zu mir. Ich möchte mir ein eigenes Bild von ihnen machen.« Erleichtert atmete Sim auf.

Als das Morgenlicht in die Kabine schien und Sim und die anderen erwachten, hüpfte Buha aufgeregt hin und her: »Was sollen wir tun? Sie sind aufgewacht!« Die vier wussten weder ein noch aus und diskutierten aufgeregt. In der Kabine erwachten die Gefangenen und reckten sich. Auf dem Gang hallten die Schritte der Gonggongsoldaten. Die vier Wichte mussten sich schleunigst etwas einfallen lassen. Sie brauchten einen guten Platz, um sich zu verstecken. Plötzlich entdeckte Papila eine Kiste. Sie war zwar nicht sehr groß, aber groß genug für die vier Wichte, um sich darin zu verstecken.

»Freunde, kommt mit mir, wir können uns vorläufig in dieser Kiste verstecken. Darin haben wir genug Zeit, um uns zu überlegen, wie wir weiter vorgehen werden.«

»Was für ein schrecklicher Gestank!«, rief Teleixi und hielt sich die Nase zu. »Igitt, igitt! Das ist ja eine Mülltonne. Was ist, wenn sie den Müll über Bord werfen?«

»Dann müssen wir eben schwimmen«, meinte Siruo. »Das ist schon mal besser, als von Gonggongs gefangen genommen zu werden. Und jetzt seid still! Wenn wir weiter so laut reden, werden wir bestimmt entdeckt.«

In der Tat hatte ihr Gespräch bereits die Aufmerksamkeit einiger Gefangener auf sich gezogen. Doch als sie verstummten, dachten die, es hätte sich nur um ein Hirngespinst gehandelt.

»Gerade war mir, als hätte ich einige fremde Stimmen gehört«, murmelte einer der Gefangenen und kratzte sich am Kopf.

»Wirklich?«, meinte ein anderer. »Wieso habe ich nichts gehört? Das hast bestimmt geträumt.«

Der erste Gefangene zweifelte, fasste sich an den Kopf und brummte: »Vielleicht war es wirklich nur meine Fantasie, immerhin sind merkwürdige Dinge in diesen Tagen keine Seltenheit. Erinnerst du dich noch, was gestern Abend geschah? Auf einmal hörten wir diese sonderbaren Gesänge. Ich wurde plötzlich schrecklich müde und bin wohl eingeschlafen. An alles andere kann ich mich nicht mehr erinnern.«

»Ich auch«, meinte der zweite Gefangene. »Die Gesänge waren so schön und verführerisch – es war wie Zauberei. Ich denke, wir wurden von diesen Gesängen betört. Doch was geschah, während wir alle schliefen? Es soll noch viel merkwürdigere Dinge geben, dort, wo wir hinfahren.«

Shaodian war sehr verwirrt. Auch er ließ den gestrigen Abend Revue passieren und wunderte sich über dieses merkwürdige Ereignis. Der Schlafzauber war so stark gewesen, dass er sogar seinen Geist überrannt hatte. War es wirklich nur Zufall gewesen? Seine innere Stimme sagte ihm, dass dem nicht so war. Trotzdem war Shaodian sehr beunruhigt. Bald würden sie die Königsstadt erreichen, und was dann? Was würde mit Anta und den anderen passieren, wenn die Magier ihre wahre Identität herausfinden würden? Shaodian wusste, dass der Gonggong nicht unterschätzen durfte. Sollten sie jetzt scheitern, würde Chiyou siegen. Shaodian lief kalter Schweiß über den Rücken und das Gesicht. Draußen hatte das Morgenlicht die Nacht zur Gänze verschluckt und rote Morgenwolken zogen über das Ufer.

»General Sim, die Geisternebel-Gewässer liegen schon weit hinter uns, und unsere Untersuchungen bestätigen, dass die seltsamen Dinge, die geschehen sind, keinen Einfluss auf die Sicherheit dieses Schiffes hatten«, meinte Purji.

»Jetzt sind wir in Sicherheit«, antwortete Sim, »doch bevor wir eine Erklärung für die Dinge von gestern Nacht haben, dürfen wir nicht allzu optimistisch sein. Ich habe das Gefühl, dass auf unserem Schiff noch einige merkwürdige Dinge geschehen werden. Seid daher wachsam! Purji, wann werden wir die Königsstadt erreichen?«

»Zur Stunde des Abendrots«, meinte Purji. »Wir sind schon einige Tage und Nächte unterwegs, seitdem wir von der Bugulu-Mündung abgelegt haben. Wenn es keine weiteren Zwischenfälle gibt, werden wir in der Abenddämmerung die Königsstadt erreichen.«

»Sobald wir dort sind, werden wir unserem Anführer Gonggong von diesen Dingen berichten«, sprach Sim. »Und zugleich einen der Magier bitten, die Gefangenen einer genauen Untersuchung zu unterziehen. Für ihn wird es kein Problem sein, verwandelte Pangumenschen zu entlarven. Doch zunächst gilt es noch einige andere Dinge zu klären.«

Er fuhr sich über seine langen Gonggongaugenbrauen und versank in Gedanken, dann meinte er: »Purji, bring jene Gefangenen herbei, die dir auffällig vorkamen. Ich möchte sie persönlich untersuchen, um meine Zweifel aus dem Weg zu räumen.«

Purji nickte und machte sich auf den Weg zur Kabine, wo Shaodian und die anderen gerade das Frühstück einnahmen. Es war immer noch sehr knapp bemessen und schmeckte nicht, was Bors dazu brachte, laut zu schimpfen. Er meinte: »Natürlich kann man auf einem Gefangenenschiff kein Festmahl erwarten, doch das hier ist wirklich eine bodenlose Frechheit. Gestern hatten wir kein Abendessen und heute gibt es wieder nur so ein knappes Frühstück, nur ein paar Dampfbrote ... Wie sollen wir bis zu jenem Tag überleben, an dem wir den Goldenen Kontinent erreichen?«

»Seid lieber etwas ruhiger. Oder wollt Ihr, dass man Euch wieder auspeitscht? Ich gebe zu, dieses Frühstück reicht nicht einmal, um die Zwischenräume zwischen meinen Zähnen zu füllen«, meinte Het.

»Haltet durch, Freunde«, meinte Shaodian. »Was mir Sorgen bereitet, ist gar nicht das Frühstück, sondern die merkwürdigen Dinge von gestern Abend. Ich weiß nicht, warum ich das Gefühl nicht loswerde, dass diese Dinge mit uns zu tun haben könnten.«

»Ich teile deine Sorgen«, meinte Babuduo an seiner Seite. »Der Wassergott Gonggong ist nicht dumm. Er kennt die Legenden genau und schenkt ihnen sicher genügend Beachtung. Obwohl es jetzt so aussehen mag, als ob nichts geschehen wäre und das Ziel so langsam in Reichweite kommt, könnte das auch die Ruhe vor dem Sturm sein. Vielleicht beabsichtigt Gonggong darauf zu warten, bis wir tiefer ins Gonggongland vorgedrungen sind, um erst dann in Aktion zu treten. Wir müssen mit allem rechnen.«

»Was können wir tun?«, fragte Bors. »Du denkst doch nicht etwa daran, das Schiff zu verlassen? Wenn wir unsere Reise auf dem Landweg fortsetzen, wird unsere wahre Identität schon sehr bald aufgedeckt werden und wir werden nicht die Möglichkeit haben, jemals wieder so gemütlich miteinander zu reden wie jetzt. Bis jetzt war die Wahl, uns als Gefangene zu verkleiden und auf das Schiff zu schleichen, richtig. Dadurch ist es uns gelungen, viele Kontrollen zu umgehen. Aber wahrscheinlich werden wir heute Abend kontrolliert werden. General Sim scheint mir ein kluger Mann zu sein. Auch er wird sich seine Gedanken über das gestrige Ereignis gemacht haben.«

Alle anderen schwiegen. Sie wussten nicht, was sie tun sollten. Alle Zeichen deuteten darauf hin, dass ihre Reise bald ein Ende nehmen würde. Spätestens dann, wenn die Magier die Gefangenen untersuchen würden.

»Es ist also aus.« Het breitete beide Arme aus und

meinte: »Dann wird unsere Reise sehr bald zu Ende sein und man wird uns in ein Verlies der Gonggongs führen.«

Gerade als sie zusammenstanden und flüsterten, trat Purji zu ihnen. Schon seit geraumer Zeit hatte er ihr seltsames Treiben verfolgt. Jetzt rief er laut: »Weise der Pangusippe, seid ihr gerade dabei, einen Fluchtplan auszuhecken?«

Anta, Het und Maihan erschraken zutiefst, drehten sich um und starrten Purji an, der sie mit lauernder Miene fixierte.

»Oh ...«, stammelte Maihan, »wir ... sprechen gerade über die Heimat ... einige wichtige Dinge.«

»Über das Panguland?« Purji lächelte. »Haha! Ihr seid also die Pangumenschen aus der Legende und gehört zum Weisen, der die Drachenperle besitzt. Ihr wollt ans Ende des Goldenen Kontinents, um den Großen Drachen zu suchen und uns Gonggongs zu besiegen, stimmt's?«

»Oh ... Himmel ... nein, nein ... wir ...« Het dachte, dass Purji schon seit Langem ihre wahre Identität kannte, und brachte vor Angst kein Wort heraus.

Shaodian betrachtete Purjis Gesichtsausdruck genau und entdeckte einen Hauch von Zweifel.

»Es kann nicht sein, dass er unsere Identität kennt«, dachte Shaodian. »Die Verwandlungskunst der Pangumenschen ist für normale Menschen nicht leicht zu erkennen. Das könnten nur die besten Magier der Gonggongs schaffen. Aber warum beginnt er dann dieses Gespräch? Vielleicht hat er nur eine Vermutung. Wenn wir Angst haben, wird unsere Identität entdeckt werden.« Während Maihan und Het mit ängstlicher Miene auf Purjis Fragen antworteten, überlegte Shaodian blitzschnell, was er sagen sollte.

Er wurde ruhig. Er hatte die Kraft, im Augenblick der Gefahr Ruhe zu bewahren und sich jeder Situation anzupassen. »Offizier Purji, wir sprechen nur über einige Dinge aus unserer Heimat.«

Als Purji sah, wie ruhig Shaodian reagierte, war er sehr erstaunt. Er sah Shaodian an und lachte laut auf. »Kleiner Pangumensch, du bist wohl ihr Anführer? Oh, Himmel, muss ich da noch fragen? Deine Haltung ist auf den ersten Blick schon anders, nicht schlecht.«

Er trat näher an Shaodian heran, strich mit der Hand über seine langen Augenbrauen, lachte laut auf und meinte: »Sehr gut, die Verwandlungskunst der Pangumenschen ist wirklich sehr gut, die Haut hat wirklich die Farbe von Bronze. Alles scheint zu stimmen, sogar die beiden Augenbrauen sind perfekt. Doch wie gut eure Verwandlungskunst auch sein mag, ihr könnt uns nicht täuschen. Wir haben eure wahre Identität schon längst bemerkt.«

»Offizier Purji.« Shaodian gab sich überrascht. »Ich verstehe wirklich nicht, warum Ihr so mit uns sprecht. Wir sind doch auch Gonggongs. Auch ich kenne jene Legende, doch Ihr glaubt doch nicht ernsthaft, dass wir Pangumenschen sind. Wir haben reines Gonggongblut. Offizier Purji, wenn Ihr uns so falsch anklagt, werde ich, sobald wir in der Königsstadt ankommen, einen Weg finden, Gonggong persönlich die ganze Sache zu erzählen. Obwohl wir Gefangene sind, stehen wir unter dem Schutz des Gesetzes der Gonggongs, und wenn Ihr weiterhin versucht Euren Willen durchzusetzen, werde ich mithilfe des Gesetzes unser Recht verteidigen!«

Purji erschrak und stutzte. Shaodian hatte so ruhig und selbstsicher gesprochen, dass Purji nicht anders konnte, als seinen Worten zu glauben.

Purjis Zorn war ein bisschen verraucht. Er meinte: »Oh? So ist das? Herr, vielleicht habe ich etwas falsch verstanden. Alle Menschen, die reines Gonggongblut haben, können stolz darauf sein. Natürlich genießt auch ihr die meisten der Rechte und Gesetze unserer Sippe, obwohl ihr euch in Gefangenschaft befindet. Zumindest die allgemeinen Bürgerrechte, die jedem Gonggong zustehen. Falls Purjis Haltung eben beleidigend war, bitte ich euch darum, dies zu entschuldigen.«

Er sah Shaodian noch einmal an, betrachtete die anderen und fühlte den Zweifel: War es möglich, dass die Verwandlungskunst der Pangumenschen wirklich so gut war? Er hatte das Gefühl, dass irgendetwas an ihnen nicht stimmte, doch er konnte nicht genau sagen, was es war. Also sagte er: »Natürlich glaube ich euch. Ich glaube, dass ihr Gonggongs seid, doch es gibt einige Regeln, die erfüllt werden müssen. General Sim möchte euch sehen.«

So traten Shaodian und die anderen unter Purjis Führung an Deck. Sim erwartete sie schon, umringt von einigen Gonggongsoldaten, die nicht besonders freundlich aussahen.

Sim sprach als Erster: »Stellt euch zuerst selbst vor.«

»Ich heiße Shaodian«, antwortete Shaodian als Erster. Die anderen folgten.

»Shaodian? Ein sehr merkwürdiger Name.« Sim sah Shaodian misstrauisch an, »ein Name, der sehr adelig klingt. Du wirst nicht zugeben, dass dies ein Name aus dem alten Ort Ruiwen ist?«

»Natürlich nicht«, meinte Shaodian bestimmt und antwortete gelassen. »Ich bin ein Gonggong und mein Name ist ein Gonggongname, ein eher seltener, das gebe ich zu.«

Sim hielt inne. »Ach so?« Er fixierte Shaodian mit seinem Blick. »Soll ich deinen Worten glauben? Oder eher der Wahrheit, nämlich dass du ein Weiser der Pangusippe bist? Wie erklärst du dir sonst deinen Namen?«

Shaodian war immer noch sehr ruhig und meinte: »General Sim, wir sind Gonggongs und unser Blut ist rein. Wir sind typische Angehörige der Gonggongsippe. Mein Name ist durch die Laune meiner Eltern entstanden.«

»Wir haben keine Möglichkeit, die Blutsbande zu untersuchen, wir können uns unsere Meinung nur nach dem Äußeren bilden. Doch zugleich wissen wir, dass die Verwandlungskunst der Pangumenschen das Äußere verändern kann.« Sim kniff beide Augen zusammen und starrte Shaodian an. Dieser hielt seinem Blick stand. »Die Legende erzählt, dass die Pangukünste sehr hoch entwickelt sind, doch sie sind niemals dazu imstande, einen Pangumenschen in einen Gonggong zu verwandeln.« Shaodian sah Sim mit einem sehr warmen Blick an: »Wenn der General an der Echtheit unserer Haut und unserer Augenbrauen zweifelt, zweifelt er zugleich auch an sich selbst, denn wir haben dieselbe Hautfarbe, dieselben Augenbrauen und dieselben Merkmale – wir gehören alle zur Gonggongsippe.«

Die beiden führten ihren Kampf der Blicke weiter: Sim fixierte Shaodian immer noch, und Shaodian sah Sim direkt in die Augen. »Sehr gut«, meinte Sim. »Shaodian, deine Haltung ist bemerkenswert. Ich habe noch eine Frage an dich: Wo seid ihr zu Hause?«

»Am Oberlauf des Anyin-Flusses.«

»In welchem Gebiet am Oberlauf? In welcher Provinz?« Sim war sehr klug.

Shaodian erschrak, er kannte die Namen der Gonggongprovinzen nicht. Obwohl er innerlich aufgefühlt und nervös war, zeigte er es nicht.

Nachdem er sich wieder gefasst hatte, antwortete er ruhig: »Aus einer der drei Zonen am oberen Flusslauf, die niemandem unterstehen. Wir gehören zu keiner Provinz. Wir wohnen in den Wäldern und suchen die Städte unserer Sippe nur sehr selten auf.«

Als Sim sah, wie ruhig Shaodian war, wurde seine Miene plötzlich sehr kühl. »Shaodian, gegen deine Antwort, deine Hautfarbe und deine anderen Merkmale habe ich nichts einzuwenden. Doch ich bin kein Dummkopf. Wenn du meinst, dass du mich mit geschickten Worten austricksen kannst, dann ist das eine Beleidigung meiner Intelligenz. Ich kann nicht anders, als es noch einmal zu wiederholen: Du legst das alles sehr gut dar, ruhig und ohne Furcht, doch gerade diese ruhige Furchtlosigkeit hat mich zum Entschluss gebracht, dich festzunehmen. Nehmt ihn und seine Freunde fest!«

Die Soldaten gehorchten und traten nach vorne.

Shaodian wurde laut: »Immer mit der Ruhe, General Sim. Wisst Ihr schon, wie Ihr diese Handlung in Zukunft rechtfertigen werdet? Wenn bewiesen wird, dass Ihr falsch gehandelt habt, werdet Ihr teuer dafür bezahlen. Obwohl wir Gefangene sind, genießen wir immer noch die allgemeinen Rechte eines jeden Gonggongs. Wenn Ihr diese ignoriert, werde ich mich im Namen der Gerechtigkeit beschweren.«

»Wirklich? Da scheint mir ein anderer Punkt wichtiger: Du scheinst ruhig und furchtlos zu sein und hast ganz die Haltung eines Weisen. Erklärt das nicht schon selbst, dass du ein Weiser aus der Pangusippe bist? Natürlich ist das noch nicht erwiesen, aber immerhin besteht diese Möglichkeit. Die Ältesten der Pangusippe waren sehr klug. Sie wählten einen ruhigen und klugen Mann für die Aufgabe, den Großen Drachen zu finden. Ein normaler Gonggong hätte in dieser Situation weit mehr Angst gehabt als du. In deinen Antworten verbirgt sich nicht die kleinste Spur eines Zweifels, sie scheinen vollkommen perfekt. Doch genau diese perfekte Haltung hat mir deine Stärke gezeigt. Du bist kein normaler Mensch. Du bist jung, doch du hast eine Haltung, die der eines erwachsenen Mannes entspricht. Als ich jung war, hätte ich das nie geschafft. Ich spürte, wie anstrengend es war, deinem Blick standzuhalten. Ich bin ein erwachsener Mann und du bist nur ein Junge, doch was die Willenskraft betrifft, bin ich dir weit unterlegen. Aber da ist noch etwas, was mich beunruhigt.«

»Was?«, fragte Shaodian. »Was war es?«

»Deine königliche Haltung.« Sim war sehr ernst. »Als ich das bemerkte, empfand ich Furcht und ein Gefühl der Hoffnungslosigkeit. Vielleicht wirst du der König werden, der den Goldenen Kontinent vereint? Der Begründer des Glaubens an den Drachentotem? ›Shaodian‹ – dieser Name ist ein Name der Pangusippe. Und es ist nicht nur dein Blick, der mir dieses Gefühl gibt, auch dein Name selbst zwingt mich in die Knie. Als ich dich ansah, spürte ich sofort diese Kraft, die mich überflügelte, sodass mein Körper und Geist erschlafften.«

Sim kratzte sich am Kopf. »Sehr gut, im Augenblick befindet sich die Schicksalswaage noch auf der Seite meiner Sippe. Ich habe beschlossen, dich festzunehmen, und bin fest davon überzeugt, dass ich richtig entschieden habe. Du und die ganze Pangusippe – ihr verhaltet euch anderen Sippen gegenüber, als wärt ihr die Herrscher über den gesamten Goldenen Kontinent, als müsste jeder von uns zu eurer hohen Existenz aufschauen. In der Tat gibt es einige Dinge, die unseren Respekt verdienen. Ihr habt das Universum und die Erde geschaffen und es den anderen Sippen ermöglicht, auf fruchtbarem Boden zu pflanzen. In Zukunft wird der Goldene Kontinent ein vereinigtes Land sein, mit gemeinsamen Werten und Glauben, mit einem gemeinsamen Totem, um allen Lebewesen auf dem Goldenen Kontinent ein ruhiges und friedliches Leben zu ermöglichen. Lange Zeit sah es so aus, als würde das Dayureich der Pangusippe die Führung übernehmen. Doch ihr habt nicht den Mut und die Kraft der Waffen, deshalb wurde diese Aufgabe uns Gonggongs übertragen. Meine Sippe wird euer

Dayureich besiegen. Ihr wollt von Neuem den Großen Drachen suchen, den Ort, an den eure Vorfahren gezogen sind, das große Panguland. Wenn es euch gelingt, dieses Ziel zu verwirklichen, gibt es für uns Gonggongs kaum mehr Hoffnung. Zum Glück habe ich euch gefunden und eure Hoffnung bis auf Weiteres zerstört. Eure Reise ist hier zu Ende, ihr braucht die Bitterkeit und die Schwierigkeiten des weiten Weges nicht mehr länger auf euch zu nehmen. Ich fühle mich sehr geehrt, einen Weisen der Pangusippe mit eigenen Augen sehen zu dürfen. Noch mehr fühle ich mich geehrt, dich mit eigener Hand festzunehmen.«

»General Sim«, begann Shaodian. Sein Gesicht war immer noch vollkommen ruhig. »Eure Analyse enthält einige Schwachstellen, meine Ruhe kommt nicht daher, dass ich mich absichtlich ruhig stelle, sondern daher, dass ich mir keiner Schuld bewusst bin. Zugleich vertraue ich darauf, dass die Zukunft die Wahrheit ans Licht bringen wird. Und dann wird Euch nichts anderes übrig bleiben, als uns sehr höflich wieder freizulassen. Wenn ich ein Weiser der Pangusippe wäre, dann wäre ich jetzt vollkommen konfus. Doch ich bin vollkommen klar. Warum? Weil wir mit dem Weisen der Pangusippe nichts zu tun haben. General Sim, aus verschiedenen Gesichtspunkten Eurer Vermutung kann man verschiedene Schlüsse ziehen, das ist eine Frage der logischen Diskussion. Eure Vermutung, die Ihr uns eben präsentiert habt, enthält viele logische Fehler, und ich stimme Euch nicht zu. Wenn Ihr uns gefangen nehmen wollt, dann werden wir uns nicht wehren. Ihr könnt uns auch in die Königsstadt bringen – denn der Augenblick unserer Ankunft wird auch der Augenblick unserer Befreiung sein.«

Shaodian wusste, dass es sinnlos war, sich gegen Sims Festnahme zu wehren. Auf dem Schiff befanden sich über hundert Gonggongsoldaten, die ihnen im Kampf sicherlich überlegen waren. Sim sah Shaodian immer noch an und sprach: »Sobald der Beschluss gefasst ist, müssen die Befehle ausgeführt werden. Ob ihr Weise der Pangusippe seid oder nicht, wird bald festgestellt werden. Bringt sie in die Kabine auf dem untersten Deck und sperrt sie in eine der Zellen. Zehn Soldaten sollen abwechselnd Wache halten.«

Der General war sehr zufrieden und befahl seinen Soldaten, auch die anderen festzunehmen. Shaodian gab Bors und den anderen, ein Zeichen sich nicht den Soldaten zu widersetzen.

Purji und die anderen Soldaten folgten Sims Befehl und Shaodian und die anderen wurden auf das unterste Deck gebracht.

Auch in der Kiste, wo sich die vier Wichte versteckten, blieben die Neuigkeiten nicht unbemerkt. Buha war sehr aufgeregt, denn nun hatte er die Bestätigung, dass ihn sein Gefühl nicht getrogen hatte.

»Freu dich nur nicht zu früh«, meinte Siruo. »Dass dich dein Gefühl nicht getrogen hat, kann schon sein. Sie sind also vielleicht wirklich die Weisen der Pangusippe, doch gerade eben wurden sie festgenommen. Sie werden in die Königsstadt der Gonggongs gebracht werden und dort ist ihre Reise zu Ende. Sie werden ihr Ziel nicht verwirklichen können. Wir haben versagt – wir hätten früher kommen müssen.«

»Was sollen wir jetzt tun? Wir müssen sie doch irgendwie befreien können. So können wir nicht zurück in das Land der Pfirsichquelle. Man wird uns auslachen und verachten.«, jammerte Teleixi.

»Pst!« mahnte Papila. »Passt auf, dass uns die anderen Gefangenen nicht hören.«

Siruo warf dem orangen Wicht einen tadelnden Blick zu und meinte: »Wir sollten uns jetzt besser überlegen, wie wir unseren Auftrag doch noch ausführen können.«

»Wir haben noch nicht verloren«, meinte Papila, »zumindest haben wir sie gefunden und wissen, wer die Weisen der Pangusippe sind. Jetzt liegt es an uns, sie zu befreien und aus dem Gebiet der Gonggongs hinauszuführen. Wenn wir das Schneeland am Ende des Goldenen Kontinents erreichen, haben wir unsere Aufgabe erfüllt.«

»Das ist leichter gesagt als getan!«, meinte Buha. »Wie sollen wir sie denn befreien? Was können wir außer unseren kleinen Künsten?«

»Unsere kleinen Künste reichen vollkommen aus«, meinte Siruo. »Die Befreiungsaktion findet am besten in der Nacht statt. Vergesst nicht, wir sind sehr klein, wir können hier durch alle Ritzen und Risse.«

»Heißt das, dass du schon eine Idee hast, wie wir sie retten könnten?«, fragte Teleixi und hob den Kopf. »Bist du sicher, dass es uns gelingen wird, sie zu befreien?«

Buha dachte kurz nach und meinte: »Ich bin der Meinung, dass es keinen Sinn hat, sie auf dem Schiff zu befreien. Es gibt hier zu viele Wachen. Außerdem können wir nicht den Weg bis zum Ende des Goldenen Kontinents schwimmen oder zu Fuß gehen. Die Gonggongs würden uns schon bald eingeholt haben. Am Abend wird das Schiff an der Königsstadt anlegen und die Gefangenen werden von den Magiern untersucht werden. Wenn die Magier herausfinden, dass sie Weise der Pangusippe sind, werden die Gonggongs sie in ein unterirdisches Verlies sperren und womöglich töten. Himmel, wir haben nicht die geringste Möglichkeit, sie zu befreien!«

»Das stimmt so nicht ganz«, meinte Siruo. »Vor der Abenddämmerung werden wir es wahrscheinlich nicht schaffen, doch in der Nacht haben wir die Möglichkeit, sie zu retten. Ich habe bereits einen Plan.«

»Bist du sicher?«, fragte der orange Wicht.

»Ja«, Siruo nickte überzeugt.

Buha meinte: »Du meinst also, dass wir erst dann in Aktion treten, wenn sie sich schon im unterirdischen Verlies befinden? Bist du sicher, dass das eine gute Gelegenheit ist? Ist das nicht zu spät?«

»Ich denke nicht, dass es zu spät ist«, sprach Siruo. »Der Wassergott Gonggong wird sie nicht sofort zum Tode verurteilen. Zumindest hoffe ich das.« Während sie diskutierten, näherten sich zwei Gonggong Soldaten der Kiste.

»Pst, kein Laut«, flüsterte Siruo, »da kommt jemand.«

»Dieses ewige Müllentsorgen ist wirklich lästig«, meinte der Erste. »Warum trifft es immer uns beide?«

»Weil wir eine niedrige Position haben«, meinte der Zweite, »die anderen würden das nie übernehmen.«

»Glaubst du, es ist gut, den Müll einfach so in den Fluss zu werfen? Was ist, wenn wir den Flussgott erzürnen?« Dem ersten Soldaten waren Zweifel gekommen.

»Wir haben keine Zeit, das lange zu überlegen. Gestern hätten wir ihn am Ufer entleeren können, doch nun haben wir es bis heute hinausgeschoben. Lass uns die Sache schnell erledigen, bevor wir Ärger mit General Sim bekommen.«

Die beiden Soldaten hoben die Kiste hoch und trugen sie zum Heck des Schiffes. Dort kippten sie den Abfall kurzerhand in den Anyin-Fluss. Die vier Wichte purzelten mitten in den Essensresten kopfüber ins Wasser.

»Das Flusswasser kann uns nicht in Gefahr bringen«, meinte Siruo, »wir sind doch auch aus dem Fluss auf das Schiff geklettert. Wir können dem Schiff unter Wasser bis zur Königsstadt nachschwimmen. Sobald es dunkel ist, fangen wir mit unserer Rettungsaktion an.«

Die vier tauchten tiefer ins Wasser. Ihre kleinen Körper glitzerten und funkelten. Sie konnten sich im Wasser frei wie in der Luft bewegen. So hüpften sie frei herum und plapperten.

Traurig und mutlos saßen Shaodian und die anderen in ihrem Gefängnis auf dem untersten Deck des Schiffes. Anta hatte sich neben Shaodian gesetzt, der tröstend seinen Arm um sie legte. Niemals hätte er sich gedacht, so viel für eine Person empfinden zu können, denn er war es gewohnt, alleine zu sein. Doch in diesem Moment war er froh, dass seine Freunde und vor allem Anta bei ihm waren.

Zehn Gonggongsoldaten hielten abwechselnd Wache. Während sie bedrückt über das Ende ihrer Reise nachsannen, war die Sonne schon langsam gesunken. Der Abend war gekommen.

Endlich erreichte das Schiff die Königsstadt der Gonggongs und legte am Hafen an.

Auch wenn sie den Glanz und die Pracht der Städte des Dayureiches nicht erreichte, war die Königsstadt der Gonggongs sehr eindrucksvoll.

Der Anyin-Fluss floss mitten durch die Stadt und teilte sie in zwei Hälften. An beiden Seiten des Flussbetts reihten sich hohe Türme, die bis in die Wolken hinaufragten.

Der Anyin-Fluss wirkte hier sehr geschäftig. Die Menschen schienen es sehr eilig zu haben. Zahlreiche Schiffe lagen im Hafen vor Anker und luden Waren auf und ab. Die Seeleute und Händler verhandelten am Kai über die Preise der Waren. Dabei wippten die langen Augenbrauen kräftig auf und ab.

In der Luft tummelten sich zahlreiche Vögel und Ungeheuer, die spielten und kämpften. Es gab solche mit drei oder vier Beinen und einige einbeinige Ungeheuer, so wie sie in den alten Büchern beschrieben waren. Die Reisenden konnten sich gar nicht satt daran sehen.

Zwischen den hohen steinernen Pagoden lagen riesige, neunköpfige Schlangen – Xianglius. Ihre großen schwarzen Körper warfen lange Schatten auf die Erde. Hoch in der Luft zogen immer wieder Pferdewagen und Soldaten auf Patrouille vorbei. In der Ferne waren verschwommen marschierende Gonggongtruppen zu erkennen. Ihre lauten Schreie hallten bis zum Himmel.

»In diesem Land werden Waffen geehrt«, meinte Bors. »Obwohl sich die Kultur hier nicht mit dem Dayureich messen kann, ist sie ihr doch nicht viel unterlegen. Was die Waffen betrifft, sind die Gonggongs auf dem Goldenen Kontinent nicht zu überbieten, keiner kann sich mit ihnen messen. Wenn du die Gonggongs zum Feind hast, stehen die Gewinnchancen schlecht. Schade, dass sie sich mit Chiyou verbündet haben und sie gegen uns kämpfen werden.«

Shaodian schaute besorgt nach draußen. Als er die prächtige, große Stadt der Gonggongs erblickte, die vielen Ungeheuer auf den Straßen und die großen Schatten der Xianglius, die quer zwischen den Pagoden hingen, überkam ihn zum ersten Mal Hoffnungslosigkeit.

Für viele Gefangene war es der erste Besuch in der Königsstadt. Auch wenn sie als Gefangene kamen, waren sie von der Stadt begeistert. Noch nie hatten sie so etwas Großes und Mächtiges gesehen. Die unzähligen Ungeheuer und das rege Treiben am Hafen beeindruckte sie. Kaum hatte das Schiff angelegt, kamen unzählige Karren und Wagen mit frischen Vorräten herbei. Auch Telisen war von der Stadt sehr beeindruckt und es erfüllte ihn mit Stolz, dass sein Volk eine so prächtige Stadt errichtet hatte. Anfangs machte er sich um Shaodian und die anderen noch Sorgen, doch als er merkte, dass er an ihrer Situation ohnehin nichts ändern konnte, hatte er sie auch bald wieder vergessen.

Nachdem sie in der Königsstadt der Gonggongs angekommen waren, wurden Shaodian und die anderen sofort in das dunkelste und tiefste Verlies geworfen. Die Überführung organisierte Sim persönlich. Er hatte nicht nur zehntausend Gonggongpolizisten beauftragt, die Umgebung des Gefängnisses zu überwachen, sondern inspizierte selbst genauestens das Verlies. Erst als er alles für sicher hielt, entfernte er sich beruhigt.

Sie wurden nicht sofort von Gonggong und seinen Zauberern empfangen, denn angeblich befanden diese sich außerhalb der Stadt, um die Kriegsvorbereitungen in den umliegenden Dörfern zu überwachen. Wie erwartet wurden sie nicht besonders gut behandelt. Nachdem sie in das Verlies gesperrt worden waren, wurden sie jeder einzeln in Ketten gelegt und in einen eisernen Käfig eingeschlossen. Das Verlies war durch riesige, dicke Mauern von der Außenwelt abgetrennt und wurde von zahllosen Wachen bewacht.

Nachdem die vier Wichte in den Fluss geworfen worden waren, tauchten sie dem Schiff hinterher. Mittlerweile waren auch sie in Yuzhou angekommen und waren von der Stadt nicht weniger beeindruckt als die Gefangenen. Teleixi sprang ungeduldig auf und ab. Sie wollte endlich den Weisen und seine Freunde befreien.

»Als Nächstes gilt es, den Plan zur Rettung des Weisen der Pangusippe auszuarbeiten. Ein Sprichwort sagt: »Ohne großen, fernen Plan muss es nahe Ängste geben.« Nur wenn wir genau wissen, wie wir vorzugehen haben, können wir unser Vorhaben erfolgreich durchführen. Ich habe auch schon einen Plan«, sagte Siruo.

»Wie sollen wir vorgehen, Siruo? Warum sind wir immer noch hier?«

Nachdem Siruo den anderen seinen Plan erklärt hatte, fragte Teleixi nervös: »Bist du sicher, dass es so funktionieren wird? Überschätzt du mich nicht? Was, wenn ich es nicht schaffe?«

»Ich bin auch derselben Meinung«, meinte Buha. »Ist das nicht zu riskant? Wenn es ihr nicht gelingt, die Aufgabe planmäßig zu erfüllen, dann ...«

»Ich habe schon darüber nachgedacht«, erklärte Siruo. »Doch das ist die einzige Möglichkeit, ein bisschen Zeit zu gewinnen. Für die Rettung brauchen wir Zeit. Mit ihrer Kunst kann Teleixi wertvolle Zeit für uns gewinnen und so dazu beitragen, dass wir in der Eile keine Fehler machen und durcheinanderkommen.«

Als er das Zögern der anderen sah, meinte Siruo überzeugt: »Seid unbesorgt, liebe Freunde. Macht einfach, was ich euch gesagt habe. Lasst uns abwarten, bis wir erfahren, wo die großen Weisen der Pangusippe gefangen gehalten werden. Sobald wir es wissen, beginnen wir mit der Ausführung unseres Plans. Ob sie immer noch auf dem Schiff sind? Hört ihr die Schritte?«

Die vier schwiegen und spitzten die Ohren. Sie verfügten auch über die Kraft, Stimmen aus weiter Entfernung zu hören.

»Ich glaube, sie werden zum Königspalast geführt. Wahrscheinlich werden sie dort in das Verlies gesperrt. Es gilt als sicherstes Verlies des gesamten Kontinents. Da kommt nicht einmal eine Fliege hinein«, sagte Buha.

»Wirklich?«, blinzelte Papila verschmitzt. »Wenn es wirklich so ist, dann haben wir ein leichtes Spiel.«

Die anderen hörten neugierig zu. Als sie verstanden, was der grüne Wicht meinte, kicherten sie los und hielten sich den Mund zu, um nicht laut loszulachen.

»Aber«, meinte Siruo, »freut euch nicht zu früh. Die Voraussetzung ist, dass Teleixis Kraft uns unterstützt. Sonst bleibt alles nur leeres Geschwätz. Wenn wir nicht genug Zeit haben, brauchen wir von unserer Rettungsaktion gar nicht zu reden.«

Die anderen wurden sofort wieder ernst und nickten.

»Könnt ihr noch etwas hören?«, fragte Papila. »Ich schätze, sie sind wohl schon ins Verlies gebracht worden.«

»Mach dir keine Sorgen«, meinte Siruo, »egal wohin sie gebracht wurden, wir können ihre Position bestimmt fühlen. Hoffen wir, dass deine Zauberkraft dich in dieser wichtigen Situation nicht im Stich lässt. Was meinst du, Teleixi, schaffst du es?«

Teleixi schlug sich mit ihren kleinen Handflächen auf die Brust und meinte mit viel Selbstvertrauen: »Ich glaube, ja. Normalerweise ist es für mich nicht besonders schwer, meine Kunst zu zeigen. Doch in dieser wichtigen Situation? Ich … ich habe ein wenig Angst.«

Buha beruhigte sie: »Sei unbesorgt! Denk einfach, es ist wie immer, wie im Pfirsichquellenland!«

»Buha hat recht.« Papila klopfte Teleixi auf die Schultern, um ihr Mut einzuflößen. »Mädchen, wovor hast du Angst? Wir werden nie von deiner Seite weichen und dich immer unterstützen. Wir werden mit dir zusammen auf die große Pagode steigen!«

Teleixi biss die Zähne zusammen und nickte. Es war Zeit aufzubrechen. Sie schwammen an eine abgelegene Stelle des Ufers und machten sich auf dem Weg zur großen Pagode im Stadtzentrum. Die Große Pagode war hell erleuchtet und von Weitem bereits zu erkennen. Mit einem Zauber, den die vier Wichte aussprachen, erlosch das silbrige Glänzen, das von Natur aus ihre kleinen Körper umgab. So würden sie in der Dunkelheit weniger auffallen und konnten sich in der Stadt besser bewegen.

Als sie an ihr Ziel gekommen waren, war es für sie ein Kinderspiel, auf die Spitze zu klettern. Flink und ohne Probleme liefen sie die Wände der Pagode hoch.

Die vier redeten und lachten und hatten die Anspannung und die Angst von vorher schon vergessen.

An der Spitze angekommen, genossen sie den Ausblick über die gesamte Stadt. Aus dieser Höhe sahen die Gonggongs wie Ameisen aus. Selbst ihre langen Augenbrauen waren nur schemenhaft zu erkennen.

»Es ist Zeit«, meinte Siruo. »Sing, liebste Teleixi, sing!« Teleixi nickte. Sie stellte sich neben das riesige Feuerbecken, in dem das Dämonische Feuer brannte, und warf einen Blick auf die Königsstadt der Gonggongs. Selbst zu dieser späten Zeit schien die Stadt nicht zu ruhen. Überall brannten Lichter und auf den Straßen und Märkten herrschte immer noch reges Treiben.

Teleixi fasste Mut und begann zu singen. Es waren einige sehr alte Lieder, deren Komponist und Herkunft niemand mehr kannte. Bevor sie die Welt außerhalb erreicht hatten, waren diese Lieder im Pfirsichquellenland schon lange überliefert worden. Es war ein sehr gefühlvolles Lied, ein Loblied, das sich sehr elegant und würdevoll anhörte, wie die Würde und die Grazie einer schönen Frau oder wie alter Wein, der die Menschen betört.

Teleixi war eine großartige Sängerin. Das Gedicht selbst war voller Gefühle und rührte die Menschen zu Tränen. Teleixi trug es so betörend vor, dass es die Menschen tief berührte.

Obwohl sie sehr klein war, wurde der Gesang tausend Meilen weit getragen und hallte durch die gesamte Königsstadt der Gonggongs bis an die Grenzen der Stadt. Die anderen drei Wichte hielten sich die Ohren mit beiden Händen zu, da sie befürchteten, selbst vom Lied verführt zu werden. Nach einiger Zeit wurden auch Teleixis Augen feucht. Sie war selbst so bewegt, dass ihr die Tränen über das ganze Gesicht liefen. Sie meinte: »Freunde, glaubt ihr, es reicht so? Bitte verzeiht, ich kann nicht mehr weitersingen.«

»Ist schon gut, ist schon gut«, meinte Buha und nahm die Hände von den Ohren. »Du brauchst nicht weiterzusingen, dieses Lied hat die Feinde schon genug betört, auch wir sind fast verzaubert worden. Das hast du wunderbar gemacht.«

»Wirklich, Buha? Bist du sicher, dass es so reicht?« Teleixi wirkte sehr nervös und war sehr verunsichert.

Buha, Siruo und Papila umarmten ihre Freundin und bedankten sich für ihre Hilfe. Nachdem sich Teleixi beruhigt hatte, spornte Siruo sie an, das Verlies so schnell wie möglich zu finden, denn die Zeit drängte und sie wussten nicht, wie lange der Schlafzauber anhalten würde. Schnell stürmten die Wichte die senkrechte Wand der Pagode hinunter und liefen zum Königspalast.

Wichte aus dem Land der Pfirsichquelle hatten die Fähigkeit, sich sowohl unter der Erde als auch unter Wasser frei zu bewegen. Wenn sie wollten, konnten sie das Wasser oder die Erde um sich teilen, sodass sie mühelos hindurchgehen konnten.

Am Verlies angekommen, schlüpften sie unter die Erde und machten sich auf die Suche nach Shaodian und den anderen »Niemals hätte ich gedacht, dass unsere einfachen Zaubertricks plötzlich so nützlich sein können.« Teleixi freute sich sehr und sprang wild auf und ab.

»Freut euch nicht zu früh! Noch haben wir die Gefangenen nicht gefunden und ins Schneeland gebracht. Wir dürfen nicht übermütig werden, sonst machen wir Fehler!«, meinte Siruo.

»Ai!« Der grüne Wicht hielt still. »Wir sind schon unter dem Verlies angekommen, Himmel, sie befinden sich genau über uns, sollen wir sofort hinaufgehen?«

»Natürlich, sofort«, meinte Siruo. »Die von den Gesängen betörten Gonggongsoldaten können jederzeit wieder erwachen. Wir dürfen keine Zeit verlieren! Vielleicht wachen die ersten Gonggongs schon auf. Kommt, lasst uns den Weisen und seine Freunde retten!«

Zitternd und bebend vor Angst streckten die Wichte vorsichtig ihre Köpfe aus dem Boden. Im breiten und stockdunklen Verlies vor ihnen schliefen zahllose Gonggongsoldaten tief und fest, ihre Körper lagen quer über den Boden.

Im Gefängnis befanden sich sechs große Käfige mit den Gefangenen, die auch noch in Ketten gelegt waren. Auch die Gefangenen schliefen so tief, als wollten sie nie wieder erwachen. »Das müssen die Weisen der Pangusippe sein!«, freute sich Siruo.

Die vier Wichte hüpften über den Boden in die Käfige hinein, in denen Shaodian und die anderen eingesperrt waren.

»Das sind sie! Das sind die Weisen der Pangusippe, die Menschen, die wir retten sollen!«, rief Siruo leise.

Buha sprang auf Shaodians Fuß und schaute nach oben. »Wie erwartet sind es große Kerle, das hier ist ein Riese.«

»Für uns ist er ein Riese. Doch verglichen mit anderen Menschen sind sie ganz normal«, meinte Papila und fragte: »Was sollen wir jetzt tun, sollen wir sie zuerst wecken?«

»Am besten, wir wecken sie zuerst. Und wenn sie wach sind, beginnen wir mit der Befreiung.«

Siruo sah zu Teleixi: »Teleixi, es ist wieder Zeit für deinen Auftritt, weck sie auf.«

Teleixi sprang zuerst auf den Bart von Bors und blies in seine Augen.

Bors wachte auf und rief erstaunt: »Was ist geschehen? Ich hörte einen Gesang und dann schlief ich ein.« Er riss seine Augen auf. »Himmel! Was ist das für ein Ding? Wo gibt es so kleine Menschen?«

»Psst!«, flüsterte Teleixi, gestikulierte wild und meinte: »Nicht so laut, alter Herr, wir sind Wichte aus dem Land der Pfirsichquelle und sind gekommen, um euch zu helfen.«

»Wichte von der Pfirsichquelle?«, fragte Bors laut und fügte leidenschaftlich hinzu: »Himmel! Ihr ... Wie groß seid ihr denn, ihr ... Seid ihr eine Sippe vom Ende des Goldenen Kontinents? Jene seltsame Sippe, von denen die Gonggongsoldaten sprachen? Ihr, was wollt ihr hier?«

Als Bors' Stimme laut durch das ganze Verlies hallte, räkelten sich einige Gonggongsoldaten so, als wollten sie gleich erwachen.

Aufgeregt sprang Siruo auf Bors' Kopf und begann, so fest er konnte, mit den Fingern darauf herumzuklopfen. Dabei zischte er: »Nicht so laut, alter Herr, du weckst die Wachen auf!«

Bors verstummte sofort. »Verzeihung«, flüsterte er.

Siruo gab Teleixi zu verstehen, dass er die anderen wecken sollte. Dann meinte er zu Bors: »Ich möchte mich für mein Verhalten entschuldigen, alter Herr. Wir sind Wichte von der Pfirsichquelle und sind hier, um euch zu befreien.«

»Gekommen, um uns zu befreien?«, fragte Bors erstaunt und war plötzlich sehr aufgeregt. »Das ist wunderbar! Wir stehen tief in eurer Schuld!«

Während er sprach, hatte Teleixi schon Shaodian und die anderen geweckt. Mit ihrer Zauberkraft schafften sie es, sofort das Schloss und die Ketten zu öffnen. Siruo erklärte Shaodian und den anderen schnell, wie sie hierhergekommen waren und die Befreiung geplant hatten.

»Ihr folgt uns also schon seit den Geisternebel-Gewässern?«, fragte Anta erstaunt.

Der grüne Wicht nickte. »Ja, wir sind immer dem

Schiff nachgeschwommen. Doch damals hatten wir einfach keine Gelegenheit, euch zu befreien. Wir wussten ja auch gar nicht, wer ihr wart. Aber jetzt haben wir euch gefunden und werden euch zum Ende des Goldenen Kontinents bringen.«

»Vielen Dank!«, rief Shaodian voller Freude. »Vielen Dank, dass ihr von so weit hierhergekommen seid, um euch zusammen mit uns in so große Gefahr zu begeben. Freunde, wir müssen so schnell wie möglich fliehen, zunächst aus diesem Verlies, dann aus der Königsstadt der Gonggongs, denn wir müssen so schnell wie möglich ans Ende des Goldenen Kontinents. Teleixi hat mit ihrem Gesang alle Menschen in der Stadt verzaubert, aber ob das auch den Führer Gonggong betrifft? Selbst wenn Gonggong verzaubert wurde, wird er schon bald erwachen. Er ist stärker als ein normaler Mensch und wird früher erwachen. Und jene Zauberer werden noch früher erwachen. Deshalb sollten wir dieses Verlies so schnell wie möglich verlassen, ehe sie unsere Flucht bemerken.«

»Ja, was reden wir dann noch, gehen wir!«, rief Bors aufgeregt.

»Keine Eile, Freunde«, meinte Papila. »Wir können den Weg durch den Boden nehmen, alter Herr, von dort sind wir auch hereingekommen. Immerhin beherrschen wir einige Zaubertricks, die für euch sehr seltsam sein mögen. Doch diese Techniken können uns dabei helfen, nicht in die Hände der Feinde zu fallen.«

Also hüpften die Wichte voraus, die anderen liefen hinterher. Als sie unter der Erde waren, begannen die

Wichte zu leuchten, worauf die Erde im Umfeld eines Quadratmeters spurlos verschwand. Hinter ihnen schloss sich das Loch wieder, und alles sah aus, als wäre nichts geschehen. Nachdem sie einige Minuten gegangen waren, bat Shaodian um eine Pause, denn er wollte alle wieder in ihre ursprüngliche Gestalt zurückverwandeln. Eine halbe Stunde später sahen sie wieder aus wie normale Menschen. Vor allem Anta war sehr erleichtert, nicht mehr wie ein Gonggong auszusehen. Nur Het war betrübt, denn er fühlte sich wie ein halber Zauberer. Als die Wachen am Schiff ihn und die anderen festnahmen, hatten sie ihm seinen kleinen Zauberbeutel weggenommen. Shaodian und den anderen blieb aber keine Zeit, nach dem Beutel zu suchen.

Die vier Wichte hüpften voraus und ließen einen etwa drei Meter hohen und einen Meter breiten Gang hinter sich, in dem Shaodian und die anderen folgten.

»Wie soll ich das glauben, Freunde?«, rief Bors laut. »Sind diese Zaubereien für euch wirklich nur kleine, unbedeutende Künste?«

Die vier Wichte nickten und Teleixi meinte stolz: »Daran ist nichts Besonderes, wir beherrschen noch viel kompliziertere Tricks. Unsere Fähigkeiten werden euch noch in Erstaunen versetzen. Trotz unserer Größe sollte man uns nicht unterschätzen.«

»Ich bin sehr müde und hungrig«, unterbrach Anta das Gespräch von Bors und Teleixi. »Das Gefühl, satt zu sein, hatten wir ja schon ewig nicht mehr. Könnt ihr euch erinnern, wann es das letzte Mal war, dass unsere Mägen ruhig waren?«

»Ich kann mich nur daran erinnern, dass wir ständig hungrig waren«, antwortete Het.

»Wie fühlt ihr euch?«, fragte Shaodian die vier Wichte, die vorausһüpften. Teleixi legte die Hand auf den Bauch. »Wir haben schon sehr lange nichts mehr gegessen, wir sind auch sehr hungrig.«

Shaodian sah die anderen an und meinte: »Gut, dann wollen wir die Zauberbohnen essen.« Während Shaodian sprach, löste er seine kleine Tasche vom Gürtel, die er zuvor gut versteckt hatte, zählte zehn Bohnen ab und verteilte sie an die anderen.

Als Buha die Zauberbohnen erblickte, rief er erstaunt: »Was ist das? Kann man das essen? Oder flunkerst du uns etwas vor, Herr Shaodian?«

»Natürlich nicht. Diese Zauberbohnen kommen aus Ruiwen, dem alten Heimatort der Pangusippe. Wenn verwundete Menschen eine davon essen, heilen ihre Wunden sofort. Zugleich stillen sie deinen Hunger für einen Monat und geben dir viel Kraft.«

»Dann will ich sie probieren«, meinte der grüne Wicht und schluckte sie hinunter. »Sie hat in meinem kleinen Mund gerade noch Platz.«

Nach einer Weile rief Siruo: »Himmel, ich fühle mich wunderbar! Meine Lebenskräfte kommen zurück!«

Auch die anderen aßen ihre Bohnen und konnten schon sehr bald ihre magische Wirkung spüren.

Gestärkt liefen sie immer weiter. Unter der Erde fühlten sie sich sicher. Obwohl ihre Flucht sicherlich schon bemerkt worden war, war von den Soldaten nichts zu hören. Der silberne Glanz, der die kleinen Körper der

Wichte umhüllte, schenkte ihnen genug Licht in der Dunkelheit. Het trällerte sogar ein Liedchen. Sie waren frohen Mutes und ließen die Königsstadt der Gonggongs hinter sich. Aber was noch wichtiger war, sie hatten die Hoffnung, den Großen Drachen zu finden, zurückerlangt. Das ganze Gebiet der Gonggongs unter der Erde zu durchqueren, war keine leichte Sache. Besonders für die Gruppe, die trotz der Zauberbohnen nach der langen Reise schon sehr erschöpft war. Das fehlende Sonnenlicht schlug sich auf die Gemüter nieder und vor allem Bors grummelte öfter vor sich hin. Doch die fröhlichen Wichte aus dem Land der Pfirsichquelle gaben sich Mühe, die anderen bei Laune zu halten. Auf Bors' Wunsch erzählten sie von den Bräuchen im Land der Pfirsichquelle, von ihren Lehren, ihren Namen und ihrer Herkunft. Irgendwann kamen sie auch auf die Zauberkünste zu sprechen. Besonders Het war an ihrer Zauberkunst interessiert und hoffte, ein paar neue Sprüche von ihnen lernen zu können. Buha wurde ganz aufgeregt und sein Gesichtsausdruck verriet, dass er auf die kleinen Zauberkünste aus dem Pfirsichquellenland sehr stolz war.

Sie wagten es nicht, an die Oberfläche zu gehen, da sie befürchteten, mitten in einer Gruppe von Gonggongs Anhängern aufzutauchen. Gonggong und die anderen waren sicher schon lange aufgewacht und hatten festgestellt, dass sich die Gefangenen in Luft aufgelöst hatten. Er war bestimmt sehr zornig und würde alles daran setzen, sie wieder zu fangen. Deshalb blieb ihnen nichts anderes übrig, als sich unter der Erde zu bewegen.

Sie waren schon viele Tage unterwegs gewesen. Wie viele genau, konnten sie nicht sagen. Durch die ewige Dunkelheit hatten sie jegliches Zeitgefühl verloren. Es blieb ihnen nichts anderes übrig, als den Wichten zu vertrauen. Als Bors einmal fragte, wie lange sie noch brauchen würden, hatte Siruo gesagt, dass sie am nächsten Tag da sein würden. Bors, der trotz seines Alters, oder gerade deswegen, nicht besonders geduldig war, wäre ein »jetzt gleich« natürlich viel lieber gewesen. Aber auch Maihan war über die Größe des Gonggongreiches erstaunt. »Himmel!« rief er. »Wie breit ist das Gebiet der Gonggongs denn? So ein breites, großes Land! Dann ist der Goldene Kontinent ja noch weiter und riesiger.«

»Auweia!«, rief Het. »Ehrlich gesagt, ich kann gar nicht mehr daran glauben, dass wir jetzt schon so lange auf Reisen und schon so vielen Gefahren begegnet sind. Diese Kerle, die vom Drachenland aufbrachen, sind das wirklich wir?«

Bors lachte plötzlich laut auf und klopfte Het auf die Schultern: »Kleiner Zauberer, ob du es glaubst oder nicht: Wir sind jene Kerle! Wir sind durch Wälder und Täler gelaufen, haben große Meere durchquert, frostige Kälte und Einsamkeit ausgehalten und sind meilenweit durch den Boden gelaufen. Hehe, ja, wir sind jene Kerle.«

8

Die Menschen aus dem Schneeland

Als sie nach vielen Tagen endlich den Kopf aus der Erde streckten, befanden sie sich mitten in einem weiten Grasland. Das weiche Gras um sie herum neigte sich im Wind, hier und dort wuchs ein Baum und über den Himmel zogen einige weiße Wolken gemächlich dahin.

Da kam ein starker Wind auf und wirbelte Bäume, Sträucher und Staub durch die Luft. Auch die Wolken sausten wild umher und nicht wenige fielen auf die Erde herab. Als eine große Wolke direkt auf sie zukam, schrien sie vor Schreck laut auf. Doch sie konnten sich nirgends verstecken und wurden von ihr verschluckt. Sie spürten gerade noch eine große Kraft, die festhielt, ehe sie das Bewusstsein verloren.

Als sie erwachten, befanden sie sich in einem weiten weißen Land.

Um sie herum war nichts. Kein Himmel, keine Häuser, keine Pflanzen, keine Erde, keine Wolken, keine Vögel, ja nicht einmal ein Laut oder ein Ton – von Menschen ganz zu schweigen. Alles, was sie sahen, war weiße Erde, die sich bis an den Horizont erstreckte. Sie befanden sich mitten auf diesem weißen Boden, mitten in der weißen Öde – die ganze Welt um sie herum war nichts als eine große weiße Fläche.

»Wo sind wir hier?«, fragte Bors laut. »Waren wir nicht gerade noch an der nördlichen Grenze des Gebiets der Gonggongs?«

»Ganz genau, alter Herr«, meinte Babuduo. »Doch nun sind wir plötzlich hier in dieser weißen weiten Welt. Was ist geschehen?«

»Das ist wirklich merkwürdig«, meinte Het. »Was ist passiert? Wie können wir plötzlich hier sein? Was ist das für ein merkwürdiger Ort? Hier gibt es nichts. Gar nichts.«

Shaodian war ruhig wie immer. Auf ihrem Weg hatten sie schon viele merkwürdige Dinge erlebt. Daher trat er mittlerweile allem Furchtbaren furchtlos entgegen. Hatten sie nicht gewusst, dass sie am Ende des Goldenen Kontinents vielen merkwürdigen Dingen begegnen würden?

»Wir müssen versuchen, uns noch einmal genau zu erinnern, was geschehen ist, bevor wir hierherkamen«, meinte er langsam.

»Bevor wir hierherkamen?« Maihan dachte nach. »Bevor wir hierherkamen, waren wir aus dem Gefängnis der Gonggongs entkommen. Die Wichte hatten uns herausgeführt. Wir hatten gerade in einem Grasland den Kopf aus der Erde gesteckt, es sah gar nicht ungemütlich aus. Doch dann kam ein großer Wind auf, einige Wolken sausten an uns vorbei, eine verschluckte uns und wir verloren das Bewusstsein. Und jetzt sind wir hier.«

»Ja, so war es«, Shaodian dachte nach und sah die vier Wichte an. »Was haltet ihr von diesen Dingen?«

Vier große Augenpaare starrten ihn an. Auch die Wichte hatten keine Erklärung und hoben kopfschüttelnd die Hände. Teleixi meinte: »Wir verstehen überhaupt nichts davon. Die Geschehnisse am Ende des

Goldenen Kontinents sind immer wider aller Erwartungen. Das ist eine fantastische Welt voller merkwürdiger Phänomene, die sich durch normalen Verstand nicht erklären lassen und einfach unbegreiflich sind.«

Alle waren verunsichert. Keiner wusste so recht, was zu tun war. Außer dem weißen glatten Boden und den weißen Feldern gab es nichts in dieser Welt. Sie waren in einer riesigen Einöde gelandet.

»Hier gibt es wirklich gar nichts«, stellte Babuduo fest. »Freunde, seid ihr sicher, dass diese Welt wirklich existiert?«

»Dummkopf!«, schimpfte Bors, »sind wir nicht mittendrin?«

»Alter Herr, bitte, werdet nicht gleich zornig! Das ist wirklich zu seltsam. Das ist außerhalb von dem, was wir begreifen können! Babuduos Befürchtung ist absolut verständlich«, meinte Maihan.

Anta hatte schon lange nichts mehr gesagt. Sie fürchtete sich am meisten und blickte schweigend über das weiße Nichts.

Wortlos setzten sie sich auf den Boden. Eine riesige Stille umgab sie, kein einziger Laut war zu hören. Kein Vogelzwitschern, kein plätscherndes Wassergeräusch, kein Brüllen von Ungeheuern, von Musik ganz zu schweigen. Die Öde kroch in ihr Gemüt, in die Knochen, und sie fühlten sich plötzlich unendlich müde.

Sie saßen stumm da und warteten. Sie konnten nicht verstehen, wie das alles geschehen war, und hatten nicht mehr die Kraft, eine Antwort zu suchen. Sie waren müde, unsagbar müde, im Körper und im Geist.

Langsam verging die Zeit. Schließlich schliefen sie einer nach dem anderen ein. Zuerst Bors, dann Anta.

Auch die vier Wichte waren todmüde. Sie streckten ihre kleinen Bäuche in die Luft und begannen laut zu schnarchen.

Auch Shaodian spürte die Müdigkeit. Seltsam, diese Müdigkeit fühlte sich an, als käme sie irgendwo aus dem Inneren des Körpers. Wie sehr er sich auch dagegen wehrte, er vermochte ihr einfach nicht zu widerstehen. Schließlich gab er nach und schlief ein.

Nach einiger Zeit – keiner wusste so recht, wie lange sie geschlafen hatten – hörten sie in der Ferne das Geräusch von Schritten. Es klang irgendwie unwirklich, als käme es von einem anderen Ort, und zugleich trotzdem so nahe. Das Geräusch war rhythmisch und gleichmäßig, es klang, als folgten die Schritte einem für sie unhörbaren Lied.

Plötzlich blieben die Schritte stehen. Für kurze Zeit herrschte wieder Stille. Doch dann erklangen die Schritte abermals. Diesmal klangen sie nicht mehr so verspielt wie vorher, sondern sehr laut und hastig. Außerdem war ein lautes Schnaufgeräusch zu hören.

»Hey, da drüben ist jemand!«, schrie Bors laut. »Wacht auf, schnell! Da drüben ist ein Mensch!«

Bors' Stimme riss die anderen sofort aus dem Schlaf. Schlaftrunken blickten sie in die Richtung, in die Bors mit seiner Hand aufgeregt zeigte. Zunächst sahen sie nur die weiße Öde, die irgendwo an einem Strich zu enden schien. Doch dann erkannten sie in jenem weißen weiten Feld tatsächlich einen kleinen schwarzen Punkt.

Der kleine schwarze Punkt kam begleitet vom Geräusch der Schritte langsam näher. Dabei wurde er größer und klarer. Als er schon ziemlich nahe war, konnten sie die Konturen eines Menschen erkennen, und Het rief froh: »Hey! Freunde, wirklich, da ist wirklich ein Mensch! Ein Mensch, wirklich ein Mensch, hier gibt es Menschen! Das ist doch wunderbar?!«

Die anderen konnten ihren Augen kaum trauen und starrten wie gebannt auf die Gestalt.

Schließlich meinte Shaodian bestimmt: »Da ist wirklich ein Mensch!«

Nachdem sich alle wieder beruhigt hatten, murmelte er wie zu sich selbst: »Was für ein Mensch kann das sein? Wie kommt er hierher, in diese Welt, in der es nichts gibt? Stammt er aus dieser Welt oder ist er wie wir von einer Wolke geschluckt worden? Wie kann ein Mensch hier in diesem öden Land leben? Was macht er hier? Was kann das für ein Mensch sein? Ist er gut oder böse? Was wird er uns bringen? Nachrichten? Befehle? Wird er uns töten? Oder wird er uns retten? Wer er wohl ist? Ein Mann oder eine Frau? Ein Erwachsener oder ein alter Mann? Ein Kind? Ein Adeliger, ein einfacher Mann oder ein Sklave?« Während seine Augen auf den größer werdenden Punkt gerichtet waren, häuften sich die Fragen in Shaodians Kopf.

Keiner sagte ein Wort, alle sahen wie gebannt auf den kleinen schwarzen Punkt. Sie wollten so schnell wie möglich sehen, wie jener Mensch aussah. Wie konnte er nur in dieser Welt mit weißem Boden, in der es nichts gab, plötzlich daherkommen? Was machte er hier nur?

Was würde er ihnen bringen? Wollte er überhaupt zu ihnen?

Auch sie waren ratlos und konnten die vielen Fragen, die sie hatten, nicht beantworten. Sie bewegten sich nicht und starrten stumm auf den kleinen schwarzen Punkt.

Er kam näher und näher, dabei wurde das Geräusch der Schritte immer lauter. Immer wieder blieb die Gestalt plötzlich stehen. Warum ging sie nicht weiter?

Keiner sagte ein Wort.

Obwohl sie seine Gestalt schon ziemlich klar erkennen konnten, sahen sie nicht, ob er stand oder saß. Noch weniger hätten sie ein Urteil über seinen Körper, seine Kleider oder sein Aussehen fällen können. Doch dort, wo er sich befand, stiegen kleine weiße Wolken in die Luft.

Es war ein seltsames Gefühl. Während sie verharrten und der kleine schwarze Punkt sich nicht bewegte, spürten sie wieder die Stille und Weite dieser weißen öden Welt.

Bors hielt es als Erster nicht mehr aus und fragte: »Was macht er da?«

Keiner beachtete ihn. Sogar die gesprächigen kleinen Wichte schwiegen und sagten kein Wort. Die kleinen Begleiter hatten schon seit geraumer Zeit nichts mehr gesagt. Sie waren in Shaodians Taschen gesprungen und streckten nur hin und wieder neugierig ihre Nasenspitzen heraus, um das Geschehen zu verfolgen.

Als Erster durchbrach der grüne Wicht die Stille. »Er hat sich bewegt!«, rief er aufgeregt.

Die anderen nahmen keine Notiz von ihm und starrten, ohne den Blick abzuwenden, auf jenen kleinen schwarzen Punkt.

Als der kleine schwarze Punkt sich wieder in Bewegung setzte, erklangen die Schritte klar und entschlossen wie zuvor. Es hörte sich wieder nach einem Lied an.

Der kleine schwarze Punkt kam immer näher.

»Das ist wirklich ein Mensch«, meinte Shaodian leise. »Noch dazu sieht er ähnlich aus wie wir. Ich schätze, es ist einfach ein ganz normaler Mensch.«

»Ein normaler Mensch?« Maihan zweifelte. »Normale Menschen würden hier nicht so einfach auftauchen.«

Inzwischen konnten sie ihn ziemlich klar erkennen und jetzt merkten sie auch, dass er auf sie zulief. Er war etwa zwei Meter groß, sah sehr ruhig und schwerfällig aus. Trotz seiner Größe wirkten seine Schritte sehr leicht, beinahe wie ein Tanz.

Als er vor sie hintrat, musterten sie ihn mit großen Augen vom Kopf bis zu den Fußspitzen.

Er war nicht mehr ganz jung, aber auch nicht alt. Sein Haar reichte ihm bis auf die Schultern und sah aus wie ein Helm. Er trug einen langen seidenen Mantel, der ihm eine adelige Würde verlieh, doch sein Aussehen war das eines Wilden.

Als er vor sie hintrat, wurde ihnen auf einmal schrecklich kalt, sodass Shaodian und die anderen zu frösteln begannen. Doch das Gefühl war gleich wieder weg.

Da begann er plötzlich aufgeregt zu rufen: »Hilfe, Hilfe! Da ist ein Tiger im kleinen Dorf! Er frisst alle Menschen auf! Ihr müsst mir helfen! So helft mir doch!«

»Was?« Sie schauten ihn entgeistert an.

»Du sagst, in deinem Dorf ist ein Tiger? In diesem weiten weißen Ödland, in dem es nichts gibt – wo soll hier ein Dorf sein? Und ein Tiger?«, fragte Shaodian.

»Wirklich ... wirklich ein Tiger.« Der Mann war offensichtlich so aufgeregt, dass er nicht imstande war, langsam zu sprechen. »Im Dorf ist ein Tiger, ein sehr großer Tiger, er hat alle Menschen aufgefressen. Bitte helft ihnen!«

»Wo ist dein Dorf?«, fragte Bors.

»Dort drüben.« Der Mann machte eine vage Handbewegung, ergriff Shaodians Hand und lief los.

Sein Handgriff war so stark, dass Shaodian keine Chance hatte, sich aus seinem Griff zu befreien. Also blieb ihm nichts anderes übrig, als ihm nachzulaufen. Mit der Berührung war auch das Gefühl der Kälte zurückgekommen und Shaodian spürte, wie es ihm in die Knochen kroch. Doch dann war es gleich wieder verschwunden.

Die anderen folgten wortlos. In dieser Umgebung war es bestimmt besser, nicht zu viele Fragen zu stellen. Während die anderen hinter Shaodian zurückblieben, drückten sich die vier Wichte tiefer in seine Taschen.

»Wie heißt du?«, fragte Shaodian, während er dem Mann folgte.

»Ah!« Der Mensch wandte sich um und meinte wie nebenbei: »Ich heiße Kerximu!«

Obwohl er ruhig und schwerfällig wirkte, schien er doch sehr nervös. Die anderen verstanden nicht, was los war. Sie waren schon sehr weit gelaufen, doch keiner wagte ein Wort zu sagen. Wieder hatten sie tausend Fragen, die sie Kerximu stellen wollten, aber dieser schien nicht gewillt zu sein, ihre Fragen zu beantworten.

»Wo ist denn das Dorf?«, fragte Bors schließlich.

Doch der Mann ignorierte seine Frage und lief gleich weiter. Wieder waren sie sehr weit gelaufen. Das Dorf war immer noch nicht zu sehen, doch ihre Umgebung hatte sich verändert. Mittlerweile war die Landschaft nicht mehr weiß und glatt, sondern von spiralförmigen Mustern durchzogen.

Anta überkam wiederum große Angst. Sie meinte verzagt: »Werden diese Strudel uns verschlucken?«

Sie hatte noch keine Antwort erhalten, da erschien in der endlos weiten weißen Welt vor ihnen plötzlich ein hohes steinernes Tor, das in der Mitte einen Spaltbreit geöffnet war. Davor war nichts, und was dahinter war, konnten sie nicht sehen.

»Kerximu, wo ist dein Dorf?«, fragte Babuduo.

Kerximu war stehen geblieben. Auch die anderen machten vor dem Tor halt.

Kerximu hob die Hand: »Hinter dem steinernen Tor.«

»Oh!« Het näherte sich dem halb offenen Torflügel und lugte von außen durch den Spalt. Dahinter befand sich ebenso eine riesige weite weiße Fläche.

Het meinte zweifelnd: »Bist du sicher, Kerximu? Ich kann nichts sehen und nichts hören.«

Kerximu nickte. Auf einmal überkam ihn wieder jene Unruhe, er wurde zunehmend aufgeregter und rief: »Schnell, ich bitte euch, helft schnell den Menschen im Dorf, sonst werden sie vom Tiger aufgefressen.«

Bors konnte sich nicht mehr zurückhalten. Die Neugierde hatte ihn gepackt, zudem ging es hier um die Rettung von Menschenleben. Er stieß das steinerne Tor auf und trat hinein. Als Bors' Hand das Tor berührte, ließ er auf den beiden staubigen Torflügeln die Abdrücke seiner Finger zurück.

Shaodian war die Bewegung nicht entgangen.

»Wartet!«, schrie er laut.

»Oh!« Bors hielt mitten in der Bewegung inne und wandte seinen Kopf. »Was hast du?«

Shaodian sagte kein Wort, sondern fixierte die Fingerabdrücke auf dem Tor. Neben denen von Bors zeichneten sich noch etwa fünfzig andere ab.

»Außer Bors sind noch fünfzig Menschen hierhergekommen«, dachte Shaodian bei sich. Da war es besser, Vorsicht walten zu lassen.

»Was hast du denn, Shaodian?«, fragte Bors ihn abermals.

Shaodian antwortete immer noch nicht.

Die anderen standen stumm da. Auch Kerximu schwieg.

Nach einer Weile fragte Shaodian die vier Wichte: »Kerlchen, erzählt die Legende nicht auch von den Menschen aus dem Schneeland? Sind das nicht angeblich leidenschaftliche Raucher?«

»Was?« Siruo zog die Stirn in Falten. Er verstand die Frage von Shaodian nicht. Dann meint er: »Ja, so ist es. Zumindest der Legende nach ist es so.«

»Sehr gut!«, meinte Shaodian ruhig. Dann winkte er Bors zu sich.

Bors trat vom steinernen Tor zurück und schaute Shaodian fragend an.

»Geht da nicht durch, da hinten ist kein Tiger«, meinte Shaodian leise.

Kerximu schwieg und sah Shaodian stumm an.

»Kein Tiger?« Buha war erstaunt. »Aber was ist dann dahinter?«

»Kein Tiger«, wiederholte Shaodian. »Das Einzige, was auf der anderen Seite des Tores auf uns wartet, ist der Tod.«

»Was?«, riefen alle wie aus einem Munde.

Shaodian sprach: »Erinnert ihr euch noch an das, was wir bei den Gonggongs gehört haben? Sie erzählten doch, dass viele Soldaten, aber auch einfache Leute am Ende des Goldenen Kontinents spurlos verschwunden sind.«

Maihan nickte. »An der Bugulu-Mündung haben wir davon gehört. Auch auf dem Gonggongschiff erzählte Telisen von einigen Menschen, die am Ende des Goldenen Kontinents spurlos verschwunden waren.«

»Sehr richtig.« Shaodians Miene war noch immer ruhig.

»Wohin sind sie gegangen?«, fragten alle außer Kerximu wie aus einem Munde.

»Hoho!«, lachte Shaodian kalt. »Sie sind alle durch dieses Tor gegangen.«

»Himmel!«, rief Bors laut. »Bist du sicher, Shaodian? Woher hast du diese Erklärung? Das klingt alles ein bisschen absurd.«

Auch die anderen verstanden nicht so recht, was Shaodian meinte.

Het fragte: »Wirklich, Shaodian? Bist du sicher, dass das nicht erfunden ist? Hast du Beweise dafür?«

»Ich vertraue meinem Gefühl und meinem Verstand«, sprach Shaodian ruhig. Er dachte nach und meinte dann: »Herr Babuduo!«

»Ja?«, fragte Babuduo.

»Geh zum steinernen Tor und tu bitte genau das, was ich dir sage.«

Auf den Gesichtern der anderen machte sich Erstaunen breit.

Babuduo stellte sich, wie Shaodian befohlen hatte, neben das halb offene steinerne Tor und fragte: »Was soll ich jetzt tun?«

»Siehst du den Spalt in der Mitte des Tores? Steck deine Hand in den Spalt, in die andere Welt.«

Babuduo tat, was Shaodian ihm gesagt hatte.

»Was fühlst du, Babuduo?«, fragte Shaodian.

»Es ist sehr kalt!«, rief Babuduo laut. »Es fühlt sich an wie im Winter, wenn es so kalt ist, dass die Kälte tief in die Knochen hineinkriecht.«

Shaodian lachte auf. Dann meinte er: »Komm zurück, Babuduo.«

»Was treibst du da eigentlich, Shaodian?«, fragte Bors verständnislos. »Ich weiß, du bist sehr klug. Aber es ist nicht richtig von dir, dass du dein großes Wissen für dich behältst und uns alle möglichen wundersamen Dinge zeigst, ohne eine Erklärung dafür abzugeben.«

»Entschuldigt bitte«, meinte Shaodian höflich. »Ich bin auch erst gerade dabei zu verstehen, was hier geschieht.«

»Freunde«, meinte er aufgeregt, wir haben den Mann, den wir suchen, schon gefunden. So werden wir sehr schnell ins Panguland, die Welt des Großen Drachen, kommen. Himmel, wir haben einen so langen Weg zurückgelegt und jetzt sind wir dem Panguland schon sehr nahe. Ich kann es noch gar nicht glauben.«

Er sah zum Himmel hinauf und seufzte tief, dann meinte er: »Babuduo, bitte sieh nach, ob Kerximu an der Hüfte auf der linken Seite einen Beutel mit Tabak trägt.« Babuduo schaute zögernd nach, doch Kerximu setzte sich kein bisschen zur Wehr. Tatsächlich fand er einen kleinen Lederbeutel mit einer Pfeife und Tabak.

Shaodian lachte abermals. »Strengt eure Nasen an. Könnt ihr den starken Tabakduft, der von Kerximus Körper ausströmt, nicht riechen?«

Alle schnupperten angestrengt. Ja, es war wirklich so.

Darauf meinte Shaodian: »Babuduo, schau doch bitte nach. Ist Kerximu stark behaart? Hat er viele Härchen am Körper, auf den Armen, am Hals und auf den Beinen?«

Babuduo näherte sich Kerximu, der die Prozedur ruhig über sich ergehen ließ. Babuduo nickte und blickte zu Shaodian und den anderen.

Alle schauten zu und staunten.

Sie verstanden nicht, was Shaodian mit seinem Tun bezweckte, doch sie waren übereugt, dass er das Geheimnis bald lüften würde.

»Er ist ein Mensch aus dem Schneeland!«, rief Shaodian und zeigte mit dem Finger auf ihn.

»Ist es nicht so, Herr Kerximu?«, fragte er.

Zunächst wirkte Kerximu sehr erstaunt, dann blickte er zum Himmel hinauf und lachte laut los: »Hahaha!«

Er fragte: »Haben sie dich gerade Shaodian genannt? Ah, ein sehr schöner Name! Dieser Name wird in Zukunft Himmel und Erde erschüttern. Der Name allein genügt, dass ich dir große Verehrung entgegenbringe. Ihr sollt euch in der Tat von der Welt hinter dem steinernen Tor fernhalten. Das ist kein guter Ort für euch und auch nicht euer Ziel. Deine Klugheit ist wirklich erstaunlich. Wie hast du das alles herausgefunden? Ich bin wirklich sehr neugierig.«

Shaodian lachte und meinte: »Erstens fand ich es sehr sonderbar, wie du plötzlich erschienen bist. In dieser weiten weißen Welt, wo es einfach nichts gibt, war plötzlich ein anderer Mensch. Das war doch schon merkwürdig genug, oder? Schon dein Auftauchen allein hat mich stutzig gemacht. Deshalb habe ich dich genauestens beobachtet und mir jedes Detail gemerkt – so kam ich zu meinem Schluss.«

Kerximu nickte und forderte Shaodian auf fortzufahren.

»Auf dem Weg zu uns bist du plötzlich stehen geblieben um zu rauchen. Ich wusste, dass die Menschen aus dem Schneeland leidenschaftliche Raucher sind, zudem hat dich auch der Tabakgeruch verraten. Das hat mich in meiner Überzeugung bestärkt, dass du eine Verbindung zu den Menschen aus dem Schneeland haben könntest.«

Kerximu nickte wieder nahm seine Pfeife aus einem Beutel und zündete sie sich genussvoll an.

»Als du unmittelbar vor uns warst, spürten wir einen Kälteschwall, der sich noch einmal verstärkte, als du mich an der Hand nahmst. Daher vermutete ich, dass du selbst ein Mensch aus dem Schneeland sein könntest.«

»Was du gerade gesagt hast, kann auf viele Menschen zutreffen. Was hat dich dann endgültig davon überzeugt, dass ich aus dem Schneeland komme?«, fragte Kerximu.

»Die Fingerabdrücke auf dem steinernen Tor«, meinte Shaodian langsam. »Ich habe gehört, dass die Menschen aus dem Schneeland den Durchgang zum Panguland behüten. Außerdem habe ich gehört, dass sich das Panguland am Ende des Goldenen Kontinents befindet. Das Ende des Goldenen Kontinents ist ein sehr unheimliches mysteriöses Gebiet, in dem schon viele Menschen spurlos verschwunden sind. Die mutigen, furchtlosen, tapferen Menschen, die auf der Suche nach dem Panguland ans Ende des Goldenen Kontinents kommen, werden alle in diese weite weiße Welt geschickt. Dort findet ihr sie und schickt sie durch eine List in das Schneeland hinter dem steinernen Tor, wo ein grausamer Tod auf sie wartet. An diesem einen Spaltbreit geöffneten Tor ist zu sehen, dass früher andere Menschen hindurchgegangen sind. Sie haben Fingerspuren auf dem steinernen Tor hinterlassen. Da sehr selten Menschen den Weg hierher finden, sind die Torflügel voller Staub, und wenn die Hände das Tor berühren, hinterlassen sie Spuren. Außerdem waren die Menschen verschieden groß, deshalb sind die meisten Spuren erhalten und nicht verwischt. Die Frage ist natürlich, wie das Tor in dieser weiten weißen Welt so staubig sein kann. Ich denke, das kann nur daher kommen, dass sich der Staub über viele, viele Jahre hinweg angesammelt hat. Außerdem hat Babuduo die Kälte gespürt – kein Wunder, immerhin befindet sich auf der anderen Seite des Tores das Schneeland. Denn das Schneeland ist, wie der Name schon sagt, voller Wind und Schnee, dass die Kälte tief in die Knochen dringt.«

Shaodian hielt einen Augenblick inne, dann sprach er weiter: »Natürlich waren das alles nur leere Vermutungen, durch die ich noch nicht wissen konnte, ob du wirklich ein Mensch aus dem Schneeland bist. Doch dein Verhalten hat meine Vermutung bestätigt. Ihr stellt die Reisenden, die ans Ende des Goldenen Kontinents kommen, auf die Probe. Da es bekannt ist, dass die Menschen aus dem Schneeland das Panguland finden können, müsst ihr auf der Hut sein. Auch Chiyou schickt ununterbrochen seine Spione aus. Deshalb seid ihr als Wächter des Durchgangs dazu verpflichtet, jeden festzuhalten und gefangen zu nehmen, der ans Ende des Goldenen Kontinents kommt. Denn jeder könnte zu Chiyous Spionen gehören. So gesehen, ist euer Verhalten vollkommen verständlich.«

»Du bist sehr klug!«, lobte Kerximu. »So viele Jahre lang gab es unter den Menschen, die in diese Welt traten, keine einzige Ausnahme. Alle traten unwissend durch das steinerne Tor und kamen nie wieder zurück. Seitdem die Menschen aus dem Schneeland diesen Auftrag entgegengenommen haben – das war zur Zeit der großen Wanderung der Pangumenschen, bist du der erste Mensch, der nicht einfach durch das Tor gegangen ist. Aber auch wenn du das Rätsel gelöst hast, könnt ihr euer Schicksal nicht mehr ändern – der Tod wartet.«

Shaodian lachte plötzlich laut auf. »Was macht dich da so sicher?«

Kerximu antwortete nicht, sondern stieß einen lauten Schrei aus und war plötzlich verschwunden. Dann tauchte er an einem anderen Ort hinter Shaodian und den anderen wieder auf.

»Ich kann laufen«, meinte er ruhig, »schnell wie der Blitz, so schnell, dass ihr mich gar nicht seht.«

»Meinst du damit, es sei ein Leichtes, uns zu Tode zu bringen, wenn Kerximu das möchte?«, fragte Papila.

Kerximu lachte nur und lief vor ihnen auf und ab.

»Ich denke, du verhältst dich nur sehr ungern so«, meinte Shaodian.

»Was? Warum denn?«, fragte Kerximu.

»Denn ich bin der Weise der Pangusippe, der Besitzer der Drachenperle, auf den ihr, die Menschen aus dem Schneeland, schon so lange sehnlichst gewartet habt.«

Kerximu war erstaunt: »Meinst du damit, dass du mit Bestimmtheit der Weise aus Ruiwen bist?«

Shaodian nickte und nahm die Drachenperle heraus. »Das ist der Schlüssel, um das Große Panguland zu finden. Sie wird uns zum Panguland führen. Natürlich nur unter der Voraussetzung, dass du uns hilfst.«

Kerximu zeigte ein freundliches Gesicht. »Du meinst also, dass das bittere Warten der Menschen aus dem Schneeland endlich ein Ende hat? Doch zunächst muss ich die Drachenperle auf ihre Echtheit überprüfen. Seit einiger Zeit versucht Chiyou das Panguland zu finden, um die Menschen dort auszurotten und den Goldenen Kontinent in ein Reich der Schatten und des Bösen zu verwandeln. Deshalb schickt er immer wieder seine Spione hierher. Uns bleibt nichts anderes übrig, als sie durch das steinerne Tor zu bringen. So sind wir bis heute auch mit allen anderen Menschen, die unvorsichtigerweise in die weite weiße Welt kamen, sehr streng vorgegangen.«

Kerximu musterte Shaodian von Kopf bis Fuß. »Bist du wirklich ein Weiser der Pangusippe?«

»Ich heiße Shaodian und komme aus der alten Heimatstadt Ruiwen.«

Kerximu zeigte immer noch ein zweifelndes Gesicht. Also fuhr Shaodian fort: »Nachdem die Ältesten der Pangusippe euch den Auftrag gegeben hatten, den Eingang zu bewachen, habt ihr euch da nicht mit einigen anderen Wesen getroffen? Waren es die Wichte aus dem Land der Pfirsichquelle?«

Kerximu nickte sichtlich erstaunt. »Ganz genau, genau so war es.«

Siruo, der mittlerweile aus Shaodians Tasche geklettert war, zeigte auf Shaodian und meinte: »Er ist wirklich ein Weiser aus der Pangusippe. Wir haben sie aus dem Verlies der Gonggongs gerettet und an das Ende des Goldenen Kontinents gebracht. Hier, so sagen die Legenden, werden wir uns mit euch, den Menschen aus dem Schneeland, treffen.«

»Am Ende des Goldenen Kontinents«, fuhr Papila fort, »kamen wir in einen starken Wind. Dann wurden wir von einer Wolke verschlungen, verloren das Bewusstsein, und als wir erwachten, waren wir hier.«

Kerximu betrachtete noch einmal die leuchtende Drachenperle an Shaodians Brust. »Gut, dann weiß ich jetzt mit Sicherheit, dass du der Weise aus der Pangusippe bist, lieber Freund.«

Er dachte kurz nach und meinte: »Als Nächstes kommt ihr mit mir ins Schneeland. Dort schlüpfen wir in die Robe der Zeit und dann machen wir uns gemeinsam auf die Suche nach dem Panguland.«

»Das ist wunderbar!«, rief Bors, der es kaum erwarten konnte, mehr über das Schneeland und seine Bewohner zu erfahren. Kerximu lachte lacht auf. Dann stieß er einen hohen Schrei aus und lief blitzschnell los.

Nachdem er verschwunden war, befanden sie sich plötzlich in einer völlig neuen Umgebung. Die weiße weite Welt hatte sich in eine Schneelandschaft verwandelt. Vom Himmel fielen tanzende Schneeflocken, die auf dem Boden zu dicken Eisblumen gefroren. Die Kälte schlug ihnen entgegen, und da sie nur dünne Kleider anhatten, froren sie schrecklich. Anta begann schon zu niesen, auch Bors stimmte bald mit ein.

Das Einzige, was sie ein bisschen tröstete, war, dass sie diese eintönige, öde Welt hinter sich gelassen hatten. Nicht weit von ihnen entfernt erstreckte sich ein langer Eisfluss mit Eisskulpturen, die wie große Schiffe aussahen. Am Flussufer wuchs eine Fichte, deren Ästen mit einer dicken Schneeschicht bedeckt waren. Es war gerade Abenddämmerung im Schneeland und der Himmel im Osten färbte sich rot. Außer dem Flüstern der Schneeflocken, die tanzend vom Himmel fielen, war kein Laut zu hören. Es war, als verbreiteten sie glücklich die Kunde, dass endlich die lang ersehnten Gäste aus einem anderen Land eingetroffen waren.

Sie spürten, wie die Kälte ihnen tief in die Knochen kroch. Doch da war Kerximu schon zurück. Erst jetzt bemerkten die Freunde, dass er einen weiteren schwarzen Mantel unter seinem anderen Mantel trug. Wie ein Blitz lief er unermüdlich zwischen der Fichte und dem vereisten Fluss hin und her.

Kerximu hatte Shaodian und die anderen keineswegs vergessen. Er wies sie an, sich dieselben langen schwarzen Mäntel anzuziehen, die er für sie vorbereitet hatte. Da er für die vier Wichte keine mitgebracht hatte und sie schon ganz blau gefroren waren, kletterten sie schnell in die Taschen von Shaodian und Bors.

»Können wir los?«, fragte Shaodian. »Ich denke, wir sollten so schnell wie möglich aufbrechen, schließlich ist uns nicht viel Zeit geblieben. Wir müssen uns beeilen, um das Panguland zu finden, bevor Chiyou erwacht. Ich schätze, wir werden auch noch einige Zeit brauchen, um den Großen Drachen aufzuwecken.«

»Keine Eile, Shaodian!« Kerximu war gerade dabei, so schnell wie der Blitz zwischen Shaodian und den anderen zu laufen.

»Seht her«, rief Bors, »ich kann so schnell laufen wie die Menschen aus dem Schneeland. Ist das nicht wunderbar?«

»Hey! Wirklich!« Auch Het machte einen kurzen Versuch.

»Weißt du, warum, lieber Freund?«, fragte Kerximu.

»Kommt das vom Mantel? Unser Mantel sieht so aus

wie deiner. Ist das der Grund, warum wir so schnell laufen können wie du?«, fragte Maihan.

Kerximu nickte. »Das ist die Robe der Zeit, ein Kleid, das nur die Menschen aus dem Schneeland tragen. Deshalb können wir schnell wie der Blitz laufen und uns in der Zeit frei bewegen. Das ist die Voraussetzung, um das Panguland zu finden.«

»Wir können uns durch die Zeit bewegen?«, fragte Babuduo. »Mit diesem Mantel? Ich will nicht unhöflich sein, aber das klingt meiner Meinung nach sehr unglaubwürdig.« Skeptisch strich er mit seinen Fingern vorsichtig über den dunklen Stoff.

Kerximu lachte und lief weiter. »Wenn du schnell genug läufst, kannst du durch die Epochen hindurchlaufen und jeden beliebigen Zeitpunkt erreichen.«

»Wirklich erstaunlich!« Bors riss die Augen weit auf. »Ist es auch möglich, in die Vergangenheit zu laufen? Oder gar in die Zukunft?«

»Selbstverständlich ist das möglich«, meinte Kerximu stolz.

Er lief ans Ufer des Eisflusses, beschleunigte und war im nächsten Augenblick verschwunden. Dann lief er vor Bors her und rief: »Ihr müsst nur schnell genug laufen!« Er verschwand abermals, um gleich wieder aufzutauchen. »Wir reisen durch die Welt der Zeit. Ich kann in die Vergangenheit zurücklaufen oder in die Welt der Zukunft. Wir können alle Schönheiten und die angenehmen Seiten des Lebens jeder Epoche genießen. Wir haben riesige, breite Flüsse gesehen, groß wie das Meer. Wir haben den großen Wasserfall gesehen, der am Ende der Neun Himmel herabfällt, und den Duft der Blumen der Himmlischen Gärten gerochen.«

Kerximu redete schnell und erzählte mit Stolz, welche wunderbaren Orte er nicht schon gesehen hatte. Shaodian und die anderen hörten gespannt zu und ihre Augen wurden immer größer und größer.

Siruo meinte: »Kerximu, kannst du uns dorthin bringen? In die Wunderwelt, von der du erzählt hast? Könnten wir nicht eine Zeitreise machen?«

Gerade als Kerximu antworten wollte, erinnerte Shaodian Siruo und den Rest der Gruppe an ihre wichtige Mission, die sie zu erfüllen hatten: »Mein lieber Freund, im Augenblick sollten wir besser an andere Dinge denken, als eine Reise in die Welt der Zeit zu planen. Unsere Aufgabe ist es, das Panguland und den Großen Drachen zu finden, damit er uns zum Sieg über Chiyou führt. Wenn dann wieder Frieden im Universum herrscht, haben wir alle Zeit der Welt, um mit den Menschen aus dem Schneeland eine große, romantische Reise durch die Zeit zu unternehmen. Doch bitte nicht jetzt, jetzt ist kein guter Augenblick, um auf zu Reisen zu gehen. Wir dürfen unsere wertvolle Zeit nicht durch Spiel und Spaß verschwenden. Und noch weniger dürfen wir die Verantwortung vergessen, die auf unseren Schultern lastet. Lasst uns schnell aufbrechen!«

Kerximu hielt in seinem Lauf inne und öffnete seine Tasche. Er nahm ein dünnes Seil heraus und reichte es den anderen: »Haltet euch gut an diesem Seil fest, ich werde euch in das Panguland führen. Merkt euch, ihr dürft niemals loslassen, sonst werdet ihr für immer in der Welt der Zeit verloren sein. Denn ihr kennt die Regeln dieser Welt nicht und könntet den Ausgang nicht finden. Und das wäre euer sicherer Tod.«

Kerximu vergewisserte sich, dass alle seine Worte gehört und verstanden hatten, und überprüfte mit einem schnellen Blick, ob sie sich auch wirklich fest genug am Seil anhielten.

»Sehr gut. Dann also los. Ich kann euren Traum vom Panguland gut verstehen, auch ich bin noch nie dort gewesen und ebenso aufgeregt wie ihr.«

Alle waren bereit. Da rief Bors: »Warte!«

Kerximu drehte sich um und blickte Bors fragend an.

»Eine Frage, wo befindet sich das Panguland?« Bors hielt das Seil fest und meinte: »Weißt du das denn?«

Kerximu meinte: »Ehrlich gesagt, ich bin in einer ähnlichen Situation wie ihr, ich war noch nie im Panguland. Wo sich das Neue Land der Menschen befindet, ist auch für mich ein Geheimnis. Doch ich weiß ungefähr die Richtung. Wenn wir die Robe der Zeit anziehen und schnell durch die Welt der Zeit laufen, können wir uns über Zeit und Raum hinwegsetzen und das Panguland erreichen. Ohne die Hilfe der Robe der Zeit wäre die Reise sehr lang und beschwerlich und die Suche nach dem Panguland so gut wie unmöglich. Das haben die Ältesten der Pangusippe mit ihrer Intelligenz vorhergesehen, ebenso wie sie vorhergesehen haben, dass Chiyou wieder erwachen würde. Deshalb haben sie vor vielen Millionen Jahren bestimmt, dass wir Menschen aus dem Schneeland mithilfe der Robe der Zeit euch dabei helfen, das neue Land der Pangusippe zu finden.«

Kerximu hielt inne. »Offensichtlich hatten die Ältesten der Pangusippe großes Vertrauen in uns und berichteten den Menschen aus dem Schneeland von der zweiten Reise der Pangumenschen. Wir Menschen aus dem Schneeland wissen das Vertrauen, das uns die Ältesten der Pangumenschen geschenkt haben, sehr zu schätzen. Deshalb würden wir für diese Aufgabe durch Feuer und Wasser gehen.«

»Kerximu, du hast meine Frage noch nicht beantwortet. An welchem Ort, an welcher Position, in welchem räumlichen oder zeitlichen Gebiet?«, fragte Bors abermals.

»Verzeiht, Herr Bors«, entschuldigte sich Kerximu. »Ich kann den genauen Ort nicht sagen. Nicht weil ich nicht will, sondern weil ich ihn wirklich nicht kenne. Das Panguland gehört zu keiner Zeit und gleichzeitig zu keinem Raum.«

»Du beliebst wohl zu scherzen, Kerximu«, meinte Babuduo. »Gehört zu keiner Zeit und gleichzeitig zu keinem Raum? Wie ist das möglich?«

Kerximu lächelte. »Auch wenn es für euch unglaublich klingen mag, aber es ist wirklich so, dass das Panguland zu keiner Zeit, zu keiner uns bekannten materiellen Welt und auch zu keinem Raum gehört. Das mag sich sehr widersprüchlich anhören und schwer verständlich klingen, aber was ich sage, ist wahr. Vielleicht sind meine Worte nicht dazu imstande auszudrücken, was ich sagen will. Vielleicht kann ich es nicht mit Worten ausdrücken. Auf jeden Fall möchte ich euch darum bitten, mir zu vertrauen. Das Panguland existiert in einem ganz besonderen Gebiet, das schwer durch Worte beschreibbar ist. Vielleicht könnte ich es so sagen: Man kann es nur fühlen, aber nicht beschreiben.«

Offensichtlich konnte Kerximus Antwort Bors nicht zufriedenstellen. Wieder war es Shaodian, der die beiden unterbrach und zum Aufbruch drängte. Die Zeit war knapp und sie hatten bereits kostbare Zeit verloren. Nachdem alle das Seil fest in ihre Hände genommen hatten, gab Shaodian Kerximu ein Zeichen, dass sie bereit waren aufzubrechen. Kerximu nickte und und band sich das andere Ende vom Seil um seinen Bauch.

Dann gab er das Kommando zum Start und rief: »Auf ins Panguland!«

Im nächsten Augenblick waren sie aus dem Schneeland verschwunden und traten in die Welt der Zeit ein.

Zunächst konnten sie kaum etwas sehen. Außer einigen hellen Punkten, die wie Sterne aussahen, war alles pechschwarz. Es war, als liefen sie durch eine tiefschwarze Nacht. Sie liefen so schnell, dass der Wind ihnen wie ein Messer ins Gesicht schnitt.

»Jetzt weiß ich endlich, was Geschwindigkeit bedeutet«, rief Bors laut. »Schnell wie der Blitz? Oder schnell wie das Licht?«

»Wo sind wir? Gerade waren wir ja noch im Schneeland! Wo sind die weißen Schneelandschaften geblieben?«, rief Anta verzagt.

Die Welt der Zeit war endlos weit. Sie fassten das Seil fester und folgten Kerximu, der immer schneller und schneller lief. Zunächst wirkte alles sehr friedlich. Nichts Außergewöhnliches geschah. Gerade als sie begannen, sich an die Geschwindigkeit zu gewöhnen und an ihrer außergewöhnlichen Reise zu erfreuen, kam aus der Ferne ein riesiger Feuerball mit unheimlicher Geschwindigkeit auf sie zu. Er war so schnell, dass Shaodian und die anderen keine Möglichkeit hatten zu reagieren.

Sie starrten wie gebannt auf den riesigen Feuerball, der auf sie prallen und sie verschlingen würde. Sie glaubten schon das wilde, heiße Feuer spüren zu können.

»Himmel! Es ist aus!«, rief Bors verzweifelt.

Sie schlossen die Augen und krallten sich am Seil fest, ihre letzten Sekunden waren gekommen. Gleich würde der Feuerball sie verschlingen. Ihr Leben wäre zu Ende, das Panguland in weiter Ferne und der Goldene Kontinent verloren. Da beschleunigte Kerximu abermals. Sie spürten eine seltsame Kraft, verloren den Feuerball aus den Augen und glaubten, im nächsten Augenblick das Bewusstsein zu verlieren. Doch plötzlich befanden sie sich an einem anderen Punkt in der tiefschwarzen Nacht und konnten gerade noch aus dem Augenwinkel sehen, wie der riesige Feuerball in weiter Ferne verglühte.

Da hörten sie schon Kerximus Lachen: »Keine Angst, liebe Freunde. Ich bin oft Gast in der Welt der Zeit und weiß, wie ich mit solchen Gefahren umzugehen habe.«

Teleixi meinte: »Wie schnell kannst du überhaupt laufen?«

»Kann ich nicht so genau sagen«, meinte Kerximu ungewiss.

»Nicht einmal so ungefähr?«, fragte Buha.

»Haha!« Kerximu lachte. »Endlos schnell.«

»Das heißt, ich kann so schnell laufen, wie die Zeit

vergeht, und sogar noch ein bisschen schneller. Deshalb kann ich die Zeit durchdringen und mich frei in der Zeit bewegen. Es gibt nichts, was mich aufhalten könnte.«

Sie waren so lange gelaufen, dass sie jegliches Gefühl für Zeit und Distanz verloren hatten. Außerdem taten ihnen vom ständigen Festhalten die Arme weh.

»Wann werden wir das Panguland erreichen?«, fragte Maihan.

»Wenn wir mit dieser Geschwindigkeit weiterlaufen, brauchen wir nach eurer Zeitrechnung noch circa einen Monat«, meinte Kerximu.

»Einen Monat? Soll das ein Scherz sein, Kerximu? Wenn wir erst in einem Monat das Panguland erreichen, ist es bereits viel zu spät für uns! Geht es nicht ein bisschen schneller?«, fragte Shaodian.

»Noch schneller? Wie schnell denn?«, fragte Kerximu.

»Je schneller, desto besser«, antworteten alle.

Kerximu überlegte einen Augenblick, dann meinte er: »Na dann, gut, obwohl es so sehr gefährlich sein kann. Doch ihr seid in Eile, also können wir nicht anders.« Er wies noch einmal alle an, sich gut festzuhalten.

Dann beschleunigte er abermals. Keiner von ihnen wagte daran zu denken, wie schnell sie jetzt waren. Bestimmt waren sie tausendmal schneller als der Blitz. Sie kniffen die Augen fest zusammen und atmeten tief durch.

Da spürten sie plötzlich eine große Kraft. Es war, als würde ihr Körper von irgendwoher angezogen. Als sie die Augen aufrissen, entdeckten sie, dass sich die Gegend, durch das sie hindurchflogen, vollkommen verändert hatte. Um sie herum herrschte immer noch pechschwarze Nacht. Doch immer wieder sausten zahllose riesige Feuerbälle an ihnen vorbei. Es war, als liefen sie durch ein riesiges, brennendes Meteoritenfeld. Von jedem der Feuerbälle ging eine gewaltige Kraft aus, die sie immer wieder von ihrer Route abbrachte. Kerximu lachte, schwenkte hin und her, schlug Haken und führte sie immer wieder in halsbrecherischen Manövern zielsicher zwischen den Feuerbällen hindurch.

»Panguland, wir kommen!«, rief er übermütig.

Die anderen lachten, fassten das Seil fester und waren davon überzeugt, dass dieser Mensch aus dem Schneeland das unglaublichste Wesen war, dem sie jemals begegnet waren.

So sausten sie dahin, durch die dunkle pechschwarze Nacht.

9
Die Ruinen der Pangusippe

Immer wieder kamen Feuerbälle auf sie zu und drohten sie zu verschlingen. Doch Kerximu führte sie sicher durch die Gefahrenzone.

»Haltet euch fest!«, rief Kerximu und setzte zum Endspurt an.

Shaodian und den anderen wurde schwindelig, die pechschwarze Nacht mit den Feuerbällen begann sich um sie zu drehen und sie verloren das Bewusstsein. Als sie erwachten, hatten sie wieder festen Boden unter ihren Füßen.

»Wo sind wir?« Het rieb sich die Augen. Um sie herum türmten sich Haufen von Schutt und zerbrochenen Mauern auf.

»Es tut mir sehr leid, aber das hier ist der Ada Stern, auf dem sich das Panguland befindet«, meinte Kerximu mit trauriger Miene.

»Wie ist das möglich? Wie kann das Land, in das die Pangusippe gezogen ist, ein Trümmerhaufen sein?«, rief Bors und schaute sich um.

Vor ihnen erstreckte sich, so weit das Auge reichte, ein riesiges Ruinenfeld. Zwischen verfallenen Häusern ragten die Reste von Pagoden in den Himmel. Die Gebäude standen eng beieinander, doch wirkten sie vollkommen leblos. Shaodian und die anderen mussten sich mitten in einer großen Stadt befinden.

Die zahllosen Türme und die hohen Häuser ließen darauf schließen, dass es sich früher einmal um eine reiche Stadt gehandelt hatte. Die verfallenen Straßen, an deren Seiten sich Geschäfte und Stände drängten, wirkten breit und prachtvoll. Man konnte sich förmlich vorstellen, wie die Menschenmengen daran vorbeizogen. Das höchste Haus in der Mitte musste der Palast gewesen sein. Er war riesig und erstreckte sich über einige Hundert Meter.

Sie erhoben sich und kletterten auf eine Mauer, von der aus sie die Stadt überblicken konnten. Wie ein Teller voller Bohnen reihte sich ein Haus ans nächste. Es waren zu viele, als dass man sie hätte zählen können. Hier war alles Stadt. Die Straßen erstreckten sich bis an jeden Ort, die Stadt besetzte jeden Zentimeter. Manche Häuser waren so hoch, dass sie bis in die Wolken hineinragten und sich mit der stummen Nacht verbanden. Diese Stadt hatte die Königsstadt der Gonggongs und sogar die Städte des Dayureiches an Pracht bestimmt bei Weitem übertroffen.

Aber die eingestürzten Mauern, die abgebrochenen Säulen, die pechschwarzen Pagoden und die Todesstille, die sich vor ihnen ausbreitete, ließen keinen Zweifel daran, dass sie sich in einer Ruinenstadt befanden. Sehr lange schon hatten hier keine Menschen mehr gelebt.

Betroffen schauten Shaodian und die anderen auf die Verwüstung vor ihnen und wussten nicht, was sie sagen sollten. Da geschah auf einmal etwas sehr Merkwürdiges: Die Drachenperle an Shaodians Brust begann zu leuchten. Sie blinkte und funkelte, glomm immer wieder auf und hüpfte auf und ab – es war, als hätte sich plötzlich in ihrem Inneren ein Feuer entzündet.

»Die Drachenperle bewegt sich!«, rief Het. »Die Drachenperle bewegt sich! Sie zeigt eine Reaktion.«

Shaodian nickte ernst. »Das bedeutet nur, dass wir uns hier wirklich im Panguland befinden.«

Anta fing an zu schluchzen. Während ihr Bruder versuchte sie zu trösten, fragte er Shaodian, ob er wisse, was hier passiert war und wo sich die Pangumenschen nun aufhalten würden und ob sie den Großen Drachen rechtzeitig finden würden. Alle schwiegen und blickten um sich herum. Alles war zerstört und innerlich wussten alle, dass die Pangumenschen dieses Land bereits vor vielen Jahren verlassen hatten. Auch Babuduo war die Enttäuschung ins Gesicht geschrieben.

»Wir haben verloren«, meinte Siruo kläglich. »Wir haben unseren Auftrag erfüllt. Doch das Ergebnis ist eine einzige Katastrophe. Wir haben verloren.«

»Um die Wahrheit zu sagen«, meinte Bors und bedeckte seine feuchten Augen, »das ist meinem alten Herzen nicht zumutbar. Ich kann mich beinahe nicht mehr auf den Beinen halten. Der Goldene Kontinent ist verloren, Chiyou wird bald erwachen, das Drachenland wird sehr schnell bis auf die Grundfesten zerstört und die Menschheit vernichtet werden. Wir haben uns um die Rettung bemüht, sind auf Berge geklettert, haben riesige Gewässer überquert, wir scheuten keine Gefahren und Mühen, kein Weg war uns zu weit, um das Panguland zu suchen. Wir hofften, mit der Kraft des Großen Drachen Chiyou zu besiegen. Wie ist es möglich, dass …«

Betrübt verstummte er.

Shaodian erwachte langsam aus der eiskalten Starre,

in die er eben gefallen war. »Wie ist das möglich?«, fragte er heiser und drehte seinen Kopf zu Kerximu.

Auch Kerximu stand die Enttäuschung ins Gesicht geschrieben. Er war zutiefst betroffen und sprach sehr leise. »Verzeiht vielmals, liebe Freunde. Doch der Wohnort der Pangumenschen, von dem ich weiß, befindet sich genau hier. Das ist ein heiliges Territorium, es gehört in keine Zeit und auch in keinen Raum. Wir haben nach dem Neuen Land der Menschheit gesucht – wer hätte jemals gedacht, dass es sich dabei um eine verlassene Stadt handeln könnte? Auch ich bin über das Ergebnis zutiefst betrübt. Doch ich bitte euch, vertraut mir, der Ort, von dem die Ältesten der Pangusippe den Menschen aus dem Schneeland erzählten, ist zweifellos dieser hier. Bitte glaubt mir. Ich habe euch nicht belogen. Ich bin ein guter Mensch und würde euch niemals anlügen.«

»Ich glaube dir«, meinte Shaodian. Dann verstummte er und sagte nichts mehr. Er war sehr traurig und fühlte sich plötzlich unbeschreiblich müde. Erst jetzt merkte er, wie anstrengend die ganze Reise für ihn gewesen war.

Sie setzten sich auf die Ruinen und wussten nicht mehr, was sie tun sollten. Sie versuchten nachzudenken, doch es führte zu nichts. Also saßen sie einfach da und schwiegen. Außer Antas leisem Schluchzen war nichts zu hören.

Shaodian trat zu ihr hin und legte seinen Arm um ihre Schultern.

Die Drachenperle leuchtete und blinkte immer noch. Offensichtlich spürte sie, dass sie im Panguland, ihrer alten Heimat, war.

Nachdem Shaodian eine Weile stumm dagestanden hatte, begannen seine Gedanken langsam wieder zu arbeiten. »Wenn die Drachenperle leuchtet, dann bedeutet das, dass dies hier wirklich das Panguland ist. Daran gibt es keinen Zweifel«, murmelte er.

»Die Frage ist nur«, fuhr er etwas lauter fort, »welcher Zusammenhang besteht zwischen all diesen Dingen? Zweifellos befinden wir uns hier im Panguland. Es ist ein riesiges Land, das früher sicher einmal ein sehr blühendes Land war, wahrscheinlich die größte Zivilisation seit dem Erscheinen der Menschheit. Wir brauchen uns nur die großen Türme und die vielen verstreuten Stadtteile anzusehen. Diese Gebäude wurden alle im Stil der Pangusippe erbaut, es ist derselbe Stil wie im Dayureich. Doch die Frage ist: Wo sind ihre Bewohner geblieben? Haben sie eine neue Reise unternommen oder wurden sie vernichtet, sodass nicht einer von ihnen übrig blieb?«

Shaodians Worte rissen die anderen aus ihrer Lähmung. Sofort begannen alle fieberhaft zu überlegen.

»Das ist nicht schwer herauszufinden«, meinte Siruo. »Dazu müssen wir uns nur in der Stadt umsehen und ihre Spuren untersuchen. Wenn sie sich auf eine neue Reise begeben haben, haben sie bestimmt lange Vorkehrungen getroffen. Wenn es sich aber um eine plötzliche Katastrophe handelte, dann hätten sie ein riesiges Chaos hinterlassen müssen und wahrscheinlich auch viele Tote …« Er brach ab.

»Du hast recht«, meinte Shaodian bestimmt, »wir brauchen nur die Ruinen zu untersuchen, die sie zurückgelassen haben. Schon bald werden uns ihre Spuren Aufschluss darüber geben, was hier passiert ist.«

»So ist es, Shaodian«, meinte Siruo. »Deshalb bin ich der Meinung, dass es im Augenblick unsere Hauptaufgabe ist, die Ruinen genauestens zu untersuchen. Vielleicht finden wir ja dort einige Antworten auf unsere Fragen. Vielleicht sitzen wir hier umsonst so traurig herum.«

Shaodian nickte. »Ich hoffe, dass wir mit vereinten Kräften einige Spuren finden, die uns zur Pangusippe führen.«

»Aber was kann geschehen sein, wenn sie nicht fortgezogen sind? Sie könnten zum Beispiel von Menschen von außerhalb angegriffen worden sein. Vielleicht gab es einen Kampf, bei dem sie sich gegenseitig töteten?«, warf Bors ein.

»Auch wenn es so war, werden wir Spuren davon finden. Wenn Menschen von außerhalb angegriffen haben oder sich die Pangumenschen gegenseitig töteten, hätte es bestimmt einen Kampf gegeben, von dem sich Spuren in den Ruinen finden lassen müssten. Auf jeden Fall ist das hier der Ort, wo die Pangumenschen lebten. Wenn wir diese Ruinen untersuchen, werden wir sicher einige Hinweise finden, die uns dabei helfen werden, unsere Fragen zu beantworten.«

Shaodian trat in die Mitte der Ruinen. Die anderen folgten ihm.

»Da drüben!«, schrie Het. »Da drüben liegt ein toter Mensch, seht doch!«

Die anderen folgten seiner Stimme und schauten in

die Richtung. Wirklich, auf der großen Straße mitten zwischen den Ruinen lag ein Toter.

Sie kletterten über eingestürzte Mauern und näherten sich vorsichtig. Der Tote musste schon seit sehr langer Zeit da liegen, sein Körper war vertrocknet, nur die Knochen waren übrig. Die Kleider, die er trug, entsprachen dem Stil der Pangusippe. Das Blau war schon längst verblasst. Obwohl es lange Zeit her sein musste, zeichneten sich auf seinen Kleidern immer noch edle Muster ab.

»Er trägt Seide, das edelste Handelsgut der Großen Länder im Osten«, meinte Maihan.

»Schaut doch, er hält etwas in seiner Hand. Was könnte das sein?« Anta wies auf die linke Hand des Toten.

»Nicht nur in der linken! Sieht aus, als halte er etwas in beiden Händen«, meinte Shaodian. Er beugte sich hinunter und betrachtete den Toten. Nach einer Weile streckte er die Hand aus und berührte die tote Hand. Was hielten diese trockenen, dünnen Finger nur fest?

»Schau doch nach!«, rief Buha aufgeregt.

Unter Buhas Drängen öffnete Shaodian die Hand. Er nahm einen kleinen, runden Gegenstand heraus. Es war eine kleine, staubige Kugel.

»Himmel! Ist das nicht eine Drachenperle?«, rief Bors erstaunt. »Es ist die gleiche Perle, wie Shaodian sie an seiner Brust trägt.«

»Nicht die gleiche.« Babuduo war anderer Meinung. »Shaodians Perle ist farbig und kann leuchten, doch diese hier nicht. Das ist nur eine normale Perle.«

»Schaut schnell nach, was er in der anderen Hand

hält«, drängte Teleixi. Vorsichtig öffnete Shaodian auch die zweite Hand.

»Noch eine Perle.« Sie betrachteten die beiden Perlen genau und verglichen sie mit jener an Shaodians Brust. Während alle überlegten, was es mit den Perlen auf sich hatte, rief Siruo laut: »Da drüben ist noch ein Toter!«

Es war wieder ein toter Mann. Auch er trug einen seidenen Mantel und hielt in jeder Hand eine Perle.

»Das ist wirklich merkwürdig«, rief Maihan. »Was hat das zu bedeuten?«

»Sie sind viel kleiner als die ersten Pangumenschen, die das Land verließen. Sie sind etwa so groß wie Shaodian«, meinte Het.

»Bedeutet das vielleicht, dass bereits alle Pangumenschen nicht mehr ihre ursprüngliche Größe haben? Aus einstigen Riesen sind kleine Menschen geworden?«, fügte Anta hinzu.

Shaodian sagte nichts und ging weiter.

Sie schritten an abgebrochenen Säulen und eingestürzten Türmen vorbei. Auch von den meisten der steinernen Häuser waren nicht mehr als ein paar Steine und Ziegel übrig geblieben. Es war nicht ein Hauch von Leben zu spüren.

Sie fanden keine weiteren Toten mehr. Dies stimmte Shaodian sehr nachdenklich: Wo waren die anderen Menschen geblieben?

Sie betraten ein großes steinernes Haus, das wahrscheinlich einer reichen Familie gehört hatte. Die Zimmer waren weit und prachtvoll, und sie konnten sich bildhaft vorstellen, wie groß und hell es hier früher gewesen war. Doch im ganzen Haus herrschte ein riesiges Durcheinander. Nichts stand da, wo es stehen sollte.

In Shaodian erwachte langsam eine Vermutung.

Die meisten der steinernen Häuser waren schon halb zerfallen. Die Steine langen wirr herum und türmten sich sogar auf den Dächern der Pagoden. Die Häuser waren muffig und feucht. Doch was die Freunde am meisten in Erstaunen versetzte: Die Mauern und Wände im Inneren der steinernen Häuser waren zur Gänze von Moos überwuchert. Als sie in das erste Haus getreten waren, hatten sie das noch für eine Ausnahme gehalten. Doch auch die anderen Gebäude waren gänzlich mit Moos bewachsen. Das Moos erstreckte sich in jeden Winkel und jede Ecke. Im Moos wuchsen auch noch einige andere Pflanzen, sehr dünn und klein. Sie fühlten sich irgendwie ölig an. Doch die Pflanzen mussten bereits vor langer, langer Zeit gewachsen sein. Mittlerweile waren sie vertrocknet und hatten auf den Wänden nur mehr eine graue tote Pflanzenschicht hinterlassen.

Shaodian schabte ein wenig Moos von den Wänden und zerrieb es zwischen den Fingern. Obwohl es außen sehr staubig war, fühlte es sich doch irgendwie feucht an. Er stutzte, blieb stehen und dachte nach. Plötzlich lachte er auf.

»Warum lachst du, Shaodian?«, fragte Teleixi verständnislos.

»Nichts«, meinte Shaodian, »lasst uns weitergehen.«

Sie betraten ein weiteres Haus. Die eine Hälfte war schon längst eingestürzt, es war nur noch eine Säule übrig. Sie ragte mitten unter den zerbrochenen Säulen hoch auf. Shaodian und die anderen betraten das Haus von der Seite, die nicht eingestürzt war, und stiegen auf das Dach. Auch hier waren die Mauern überall mit Moos bedeckt.

»Alle Ruinen sind so, alles ist voll von vertrocknetem Moos«, meinte Babuduo. »Egal ob es Häuser von einfachen Leuten sind oder die hohen Pagoden. Was kann der Grund dafür sein?«

Doch das Merkwürdigste sollte erst noch folgen: Auf einer Säule lag ein dünnes Buch mit gewellten Seiten. Auch wenn das Buch an sich schon seltsam genug wirkte – wie war es bloß auf die Säule gekommen?

»Das ist ja merkwürdig. Warum liegt dieses Buch nicht auf einem Schreibtisch? Wieso wurde es genau auf die höchste Säule gelegt, die alle anderen Häuser in der Umgebung überragt?«

Alle machten ein ratloses Gesicht und blickten Shaodian an, so als erhofften sie sich von ihm eine Antwort. Shaodian lächelte und sagte kein Wort. Die anderen wussten bereits, dass Shaodian immer lächelte, wenn er eine Vermutung hatte. Dass er nichts verriet, machte die anderen noch neugieriger. Shaodian nahm das Buch und steckte es unter sein Gewand. Dann stieg er auf den Turm zwischen den Häusern und blickte nach Norden, wo in der Ferne ein hoher Berg hochragte. Auf dem Berg war eine Reihe von steinernen Säulen zu erkennen. Die Säulen waren so hoch, dass es aussah, als ob sie die Wolken berührten wie die Himmelssäulen.

»Was ist das?«, fragte Het und wies auf den Berg. »Sieht aus, als wären auf diesem Berg einige hohe Säulen. Mir scheint, dass die Säulen nach einem ganz bestimmten Muster aufgestellt sind. Aber was könnte es nur sein?«

Shaodian meinte: »Kerximu, können wir die Robe der Zeit aus dem Schneeland immer noch verwenden? Könntest du uns da hinführen?«

Kerximu lachte. »Natürlich können wir die Robe der Zeit verwenden. Shaodian war gerade so leise und schweigsam. Deshalb bin auch ich in meine Gedanken versunken. Natürlich können wir den Berg dort besteigen, nichts leichter als das.«

»Dann nichts wie los!«, rief Shaodian und begann zu laufen, als wäre er selbst ein Mensch aus dem Schneeland. Er lief so schnell wie der Blitz.

»Die Robe der Zeit ist wirklich fabelhaft! Durch sie können wir überallhin, wohin wir wollen!«, rief Maihan aufgeregt.

»Schade, dass wir keine bekommen haben«, bemängelte Buha. »Herr Kerximu, gibt es im Schneeland vielleicht auch eine Robe der Zeit in unserer Größe?«

»Meine lieben kleinen Freunde, ich bitte vielmals um Verzeihung«, meinte Kerximu. »Doch ihr seid einfach zu klein. Natürlich verdient ihr meinen vollen Respekt. Ich meine nur, ihr braucht die Robe der Zeit gar nicht, da ihr euch einfach in einer Tasche der Robe verstecken könnt, das ist zweifellos viel bequemer, als draußen Kälte und Regen zu ertragen.«

Während sie so redeten, hatten sie schon den großen Berg erreicht und begannen den Aufstieg.

Die Aussicht war unglaublich. Sie stiegen höher und

höher und konnten das ganze Land überblicken. Es gab kein Fleckchen, das nicht mit Häusern bedeckt war. Sogar auf dem Berg selbst waren viele kleine Häuser errichtet worden, in denen früher wohl Menschen gewohnt hatten. Diese einfachen Häuser waren aus Steinen gebaut und lagen ruhig auf dem Berg. Auch hier waren die Innenwände der Häuser mit ausgetrocknetem Moos bedeckt.

Schnell wie der Blitz erreichten sie die Spitze des Berges. Auf dem Weg kamen sie an zahllosen gefällten Baumstämmen vorbei, die quer über den Bergrücken lagen. Die Bäume waren riesig, einige Hundert Meter lang und ungefähr hundert Meter breit. Es sah aus, als warteten sie nur darauf abgeholt zu werden. Sogar die Rinde war schon abgeschabt worden, so als ob sie jemand gerade weiter verarbeiten wollte. Doch mittlerweile bedeckte eine dicke Schmutzschicht die glatten Stämme.

Die großen Bäume säumten den ganzen Weg bis hin zum Gipfel des Berges, der keine spitze Erhöhung war, sondern eine breite felsige Fläche. Alles deutete darauf hin, dass die Bergspitze von Menschenhand abgetragen worden war. Das Plateau war so breit, dass sie das Ende gar nicht sehen konnten. Auf dieser grenzenlosen Bergspitze befanden sich die riesigen Steinsäulen. Sie mussten einige Hundert Meter breit sein und waren so hoch, dass sie in den Himmel eintraten. Sie waren nach einem riesigen, gleichmäßigen Muster aufgestellt und weit oben durch riesige, quer liegende Steintafeln verbunden, sodass sie eine Art Netz oder Gerüst bildeten.

Shaodian und die anderen waren vollkommen sprachlos. Sie standen inmitten der riesigen steinernen Säulen und überlegten, was das alles zu bedeuten hatte.

»Himmel! Was ist das für ein Bauwerk? Wenn ich es nicht mit eigenen Augen sehen würde, würde ich niemals glauben, dass Menschen so etwas bauen können!«, rief Bors. »Wie breit dieser Berg wohl ist? Das Ende ist gar nicht sichtbar. Dieses Plateau allein ist schon ungefähr so groß wie der ganze Goldene Kontinent. Was ist die Pangusippe nur für ein Volk?«

»Können Menschen es schaffen, so etwas zu bauen? Und wenn ja, warum haben die Pangumenschen dieses Bauwerk errichtet?«, fragte Siruo.

Kerximu war sehr aufgeregt. Er lief hin und her und war in einem Augenblick da und im nächsten wieder verschwunden. Nachdem er eine Zeit lang verschwunden war, tauchte er plötzlich wieder auf und rief: »Freunde, dort drüben gibt es noch seltsamere Dinge zu sehen, kommt und seht es euch an!«

Sie hüllten sich fest in die Robe der Zeit und begannen zu laufen, schnell wie der Blitz. Sie liefen die riesigen Säulen entlang und entdeckten ein großes Feld.

Als sie näherkamen, sahen sie dass das runde Feld von den einigen Hundert Meter hohen Säulen umrundet wurde, in seinem Inneren wurde es von einer gebogenen Linie in eine schwarze und eine weiße Hälfte geteilt.

Shaodian warf einen kurzen Blick darauf und rief erstaunt: »Das soll wohl ein Scherz sein!«

»Was bedeutet das?«, rief Siruo neugierig. »Warum ist eine Hälfte der Fläche weiß und die andere schwarz?«

»Das ist ein Bild aus dem *Buch der Wandlungen.*«, meinte Shaodian.

»Das *Buch der Wandlungen?*« Bei diesem Wort war der Gelehrte in Bors hellhörig geworden. »Meinst du etwa das *Buch der Wandlungen* aus den Legenden? Wie ist das möglich? Lieber Himmel!« Bors setzte sich auf den Boden und verbarg sein Gesicht in den Händen. »Wie komme ich, Bors, zu dieser Ehre? Bin ich den weiten Weg etwa doch nicht umsonst gelaufen? Wie ist es möglich, dass diese fernen, unbegreiflichen Dinge, zu denen niemand Zugang findet, plötzlich gerade von mir, Bors, erblickt und untersucht werden dürfen?«

»Das *Buch der Wandlungen?* Was ist das für ein Buch?«, fragte Kerximu.

»Es wurde von den Urahnen der Menschheit verfasst. Sein Inhalt ist sehr schwer verständlich. Das Buch erzählt aus der Zeit der Erschaffung der Welt und berichtet von einigen Fragen, mit denen sich die Urahnen der Menschheit beschäftigten. Darin geht es auch um die Zeit«, meinte Shaodian.

»Sieht so aus, als hätten die Pangumenschen den Inhalt des *Buchs der Wandlungen* verstanden und benützt«, meinte Kerximu.

»Sie haben offensichtlich durch Beschreibungen über die Zeit im *Buch der Wandlungen* eine Methode gefunden, durch die Zeit zu reisen«, meinte Shaodian in Gedanken versunken. »Wenn wir nicht falsch liegen, sind diese riesigen Steinsäulen und dieses riesige Bauwerk ein Bauwerk der Zeit. Das Bild aus dem *Buch der Wandlungen* wurde verwendet, um die Zeit zu überwinden.«

»Schaut doch, da sind Schriftzeichen auf den Säulen«, meinte Anta.

Die Zeichen auf den Säulen waren sehr klar, aber von seltsamer Form, sie sahen aus wie Bilder, die von merkwürdigen Linien durchzogen waren.

Kerximu trat näher, um sie zu betrachten. »Was sind das für Zeichen? Noch nie habe ich so merkwürdige Zeichen gesehen. Was ist das? Ist das ein Mensch? Oder ein Baum? Oder etwas anderes?« Kerximu senkte den Kopf und fuhr mit der Hand über die Steinsäulen und wischte den Staub weg. »Das sind keine alphabetischen Zeichen, das wage ich zu behaupten, aber was für Zeichen sind es dann?«

Die anderen traten einer nach dem anderen näher und tasteten mit der Hand über die Zeichen auf den Steinsäulen.

»Ich finde, sie sehen ähnlich aus wie die Zeichen auf der Insel der Zeit«, meinte Bors.

»Gleich sind sie nicht«, murmelte Shaodian, »aber es handelt sich um eine noch ältere Form der Knochenschrift. Das stimmt.«

Babuduo drängte: »Shaodian, kannst du diese Zeichen lesen?«

»Ich kann es versuchen«, meinte Shaodian. »Diese Knochenschrift hier ist viel älter als die, die ich in Ruiwen gesehen habe. Sie hat sich stark verändert, teilweise in der Form, aber auch im Stil.«

Er wischte mit der Hand den Staub von der großen Steinsäule. Darunter kam eine Reihe von Zeichen nach der anderen zum Vorschein. »Pangukalender im Jahr eins neun neun fünf im fünften Monat am siebenundzwanzigsten Tag ...« buchstabierte er, »... die Katastrophe ist nahe ...«

»Warum liest du denn nicht weiter, Shaodian?«, fragte Maihan.

»Diese Zeilen sind unklar. Ich kann sie nicht entziffern«, meinte Shaodian mit ernster Miene. »Die Pangumenschen nähern sich der großen Katastrophe ... unsere einzige Hoffnung ist das Qiyuan-Schiff ...«

Er las weiter: »Alle Pangumenschen müssen mit vereinten Kräften sicherstellen, dass am siebenundzwanzigsten Tag zur Abenddämmerung das Qiyuan-Schiff gebaut ist ... das Qiyuan-Schiff, die ganze Hoffnung unseres Panguvolkes ... wir werden zur Abenddämmerung des siebenundzwanzigsten Tages in ein Neues Land fliegen ...«

»Was darunter steht, kann ich nicht lesen«, meinte Shaodian. »Doch das genügt schon, es erklärt vieles.«

»Warum sind da noch so viele Bäume in dem Säulenkreis?«, fragte Kerximu.

»Es gibt noch etwas, was viel schwieriger zu verstehen ist, Freunde«, meinte Siruo, sprang auf die Steinsäule und setzte sich. »Auf den Berghängen dort liegen zahllose Tote.«

Sie gingen auf die andere Seite des Berges, wo zahllose Skelette lagen. Alle trugen die Kleider der Pangusippe, gleich wie die Toten in den Ruinen, auch sie hatten die beiden Hände zu Fäusten geballt und schienen etwas festzuhalten.

Als Bors die Hände eines der Toten öffnete, sahen sie, dass wiederum alle kleine Perlen in den Händen hielten. »Alles kleine Perlen«, meinte Bors, »sie halten ebenso Perlen in den Händen wie die Toten unten in der Stadt.«

»Weißt du die Antwort, Shaodian?«, fragte Kerximu.

»Ja.« Shaodian nickte.

»Wohin sind sie gezogen?« fragte Papila, »diese Ruinen, diese riesigen Steinsäulen, diese Schriftzeichen, diese Toten, was hat das alles zu bedeuten?«

»Die Pangumenschen sind wieder auf Wanderschaft. Ähnlich wie sie aus der alten Heimat Ruiwen weggezogen sind, sind sie auch von hier aufgebrochen. Sie mussten fliehen, da es keinen anderen Ausweg gab. In der alten Heimat Ruiwen war Chiyou die Bedrohung, der sie in die Flucht trieb. Aber hier war es nicht Chiyou. Was aber nicht heißen soll, dass die Bedrohung hier weniger furchtbar war.«

»Aber was genau war die Bedrohung, vor der sie flüchten mussten?«, fragte Anta und sah Shaodian fragend an.

»Die Flut, liebste Anta«, meinte Shaodian ruhig.

Antas Gesicht färbte sich rot und sie blickte sofort verstohlen auf ihre Füße.

»Du scherzt, Shaodian.« Bors lachte laut auf. »Flut? Wo denn? Wieso sehe ich sie nicht?«

»Lacht nicht gleich, alter Herr. Lasst Shaodian doch ausreden.« Kerximu vertraute sehr auf Shaodians Fähigkeiten.

»Das kann man an zwei Punkten erkennen«, meinte Shaodian. »Erstens, die Wände der steinernen Häuser und der Pagoden sind voll von vertrocknetem Moos. In einer normalen Situation ist das völlig unmöglich. Wir wissen alle, dass Moos nur in einer sehr feuchten Umgebung wachsen kann. Doch hier in den Ruinen der Pangumenschen ist alles voller Moos, in den Häusern auf den Bergen, in den steinernen Häusern oder in den Pagoden. Auch die Wände in den höchsten Pagoden sind überall mit Moos bedeckt. Das ist wirklich sehr merkwürdig. Also überlegen wir: Wie kommt das Moos in eine so hohe Pagode und in die Ruinen? Eine mögliche Antwort ist ein großes Hochwasser. Das Wasser stieg sehr hoch an, begrub die gesamte Stadt unter sich. Nachdem der Wasserspiegel langsam wieder sank, blieb ein wenig Wasser in den Steinen zurück. Wenn nur an einem Ort Moos wächst, ist das nicht weiter verwunderlich, doch wenn in den Ruinen alles voller Moos ist, dann ist das sehr merkwürdig. Das Hochwasser ist schon viele Tausend Jahre, vielleicht auch Millionen Jahre her. Mittlerweile ist das Moos vollkommen vertrocknet.«

»Ja, das ist durchaus möglich.« Kerximu nickte. »Die Erklärung klingt vernünftig.«

Shaodian fuhr fort: »Aber noch kann kein endgültiger Schluss gezogen werden. Es könnte ja auch bloß ein Zufall sein, doch wenn ein noch stärkerer Beweis dafür zutage tritt, wird die Wahrscheinlichkeit dieser Hypothese viel größer.« Shaodian hielt inne: »Zweitens, das ist ein ebenso wichtiger Punkt, erinnert ihr euch noch an das Buch, das auf der hohen Säule mitten in den Ruinen lag? Ich habe es mitgenommen, schaut alle her.« Shaodian zog das Buch heraus und blätterte darin. »Schaut diese Seiten an, seht ihr nicht, wie gewellt sie sind? Sie schauen aus wie Papier, das lange Zeit im Wasser lag. Die Schrift ist kaum noch lesbar, weil die gesamte Tusche ausgewaschen wurde. Und was noch wichtiger ist, dieses Buch befand sich auf einer hohen Säule, wie kommt ein Buch auf eine so hohe Säule? Warum befand es sich nicht auf dem Tisch? Haben es Menschen dorthin gelegt? Das ist sehr unwahrscheinlich. Hat der Wind es dorthin geblasen? Natürlich kann diese Möglichkeit nicht ausgeschlossen werden. Doch eine viel wahrscheinlicher ist, dass es vom Wasser dorthin getragen wurde. Als die Flut kam und das Panguland unter den Wassermassen begrub, schwamm dieses Buch auf dem Wasser. Als sich das Hochwasser zurückzog, blieb es genau auf der Spitze dieser Säule liegen.«

Bors nickte überzeugt. Er überlegte kurz. »Gut, du hast mich überzeugt. Also wurde das Panguland von einer großen Flut überschwemmt. Aber ein Punkt bleibt offen: Was geschah mit den Pangumenschen? Hätten sie nicht alle im Wasser ertrinken müssen? Warum haben wir nur so wenige Tote gefunden? Natürlich, auf der einen Seite des Berges befinden sich sehr viele Skelette. Aber egal wie, von der Dimension der Ruinen aus gesehen, müssen hier mindestens hundert Millionen Menschen gelebt haben, warum haben wir dann nur so wenige Tote gefunden? Wohin sind die anderen Pangumenschen verschwunden? Außerdem, halten alle Toten eine Perle in der Hand, wie kam es dazu? Und auch diese riesigen Steinsäulen und diese riesigen Steinkreise, die zahllosen riesigen Bäume, was hat das alles zu bedeuten?«

»Nicht so schnell, alter Herr. Lass mich das langsam

erklären«, meinte Shaodian ruhig. »Die Flut kam überhaupt nicht plötzlich. Mit anderen Worten, die Pangumenschen wussten, dass die Flut kommen würde – denkt an die Knochenschrift auf der Steinsäule. ›Die Pangumenschen nähern sich der großen Katastrophe ... unsere einzige Hoffnung ist das Qiyuan-Schiff ... Alle Pangumenschen müssen mit vereinten Kräften sicherstellen, dass am siebenundzwanzigsten Tag zur Abenddämmerung das Qiyuan-Schiff gebaut ist ... das Qiyuan-Schiff, die ganze Hoffnung unseres Panguvolkes ... wir werden zur Abenddämmerung des siebenundzwanzigsten Tages in ein Neues Land fliegen ...‹«

»Willst du damit sagen, dass die Pangumenschen das Land verließen, bevor die große Flut kam? Dass die gesamte Bevölkerung ins Qiyuan-Schiff stieg?« Bors riss die Augen weit auf.

»Ganz genau.« Shaodian nickte und fuhr fort: »Seht euch doch diese riesigen steinernen Säulen an, die auf dem endlosen Plateau einen Kreis bilden. Denkt an die riesigen Steintafeln zwischen den Säulen und das viele Holz auf den hohen Bergen, all diese Indizien lassen darauf schließen, dass sie ein riesiges Schiff gebaut haben. Vor allem das viele Holz, schaut doch, dieses Holz, so groß, es wurde eigens geschlagen und bearbeitet, um das Qiyuan-Schiff zu bauen.«

»Aber«, fragte Kerximu, »warum liegt es einfach hier herum und wurde nicht verwendet?«

»Ja, genau,« meinte Babuduo, »und die Pangumenschen haben alle Perlen in den Händen, was hat das zu bedeuten?«

»Das Holz wurde nicht deshalb zurückgelassen, weil sie es nicht verwenden wollten, sondern weil ihnen keine Zeit mehr blieb. Mit anderen Worten, sie mussten zu einem Zeitpunkt los, in dem das Qiyuan-Schiff noch nicht ganz fertig war«, meinte Shaodian.

»Warum denn? Warum haben die Pangumenschen das Qiyuan-Schiff nicht zuerst fertig gebaut und sind erst dann losgefahren? Das ist doch nicht logisch«, fragte Maihan.

»Dafür gab es sicher gute Gründe«, meinte Shaodian »Denkt noch einmal an die Zeichen auf den Steinsäulen: ›mit vereinten Kräften sicherstellen, dass am siebenundzwanzigsten Tag zur Abenddämmerung das Qiyuan-Schiff gebaut ist‹. Wahrscheinlich hatten sie nicht viel Zeit, das Schiff zu bauen, und es war noch nicht ganz fertig, als sie aufbrechen mussten. Deshalb blieben die Bäume einfach so liegen.« Shaodian hielt inne. »Stellt euch vor: Die Zeit ist knapp, aber das Qiyuan-Schiff ist noch nicht fertig, schon kommt die Flut auf und die Pangumenschen laufen auf das Schiff zu. Doch da kommt schon die Flut. Also steigt der größte Teil auf das Schiff und entkommt so der Katastrophe. Doch weil die Zeit zu knapp war, schafften es nicht alle rechtzeitig auf das Schiff, in diesem Augenblick konnten sie nur mehr dableiben und dem Tod entgegengehen. Stellt euch die Situation vor: Die Pangumenschen strömen aus der Stadt auf die hohen Berge und steigen auf das Qiyuan-Schiff, um ihr Leben zu retten. Über den ganzen Berg verteilen sich Menschenmengen, vom Fuß des Berges bis zum Rücken, bis zur Spitze. Die meisten haben das Schiff schon bestiegen, doch ein kleiner Teil blieb zurück und ertrank. Wir sagen ein kleiner Teil, aber sicher waren es einige Hunderttausend. In diesem Augenblick kommt die Flut und sie ertrinken. Wie ihr seht, werden die Toten immer mehr, je näher wir den Bergspitzen kommen – dies ist der Grund dafür.«

»Warum halten die Pangumenschen Perlen in den Händen? Und keine anderen Dinge? Zum Beispiel Juwelen oder Ähnliches?«, fragte Buha.

»Die Perlen sind in Wirklichkeit Dracheneier«, meinte Shaodian bestimmt. »Vergiss nicht, die Pangusippe verehrt den Drachen als Totem. Weil die Zeit kurz war, konnten sie nur das Wertvollste mitnehmen.«

»Auch wenn das alles eine plausible Erklärung für die Bäume und die Toten sein mag, eine Frage bleibt immer noch offen: Wohin ist das Qiyuan-Schiff gefahren? Du sagst, der Größe der Steinsäulen und des Kreises zu schließen muss das Qiyuan-Schiff unendlich groß sein. Wenn ein so großes Schiff existiert, müsste es von uns sehr leicht entdeckt werden können. Aber in diesem Panguland, in diesen Ruinen ist keine Spur davon. Natürlich könnte es auch in der großen Flut gesunken sein, doch dann müssten wir zumindest das Wrack entdecken. Bis jetzt haben wir nicht die kleinste Spur von ihm. Wie willst du das erklären?«, fragte Siruo aufgeregt.

»Das ist bald erklärt, liebster Siruo«, meinte Shaodian. »Nachdem die große Flut gekommen war, schwamm das riesige Qiyuan-Schiff auf dem Wasser. Doch es blieb nicht einfach stehen, sondern fuhr davon, in eine andere Epoche. Wohin, das weiß ich nicht und wahrscheinlich gibt es auch keine vernünftige Erklärung dafür. Seitdem wir auf den Goldenen Kontinent gekommen sind, haben wir bereits mit vielen unverständlichen Dingen Bekanntschaft gemacht. Diese Ruinen hier geben uns keine Antwort darauf. Wir wissen nicht, in welcher Epoche und in welchem Gebiet es sich jetzt befindet. Es existiert weit außerhalb von dem, was wir begreifen können. Es scheint, als besäßen die Pangumenschen eine große Kraft, mit der sie die Epochen überwinden und sich frei bewegen können. Wir befinden uns hier in einer fantastischen Welt, wir sehen dass es Menschen wie Kerximu gibt, die schnell wie der Blitz laufen können. Wir sind selber durch die Zeit gereist. Woher kamen die riesigen Feuerkugeln in der Welt der Zeit? Was ich damit sagen will? Wir können sie nicht begreifen, doch wir haben sie selbst erlebt, diese Dinge sind wirklich vor unseren Augen geschehen. Vielleicht geschieht genau jetzt, während wir miteinander sprechen, in irgendeiner Epoche an irgendeinem Ort wieder eine Katastrophe. Wer weiß?«

»Also befinden sich die Pangumenschen wieder auf einer Reise?«, fragte Kerximu.

»Im Augenblick kann ich keine andere Erklärung finden«, meinte Shaodian.

»Bedeutet das dann, dass wir zunächst das Qiyuan-Schiff finden müssen, um den Großen Drachen zu finden? Dass nur dort das wahre Panguland ist?«, fragte Bors.

»Genau«, nickte Shaodian.

»Und was müssen wir tun, um das Qiyuan-Schiff zu finden?«, fragte Teleixi und hüpfte auf Shaodians Schulter.

»Natürlich brauchen wir dafür die Hilfe der Menschen aus dem Schneeland«, meinte Babuduo. »Nur Kerximu kann uns dabei helfen, das Qiyuan-Schiff zu finden.«

Kerximu wusste nicht, was er sagen sollte. »Natürlich will und werde ich euch helfen«, meinte er, »das ist nicht nur eure eigene Aufgabe, sondern auch die Aufgabe der Menschen aus dem Schneeland. Alle Anhänger der Gerechtigkeit würden dafür durchs Feuer gehen, immerhin hat Chiyou schon einmal die Zeit durchbrochen und das Panguland gefunden. Aber dieses Universum ist einfach zu groß, es ist unmöglich für mich herauszufinden, wo sich das Qiyuan-Schiff gerade aufhält. Natürlich, wenn wir das wüssten, wäre es einfach, dorthin zu gelangen. Die Menschen aus dem Schneeland können jeden Winkel der Welt, jede Zeit und jede Epoche erreichen.«

»Heißt das, dass unser Wunsch vergeblich ist?«, fragte Anta.

»Wir haben schon so lange gesucht.« Traurig ließ Maihan den Kopf hängen.

»Seid nicht traurig, Freunde«, tröstete Shaodian die anderen. Er nahm seine Drachenperle in die Hand, die noch heller strahlte als zuvor. »Schaut doch, die Drachenperle funkelt und blinkt ununterbrochen, das heißt, dass sie Nachrichten vom Qiyuan-Schiff empfängt. Wenn Kerximu der Perle folgt, wird sie uns durch die Zeit tragen, so können wir das Qiyuan-Schiff bestimmt finden. Und dann bitten wir den Großen Drachen darum, auf den Goldenen Kontinent herabzusteigen, Chiyou endgültig zu besiegen und dem Universum von Neuem den Frieden zurückzubringen.«

»Kerximu«, fragte Bors, »hältst du das für möglich?«

»Natürlich«, rief Kerximu. »Wir müssen nur die Nachrichten verstehen, die vom Qiyuan-Schiff kommen, schon kann Kerximu das Qiyuan-Schiff finden, das wahre, wirkliche Panguland.«

Seine sicheren und bestimmten Worte machten die anderen wieder zuversichtlich. Auf ihren Gesichtern breitete sich ein glückliches Lächeln aus. Sie spürten, dass es durchaus nicht zu spät war und dass sie von Neuem hoffen durften.

»Ja, worauf warten wir dann noch? Laufen wir mit Kerximu durch die Welt der Zeit! So werden wir das Panguland bestimmt bald finden!«, rief Bors mit lauter Stimme.

10

Das Panguland und das Spiel der Drachen um die Perle

Kerximu führte sie wieder in die Welt der Zeit hinaus. Sie wickelten sich in die Robe der Zeit, hielten sich am Seil fest und sausten schnell wie der Blitz dahin.

Wie zuvor trafen sie auch diesmal immer wieder auf riesige Feuerbälle, die von Weitem auf sie zuflogen und sie zu verschlingen drohten. Doch Kerximu führte sie wieder geschickt zwischen den Feuerbällen hindurch.

Sie wurden so schnell, dass Shaodian und die anderen spürten, wie ihre Körper sich unter dem großen Druck langsam zu verformen begannen. Zu Beginn fühlte sich das sehr seltsam an, doch als sie sich daran gewöhnt hatten, hätten sie ewig so dahinfliegen können.

Durch die Welt der Zeit zu reisen war sehr angenehm, zudem entdeckten sie immer wieder neue merkwürdige Dinge, von deren Existenz sie noch nie gehört hatten. Die riesigen Feuerbälle gehörten schon zu den alltäglichen Erscheinungen. Zehntausend Meter hohe Urwälder erhoben sich vor ihnen unklar in der pechschwarzen Nacht. Zu Beginn hielten Shaodian und die anderen sie für eine optische Täuschung oder ein Werk der Fantasie. Doch Kerximu erklärte ihnen, dass die Urwälder wirklich existierten. Sie erblickten prächtige Paläste und furchterregende Wasserungeheuer, flogen an fünfeckigen Fischen und viereckigen Tigern vorbei und trafen auf einige andere merkwürdige Wesen, die sie nicht beschreiben konnten. Sie konnten die Phänomene weder zuordnen noch erklären. Wie in Trance reisten sie durch die Zeit und nahmen die Phänomene einfach hin. Plötzlich führte Kerximu sie auf noch schnellere Weise wieder aus der Welt der Zeit hinaus.

Auf ein gewaltiges Beben folgte ein harter Aufprall. Sie schüttelten den Kopf, blinzelten und rieben sich die Augen. Sie hatten ihr Ziel erreicht: Sie befanden sich im Panguland, im Neuen Land der Menschheit. Das war der Ort, wohin sich der größte Teil der Pangumenschen zurückgezogen hatte, das ewige Land der Menschen und das Land der Drachen.

Bors riss die Augen weit auf und stieß einen lauten Seufzer aus. Der Anblick, der sich ihm bot, versetzte ihn in unbeschreibliches Erstaunen.

In der Welt vor ihnen gab es keinen Himmel. Anders gesagt, der Himmel war nicht zu sehen, da er von den zahllosen riesigen Drachen, die sich in der Luft tummelten, verdeckt wurde.

Es gab viele verschiedene Drachen. Einige hatten mächtige Hörner, die so lang wie ihr Kopf waren. Andere hatten einen Schlangenrücken, Adlerfänge, Tigerkrallen und einen langen gedornten Schwanz. Einige hatten Schuppen, die so stark glänzten, dass die Augen schmerzten. Nicht alle Drachen hatten Beine, denn es gab auch genügend, die keine hatten. Vor allem die Drachen mit Beinen hatten große, mächtige Flügel. Aber nicht alle Drachen brauchten Flügel um zu fliegen. Es gab genügend, die ohne sie am Himmel ihre Kreise zogen.

»Das ist das Panguland, das Land der Drachen!« Het sprang vor Freude auf. »Himmel! Sind das die großen Drachen aus dem Osten? Sie sehen so edel aus! Seht nur, wie vielfältig sie sind!«

»Schaut doch, wieso hat jener Drachen Flammen am Körper?« Anta wies auf einen Drachen hoch oben in der Luft.

Sie sahen, dass einige Drachen Feuerholz am Körper trugen und gewaltige Flammen in die Luft spuckten.

»Wenn ich mich nicht irre, dann sind das Feuerdrachen«, meinte Bors. »In den alten Büchern wird von ihnen erzählt. Sie haben die Kraft, das Feuer zu bändigen.«

»Das hätte ich niemals gedacht! Ich dachte immer, es gäbe nur eine Art von Drachen«, meinte Babuduo. »Doch in Wirklichkeit gibt es so viele verschiedene!«

»Ich hatte gar nicht gewusst, dass es solche Wälder gibt«, meinte Kerximu und deutete in die Luft. »Das ist ja sonderbar! Schaut doch, der Wald muss Tausende von Jahren alt sein!«

Erstaunt betrachteten sie die riesigen Wälder, die in der Luft schwebten und sich endlos vor ihnen ausbreiteten. Die Bäume waren so groß, dass ein Einziger genügt hätte, um eine kleine Stadt unter sich zu begraben.

Im Gewirr von Ästen, Nebel und Dunst konnten sie zahllose Drachen entdecken.

Manche hatten sich mit ihren langen Körpern um die Bäume gewunden. Die Bärte hingen nach unten und ihre Augen waren geschlossen. Sie schienen ruhig zu schlafen. Andere hingegen spielten wild in der Luft und zogen freudig durch die Bäume. Manche flogen plötzlich zum Himmel hinauf, weit über die Wolken. Hin und wieder gab es einen plötzlichen Knall, darauf folgte ein Feuerball oder ein Wasserschwall. Die größeren unter den Drachen waren einige Hundert Meter lang und sahen aus wie riesige, gutmütige Schlangen. Die kleinsten unter ihnen hingegen maßen nur einige Dutzend Meter.

»Hey! Schaut doch, wie diese zwei süßen Drachen miteinander spielen, sie haben eine kleine Feuerkugel auf dem Kopf«, rief Maihan laut.

»Du lieber Himmel!«, rief Bors erstaunt. »Wie elegant sie sich bewegen, schaut doch, wie schön sie fliegen!«

Mithilfe der Robe der Zeit konnten die Reisenden jederzeit mitten in der Luft haltmachen.

»Freunde!«, begann Shaodian schließlich. »Endlich haben wir das Panguland erreicht! Könnt ihr das auch fühlen? Fühlt ihr auch etwas Besonderes, anderes?«

»Woher kommt dieses Gefühl?« Papila sprang aus Shaodians Tasche und kletterte auf seine Schulter. »Hat es auch mit den Drachen zu tun?«

»Ganz bestimmt!«, rief Shaodian. »Schaut doch, wie friedlich diese Drachen sind. Ihre Körper verströmen eine besondere Energie, die wir noch nie gespürt haben. Nur diese positive Energie kann das Böse aus der Welt vertreiben.«

»Natürlich«, rief Buha, »hier leben viele Drachen und bestimmt auch der Große Drache , den wir so lange gesucht haben. Himmel, Freunde, jetzt bin ich wirklich sehr aufgeregt! Ich kann nicht glauben, dass das alles hier Realität ist. Ist das die blühendste und am weitesten entwickelte Zivilisation seit der Geburt des Universums?

Ist dies hier der Wohnort der Nachfahren des großen Pangu, des Begründers der Welt? Sind das die Nachfahren jenes Großen Drachen, der gegen Chiyou gekämpft hat? Das ist wirklich beinahe unglaublich! Befinden wir uns jetzt im Neuen Land der Menschen, im Panguland? Ist das wirklich wahr, Freunde?«

»Ja, Buha. Es ist wahr. Wir haben es endlich geschafft«, meinte Shaodian. »Wir haben unser Ziel erreicht! Endlich sind wir im Panguland und haben die Drachen gefunden. Schon bald werden wir auf den Goldenen Kontinent zurückkehren und gemeinsam mit den Drachen Chiyou besiegen. Gemeinsam werden wir den Frieden und das Gleichgewicht im Universium wiederherstellen.«

Während sie sprachen, waren einige Drachen herbeigeflogen und rollten sich neben ihnen zusammen. Alle diese Drachen hatten Hörner, glänzende Schuppen und lange Barthaare. Sie wirkten sehr freundlich und waren äußerst neugierig. Vorsichtig beschnupperten sie Shaodian und die anderen. Anta stieß einen kleinen Schrei aus, als ein Drache sie beinahe umstieß. »Sie haben nichts Böses im Sinn«, meinte Shaodian. »Sie wollen sich nur mit uns unterhalten um zu sehen, ob wir gut oder böse sind.«

Gerade als der Wicht etwas sagen wollte, öffnete einer der Drachen mit den goldenen Schuppen den Mund: »Ihr kommt bestimmt aus der alten Heimat Ruiwen in Xiaers erster Epoche?«

Shaodian riss seine Augen weit auf und fragte: »Woher weißt du das? Bruder Drache, du kannst sprechen?«

Der Drache mit den goldenen Schuppen nickte: »Natürlich. Natürlich können wir Drachen sprechen. Bist du der ehrwürdige Shaodian? Der Weise aus der Pangusippe mit königlichem Blut, der die Drachenperle besitzt?« Shaodian war sehr erstaunt, dass der Drache so viel wusste.

Der goldene Drache lachte laut auf, als er Shaodians erstauntes Gesicht sah. Trotz seiner Größe und Stärke, die er ausstrahlte, wirkte er freundlich und friedlich. »Ich gehöre zu den Flutdrachen, kann Wolken bewegen, Nebel erzeugen und durch das Universum springen. Ich werde euch zum Ältesten der Pangusippe führen, damit er euch begrüßen kann. Du und deine Freunde seid wichtige Gäste aus der alten Heimat Ruiwen, ehrwürdiger Shaodian.«

Der Flutdrache wandte ihnen seinen Rücken zu und meinte freundlich: »Bitte steigt auf meinen Rücken und haltet euch gut fest. Ihr seid weit gereist und braucht jetzt Ruhe. Ich werde euch zum Ältesten der Pangusippe bringen.«

»Kann das wahr sein?«, fragte Bors erstaunt. »Wie kommen wir zu dieser Ehre? Geliebter Flutdrache, wir sind nur einfache Leute! Dürfen wir wirklich auf dir reiten?«

Alle waren von der Freundlichkeit und Güte des Drachen überwältigt. »Aber natürlich! Wir freuen uns, wenn Freunde aus der Ferne kommen! Seitdem wir auf dem großen Qiyuan-Schiff durch die Welt der Zeit gereist sind, hatten wir nie mehr Gäste. Ihr seid unsere ersten Besucher und noch viel mehr die Vertreter von

Wohlwollen und Gerechtigkeit. Es ist mir eine Freude, euch auf meinem Rücken zu tragen.«

Sie wussten nicht, wie ihnen geschah. Kaum waren alle auf seinem Rücken gestiegen, stieß er seinen großen Körper vom Boden ab und flog los. Der Flutdrache war einige Hundert Meter lang und hatte weder Beine noch Flügel. Dennoch flog er elegant und ohne Probleme durch die Wolken. Bors fragte erstaunt: »Ehrwürdiger Flutdrache, du hast keine Flügel und kannst doch fliegen. Wie ist das möglich?«

»Hahaha! Das ist eine gute Frage! Ihr habt wohl schon sehr lange keine Drachen mehr gesehen? Habt ihr schon vergessen, was wir alles können? Werden wir denn nicht einmal in den alten Legenden erwähnt? Hahaha. Das ist durchaus verständlich, immerhin sind wir vor sehr langer Zeit aus eurer Welt verschwunden. Wie schade, dass man uns auf dem Goldenen Kontinent bereits vergessen hat.« Der Flutdrache war sehr freundlich und verströmte eine unbeschreibliche Güte.

»Nein, nein, wir sind nicht so vergesslich«, meinte Shaodian. »In der alten Heimat Ruiwen und auf dem Goldenen Kontinent kennen alle die Legende vom Großen Drachen. Die Menschen dort verehren die Drachen sehr. Wir warten sehnsüchtig auf die Rückkehr des Großen Drachen, der die Kraft hat, die Gerechtigkeit zurückzubringen und Chiyou zu besiegen.«

»Chiyou?« Als der Flutdrache den Namen hörte, verfinsterte sich seine Miene. »Das ist ein sehr ernstes Thema, Chiyou ist nicht leicht zu besiegen. Ist er etwa wieder erwacht? Die Situation ist ernst. Ich werde euch sofort zu den menschlichen Behausungen bringen. Dort müsst ihr den Ältesten der Pangusippe aufsuchen. Nur er kann eure Fragen beantworten.«

»Was ist dann das hier für ein Ort?« fragte Siruo.

»Hier sind die Behausungen der Drachen«, antwortete der Flutdrache. »Die Behausungen der Pangumenschen sind gleich da vorne.«

Der Flutdrache erzählte weiter: »Nachdem wir aus der alten Heimat Ruiwen fortgezogen waren, führten wir auf der Pagode der Erdgeister einen harten Kampf gegen Chiyou. Wir konnten ihn besiegen und sorgten dafür, dass er in einen tiefen Schlaf fiel. Dann durchquerten wir den Goldenen Kontinent und ließen einen Teil der Pangumenschen dort zurück. Ihre Aufgabe war es, Chiyou aufzuhalten, sollte er jemals wieder erwachen. Früher haben wir auf dem Ada-Stern gewohnt und prächtige Städte errichtet. Sie waren für die Ewigkeit bestimmt. Doch dann sahen unsere Astronomen, dass eine große Flut unser Land überschwemmen würde, und uns blieb nichts anderes übrig, als uns eine neue Heimat zu suchen. Wir bauten das riesige Qiyuan-Schiff und entkamen der Flut. Dennoch kamen einige Menschen bei der Flut ums Leben, da wir mit dem Bau nicht rechtzeitig fertig wurden. Jetzt zählen die Pangumenschen schon über eine Billion Einwohner. Wir haben das Qiyuan-Schiff immer wieder vergrößert und repariert. Im Augenblick sieht es so aus, als seien wir hier sicher. Wir haben nicht vor, einen neuen Wohnort zu suchen. Das Qiyuan-Schiff ist kein gewöhnliches Schiff. Dieses Schiff ist für die Ewigkeit gebaut und wird nie zerfallen. Zugleich bewegen wir uns in der Zeit ständig vorwärts, denn wir haben einige Methoden im Umgang mit der Zeit aus dem *Buch der Wandlungen* gelernt.«

»Wo wollt ihr hin?«, fragte Teleixi »Wohin kommt ihr, wenn ihr das Qiyuan-Schiff immer nach vorne lenkt? Wie kann es sein, dass euer Schiff für ewig hält?«

»Ah, das ist eine gute Frage, kleine Frau«, meinte der Flutdrache, während er seine Gäste zu den Behausungen der Menschen flog. »Wohin wir wollen? Oh! Wohin wollen wir? Das ist wirklich eine gute Frage! Ich kann es dir leider nicht sagen. Wir gehen dorthin, wo uns der Strom der Zeit hinführt.«

Er flog ruhig dahin und trug seine Gäste durch den riesigen endlosen Wald. Zahllose Drachen flogen durch die Luft. Doch einige saßen ganz ruhig da, ohne sich zu bewegen. Den Kopf nach vorne gerichtet, ein Knie über eine Feuerkugel gebeugt, die vier Krallen in verschiedene Richtungen gestreckt rührten sie sich nicht.

»Was ist mit diesen Drachen? Wieso bewegen sie sich nicht?«, fragte Anta erstaunt.

»Das ist eine der vielen Drachenpositionen. Das ist ein Sitzender Drache, die bevorzugte Position der Drachen, wenn sie sich in der Luft ausruhen. Viele Drachen verharren auch in dieser Situation, wenn sie nachdenken oder meditieren. Es gibt viele verschiedene Drachenpositionen und unzählige Arten von Drachen. Aber um sie euch zu erklären bräuchte man viel Zeit und Ruhe. Und im Moment sollten wir uns lieber um Chiyou kümmern«, meinte der Flutdrache.

»Und der da?« Het zeigte auf einen Drachen, der langsam einen Fuß vor den anderen setzte und sich dabei ausgeglichen und regelmäßig nach vorne bewegte.

»Das ist die Position des Gehenden Drachen«, meinte der Flutdrache, während er weiterflog.

Zahllose Drachen flogen durch die Luft oder bewegten sich über die Erde, manche duschten sich im feuchten Nebelwasser. Sie wirkten sehr fröhlich und ausgelassen.

»Ah! Was für eine schöne Landschaft!« Kerximu blickte auf die hohen Berge vor ihnen. »Seht euch doch die hohen Berge dort vorne an! Wie kann es auf dem Qiyuan-Schiff eine Bergkette geben?«

»Haha. Was ihr seht, ist eine künstliche Bergkette.«, meinte der Flutdrache. »Die Intelligenz und handwerkliche Fähigkeit der Pangumenschen wird eure Vorstellung bei Weitem übertreffen!«

»Oh! Was soll das bedeuten?« Bors verzog den Mund. »Kann es etwas noch Größeres als das Qiyuan-Schiff geben?«

Der Flutdrache antwortete nicht.

Während sie auf seinem Rücken dahinflogen, erblickten sie zahllose Drachen, die in der Luft Feuer und Wasser spien. Als sie sahen, dass Gäste da waren, näherten sie sich und hießen sie freundlich willkommen. Einige spien als Willkommensgruß riesige Feuerkugeln aus. Immerhin waren schon lange keine Gäste mehr in das Panguland gekommen.

»Ich weiß, das sind Feuerdrachen«, meinte Bors stolz. »Alle, die Feuer speien können, sind Feuerdrachen, die, die Wasser speien können, sind Flutdrachen, nicht wahr?«

Der Flutdrache lächelte und nickte.

»Freunde, wir haben die menschlichen Behausungen erreicht«, kündigte der Flutdrache an.

Vor ihren Augen erhob sich ein riesiger, hoher Turm, der nach oben hin immer schmäler wurde. An der Außenseite des Turmes befanden sich die Behausungen der Pangumenschen. Die Häuser standen dicht beieinander und sahen aus der Ferne betrachtet wie zahllose kleine Ameisen aus. Die schrägen Seiten des Turmes schienen endlos breit. Der riesige Turm erstreckte sich verschwommen bis an den Horizont, so weit, dass sie das Ende nicht sehen konnten. Wie viele Menschen wohl darauf wohnten?

Um den großen Turm herum flogen zahllose Drachen, die vor dem riesigen Bauwerk wie kleine, bunte Fische aussahen.

»Himmel, was ist das? Was ist dieser riesiger Turm, der aussieht wie ein Berg?«, rief Het laut.

»Bitte erzähl uns nicht, dass das die Pangumenschen selbst erbaut haben. Es ist unmöglich, dass Menschen dazu imstande sind, einen derartigen Turm zu bauen!« Bors tat laut seinen Zweifel kund.

»Das ist die große Pagode, wo die Menschen wohnen. Alle Pangumenschen wohnen hier«, meinte der Flutdrache und lachte. »Das ist ein von Menschenhand errichtetes Bauwerk.«

»Ist das dein Ernst, Flutdrache?«, rief Bors laut. »Obwohl ich es in diesem Moment mit meinen eigenen Augen sehe, kann ich es dennoch nicht glauben. Wenn es wirklich so ist, wie du sagst, und diese große Pagode von Menschenhand erbaut wurde ...«

»Hm«, meinte Maihan. »Wenn es den Pangumenschen gelungen ist, auf dem Ada-Stern das riesige Qiyuan-Schiff zu bauen und dem Hochwasser zu entkommen, was gibt es dann noch, was sie nicht bauen könnten? Die Klugheit und Fertigkeiten der Pangumenschen haben schon längst unsere Vorstellungskraft übertroffen.«

Der Flutdrache war offensichtlich sehr stolz: »Die Klugheit der Pangumenschen ist es wirklich wert, gelobt zu werden, wir haben die Natur verbessert und eine große Zivilisation geschaffen, die größte und am besten entwickelte Zivilisation, seitdem es Menschen gibt.«

Während der Flutdrache versuchte, ihnen ihre Fragen so gut wie möglich zu beantworten, flog er auf die Behausung der Pangumenschen zu.

Als sie näher heranflogen, erkannten sie, dass die Pagode aus einem seltsamen goldenen Material gebaut war. Ein Haus war schräg an das nächste gebaut.

»So haben sie keine Möglichkeit, Getreide oder Gemüse anzubauen«, meinte Anta. »Das ist sehr seltsam. Wo sind eure Felder?«

»Anbauen?« Der Flutdrache schüttelte den Kopf. »Wir brauchen nichts anzubauen, wir haben schon längst für die nächste Billion von Jahren vorgesorgt. Unsere Wissenschaftler haben eine Technik entwickelt, mit der der Getreideanbau perfektioniert wurde. Deshalb sind unsere Getreidekammern schon gefüllt. Wir brauchen uns keine Sorgen mehr darum zu machen. Doch die Tore wurden ohnehin schon lange nicht mehr geöffnet, denn wir haben eine Möglichkeit gefunden, wie jeder selbst Nahrungsmittel herstellen kann. Falls es notwendig sein sollte, werden die Nahrungsmittel vom Ältesten nach Bedarf verteilt.«

»Das ist ähnlich wie bei uns im Land der Pfirsichquelle«, meinte Buha. »Auch im Land der Pfirsichquelle ist es so, dass je nach Bedarf verteilt wird. Jeder kann sich selbst versorgen.«

»Und wie funktioniert eine derartig große Produktion in der Gesellschaft? Wer behält den Überblick?«, fragte Bors. »Habt ihr keinen Kaiser oder König? Wie ist die Hierarchie hier? Wo sind die Minister? Wer macht die Gesetze, wer kümmert sich um die Rechte der Menschen?«

»Diese Dinge gibt es hier schon längst nicht mehr. Wir haben keine Regierung, die Bürger sind überhaupt nicht eingeteilt, jedes Individuum organisiert sich selbst, jeder Einzelne lebt so, wie er will. Hier gibt es weder eine Regierung noch eine gesellschaftliche Ordnung«, antwortete der Flutdrache

»Was tut ihr dann, wenn es Verbrecher gibt? Räuber oder Mörder zum Beispiel?«, fragte Babuduo. »Braucht ihr keine Wachen und kein Gericht?«

Der Flutdrache schüttelte seinen Drachenbart und meinte leise: »Bei den Pangumenschen ist noch nie ein Verbrechen geschehen. Hier gibt es keine Räuber. Kein Mensch schließt hier die Türen in der Nacht. Die Schätze, die wir durch unsere Intelligenz geschaffen haben, überschreiten schon längst unseren Bedarf. Wir brauchen keine Art von Organisation und Erziehung, alle Bewohner leben und erziehen sich selbst, nach der angeborenen Tugend der Menschheit. Sie arbeiten stets an ihrer eigenen Tugend, um selbst das Beste zu erreichen. Mit einem Satz: Nur die Regierung des Nicht-Tuns ist eine gute Regierung.

Während er sprach, war der Flutdrache schon in den großen Turm geflogen. Sie betrachteten die Häuser der Pangumenschen. Meistens waren es quadratische Häuser mit einem Hof in der Mitte. Die Wohnungen waren sehr eng auf dem riesigen Rumpf der Pagode errichtet. Obwohl alle Menschen des Schiffes in der Pagode wohnten, war es sehr ruhig. Es waren kaum Geräusche zu hören und zuerst dachte Het, dass keiner hier wohnen würde. Nur auf einigen wenigen Dächern waren vereinzelt Pangumenschen zu sehen. Sie waren in etwa so groß wie Shaodian.

»Die meisten meiner Sippe haben sich bereits verändert«, meinte Shaodian leise. »Da wir uns nur auf unser Wissen konzentriert und die ganze Zeit philosphiert und geforscht haben, hat Chiyou die Chance genutzt um wieder erwachen. Wir haben versagt. Die Pangumenschen müssen auch einsehen, dass Klugheit alleine nicht alle Fragen lösen kann – wie zum Beispiel das Böse oder Chiyou.«

In einem Steilflug Richtung Himmel die Position des Aufsteigenden Drachen einnehmend, flog der Flutdrache in das Zentrum der Pagode. Shaodian und die anderen waren auf den plötzlichen Richtungswechsel nicht vorbereitet und wären beinahe in die Tiefe gefallen. Erschrocken hielten sie sich stärker an den Hörnern des Drachen fest.

Nach einer Weile erreichte der Flutdrache das Zentrum der Pagode und hielt vor einem eher baufälligen

Haus. Der Drache machte eine kurze Kopfbewegung, sodass Shaodian und die anderen durch die Luft gewirbelt wurden und sicher auf einem hervorstehenden Balkon landeten.

»Ich warte hier auf euch«, lächelte der Flutdrache. »Ich hoffe, dass ihr hier die Antworten auf eure Fragen findet. Der Älteste der Pangusippe kann euch bestimmt helfen.«

Shaodian bedankte sich beim Flutdrachen und ging ins Innere des Hauses. Sie befanden sich auf einem hohen Balkon, der quer aus der Pagode herausragte. Er war nicht gerade breit, aber auch nicht eng, eben gerade richtig.

Über den Balkon betraten sie das Innere des Hauses. Der Balkon war aus einem sehr merkwürdigen Material. Es war nicht aus Holz und auch nicht aus Stein. Sie hatten dieses Material noch nie gesehen, es war anders als jedes Material, das sie bisher im Dayureich der Pangusippe gesehen hatten, und auch ganz anders als das der Gonggongs. Es sah grau und kalt aus, hin und wieder blitzte und funkelte es. Babuduo klopfte mit seinem Schwert gegen die Mauern des Hauses. Das Geräusch war dumpf und klang nach Metall. Mahnend sah Shaodian Babuduo an, der sein Schwert sofort wieder in die Scheide steckte und weiterging.

Nachdem sie ins Innere getreten waren, befanden sie sich in einer vollkommen anderen Welt. In einem großen Saal standen einfache, aber sehr edel wirkende Möbel mit seltsamen Mustern. Sie sahen sehr alt aus und waren bestimmt sehr wertvoll. Sie blieben stehen, sahen zur Decke des Raumes und drehten sich langsam im Kreis. Die Wände waren reich verziert und feinste Schnitzarbeiten zierten die Querstreben des Daches. Plötzlich hörten sie eine Stimme.

»Willkommen, ehrwürdige Gäste aus Ruiwen aus Xiaers erster Epoche, die ihr die Drachenperle besitzt, furchtlose Krieger und Helden.« Erst jetzt bemerkten sie einen alten Mann, der mitten im Raum in einem großen, mit feinstem Stoff bezogenen Sessel saß. Der alte Mann erhob sich ehrerbietig, verbeugte sich vor Shaodian und zeigte ein freundliches, gütiges Lächeln. »Mein Name ist Zhangbei, ich bin der Älteste der Pangusippe. Ich heiße dich aus tiefstem Herzen willkommen, Weiser aus der alten Heimat. Nur durch euer Beharren hat die Menschheit eine Spur von Hoffnung erspäht. Kommt, und setzt euch. Ihr habt bestimmt viele Fragen.«

»Ehrwürdiger Herr Zhangbei, großer Ältester der Pangusippe, ich heiße Shaodian und komme aus Ruiwen. Ich bin, wie es die Ahnen vorausgesagt haben, gekommen und bitte den Ältesten meiner Sippe, uns Mut und Kraft zu schenken. Chiyou ist aus seinem langen Schlaf erwacht und es droht ein fürchterlicher Kampf. Die Verteidigung des Dayureiches ist sehr schwach. Zudem haben sich auch die Gonggongs Chiyou angeschlossen und bereiten sich bereits auf den Krieg vor. Chiyou will die Menschen, die auf dem Goldenen Kontinent leben, vernichten. Das Drachenland ist bereits gefallen. Sobald auch das Dayureich gefallen ist, wird er unsere Spuren finden und ihnen folgen. Ich befürchte, dass er nicht ruhen wird, bis er euch hier gefunden hat.« Shaodian nahm die Drachenperle heraus und reichte sie Zhangbei. »Das ist die Drachenperle, der Beweis, dass ich wirklich der Weise aus Ruiwen bin.«

Der Älteste Zhangbei sah sehr gütig aus. Trotz der Nachricht über Chiyous Erwachen blieb er ruhig und nahm die Drachenperle vorsichtig in die Hand. »Ich freue mich sehr, noch einmal das wahre Drachenei zu sehen. Das ist wahrhaftig die wahre Drachenperle, wirklich ein seltener Anblick. Wir leben hier schon seit langer Zeit in Frieden. Viele unserer Kinder wissen gar nicht mehr, was Krieg bedeutet. Das sollte nicht so sein.«

»Was sollen wir tun, ehrwürdiger Zhangbei?«, fragte Shaodian. »Ich denke, wir haben nicht mehr viel Zeit. Chiyou ist wahrscheinlich schon erwacht und hat vielleicht schon seinen Körper neu geschaffen. Wenn es wirklich so ist, dann ist der erste Plan, so schnell wie möglich auf den Goldenen Kontinent zurückzukehren. Ich bitte daher den Ältesten aus tiefstem Herzen um Rat und Hilfe, um die Gerechtigkeit zu bewahren. Unsere Zeit ist knapp.«

Zhangbei nickte. »Ich hatte zunächst gedacht, wir könnten ein langes Abendessen für euch veranstalten und anschließend über Ruiwen und den Goldenen Kontinent sprechen, denn obwohl wir durch die Zeit reisen können, haben wir schon lange nichts mehr von unserer alten Heimat gehört oder gesehen. Auch wenn wir nicht mehr dort wohnen, verbindet uns sehr viel mit Ruiwen.«

»In der Heimat Ruiwen herrschen immer noch Ruhe und Harmonie«, meinte Shaodian. »Chiyou hat das Pangusiegel noch nicht gebrochen. Aber ehrwürdiger

Zhangbei, wir denken, wir müssen so schnell wie möglich etwas unternehmen. Wir sind aus der Ersten Epoche aufgebrochen und haben einen langen, harten Weg hinter uns. Verzeiht mir meine unhöfliche Art, aber die Zeit arbeitet leider gegen uns. Deshalb möchte ich Euch um einen Rat bitten: Was sollen wir als Nächstes tun?«

»Na gut!« Herr Zhangbei nahm die Perle entgegen. »Das ist das Drachenei. Lassen wir die Drachen das Ei ausbrüten, damit sich das Blut der Gerechtigkeit fortsetzen kann und der Große Drache den Goldenen Kontinent und das Universum rettet.«

Zhangbei und die anderen gingen zum Balkon, wo der Flutdrache bereits auf sie wartete, und schwangen sich auf seinen Rücken. Der Flutdrache nahm die Position des Aufsteigenden Drachen ein und stieß einen lauten Schrei aus. Sogleich kamen zahllose Drachen aus der Luft und aus dem Wald herbei und die Drachenperle in Zhangbeis Hand begann in einem grellen Licht zu leuchten. Ihr Licht war so intensiv, dass es bis zum Himmel emporstrahlte. Zhangbei warf die Drachenperle mit aller Kraft in die Luft. Zahllose Drachen umringten sie sofort und schlängelten sich um sie, wodurch sie in der Luft stillstand. Die großen Drachen hatten ihre Köpfe nach oben gerichtet und spielten mit der Perle.

»Was ist das?«, fragte Babuduo.

»Die Drachen spielen mit der Perle«, meinte Zhangbei. »So wird die Drachenperle ausgebrütet. In kurzer Zeit werden wir die Geburt des Drachen der Gerechtigkeit miterleben können.«

Während er sprach, trugen die Drachen die Perle

hoch in die Luft hinauf. Sie verbreitete einen noch helleren Glanz und sah wie eine kleine Sonne aus. Die Drachenperle drehte sich ununterbrochen. Auf einmal ertönte ein lauter Knall und ein Wolkenmeer legte sich auf die Menschen. Ein mächtiger Drache flog voller Kraft und Leben aus den Wolken heraus.

Es bestand kein Zweifel, dass es sich um den Drachen der Gerechtigkeit handelte. Er war viel größer, kräftiger und stärker als die anderen. Sein nahezu tausend Meter langer Körper bewegte sich frei durch die Luft.

Aus seinem stolz erhobenen Kopf wuchsen zwei gewaltige Hörner empor. Seine Augen versprühten rotgoldenen Glanz und sein langer weißer Drachenbart flatterte wild im Wind. Seine goldenen Schuppen glänzten so stark, dass Shaodian und die anderen meinten fast zu erblinden. Am Bauch des Drachen wuchsen seine Beine heraus, die wie vier scharfe Adlerfänge aussahen. Kopf nach oben, Schwanz nach unten flog der Drache los und nahm die Position des Aufsteigenden Drachen ein. Dazu stieß er laute Schreie aus: »Ao, ao, ao!« Der Drache der Gerechtigkeit war geboren. Gebannt von der Schönheit und Macht, die der Drache ausstrahlte, blickten die Freunde in den Himmel.

»Genau gleich«, rief Zhangbei bewundernd, »genau gleich wie der erste Drache der Gerechtigkeit des Universums, mutig, kämpferisch und königlich. Diese unglaubliche Kraft kann nur der Drache des neuen Zeitalters besitzen.«

»Wie viele Drachen der Gerechtigkeit gibt es denn?«, fragte Bors.

»Nur zwei«, antwortete Zhangbei. »Der erste war der Drache vom Anfang der Zeit, der Gründung des Universums, der aus dem Geist Pangus entstand. Das war der Neun-Länder-Drache, er gilt zugleich als der Ahnvater der Drachenfamilie. Der Neun-Länder-Drache war riesengroß und beschützte das Universum und die Welt. Deshalb half er zunächst den Pangumenschen im Kampf gegen Chiyou und trug sie dann auf seinem Rücken auf eine große Reise. Doch leider ist der Neun-Länder-Drache vor einigen hundert Millionen Jahren gestorben. Die anderen Drachen der Drachenfamilie stammen ursprünglich alle vom Neun-Länder-Drachen ab. Die Flutdrachen, Feuerdrachen und alle anderen sind Nachkommen des Neun-Länder-Drachen. Doch nur dieser Drache ist der direkte Nachfolger des Neun-Länder-Drachen und fähig, Chiyou zu besiegen. Vor einigen hundert Millionen Jahren, als meine Sippe von ihrer alten Heimat Ruiwen aufbrach, legte der Neun-Länder-Drache ein Ei und überließ es der königlichen Familie Shaodian, damit ihr Nachkomme einige hundert Millionen Jahre später, sobald Chiyou aufwachte, das Panguland suchen und der Welt den Frieden zurückbringen könnte.«

Zhangbeis Gesicht strahlte vor Freude. Er fuhr fort: »Die anderen Drachen sind ebenfalls sehr stark, aber sie haben trotzdem nicht die Kraft, Chiyou zu besiegen. Chiyou ist der Urahn des Bösen aus der Zeit der Geburt des Universums, nur der Drache der Gerechtigkeit kann den Kampf gegen ihn aufnehmen.«

»Ehrwürdiger Zhangbei, seit jeher plagen mich und

meine Freunde eine Frage: Warum musste unsere Sippe auf Wanderschaft gehen? Warum haben sie Ruiwen verlassen und die Drachenperle dort zurückgekassen?«, fragte Shaodian

»Ja, genau«, meinte Het. »Außerdem habt ihr auch geplant, dass die Wichte aus dem Land der Pfirsichquelle und die Menschen aus dem Schneeland uns helfen werden. Warum habt ihr das alles so kompliziert geplant? Was wäre geschehen, wenn wir einen Fehler gemacht und euch nicht gefunden hätten?«

»Das ist eine schwierige Frage«, meinte Zhangbei ernst. »Die Pangumenschen liebten ihre Heimat. Kein Einziger der Pangumenschen hätte aus Ruiwen fortziehen wollen, um in der Fremde umherzuirren. Doch wir konnten nicht anders. Denn wir hatten das *Buch der Wandlungen* studiert, in dem geschrieben steht, dass das Universum durch eine riesige Katastrophe zerstört werden würde. Doch welche Katastrophe es sein würde, wussten wir nicht. Jetzt wissen wir, dass das Buch Chiyou gemeint hat. Die Pangumenschen versammelten die wichtigsten, größten Gelehrten, um das *Buch der Wandlungen* genau zu studieren. Sie fanden heraus, dass die Pangumenschen ein neues Gebiet finden sollten, um dort friedlich zu wohnen. Dieser Ort sollte zu keiner Zeit und zu keinem Raum des Universums gehören, es musste ein Ort sein, den die Pangumenschen selbst erbauen würden. Um die Welt zu retten, machten wir uns vor einigen hundert Millionen Jahren auf den Weg. Auf dem riesigen Neun-Länder-Drachen fanden alle Pangumenschen Platz. Sie brachen von Ruiwen auf, durchquerten das Loch der Epochen über der Pagode der Erdgeister, führten einen Kampf gegen Chiyou und versetzten ihn in einen tiefen Schlaf. Dann kamen wir auf den Goldenen Kontinent. Um Chiyou aufzuhalten, blieben einige Pangumenschen auf dem Goldenen Kontinent zurück, die noch immer dort leben. Doch sie alleine waren nie in der Lage, ihn zu besiegen. Sie sollten Chiyou und sein Heer nur so lange hinhalten, bis der Weise mit dem Großen Drachen zurückkehren würde. Doch der größte Teil von uns machte sich auf, um jenes besondere Gebiet aus dem *Buch der Wandlungen* zu finden. So fanden wir den Ada-Stern und erlebten dort eine Blüte unserer Kultur. Doch dann kam die Flut – zu dieser Zeit war der Neun-Länder-Drache bereits gestorben. Wir wussten nicht, wohin wir fliehen sollten, und wurden von großer Angst ergriffen. Damals rieten einige Gelehrte, das Qiyuan-Schiff zu bauen. Also entkamen wir noch einmal einer großen Katastrophe und lassen seit jenem Zeitpunkt das Qiyuan-Schiff in der Welt der Zeit treiben. Hier sind wir sicher.«

Zhangbei fuhr fort: »Das Qiyuan Schiff ist gigantisch, seine Oberfläche ist ungefähr so groß wie der Goldene Kontinent selbst. Nachdem wir es gebaut hatten, erweiterten wir es je nach unserem Bedarf. So wurde es immer größer und größer. Wir errichteten einen künstlichen Wald, hohe Berge und die riesige Pagode, auf der sich die Behausungen der Pangumenschen befinden.«

»Ich verstehe.« Bors nickte. »Aber, Ältester Zhangbei, ihr habt meine Frage noch nicht beantwortet, warum beschlossen wurde, dass Shaodian, nachdem Chiyou erwachte, sich von Neuem auf die Suche nach dem Großen Drachen machen und das Panguland suchen soll. Was war der Grund dafür?«

»Der Grund dafür ist sehr einfach«, antwortete Zhangbei. »Beim Kampf auf der Pagode der Erdgeister besiegten wir Chiyou und sorgten dafür, dass er einschlief. Der Neun-Länder-Drache wollte Chiyou nicht töten, denn um ein Gleichgewicht herstellen zu können, brauchte man auch einen Gegenspieler. Ich bin mir sicher, dass ihr mit dem Yin-Yang-Prinzip vertraut seid. Also versetzte er ihn nur in einen tiefen Schlaf in der Hoffnung, er würde nie wieder aufwachen. Dennoch war der Neun-Länder-Drache besorgt und schenkte den Pangumenschen die Drachenperle. In ihr ruhte der einzige Drache, der es mit Chiyou aufnehmen konnte. Das war die einzige Möglichkeit, uns und das Universum vor der Katastrophe, Chiyou, zu retten. Zugleich planten wir auch, dass derjenige mit dem Namen Shaodian in Ruiwen, sobald Chiyou wieder erwachen würde, sich mit der Drachenperle auf die Suche nach dem Panguland machen würde. Dort sollte der Drache der Gerechtigkeit aus der Drachenperle schlüpfen. Auch die Wichte und die Menschen aus dem Schneeland waren Teil unseres Plans.«

Während Zhangbei sprach, zog der Drache der Gerechtigkeit ein paar Kreise am Himmel. Dann sauste er plötzlich Kopf nach unten, Schwanz nach oben in der Position des absteigenden Drachen auf Shaodian und die anderen zu, die noch immer zwischen den Hörnern des Flugdrachen saßen.

Er begann um den Flutdrachen zu kreisen und legte sich rund um ihn herum. Das war die Position des Runden Drachen. Er strich mit dem Drachenbart über Shaodians Kopf und begann mit würdevoller Haltung zu sprechen. Seine Stimme war tief und ruhig. »Ich heiße Huaxia und bin ein direkter Nachkomme des Neun-Länder-Drachen.«

Der Huaxia Drache strich mit seinem Drachenbart um Shaodians Körper und fragte: »Bist du Shaodian?«

Shaodian nickte und antwortete: »Ich bin Shaodian und komme aus der alten Heimat Ruiwen.«

Der Huaxia-Drache nickte und meinte: »Du bist mein Herr.«

»Wir fühlen uns wirklich sehr geehrt, das edle Gesicht des Huaxia-Drachen so aus der Nähe betrachten zu dürfen,« rief Het. »Der Goldene Kontinent wartet auf deine Rettung, das Dayureich der Pangusippe wird von Chiyou bedroht. Kannst du ihn besiegen?«

Der Huaxia-Drache antwortete nicht sofort, leicht umschlang er die Gruppe mit seinem großen Körper. Dann sagte er: »Freunde, wir müssen los! Kehren wir so schnell wie möglich auf den Goldenen Kontinent zurück, um die Menscheit zu retten. Es steht schlecht um das Dayureich. Setzt euch auf meinen Kopf und haltet euch an den Hörnern fest, ich kann die Zeit durchqueren und mit euch zusammen auf den Goldenen Kontinent fliegen.«

Shaodian hielt inne, wandte sich um und fragte Zhangbei: »Der Flutdrache kann Wasser speien, oder?«

Zhangbei antwortete: »Der Flutdrache beherrscht Wasser. Er kann auch Hochwasser aufhalten. Ich rate euch, auch die anderen Drachen zu fragen, ob sie euch begleiten wollen. Sie alle haben spezielle Fähigkeiten und könnten euch bei dem Kampf gegen Chiyou und seine Verbündeten eine große Hilfe sein.«

»Gut«, meinte Shaodian, »dann möchte ich ihn und die anderen darum bitten, mit uns auf den Goldenen Kontinent zurückzukehren.«

Auf dem Rücken des Drachen der Gerechtigkeit, mit dem Flutdrachen und weiteren sechs Drachen machten sie sich auf den Weg zurück zum Goldenen Kontinent, wo sie bereits sehnsüchtigst erwartet wurden.

11

Chiyous Erwachen und Dayus Befürchtungen

Shaodian und die anderen waren schon lange aufgebrochen und Dayus Befürchtungen, sie würden es nicht rechtzeitig schaffen, wurden immer größer. Er war ein Oberhaupt, das sein Land und sein Volk liebte. Was sich im Augenblick vor seinen Augen abspielte, bereitete ihm großen Kummer. Der Krieg hatte einen kritischen Punkt erreicht: Vorne rückten Chiyous Truppen näher, im Rücken drohten die Gonggongs. Zudem war die Verteidigung des Dayureiches über die Jahre schlechter geworden. Dayu konnte weder essen noch schlafen, die Schatten unter seinen Augen wurden immer dunkler, seine Haut war fahl und die Wangen eingefallen. Die tiefen Falten auf seiner Stirn verrieten, dass er in letzter Zeit viel nachdachte.

Verzweifelt suchte er nach einem Ausweg. »Meine einzige Hoffnung ist, dass Chiyou sich Zeit lässt und erst dann aufwacht, wenn der Weise mit dem Drachen zurückgekehrt ist. Wir brauchen Zeit, viel Zeit. Alles, was wir jetzt tun können, ist, eine Versammlung einzuberufen, um zu beratschlagen, wie wir Chiyou und den Gonggongs entgegentreten sollen.«

So berief König Dayu eine große Versammlung ein.

Die Oberhäupter und Sippenältesten wussten, dass die Angelegenheit sehr ernst war. Deshalb eilten sie so schnell sie nur konnte nach Zhuolu, in die Königsstadt des Dayureiches.

»Liebe Sippenältesten, es sieht nicht gut für uns aus«, begann Dayu und trat im königlichen Versammlungssaal vor die anderen hin. »Verführt von Chiyou haben sich die Gonggongs gegen uns gestellt und sind nun Helfer des Bösen. Sie haben ihre Truppen an der nördlichen Grenze zusammengezogen und den Krieg gegen das Dayureich begonnen. Die Truppen von Chiyous Ungeheuern sind gerade im Begriff, das Jingwei-Meer zu überqueren. Sie planen, das Dayureich vom Meer aus anzugreifen. Obwohl das Jingwei-Meer unendlich groß ist, werden sie für die Überquerung des Meeres nicht so lange brauchen, wie wir es uns erhofft hatten. Ehrenwerte Sippenältesten und Oberhäupter, wir müssen darüber beraten, wie wir Zeit schinden können, ohne unnötig Menschenleben aufs Spiel zu setzen.«

»Es steht in der Tat sehr ungünstig um uns«, meinte ein Anführer der Schlangensippe, welche die Schlange als Totem verehrte, und erhob sich. »Aber, egal wie, die Schlangensippe wird niemals Verrat an der Gerechtigkeit üben und zu Chiyou überlaufen. Wir von der Schlangensippe werden immer auf die Anweisungen des Dayureiches hören.«

»König Dayu, auch an unserer Treue braucht Ihr nicht zu zweifeln«, meinte der Anführer der Bärensippe. »Wie es aussieht, ist der Krieg zwischen der Gerechtigkeit und dem Bösen unvermeidbar. Uns bleibt keine andere Wahl, als unsere Kräfte zu vereinen und uns gegen das Böse zu verbünden. Nur so besteht eine geringe Chance auf den Sieg.«

»Aber«, erhob sich der Älteste der Elefantensippe.

»Auch wenn wir unsere Truppen vereinen, sind wir kein ebenbürtiger Gegner für Chiyou und Gonggong. Die Gonggongs sind unsagbar stark, sie haben sich seit Jahren auf den Krieg vorbereitet. Außerdem verfügen sie über zahllose Ungeheuer und können sich schnell und rasch bewegen. Dazu kommt noch Chiyou, der uns vom Meer aus angreift ...«

Die Rede des Ältesten der Elefantensippe versetzte die Anwesenden in Schweigen. In diesem Augenblick betrat ein Bote in den Raum, verneigte sich tief vor dem König und den Ältesten und teilte den Versammelten mit, dass Gonggong bereits die ersten Städte im Grenzgebiet angegriffen hatte und diese gefallen waren. Ein Raunen ging durch den Raum, als sie die Nachricht hörten. Der Bote verneigte sich, verließ den Raum und ließ den König mit den Ältesten alleine.

König Dayu erhob sich aus seinem Sessel, ging zum Fenster und seufzte. Nie hätte er sich gedacht, dass Gonggong vor Chiyous Erwachen angreifen würde.

Dayu zog seine Augenbrauen zusammen, sprach eindringlich mit seinen Ministern und Ältesten und meinte: »Fünf Dinge gilt es jetzt zu tun: Erstens, wir müssen die Soldaten der sieben Städte des Dayureiches vereinigen, um die Angriffe der Gonggongs an der nördlichen Grenze zurückzuschlagen. Chiyous Truppen werden wohl noch einige Tage brauchen, um das Jingwei-Meer zu überqueren. Bevor sie hier sind, ist der Norden wichtiger. Zweitens, jede Sippe muss sich von diesem Augenblick an zum Krieg rüsten. Wenn sie von den Gonggongs oder von Chiyou angegriffen wird, muss sie sich mit aller Kraft verteidigen. Drittens, alle Bürger der gerechten Länder, das Dayureich der Pangusippe und die anderen Sippen müssen alle anderen Dinge ruhen lassen und sich auf den Krieg vorbereiten. Jeder männliche Nachkomme, der alt genug ist, ein Schwert zu tragen, soll sich bei den Soldaten melden. Viertens, wir müssen die Rüstungsmaßnahmen verstärken und den Befehl zur Einberufung geben. Egal ob Dayureich oder Vasallenstaaten, unser Heer braucht jeden Mann, der imstande ist zu kämpfen.«

»Freunde«, sprach er, »auch wenn es im Moment nicht gut um uns steht, müssen wir an die Kraft der Gerechtigkeit glauben. Noch sind wir am Leben und nichts ist verloren. Wir werden nicht einfach so tatenlos zusehen, wie die Gerechtigkeit zerstört wird. In Wirklichkeit sind unsere Siegeschancen immer noch sehr groß. Wenn es dem Weisen der Pangusippe mit der Drachenperle gelingt, das Panguland zu finden und den Großen Drachen in die Welt zurückzurufen, werden wir Chiyou besiegen und der Welt die Gerechtigkeit und den Frieden zurückbringen.« Er hoffte, dass Shaodian bald mit dem Großen Drachen zurückkehren würde. Die Ältesten und Minister sahen ihn schweigend an. Sie glaubten schon lange nicht mehr an Shaodians Rückkehr und den Drachen der Gerechtigkeit. Die Sitzung war beendet und jeder kehrte in sein Land zurück, um die Vorkehrungen durchzuführen. Erschöpft und besorgt ließ sich König Dayu auf seinem Sessel nieder und fiel in einen unruhigen Schlaf.

An der nördlichen Grenze des Dayureiches hatte Gonggong seine Truppen bereits zusammengerufen.

»Ist es nicht zu früh anzugreifen, Gonggong, großer Führer?«, fragte General Sim. »Sollen wir nicht besser auf Chiyou warten und den Angriff erst führen, sobald seine Truppen und Ungeheuer das Jingwei-Meer überquert haben?«

»Das brauchen wir nicht«, meinte Gonggong und räkelte sich in seinem prächtigen seidenen Sessel. Er war spindeldürr und seine Krabbenbeine fuhren unruhig durch die Luft. Er war viel kleiner als ein durchschnittlicher Pangumensch, nur etwa einen Meter groß. Sein Kopf sah aus wie ein Totenschädel, der einzige Unterschied zu den Toten war, dass er von einer dünnen, trockenen Hautschicht überzogen war. Unter der glanzlosen Oberfläche traten die Adern hervor. Die weißen Pupillen in seinen dunklen Augen funkelten bedrohlich. Mit den langen Fingernägeln, die aus seinen trockenen und dürren Fingern wuchsen, fuchtelte er vor Sims Gesicht hin und her. Seine Stimme klang laut und hallend.

»Wir brauchen nicht zu warten«, wiederholte Gonggong. »Im Augenblick ist das Dayureich noch nicht kriegsbereit. Sie sind praktisch schutzlos und vollkommen unvorbereitet. Der Schnellere gewinnt den Krieg«, meinte er und fuchtelte mit den Fingern in der Luft herum. Dabei blitzten und funkelten die beiden weißen Pupillen. »Von nun an versammeln wir alle Soldaten und Ungeheuer und führen Angriffe auf die Grenze des Dayureiches. Wir werden die Wuzhiqi-Affenmonster und die neunköpfigen Xiangliu-Schlangen ausschicken. Sie sind im Kampf ungnädig und und töten alles, was sich bewegt.« Gonggong lachte laut auf und sein schauriges Lachen hallte von den hohen Steinmauern seines Saales.

»Jawohl«, antwortete Sim, »es geschehe, wie der große Führer sagt.«

Chiyous Truppen überquerten das endlos weite Jingwei-Meer. Zahllose böse Meeresungeheuer waren aus den Tiefen des Meeres gerufen worden und halfen Chiyous Truppen bei der Überfahrt.

Die Soldaten ritten auf dem Rücken der verschiedenen Meeresungeheuer, die schnell voranschwammen. Die neu gebauten Schiffe rauschten mit geblähten Segeln auf den Goldenen Kontinent zu. Chiyous Offiziere waren sehr zufrieden. Sie saßen auf dem Rücken der Meeresungeheuer, lachten laut und freuten sich schon auf den Krieg. »Auch wenn wir noch einige Tage brauchen, sind wir bestimmt schneller, als wir gedacht haben«, meinte einer von ihnen.

Viele befürchteten, dass das Dayureich aus ihrer verspäteten Ankunft an der Küste einen Vorteil ziehen könnte und ihre Chancen auf einen Sieg vermindern würde. Auch wenn sie darüber nicht besonders glücklich waren, konnten sie jedoch nichts daran ändern. Viele versuchten, die Seeungeheuer einem schnelleren Tempo voranzutreiben, aber die Ungeheuer konnten dieses auf Dauer nicht durchhalten.

»Da ist wirklich nichts zu machen«, meinte der Offizier. »Das Jingwei-Meer ist einfach zu groß und es braucht einfach Zeit, um es ganz zu überqueren. Wir dürfen es nicht unterschätzen, dieses verdammte Meer hat kein Ende. Hoffen wir, dass wir so schnell wie möglich dieses verdammte Jingwei-Meer überquert haben.«

»Anführer, wann wird Chiyou erwachen?«, fragte einer der Unteroffiziere. »Wir müssen ihm zu Ehren die Städte des Dayureiches erobern.«

»Keine Eile. Dass unser Anführer erwacht, heißt nicht, dass wir sofort Krieg führen können. Er muss zunächst noch seinen Leib neu schmelzen. Erst wenn Geist und Körper vollkommen vereint sind, wird er so stark sein, dass er von keinem Feind der Welt mehr besiegt werden kann.«

»Natürlich«, pflichtete ihm der Unteroffizier bei. Nach einer Weile zeigte er sich abermals zweifelnd. »Aber was ist von jener Legende des Weisen der Pangusippe zu halten?«

Der Offizier blickte auf das riesige Jingwei-Meer vor ihm, welches bis in den letzten Winkel von Soldaten besetzt war. Er seufzte und meinte: »Darüber habe ich mir bereits Gedanken gemacht. Aber noch sieht es gut für uns aus. Es gibt keine Anzeichen, dass er das Panguland gefunden hat. Noch wurde der Große Drache nicht gesichtet. Durch unserern Verbündeten Gonggong haben wir einen großen Vorteil. Nun können wir das Dayureich von zwei Seiten gleichzeitig angreifen und bald schon wird es fallen.« Die Soldaten jubelten und hoben ihre Waffen in die Höhe.

Der Krieg an der nördlichen Grenze verlief sehr schlecht für das Dayureich. Die Truppen der Gonggongs hatten schon viele Städte besetzt. Obwohl die Pangusoldaten ihr Leben riskierten und mutig kämpften, hatten sie keine Chance. Sie waren einfach zu schwach und mussten eine Niederlage nach der anderen hinnehmen. Viele waren bereits gefallen und noch mehr waren verwundet worden.

Dayu blieb keine andere Wahl, als den Bewohnern der Grenzgebiete zu befehlen, ihre Städte aufzugeben und sich umgehend nach Baolei zu gehen.

Daraufhin hatten die Truppen des Dayureiches vor allem damit zu tun, den Bewohnern einen sicheren Rückzug zu garantieren. Baolei war eine große Festung an der nördlichen Grenze mit starken Mauern und zahlreichen Soldaten. Insgesamt wohnten hier einige Zehntausend Menschen. Es gab ausreichend Getreidevorräte, man war für einen langen Kampf gerüstet. Um die Festung lagen kleine Häuser und Felder, aber die meisten Leute zogen es vor, innerhalb der starken Festungsmauern zu wohnen.

So wurde Baolei das Zentrum für den Verteidigungskrieg. Dayu war sehr über die Kriegsentwicklung besorgt und reiste persönlich zur Festung, um den Krieg vor Ort strategisch zu planen.

Die Festung war aus insgesamt zehn Schichten gebaut, eine lag über der anderen, dadurch war sie einige Hundert Meter hoch. Die Mauern waren aus dickem, hartem Stein und die Tore waren aus einem ganz besonderen harten und festen Material gefertigt. Im Augenblick standen die Tore noch offen, um die Pangumenschen aus den umliegenden Gebieten aufzunehmen. Da die meisten jungen Männer im Krieg waren, bestand der Großteil der Flüchtlinge aus alten Menschen, Frauen und Kindern. Die Menschen aus den umliegenden Städten brachten ihren Hausrat mit sich und passierten mit ihren voll beladenen Wägen die Tore. Außer den Flüchtlingen kamen noch einige Truppen aus anderen Gebieten, um Baolei und seine Bewohner zu beschützen. Große und mutige Soldaten trugen Pfeil und Bogen oder Schwerter, sie waren mit der Kriegsuniform der Pangumenschen bekleidet, und waren von der Müdigkeit und Anstrengung gezeichnet.

»Wie groß ist unser Heer jetzt, wenn wir die Truppen aus den anderen Gebieten und die aus Baolei zusammenzählen?«, fragte Dayu den General neben sich, während er auf dem höchsten Punkt der Turm stand und auf das Gewirr am Boden hinabblickte.

»Ehrwürdiger König Dayu, ingesamt sind es jetzt 100 000 Soldaten. Auf dem Rückzug wurden wir immer wieder von den Gonggongs angegriffen, dadurch haben wir viele Soldaten verloren«, antwortete der General.

»100 000?« Dayu hob die Augenbrauen. »100 000 Soldaten sind niemals genug. Können wir aus den anderen Gebieten nicht noch mehr Soldaten abziehen?«

»Die Gonggongs haben auf der ganzen Linie den Krieg begonnen und die Grenzgebiete überall angegriffen. Die anderen Präfekturen haben selbst große Mühe, die Stellung zu halten, deshalb ist es unmöglich, noch mehr Soldaten abzuziehen.«

Dayu seufzte laut und fragte: »Wie sieht die Situation in den Vasallenstaaten aus?«

»Jeder Vasallenstaat, jede Sippe hat selbst mit Angriffen zu kämpfen. Der Krieg der Gonggongs wurde sehr gut vorbereitet. Sie haben zahlreiche Ungeheuer als Verbündete. Vor allem die Wuzhiqis und die Xianglius sind wahrhafte Kriegsmaschinen im Angriff auf die Städte«, antwortete der General.

»Es sieht nicht gut für uns aus. Unsere Front ist einfach zu lang. Wir haben zu wenig Soldaten und diese sind ohnehin schon völlig erschöpft. Außerdem müssen wir sie noch strategisch gut positionieren, um die Festung so lange wie möglich zu halten.«

Er ging ein paar Schritte hin und her und sah auf die Stadt Baolei hinab. »Egal wie, wir müssen uns auf eine große Schlacht vorbereiten. Hoffen wir, dass wir mithilfe der starken Festungsmauern die Angriffe der Gonggongs abwehren können. Der Krieg hat sich ganz anders entwickelt, als wir gedacht haben. Ich hatte nicht damit gerechnet, dass die Gonggongs so schnell vorankommen. Ich hoffte, dass wir noch ein bisschen Zeit gewinnen könnten, um unsere Soldaten zu versammeln und uns gewissenhaft vorzubereiten. Sollte die Festung fallen, gibt es keinen Ort, an den wir uns zurückziehen könnten. Die weite Ebene hinter uns gibt uns keine Möglichkeit, uns zu verstecken oder Schutz zu suchen.«

König Dayu überlegte einige Minuten, bis er plötzlich mit fest entschlossener Stimme zu seinem General sagte: »Gebt folgenden Befehl weiter. Ich befehle allen

Präfekturen in der Umgebung, ihre Städte aufzugeben. Alle Menschen und Truppen sollen sich so schnell wie möglich nach Baolei zurückziehen. Dabei soll die Nachhut alle Getreidevorräte mitbringen. Wir müssen uns auf einen langen Krieg gegen die Gonggongs einstellen.«

In Wirklichkeit hatte Dayu schon Vorbereitungen für den schlimmsten Fall getroffen. Er hatte den Ministern befohlen, in der Königsstadt Zhuolu zu bleiben. Er selbst bereitete sich darauf vor, zusammen mit Baolei unterzugehen. Die Schlacht um Baolei würde die Entscheidung herbeiführen. Falls sie diese Schlacht verloren, sah die Situation für die Pangumenschen alles andere als gut aus. Angesichts dessen ließ Dayu die Hälfte der Glückstiere zur Verteidigung nach Baolei bringen. Das gesamte Dayureich bereitete sich auf eine Schlacht gegen die Gonggongs vor.

Die Dämmerung kam und das Abendrot zog über den Himmel.

Die spitzen Türme der Festung ragten wie ein hoher Wald bis in die Wolken hinauf, die Flugtiere zogen durch die Luft, umkreisten die Türme und trieben ihre Späße. Das Abendrot färbte auch ganz Baolei rot, es herrschte Grabesstille, eine Atmosphäre geprägt von Angst und Tod.

Innerhalb der Festungsmauern wollte keine Ruhe einkehren. Unter dem Vorhang der Nacht kamen immer noch Vertriebene und Soldaten aus den umliegenden Gebieten, um in der Festung Schutz zu suchen. Viele alte und schwache Menschen brachten ihre Habe mit sich. Obwohl das Stadttor sehr groß war, drängten und rempelten sich in diesem Augenblick überall die Menschen. Die lauten Stimmen verklangen auch in der Nacht nicht.

Die Nacht wurde dunkler, doch immer noch war das klirrende Geräusch der Rüstungen zu hören. Für die Menschen klang es wie ein Triumphlied. Die Rillen und Schuppen der Rüstungen blitzten und funkelten im Mondlicht, so als ob sie der schwarzen Nacht eine kleine Hoffnung geben wollten.

Mittlerweile waren schon über 200 000 Soldaten da und die Zahl stieg immer noch an.

»Das vergrößert unsere Gewinnchancen«, meinte Dayu. »Egal wie, wir wollen bis zum Tod kämpfen und hoffen, das Licht des morgigen Tages zu sehen.«

Zufrieden blickte er auf die lange Reihe von Wagen, die Getreide in die Stadt brachten, und die vielen Glückstiere aus dem Hinterland. Einige Tausend Einhörner, Riesenschildkröten und Phönixe flogen in Reih und Glied herbei und ließen sich am Himmel über der Festung nieder.

Obwohl es bereits Nacht war, herrschte noch immer reges Treiben. Die Menschen wussten nicht wohin sie sollten, und die voll beladenen Wägen versperrten die Wege zu den Häusern. Die Glückstiere ruhten sich auf den Dächern der Stadt aus und ließen sich von dem Lärm nicht stören. Auf der Suche nach einem Schlafplatz tummelten und drängten sich die Pangumenschen, die erst neu in die Stadt gekommen waren, in den Straßen. Die eben angekommenen Soldaten legten ihre Waffen bereit, das Dämonische Feuer flackerte, die Offiziere zählten ihre Truppen und besprachen ihre Kriegsstrategien.

Auf den hohen Türmen der Stadt brannte das Dämonische Feuer so hell, dass die Festung wie am helllichten Tag erleuchtet war.

Alles schien sich sehr gut zu entwickeln.

Doch plötzlich wurde ein lauter Schrei in die Stadt getragen. Der Ton ging durch Mark und Bein, er klang klagend und lang gezogen. Die Menschen in der Stadt verstummten.

»Was ist das für ein Laut? Wer kann so schreien?«, fragte ein alter Mann.

Ein anderer Mann antwortete: »Das war nicht der Schrei eines Glückstieres.«

Der seltsame Schrei wurde immer lauter. Es verbarg sich etwas Böses darin. Die Bewohner und Soldaten von Baolei wurden immer unruhiger. Alle wussten, dass es bald zum großen Kampf kommen würde. Sie hofften, dass Shaodian mit dem Großen Drachen bald kommen würde, um sie zu retten.

Der seltsame Schrei wurde immer lauter und kam näher und näher. Plötzlich erklang ein dumpfes »Honh«. Es klang, als ob ein großer Fuß auf dem Boden aufstampfte. Alles um die Menschen bebte und wackelte. Einige Frauen schrien laut auf und suchten unter einem Mauervorsprung Schutz, während andere die Pferde beruhigten. Es folgten einige laute Schläge. Zusammen mit dem merkwürdigen Schrei und dem furchtbaren Schnaufen erklang der Kampfschrei von marschierenden Soldaten, sodass die Erde zu beben begann.

Die Soldaten in Baolei fühlten, dass etwas Großes im Anmarsch war. Sie hoben den Blick, schauten in die Ferne und erblickten einige Dutzend riesige Ungeheuer, die stampfend und schnaufend auf die Stadt zukamen. Sie waren einige Dutzend Meter hoch, sie sahen aus wie riesige Affen und fuchtelten mit den beiden Armen in der Luft herum. Dabei kamen sie mit schnellen Schritten voran. Obwohl ihre Körper sehr plump wirkten, sprangen sie behände auf und ab. In ihren Augen loderte ein rotgoldenes Feuer wie Fackeln in der Nacht.

»Wuzhiqis?«, rief einer der Soldaten laut. »Das sind die Ungeheuer der Gonggongs! Wuzhiqis! Himmel, wir sind verloren!«

An der Seite der Wuzhiqis wurden von den Gonggongs einige Dutzend hohe Türme herbeigeschoben, um damit die dicken Mauern anzugreifen. Hinter den Wuzhiqis und den Maschinen marschierte so weit das Auge reichte ein riesiges Meer. Jeder der Gonggongs schien stark und mutig, sie hielten Äxte in den Händen, die Augenbrauen wippten auf und ab, die Augen blickten wild und ihre spitzen Zähne schauten gefährlich hervor.

Es waren einige Ungeheuer dabei, die sie noch nie gesehen hatten. Manche hatten Spinnenkörper und Menschengesichter und bewegten sich auf einem Bein vorwärts. Andere hatten Menschenkörper und Spinnengesichter und liefen auf drei Beinen. Unaufhaltsam bewegte sich der Tross auf die Festung zu.

Als Dayu die Nachricht erhielt, dass die Gonggongs im Anmarsch waren, übernahm er sofort die Führung und begann die Schlacht vorzubereiten. »Himmel, niemals hätte ich gedacht, dass der Feind so schnell da sein würde.«

Einer der Generäle meinte: »Das haben die Gonggongs den Ungeheuern zu verdanken. So kommen sie schneller voran, sie können im nächsten Augenblick ein Heer aufstellen und zum Angriff rufen.«

Dayu blickte starr auf die endlosen Truppen der Gonggongs auf der Ebene vor Baolei und meinte gefasst: »Auf zum Kampf! Das Gewitter der heutigen Nacht wird unsere Entschlossenheit prüfen.«

Dayu befahl den Bewohnern der Stadt, sich in die unterirdischen Bunker zurückzuziehen. Die Krieger hingegen hatten auf den Mauern und Türmen Position zu beziehen. Alle Glückstiere, Einhörner, Phönixe und Riesenschildkröten, sollten sich auf den Kampf vorbereiten und sich auf die vielen hohen Türme verteilen. Die Bogenschützen sollten auf der ersten Ebene der Mauer warten. Eine Gruppe von Soldaten wurde zum Haupttor geschickt, für den Fall, dass es den Gonggongs gelang, die Tore aufzubrechen.

Alles war bereit. Dayu hatte erwartet, dass die Truppen der Gonggongs vor der Festung haltmachen würden, um sich zunächst zu ordnen und erst dann mit dem Angriff zu beginnen. Immerhin hatten sie einen langen Marsch hinter sich, und es war bestimmt kein Vorteil, in müdem Zustand zu kämpfen. Für diesen Fall beabsichtigte Dayu, in der Nacht einen Überraschungsangriff auf die Truppen der Gonggongs zu führen. Dadurch würden sich ihre Gewinnchancen erhöhen. Doch sein Wunsch löste sich sehr schnell in Luft auf, denn die Truppen der Gonggongs dachten nicht daran, sich auszuruhen, sondern gingen direkt zum Angriff über.

»Wollen wir nicht eine Pause machen, verehrter General?«, fragte ein Unteroffizier der Gonggongs.

»Nein, das brauchen wir nicht!«, rief der General und lachte laut auf. »Das Dayureich genießt seit langer Zeit den Frieden. Die Pangumenschen sind es gewohnt, ein sehr gemütliches Leben zu führen, sie vertreiben sich die Zeit mit gelehrten Dingen, essen wohlschmeckende Speisen und üben sich in ihren Pangukünsten.« Der General hielt inne und biss sich auf die Zähne. »Ich wünsche mir, dass kein Pangumensch morgen die Sonne aufgehen sieht!«

»Dann ...«, der Unteroffizier fühlte sich unwohl, »sollen wir das das unserem großen Anführer Gonggong mitteilen?

»Wir sind keine schwachen Weiber«, meinte der General zornig. »Ich kann selbst Befehle erteilen, ich bin General.« Er verzog sein Gesicht zu einer hässlichen Fratze, blickte auf Baoleis hohe Türme und rief: »Auf zum Kampf! Meine Freunde, je früher der Krieg vorbei ist, umso schneller können wir wieder nach Hause zurück.«

So begannen die Gonggongs unter dem Befehl des Generals mit dem Angriff.

Zunächst kamen alle möglichen Arten von Flugungeheuern zum Einsatz. Zahllose riesige Bestien flogen mit Felsbrocken zwischen den Klauen über den Himmel in Richtung Festung. Als sie über Baolei angekommen waren, ließen sie die großen Steine einen nach dem anderen fallen. Die tonnenschweren Steine fielen ins Innere, wo sie viele Pangusoldaten unter sich zermalmten.

Als Dayu sah, dass die Bestien der Gonggongs angriffen, befahl er den Glückstieren, in den Kampf zu ziehen. Einhörner, Phönixe und Schildkröten erhoben sich in die Luft, um den Feind willkommen zu heißen.

Die Einhörner brauchten nur mit einem Huf gegen Gonggongs Ungeheuer zu treten, schon schrien diese auf und fielen vom Himmel. Die Phönixe hingegen kämpften mit den Flügeln und den Krallen. Sie waren sehr wedig, konnten den Angriffen der Bestien leicht ausweichen, manchmal nach rechts, manchmal nach links, manchmal nach oben, manchmal nach unten. Sie wichen zunächst zurück, um sich dann plötzlich umzudrehen und mit den Krallen nach den Bestien zu greifen. Die Schildkröten waren halb Schlange, halb Schildkröte. Sie spien Gift und Feuer, dem die Bestien nur schwer entkommen konnten.

Die Glückstiere waren zweifellos kräftiger, doch zahlenmäßig waren sie weit unterlegen.

Viele Ungeheuer wurden getötet, doch immer wieder kamen neue herbeigeflogen und füllten die leeren Reihen auf.

Die Glückstiere kämpften sehr tapfer, doch auch sie mussten schwere Verluste hinnehmen. Besonders die Einhörner hatten große Einbußen, denn so schön die Tiere auch waren, sie waren zu plump und schwerfällig. Sobald sie von einigen Ungeheuern umzingelt wurden, gab es keinen Ausweg mehr für sie und sie starben einen grausamen Tod.

Während der Krieg in der Luft wütete, hatten die Gonggongs auch auf dem Boden schon mit ihren Angriffen begonnen. Der General befahl zunächst den

Wuzhiqis, die Stadt anzugreifen. Die Wuzhiqis, die so hoch wie die Mauern waren, gingen mit schweren Hämmern und Äxten in den Pranken auf sie zu und schlugen auf sie ein. Jedes Mal wenn der Hammer niedersauste, wurde ein großes Loch hineingerissen.

Die Soldaten wussten nicht, wie sie sich gegen die feindliche Übermacht zur Wehr setzen sollten, und liefen wild durcheinander. Dayu rief laut: »Haltet die Stellung. Ihre Schwachpunkte sind die Augen, zielt auf die Augen.«

Die Soldaten nahmen Pfeil und Bogen zur Hand und zielten auf die beiden Augen der Wuzhiqis. Wenn sie getroffen waren, schrien sie laut auf, griffen nach dem Hammer und schlugen wild um sich. Dabei fielen viele Soldaten der Pangusippe. Aber das Schlimmste war, dass in der Außenmauer bald ein riesiges Loch klaffte, durch das zahllose Gonggongsoldaten in das Innere der Festung strömten.

Sofort schickte Dayu einige Soldaten, um die Bresche zu verteidigen. Die Gonggongs, die herbei stürmten, starben einer nach dem anderen. Bald war der Boden mit toten Soldaten übersät.

Einige Dutzend Wuzhiqis waren schon von den Bogenschützen an den Augen getroffen worden und sahen nicht mehr gut. Da sprangen einige große Pangumenschen auf die Schultern der Wuzhiqis, ergriffen das Schwert und hieben ihnen den Kopf ab.

Als die Anführer der Gonggongs sahen, dass der Angriff an der großen Bresche nicht voranschritt, versammelten sie viele Soldaten und marschierten auf das Loch zu. Zahllose Soldaten der Gonggongs näherten sich der Öffnung und brachen wie eine Welle hindruch.

Daraufhin beeilten sich die Pangusoldaten, die Öffnung so gut wie möglich zu verteidigen. Ohne richtig zu zielen schossen sie ihre Pfeile in die Masse, die durch das Loch quoll. Zahlreiche Feinde fielen, doch es waren einfach zu viele. Jedes Mal wenn eine Gruppe gefallen war, näherte sich die nächste. So rückte das Heer der Gonggongs trotzdem näher und näher.

Schon wurden die einige Hundert Meter hohen Katapulte in die Nähe der Mauern gebracht und begannen Flammenzungen auf die Türme und Mauern zu schießen. Obwohl die Anzahl der Gonggongs sehr groß war, schafften sie es nicht, das Loch zu halten. Also näherten sich die Wuzhiqis dem großen Loch, um die Truppen der Gonggongs mit einem Schlag in die Stadt zu bringen. Mit ihren großen Äxten droschen sie ohne Erbarmen auf die Pangusoldaten ein.

Die Pangusoldaten konnten nicht mehr standhalten, mehr als die Hälfte starb, während sie mitansehen musste, wie die Gonggongs langsam, aber beständig in die Festung eindrangen.

Auf beiden Seiten der Mauer wurde erbittert gekämpft.

Da die Gonggongs in der Überzahl waren, säumten schon nach kurzer Zeit tote Pangumenschen den Weg. In der Luft leisteten die Glückstiere den Ungeheuern der Gonggongs eine Zeit lang erbitterten Widerstand, doch auch sie waren zahlenmäßig einfach zu schwach. Obwohl sie hart kämpften, nahmen die meisten ein bitteres Ende.

Nachdem die ausweglose Situation eine Zeit lang anhielt, waren nur mehr sehr wenige Glückstiere übrig. Eine große Gruppe von Gonggong-Ungeheuern flog in den Himmel über Baolei. Sie ließen große Steine herabfallen, sodass die Mauern zersplitterten. Die Soldaten der Pangusippe hatten keine Chance gegen die Gonggongs, denn die Ungeheuer griffen immer wieder aus der Luft an. Nur selten kamen sie so weit nach unten, dass es für die Bogenschützen möglich war, sie zu treffen. So gingen viele der Pangusoldaten kläglich zugrunde.

An den Breschen wütete der Kampf noch viel schlimmer. Die Gonggongs hatten die Verteidigung durchbrochen und drangen in die Festung.

Als Dayu das sah, befahl er den Pangusoldaten, die erste Ebene aufzugeben und sich auf die zweite Ebene zurückzuziehen.

Nachdem sich die Pangusoldaten zurückgezogen hatten, stürmten zahllose Gonggongsoldaten zusammen mit allen Arten von Ungeheuern herbei und besetzten die erste Ebene. Triumphierend hoben sie ihre blutigen Waffen in die Höhe.

Dayu war sehr besorgt und befahl, die Soldaten zu zählen.

»Es sind nur noch 50 000 Soldaten übrig geblieben«, berichtete ein General dem König.

»Es steht viel schlechter um uns, als wir gedacht hätten«, seufzte Dayu. »Natürlich sind die Gonggongs viel stärker als wir, doch niemals hätte ich gedacht, dass drei Viertel unserer Soldaten so schnell fallen werden. Ich schätze, dass die Situation in den anderen Grenzpräfekturen ebenfalls aussichtslos ist. Wir werden den Krieg verlieren. Vielleicht werden wir den morgigen Tag gar nicht mehr erleben.« Dayu überlegte kurz, dann fragte er: »Wie sieht es mit den Glückstieren aus?«

Der General schüttelte den Kopf und antwortete: »Unsere Glückstiere sind fast zur Gänze geschlagen, die Zahl der feindlichen Ungeheuer ist zu groß. Es sind uns nur einige Tausend Glückstiere geblieben, das reicht niemals für den Widerstand.«

Während sie sprachen, fuhren die Ungeheuer der Gonggongs fort, Steine aus der Luft fallen zu lassen. Obwohl die Mauern der Festung sehr massiv wirkten, waren sie an vielen Orten von den schweren Steinen stark beschädigt worden.

Dayu war sehr besorgt und fuhr fort, auf der zweiten Mauerebene die Soldaten zu befehligen. Die Mutlosigkeit stand ihm ins Gesicht geschrieben, alles schien sich sehr schlecht zu entwickeln. Auch die zweite Ebene der Festung war unter dem Angriff der Gonggongs sehr schnell zerstört. So blieb Dayu keine andere Wahl, als den Soldaten zu befehlen, sich auf die dritte Ebene zurückzuziehen.

Während sie sich auf die dritte Ebene zurückzogen, überkam Dayu ein Gefühl der Hoffnungslosigkeit. »So wird es also zu Ende gehen. Die große Pangusippe wird zusammen mit den anderen gerechten Sippen zu Sklaven des Bösen werden. Was der Goldene Kontinent in Zukunft verehren wird, werden nicht das Gute und die Gerechtigkeit sein, sondern das Hässliche und das Böse.«

Er sah zum Himmel und dachte an das Panguland – wo es wohl sein könnte? Plötzlich sah er etwas großes Glänzendes. Es sah aus wie ein riesiger Stern, der vom Himmel fiel. Sofort dachte er an den Großen Drachen und er spürte ein Gefühl von Hoffnung. Doch es erlosch sehr schnell. »Das ist eben nur eine Legende, und Legenden sind am Ende doch nicht wahr. Die Frühlingsblumen blühen erst, sobald der Frühling kommt. Der Tagesanbruch kommt erst zu seiner Zeit.«

»König Dayu!« Ein Soldat lief herbei, um Bericht zu erstatten. »Ich melde große Verluste. Es sind nicht mehr viele Soldaten übrig. Ich fürchte, dass wir dem nächsten Angriff der Feinde kaum mehr standhalten können.«

König Dayu zögerte einen Augenblick, setzte kurz zu einer Antwort an, blieb dann aber doch still und ging einige Schritte auf und ab. Dann meinte er: »Wehrt euch bis zum Schluss, Widerstand bis zuletzt.« Seine Stimme klang fest und entschlossen.

Der Kriegsschrei der Ungeheuer hallte durch die Luft. Die kurze Pause war schon vorbei und die Gonggongs griffen erneut an. Die meisten der Glückstiere waren bereits tot. Somit war niemand mehr da, der die Ungeheuer aus der Luft abwehren konnte. Als die Generäle der Gonggongs sahen, dass das Kriegsglück zu ihren Gunsten stand, waren sie sehr stolz, lachten laut und riefen: »Was für ein großartiges Spektakel, Herr Zharxi, habt Ihr das schon einmal gesehen?«

Offizier Zharxi meinte: »Nein. So ein Kriegsspektakel habe ich noch nie gesehen, der Sieg unserer Truppen macht mich unendlich glücklich und stolz!«

Der General der Gonggongs schwieg eine Zeit lang, dann meinte er: »Gib meinen Befehl weiter: Verkünde allen Soldaten, die noch übrig sind, dass sie sich zum letzten Angriff sammeln sollen. Er wird das Dayureich der Pangusippe in die Knie zwingen.«

So brausten die Soldaten und Ungeheuer wie riesige Wellen auf die Festung zu. Dabei stießen sie laute Kampfschreie aus, unter denen Himmel und Erde erzitterten.

In der Festung waren die Pangumenschen nicht mehr dazu imstande, die Angriffe der Gonggongs abzuwehren. Viele Gonggongsoldaten hatten schon die dritte Ebene der Stadtmauer durchbrochen. Obwohl nicht viele von den Pangusoldaten übrig waren, fochten sie tapfer, kein Einziger wich zurück.

Den Soldaten der Pangusippe war kein Ort mehr geblieben, an den sie sich zurückziehen konnten. Die dritte Ebene war der letzte Schutzmantel. Doch auch dieser wurde schon von den Gonggongs angegriffen.

Der Kampf um Baolei schien verloren. Von den Pangusoldaten war nur noch ein kläglicher Rest übrig und die meisten waren verwundet. Dayu hatte sich schon längst selbst auf das Pferd geschwungen und kämpfte mit seiner Axt an der Seite seiner Krieger.

Die Zivilisten waren vorübergehend in Sicherheit, sie hielten sich in den unterirdischen Bunkern versteckt. Ihr Schicksal hing vom Ergebnis des Krieges ab. Als sie erfuhren, dass die Soldaten der Gonggongs auf die dritte Ebene der Stadtmauer vorgedrungen waren, wussten die Pangumenschen, dass es vorbei war.

Die Hoffnungslosigkeit stand ihnen ins Gesicht geschrieben. Angespannt hörten sie auf die Geräusche von oben, zu Beginn waren die Kampfgeräusche sehr laut gewesen, später wurde der Kampflärm immer leiser. Auch die letzte Hoffnung verblich.

In diesem Augenblick erleuchtete plötzlich ein starkes Licht den tiefschwarzen Nachthimmel im Osten. Goldene Flammen erhellten den nächtlichen Raum wie am helllichten Morgen.

Alle Menschen in und außerhalb von Baolei, Pangumenschen und Gonggongs, hielten im Kampf inne und starrten gebannt auf die künstliche Sonne, die eben am Himmel aufgegangen war. Alle waren starr vor Schreck. So ein gewaltiges Feuer hatten sie noch nie gesehen, sogar das Dämonische Feuer auf der Großen Pagode in der Königsstadt war niemals so wild gewesen. Wie war es möglich, dass in dieser pechschwarzen Nacht plötzlich so ein großes Feuer erschien? Nachdem das helle Licht erschienen war, erfolgte im Bruchteil einer Sekunde eine große Explosion in seinem Inneren, darauf folgte ein Knall, der Himmel und Erde erschütterte. Die ganze Erde geriet ins Schwanken. Nach dem Knall verstärkte sich der Glanz. Das warme, starke Licht leuchtete goldgelb, stärker als die Sonne, und erhellte den Goldenen Kontinent wie bei Tag. Da tauchte plötzlich eine riesige Gestalt auf, die am ganzen Körper golden glänzte. Die großen Hörner und die scharfen Krallen waren von Weitem bereits erkennbar. Die Augen funkelten und glänzten wie Edelsteine in der Sonne.»Ein Drache! Ein riesiger Drache! Himmel! Es ist der Große Drache!« Die

Pangumenschen jubelten laut auf. »Es ist der Drache der Gerechtigkeit des Ostens, der Vertreter des Guten!«

Dayu hielt sein Pferd an und blickte in den Himmel: »Es ist der Drache, der Große Drache, ich wage mit Sicherheit zu sagen, dass es der Große Drache ist! Er ist aus dem Neuen Land unserer Sippe herbeigeflogen, er ist Totem und Hoffnung des Goldenen Kontinents! Shaodian hat es tatsächlich geschafft, das Panguland und den Großen Drachen zu finden! Jetzt wird alles gut werden!«

Nachdem die Soldaten der Pangusippe den Ankömmling erkannt hatten, jubelten sie laut und sahen sich zuversichtlich an. Die Pangumenschen in den unterirdischen Bunkern krochen aus ihrem Versteck heraus, um den Drachen zu sehen. Zunächst war die Gestalt des Drachen noch nicht gut sichtbar. Doch als der Körper des Drachen langsam aus dem Glanz heraustrat, erkannten alle, dass es wirklich der Drache aus dem Osten aus der Legende war, der Vertreter des Guten und der Gerechtigkeit. Seine Barthaare bewegten sich schillernd im Glanz und die beiden elegant geschwungenen Hörner sahen sehr gefährlich aus. Er verströmte keinen Zorn, sondern das Gefühl von Macht und Kraft, Ruhe und Eleganz. Sein Körper wand sich geschickt und flink in der Luft. So flog er aus der Ferne auf die Festung zu.

Viele trauten ihren Augen nicht und konnten kaum glauben, dass die Legende wahr wurde. Mit Tränen vor Freude umarmten sich die Menschen und jubelten dem Großen Drachen und Shaodian zu. »Seht! Da sind noch mehr Drachen! Es ist nicht nur ein Drache, es sind sieben Drachen«, rief ein Pangumensch erstaunt und zeigte mit seinem Finger auf sechs kleine schwarze Punkte, die hinter dem Großen Drachen zu sehen waren. Dann sahen sie, wie einer der Drachen Feuer spie, und sie wussten sofort, dass es sich um einen Feuerdrachen handelte.

Nach und nach erkannten sie auch die anderen Drachen.Nachdem der Huaxia-Drache im Panguland ausgeschlüpft war, hatten Shaodian und die anderen sich vom Ältesten verabschiedet. Sie hatten keine Zeit gehabt, andere Orte im Panguland zu besuchen, und noch weniger hatten sie Zeit gehabt, die Königsgräber zu besuchen. Sie wollten so schnell wie möglich zurück ins Dayureich. So kehrten sie auf dem Rücken des Drachen auf den Goldenen Kontinent zurück.

Nur Shaodian durfte auf dem Huaxia-Drachen reiten, alle anderen ritten auf eigenen Drachen. Die vier Wichte aus dem Land der Pfirsichquelle hatten keine eigenen Drachen bekommen und mussten mit den Taschen von Bors und den anderen vorliebnehmen. Sie hatten sich auf die Drachen gesetzt und auf den Weg zum Goldenen Kontinent gemacht. Die Drachen flogen frei durch den Himmel und wurden immer schneller, am Ende sausten sie so schnell wie die Menschen aus dem Schneeland dahin. Der Huaxia-Drache flog voraus und die anderen Drachen flogen ihm hinterher. Nachdem sie das Panguland hinter sich gelassen hatten, flogen sie durch die Welt der Zeit. Auch die Drachen waren dazu imstande, die Zeit zu durchqueren. So brauchten sie nicht lange, bis der Goldene Kontinent in Sichtweite war.

»Wir waren viel schneller, als ich gedacht hatte«, meinte Bors. »Was haben diese Drachen bloß für unermessliche Kräfte!«

Während sie sprachen, brachen sie durch die Welt der Zeit und waren mit einem großen Knall im Himmel über dem Goldenen Kontinent.

So flogen sie am Rand des Horizonts dahin, Richtung Baolei, wo bereits ein erbitterter Kampf stattfand.

Überall auf dem Goldenen Kontinent hielten die Menschen in ihrer Arbeit inne und sahen zum Himmel hinauf, um mit eigenen Augen zu sehen, wie sich der Große Drache aus den Legenden strahlend und kraftvoll dem Goldenen Kontinent näherte.

Seine königliche Anmut schlug sie in seinen Bann. Sie fühlten, dass die Kraft der Gerechtigkeit von Neuem zurückkehrte. Sie wollten den Blick nicht abwenden, um keine Sekunde dieses wichtigen Augenblicks zu verpassen: Der Drache der Gerechtigkeit war in diesem Augenblick höchster Gefahr von Neuem in die Welt gekommen.

Auch Chiyous Truppen, die gerade dabei waren, das Jingwei-Meer zu überqueren, verfolgten das Geschehen aus der Ferne. »Ist die Legende vielleicht doch wahr?« Der General von Chiyous Truppen war zu Tode erschrocken. »Soll das etwa bedeuten, dass jener merkwürdige Mensch aus Ruiwen mit seinen Begleitern das Panguland wirklich gefunden hat? Wie sind sie durch das Gebiet der Gonggongs gekommen? Gonggongs Unfähigkeit ist wirklich erstaunlich.«

»Die Angelegenheiten entwickeln sich nicht zu unseren Gunsten, Herr General«, meinte der Unteroffizier betroffen. »Wenn der Große Drache auf den Goldenen Kontinent zurückkommt, um das Dayureich der Pangusippe zu unterstützen, wird sich das Blatt wenden. In den letzten Tagen sind die Präfekturen im Norden des Dayureichs nach und nach in die Hände der Gonggongs gefallen. Von den Soldaten der Pangusippe wurden die meisten getötet und es sieht sehr schlecht für sie aus. Sobald wir das Jingwei-Meer überquert haben, wird die gewaltige Spitze unserer Truppen direkt die Hafenstadt Aisgelos erreichen. Wenn wir die Pangumenschen von vorne und hinten gleichzeitig angreifen und überrumpeln könnten, wäre uns der Sieg sicher. Aber jetzt. Unser Sieg ist uns durch das Erscheinen des Großen Drachen nicht mehr gewiss.«

»Und was noch schlimmer ist, unser Anführer Chiyou ist immer noch nicht ewacht. Es kann gut sein, dass die Gonggongs in der Zwischenzeit vom Dayureich besiegt werden. Bedauerlicherweise wird es noch einige Tage dauern, bis unsere Truppenspitze die Hafenstadt Aisgelos erreicht. So können wir uns noch nicht mit den Gonggongs vereinen und gemeinsam das Dayureich angreifen.«

»Von der jetzigen Situation aus betrachtet, sind wir noch in der besseren Position. Immerhin versetzt sie die Kraft unseres Anführers Chiyou in große Angst. Vergesst nicht, zu Beginn des Universums fürchtete selbst der stärkste der Drachen, der Neun-Länder-Drache, die Kraft unseres Anführers Chiyou. Ich bin davon überzeugt, dass unser Anführer nach seinem Erwachen unvorstellbar stark sein wird, auch wenn es jetzt noch nicht so aussieht. Es wird für ihn ein Kinderspiel sein, den Großen Drachen zu besiegen. Außerdem haben wir noch eine Million Soldaten, während die gesamte Anzahl der Soldaten des Dayureiches nicht einmal fünfhunderttausend beträgt. Im Krieg an den Grenzpräfekturen haben die Truppen schon große Schäden erlitten. Auch Gonggong ist ein starker Mann mit einem gewaltigen Heer.«

Der Führer von Chiyous Truppen nickte und meinte: »Wir müssen das Jingwei-Meer schneller überqueren und das Ufer des Goldenen Kontinents erreichen, bevor unser Verbündeter Gonggong und seine Truppen besiegt werden.«

Er schaute auf das weite Jingwei-Meer hinaus, das sich bis zum Horizont erstreckte, und stieß mit verzerrtem Gesicht einige Flüche und Verwünschungen aus: »Verdammtes Jingwei-Meer!« Dann befahl er: »Mit voller Kraft voraus, wir müssen so schnell wie möglich den Goldenen Kontinent erreichen!«

In Baolei tanzten die Pangumenschen vor Freude. Als die Pangusoldaten hörten, dass der Drache aus dem Osten im Anflug war, überkam sie plötzlich das Gefühl, dass der Sieg nun doch in Greifweite war.

Die Gonggongsoldaten, die gerade im Begriff waren, in die Stadt einzudringen, ließen vor Angst von ihrem Vorhaben ab. Zum ersten Mal ließ das Morden, das den ganzen Abend angehalten hatte, nach. Während die Soldaten der Pangusippe lachten und sich freuten, verzeichneten die Gonggongs trotz ihrer Überzahl Verluste. Sie waren sehr ängstlich und verunsichert geworden. Das Erscheinen des Großen Drachen verhieß nichts Gutes für sie. Sie hofften, dass Chiyous Armee sich bald mit ihnen vereinigen konnte.

Zharxi, der General der Gonggongs, blies schleunigst ins Horn, da griffen die Gonggongs noch einmal mit vereinten Kräften die Stadt an.

Der Huaxia-Drache flog in den Himmel über Baolei und zog einige weite Kreise, wobei er die Festung mit seinem goldenen Glanz erhellte.

Bors saß zwischen den Hörnern des Feuerdrachen und folgte Shaodian auf den Fersen. Laut rief er Shaodian zu: »Die Gonggongs haben schon das Dayureich angegriffen! Wer hätte gedacht, dass der Krieg so schnell kommen würde? Was sollen wir jetzt tun?«

Die sieben Drachen bildeten einen großen Kreis und nahmen die Position des Gehenden Drachen ein, dann erhoben sie sich abermals in die Luft.

Shaodian meinte: »In Baolei tobt bereits ein furchtbarer Kampf! Wie es aussieht, steht es im Augenblick sehr schlecht um sie! Die Gonggongs sind schon weit vorgedrungen. Wir müssen die Pangumenschen mit der Kraft der Drachen unterstützen und retten.«

»Alter, ehrwürdiger Herr Bors«, meinte Shaodian. »Ihr reitet auf dem Feuerdrachen, damit könnt Ihr den Pangumenschen auf jeden Fall helfen.«

Bors nickte und sagte: »Kein Problem.« Dann neigte er den Kopf und sprach zu dem Drachen: »Feuerdrache, ich bitte dich, helft uns die Festung und die Menschen zu retten.«

Der Feuerdrache nickte und meinte: »Keine Angst, ehrwürdiger Herr, wir werden mit aller Kraft versuchen, das Segel zu wenden.« Als der Feuerdrache fertig gesprochen hatte, nickte er Shaodian zu und näherte sich den Feinden. Auf der Ebene vor der Stadt zog er zunächst einige weite Kreise über dem feindlichen Heer. Dann flog der Drache auf die Gonggongsoldaten zu und begann riesige Feuerbälle auszuspeien, von denen jede zahllose Gonggongsoldaten verbrannte. Die Gonggongsoldaten hatten ohnehin schon große Angst vor dem Großen Drachen. Als sie die Feuerbälle sahen, begannen die Ersten, die Flucht zu ergreifen. Die riesigen Feuerbälle verwandelten sich schnell in ein endloses Flammenmeer, das mit einem Schlag unzählige Gonggongsoldaten unter sich verschlang.

Gonggongs Luftungeheuer hingegen wagten es nicht, sich den Befehlen des Anführers zu widersetzen. Schnaubend sahen sie zu, wie die Drachen in den Himmel über die Festung flogen, und begannen sie anzugreifen.

Aber die Drachen waren sehr wendig und schnell, so konnten sie den Angriffen spielerisch ausweichen. Obwohl die Ungeheuer viel größer waren als die Drachen, wurden sie bei ihrem ersten Angriff von den Drachen getötet.

Der Anführer der Gonggongs war außer sich. Er sah, dass einige Dutzend der Wuzhiqis auf der Erde schon gefallen waren, von den Ungeheuern in der Luft waren die meisten vom Großen Drachen und den anderen

Drachen bereits getötet worden. In der Ebene außerhalb der Stadt Baolei liefen die Soldaten um ihr Leben. Als der Heerführer der Gonggongs das sah, knirschte er mit den Zähnen und blies zum Rückzug.

Die Schlacht um die Stadt Baolei endete mit einem tragischen Sieg. Für die Pangumenschen war es die erste siegreiche Schlacht seit Beginn des Krieges. Obwohl sie viele Verwundete und Tote zu beklagen hatten und ihnen nur 10 000 Soldaten geblieben waren, stimmte die Ankunft des Großen Drachen die Pangusoldaten sehr froh und erfüllte sie mit Hoffnung.

»Er ist der Drache der Gerechtigkeit. Mit dem Schutz des Drachen werden wir in Zukunft ewigen Frieden genießen und das Böse wird keinen Platz haben, wo es sich zurückziehen kann. Der Goldene Kontinent wird wie das Panguland in den Legenden zu einem ewigen Paradies für die Menschen werden«, jubelten sie sich gegenzeitig zu.

Nachdem Shaodian und die anderen von ihren Drachen gestiegen waren, wurden sie von König Dayu freudig begrüßt. Trotz der anstrengungen vom Kampf standen ihm Hoffnung und Zuversicht ins Gesicht geschrieben.

Die Schlacht war gewonnen. Während Shaodian und die anderen vom König in einem großen Bankett bewirtet wurden, kreisten die Drachen um die Türme im Himmel und hielten Wache. Bors war offensichtlich überwältigt von der großen Ehre. Eilig hob er das Glas und rief: »Wirklich, wir sind es nicht wert! Ehrwürdiger König Dayu, es macht uns schon unbeschreiblich glücklich, dass unsere Reise erfolgreich war. Der Große Drache ist auf den Goldenen Kontinent gekommen, um das Böse zu vertreiben. Die Gerechtigkeit naht.«

Shaodian meinte zu Dayu: »König Dayu, ich fühle mich sehr geehrt, dass wir Gelegenheit zu diesem ruhigen Gespräch haben. Der Sieg in der Schlacht von Baolei hat unseren Soldaten neuen Mut gegeben. Verzeiht, wenn ich trotzdem meine Bedenken äußere. Wir dürfen uns nicht ausruhen und leichtsinnig werden. Wir müssen sofort den nächsten Schritt planen.« Er hielt einen Augenblick inne und sprach weiter: »Ich habe gehört, dass Chiyou schon sehr bald erwachen wird. Wisst Ihr, wann der genaue Zeitpunkt sein wird?«

»Ohne Zweifel wird Chiyou bestimmt bald erwachen. Doch zu welcher Zeit er erwachen wird, das kann niemand so genau vorhersagen. Unsere Patrouillen berichten, dass er vermutlich später, als erwartet erwachen wird«, meinte Dayu. »Aber egal wann, du hast recht. Wir müssen uns gut vorbereiten. Wir haben jetzt genug Zeit, um uns auf den nächsten Kampf vorzubereiten. Wir müssen Soldaten und Pferde transportieren und das Heer ausbauen. Nach meinen Einschätzungen wird Chiyou versuchen früher zu erwachen, sobald er erfährt, dass wir in der Schlacht um Baolei gesiegt haben.«

Sie sprachen über vieles. Dayu erklärte Shaodian und den anderen genau die Geografie des Goldenen Kontinents, die Vorbereitungen der Pangumenschen für den Krieg, alle Situationen der Gonggongs und die geografische Situation der Präfekturen an der Grenze.

Nachdem Shaodian gehört hatte, dass die Gonggongs bereits viele der Grenzstädte besetzt hatten, meinte er ernst: »So gesehen, sind wir noch weit davon entfernt, uns zu freuen. Obwohl die Gonggongs die eine Schlacht um Baolei verloren haben, sind sie immer noch im Vorteil, sie haben viel mehr Soldaten und Ungeheuer. Dazu kommt noch ihre langjährige Vorbereitung. Es wird nicht einfach sein, das Blatt zu wenden, doch wir dürfen unser Ziel niemals aus den Augen verlieren.«

»Habt keine Angst, König Dayu.« Bors fiel gerne anderen ins Wort. »Jetzt kämpft der Große Drache auf unserer Seite und seine Kraft ist unermesslich groß. Mithilfe des Drachen werden wir den Krieg bestimmt gewinnen.«

»Hoffen wir, dass es so sein wird.« König Dayu nickte Bors zu. Dann fuhr er fort: »Shaodian, was meinst du, was sollen wir als Nächstes tun? In der Legende ist es der König des Goldenen Kontinents, der den Großen Drachen auf den Goldenen Kontinent zurückführt, denn nur der König des Goldenen Kontinents kann den Drachen der Gerechtigkeit führen. Shaodian hat das Recht, diese Rolle zu übernehmen. Die Pangumenschen und die anderen Bewohnern, des Goldenen Kontinents werden deinen Befehlen sicher Folge leisten.«

Nachdem Shaodian dies gehört hatte, blieb er eine Zeit lang stumm. Auch die anderen sagten kein Wort. Dayus Minister sahen ihn ehrfürchtig an. Shaodian wirkte ruhig und entschlossen. Dann sagte er: »So soll es sein.« Er meinte: »Es gibt noch viele Dinge, über die wir nachdenken müssen. Zunächst sollen wirklich alle Präfekturen an der Grenze aufgegeben und ihre Bewohner nach Baolei gebracht werden. Denn die Position von

Baolei ist strategisch sehr wichtig. Die hohen Bergpässe, welche den Weg in die Königsstadt Zhuolu und zu den anderen Städten im Zentrum absichern, sind sehr wichtig. Wenn Baolei in die Hand der Feinde fällt, ist die Verteidigung der Präfekturen an der Grenze vollkommen sinnlos. Besser, als die Soldaten aufzuteilen, ist es, alle Soldaten in Baolei zu versammeln, um diesen wichtigen Ort zu halten. Wir haben nur noch wenige Soldaten, deshalb ist es wichtig für uns, sie zu vereinen. Wir müssen Baolei auf jeden Fall halten. Wenn wir Baolei verlieren, können die Gonggongs auf direktem Weg die Königsstadt erreichen.«

»Aber, Herr Shaodian«, meinte einer von Dayus Generälen, »kann die Festung überhaupt so viele Menschen aufnehmen? Die Festung Baolei hat gerade einen Krieg hinter sich und ist stark angeschlagen.«

»Das ist kein großes Problem«, antwortete Shaodian, »die Stadt besitzt ein weites Netz von unteririschen Bunkern. Die zum Teil zerstörte Mauer muss sofort repariert werden, zugleich müssen Maurer beauftragt werden, sie höher zu bauen.« Shaodian blickte die Umstehenden an und meinte: »Was Chiyou und seine Truppen betrifft, so denke ich, dass sie noch einige Tage brauchen werden, um den Goldenen Kontinent zu erreichen. Deshalb gilt unsere Aufmerksamkeit immer noch Gonggong und seinem Heer. Wir können gegen einen Feind nach dem anderen kämpfen und haben nicht einen vorne und den anderen im Nacken. Die Soldaten in der Königsstadt Zhuolu und in der Hafenstadt Aisgelos am Jingwei-Meer dürfen auf keinen Fall abgezogen werden.

Ein Drittel unserer Soldaten muss an diesem Ort bleiben.«

Alle begannen wild durcheinander zu reden.

Selbst die Wichte von der Pfirsichquelle und Kerximu, der Mann aus dem Schneeland, waren zur Versammlung gekommen und hörten aufmerksam zu.

Auch Bors war ausgesprochen ruhig. Er verbrachte den Rest der Zeit schweigsam. »Ich verstehe zu wenig davon«, dachte er bei sich. Der Himmel weiß, wie schwer es für Bors war, dies zu erkennen.

Babuduo, Het, Maihan und Anta sagten überhaupt nichts, sie saßen nur ruhig da.

Obwohl die ganze Nacht lang noch Kriegslärm nach Baolei drang, war es schon viel ruhiger geworden. Am Rand des alten Waldes neben der Festung hatten die Bewohner einige geeignete Gräber ausgewählt und bestatteten die gefallenen Soldaten. »Lasst die heldenhaften Seelen in Frieden ruhen, lasst die Seelen in das geheimnisvolle Panguland fliegen.«

Auch die Leichname der Feinde wurden bestattet, die Gonggongs und ihre Ungeheuer wurden verbrannt.

Die Bewohner der Stadt atmeten auf. Das Gefühl der Hoffnung war zurückgekehrt. Sie fühlten sich besser und die Situation war nicht mehr so angespannt wie am Tag davor. Obwohl sie sich noch immer im Krieg befanden und der Schrecken des Krieges noch nicht vollständig verschwunden war, waren sie glücklich. Doch sie freuten sich zu früh. In der ruhigen friedlichen Nacht erklang plötzlich aus der Ferne ein langer, tiefer Aufschrei, der sich wie eine Nadel in das Herz und in die Knochen der

Menschen bohrte, sodass sie getroffen zusammen zuckten. Dann erzitterte plötzlich die Erde und der ganze Goldene Kontinent wackelte und bebte.

»Was ist geschehen?«, riefen die Pangumenschen erschrocken. Die eben abgelegte Angst hatte sofort wieder Besitz von ihnen ergriffen.

Dayu war sehr ernst. »Chiyou ist erwacht, das ist seine Stimme. Ich werde nie vergessen, welches Unglück er über die Pangumenschen gebracht hat. Seine Stimme nimmt den Menschen die Luft zum Atmen, sodass sie das Gefühl haben zu ersticken.«

»Chiyou ist erwacht?«, fragte Shaodian erstaunt. »König Dayu, sagtet Ihr Chiyou sei erwacht? Hattet Ihr nicht gemeint, dass Chiyou bestimmt erst in ein paar Tagen erwachen würde?«

»Chiyou ist zu früh erwacht«, meinte Dayu bekümmert. »Dieser Schurke ist früher erwacht. Das bereitet mir große Sorgen. Er hat bestimmt von der Schlacht um Baolei erfahren und das Erscheinen der Drachen lässt ihm keine Ruhe. Es wird schwierig werden«, fuhr Dayu fort. »Aber, Shaodian, dass Chiyou erwacht ist, bedeutet nicht, dass er sofort kämpfen kann. Er muss erst noch seinen Körper neu schmelzen. Nur wenn er seinen ganzen Körper wiedererlangt hat, ist er imstande, mit uns zu kämpfen und uns mit Armen und Beinen anzugreifen!«

»Hm«, nickte Shaodian. »Das heißt, dass uns nicht mehr viel Zeit bleibt. Falls Chiyous Truppen den Goldenen Kontinent erreichen, bevor die Gonggongs geschlagen sind, ist es sehr unwahrscheinlich, dass wir aus diesem Krieg als Sieger hervorgehen, auch wenn wir vom Großen Drachen unterstützt werden. Deshalb besteht unsere erste Aufgabe darin, die Gonggongs zu besiegen. Danach müssen wir mit vereinten Kräften Chiyou angreifen.«

12

Der Kampf an der Himmelssäule

Nach der Niederlage in der Schlacht von Baolei war Gonggong körperlich und geistig vollkommen erschöpft. Er hatte die Hoffnung auf den Sieg schon aufgegeben, denn er fühlte plötzlich, dass sein Gegner ein Gigant war, gegen den er es niemals aufnehmen könnte. Da er vom Großen Drachen unterstützt wurde, war es unmöglich, ihn zu besiegen. Als er dies merkte, verlor Gonggong seinen Mut. Auch wenn er noch viele Tricks und Hinterhalte gegen das Dayureich vorbereitet hatte, spürte er, dass es keinen Sinn mehr hatte, sie zu benutzen.

»Ist das noch notwendig? Kann mit diesen Tricks das Dayureich mit einem Streich zerschlagen werden? Wenn das Ziel unerreichbar scheint, wirkt nur die althergebrachte Methode. Wir müssen versuchen, das Dayureich mit der Kraft der Soldaten zu zerstören.«

Er grübelte und grübelte. »Das Schlimmste ist, dass Chiyou immer noch nicht in den Krieg eintreten kann. Wie lange wird er noch brauchen, um endlich seinen neuen Körper zu formen?«

Er verfiel in Gedanken. »Nichts zu machen, im Moment sieht es so aus, als ob meine Gonggongs sich alleine zum Kampf rüsten müssten. Doch der Große Drache ist so stark! Wie kann ich ihn jemals besiegen? Wenn ich an den Drachen denke, packt mich selbst die Angst. Er wird mich nicht verschonen. Denn es war nicht richtig von mir, das Dayureich anzugreifen und seinen Frieden zu stören. Was soll ich tun? Die Waffen niederlegen und um Frieden bitten? Ist das nicht eine Frage, die ich, Gonggong, mir selbst überlegen muss, ohne sie mit den anderen Gonggongs zu besprechen? Was soll ich tun? Ich muss es mir gut überlegen.«

Es war schon tiefe Nacht.

Doch in seinem prächtigen Palast konnte Gonggong nicht einschlafen. Er erhob sich aus dem seidenen Sessel und begann auf- und abzugehen. Dann setzte er sich an den Schreibtisch und schlug ein altes Buch auf. Doch er war viel zu aufgeregt. Also klappte er das Buch wieder zu und lief weiter durch den Palast.

Er trat auf den Balkon und blickte in den Sternenhimmel hinauf. Auf einmal fühlte er sich unsagbar einsam.

Nach einer Weile schritt er wieder in sein Gemach zurück und befahl seinen Dienern: »Ruft alle Minister und Generäle der Gonggongs zusammen. Sie sollen in mein Schlafgemach kommen, ich habe ihnen etwas Wichtiges mitzuteilen.«

Obwohl es bereits tiefe Nacht war, hatten sich alle Minister und Generäle schon sehr bald versammelt, keiner wagte zu spät zu kommen.

Ängstlich traten sie in Gonggongs riesiges Schlafgemach. Sie spürten, dass ihr Anführer sich verändert hatte, er wirkte ruhiger und weniger aggressiv, als sie es gewohnt waren.

Bei diesem Treffen lehnte Gonggong sich nicht wie früher mit stolzer Miene in seinem seidenen Sessel zurück, sondern saß an seinem königlichen Tisch und verhielt sich den anderen gegenüber sehr respektvoll. »Der Krieg wird weitergehen. Wir haben immer noch die Gelegenheit, das Dayureich zu besiegen, um unseren großen Plan zu verwirklichen. Der Große Drache ist zweifellos sehr mächtig, doch auch wir haben nahezu zehntausend Xianglius, einige Tausend Wuzhiqis und weitere zahllose Ungeheuer. Die Zahl der Glückstiere des Dayureiches ist viel geringer. Die Glückstiere der Pangumenschen werden hauptsächlich als Reittiere verwendet, daher sind sie im Kampf nutzlos und für uns keine wirkliche Bedrohung. Doch die anderen Drachen und vor allem der Große Drache sind natürlich sehr mächtig. Aber wenn wir mit den Xianglius und Wuzhiqis angreifen, werden wir sicher siegen.«

Er hielt inne. »Was unsere Truppen angeht, so sollen alle männlichen Gonggongs mobilisiert werden, sich der Armee anzuschließen. Wir haben zwar immer noch über eine Million Soldaten, aber im Krieg können es nie genug sein. Diese Zahl allein genügt, um die Pangumenschen in Angst und Schrecken zu versetzen. Wir werden mit einer riesigen Übermacht ins Dayureich einmarschieren und bis nach Zhuolu, der Hauptstadt des Dayureiches, vordringen.«

»Unser Anführer hat weise gesprochen«, meinte Sim. »Von wo aus sollen wir dann angreifen? Immer noch von Baolei aus?«

»Natürlich von Baolei aus«, meinte Gonggong. »Wir haben keine andere Wahl. Baolei ist der einzige Durchgang, der zu Zhuolu, der Hauptstadt des Dayureiches, führt.«

Chiyou hatte schon sein Bewusstsein zurückerlangt. Er war in Xiaers erster Epoche erwacht, hatte das Loch der Epochen auf der Pagode der Erdgeister durchquert und war auf dem Weg zum Goldenen Kontinent.

Als Chiyous Gruppen am Jingwei-Meer von den Neuigkeiten erfuhren, jubelten sie los.

Doch was von Chiyou erwacht war, war nur sein Geist, seinen Körper hatte er noch nicht wiedererlangt. Im Krieg um die Pagode der Erdgeister vor einigen Milliarden Jahren hatte der Zauber der Pangumenschen seinen Körper aus dieser Welt entfernt. Wenn er in diesen Raum zurückwollte, musste er seinen Körper mit seiner eigenen Kraft wiederherstellen.

Im Augenblick war Chiyou noch ein schwarzer körperloser Schatten. Doch seine Umrisse waren schon zu erkennen: Auf dem bronzenen Kopf saßen zwei spitze Hörner. Sein Körper war riesig, die Beine allein maßen beinahe hundert Meter. Wenn er mitten zwischen seinen Soldaten einherschritt, fiel sein Schatten riesig auf das endlose Heer.

Zusammen mit Chiyou waren auch seine 81 Brüder erwacht, die ebenso wie er einige Hundert Meter groß waren. Sie standen ihrem großen Bruder um nichts nach.

Jeder von Chiyous Brüdern war unbeschreiblich stark. Zusammen mit ihm führten sie seine Truppen in einem gewaltigen Flug über das Jingwei-Meer.

Zur gleichen Zeit machten sich die 10 000 Soldaten der Gonggongs auf den Weg nach Baolei.

Dieses Mal schickten sie die Xianglius aus. Auf Gonggongs Befehl verließen die bis zu hundert Meter langen

Schlangen ihren Ruheplatz zwischen den riesigen Pagoden Yuzhous und begannen langsam ihre Glieder zu bewegen.

Beinahe 10 000 Xianglius hatten Jahre um Jahre zwischen den Großen Pagoden der Gonggongs gelegen. Als sie sich jetzt zu bewegen begannen, wirkten sie zunächst sehr steif. Ihre beinahe hundert Meter langen Körper entfernten sich erst nach langer Zeit von den Pagoden und flogen in den Himmel auf. So wie einige Drachen brauchten sie keine Flügel um zu fliegen.

Im nächsten Augenblick war der Himmel über dem Land der Gonggongs voller neunköpfiger Schlangen, die Feuer speiend auf die Festung Baolei zuhielten und den Himmel wie am helllichten Tag erhellten.

Auch die anderen Ungeheuer begannen sich eines nach dem anderen zu bewegen und flogen in dieselbe Richtung. Bald schon würden sie sich mit den anderen Xianglius und Wuzhiqis vor Baolei vereinigen.

Die nahezu eine Million Soldaten brach mit zahllosen Wuzhiqis in einem gewaltigen Heer von der Hauptstadt der Yuzhou auf und marschierte in Richtung Norden. Ihre langen Augenbrauen bebten links und rechts und verliehen ihnen einen sehr kraftvollen Ausdruck. Gonggong überließ die Regierung vorübergehend den Ministern, um selbst zusammen mit den Truppen in den Krieg zu ziehen. Dabei saß er in dem prunkvollen seidenen Stuhl, der von zwei Wuzhiqis getragen wurde.

Die Zeit verging sehr schnell, Chiyous Truppen waren schon weit vorangekommen. Unterstützt von den großen Ungeheuern des Jingwei-Meeres, war es den

Truppen gelungen, das Meer in nur einem Monat zu überqueren. Schon sahen sie in der Ferne das Ufer des Goldenen Kontinents.

Aisgelos, die große Hafenstadt des Dayureiches der Pangusippe, war eine sehr belebte Stadt. Zahllose hohe Türme verschiedenster Art erhoben sich einer neben dem anderen. Normalerweise lagen Hunderte von Schiffen im Hafen vor Anker und luden Waren auf oder ab, die riesigen Segel der großen Schiffe standen so dicht, dass sie den Himmel völlig verdeckten. Doch an diesem Tag war es anders. Kein Mensch war auf den Docks zu sehen, und die Schiffe lagen mit eingeholtem Segel verlassen vor Anker.

Im Gebiet um den Hafen Aisgelos waren viele Pangusoldaten zur Verteidigung stationiert. Da Shaodian und König Dayu damit rechneten, dass Chiyous Truppen den Goldenen Kontinent bei Aisgelos erreichen würden, hatten sie schon im Voraus einige Soldaten zur Verteidigung zurückgelassen. Doch es waren nur zehntausend und sie hatten keine Unterstützung vonseiten der Glückstiere. Doch Shaodian und König Dayu konnten unmöglich noch mehr Soldaten in Aisgelos zurücklassen. Zur Verteidigung waren nur drei Truppen an der südlichen Seite des Hafens geblieben, die restlichen drei waren in den Norden abkommandiert worden, um gegen die Gonggongs zu kämpfen.

Chiyous riesiges Heer marschierte direkt auf die Hafenstadt zu. Es war beinahe eine Million Mann, die zielsicher auf die Hafenstadt zusteuerte.

In der vordersten Linie marschierten Chiyous 81

Brüder. Sie konnten beinahe schwebend über die Wasseroberfläche laufen. Sie wurden niemals müde, liebten den Krieg und waren die Ersten, die den Hafen von Aisgelos erreichten und den Kampf eröffneten.

Gleich nach ihrer Ankunft tobte ein Kampf, der schon nach kurzer Zeit vorbei war. Die wenigen Soldaten, die zur Verteidigung des Hafens zurückgeblieben waren, waren verwundet oder tot. Chiyous Truppen jubelten.

So rückte Chiyou mit seinem riesigen Heer in die Hafenstadt Aisgelos vor. Überall wo sie hinkamen, töteten seine Ungeheuer Menschen, die zu schwach waren nach Baolei zu fliehen. Chiyou war erregt. Obwohl er seinen Körper noch nicht zurückerlangt hatte, konnte er schon sprechen: »Auf zur Hauptstadt des Dayureiches!«

Nun kamen Chiyous Truppen noch schneller voran. Mit der Kraft des Herbstwindes, der die Blätter von den Wegen fegt, brausten sie durch die Städte und nahmen eine nach der anderen ein. Die Truppen der Pangusippe, die zur Verteidigung geblieben waren, kämpften sehr tapfer und leisteten erbittert Widerstand, doch gegen die Größe und Stärke von Chiyous Truppen waren sie vollkommen machtlos. So fiel eine Stadt nach der anderen in die Hand der Feinde.

Nach nicht einmal einem Tag standen sie schon fünfzig Kilometer vor der Königsstadt Zhuolu, der Hauptstadt des Dayureiches. Als Shaodian und Dayu in Baolei davon erfuhren, verdunkelten sich ihre Gesichter.

»Wer hätte jemals gedacht, dass Chiyous Truppen nach seinem Erwachen so schnell vorankommen. An einem einzigen Tag haben sie zahllose Städte eingenommen! Jetzt stehen sie schon vor der Königsstadt Zhuolu«, rief Bors laut und fügte seufzend hinzu. »Es sieht nicht gut für uns aus.«

Babuduo fuhr fort: »Auch die Gonggongs haben im Norden mit voller Kraft angegriffen. Sieht so aus, als wollten sie die Pangumenschen so schnell wie möglich vernichten.«

»Wenn der Feind im Rücken und auf dem Bauch sitzt, bräuchte es ein strategisches Wunder«, meinte Kerximu. Keiner der Anwesenden wusste was er sagen sollte. Der Schock, dass Chiyou bereits erwacht war, war zu groß. Nur Shaodian bewies wieder Stärke und wirkte gefasst. »Wo sollen wir Krieg führen? Sollen wir in Baolei bleiben, die Truppen hier zusammenziehen und mithilfe des Großen Drachen die Gonggongs erledigen? Oder sollen wir uns in den Süden zurückziehen, um die Königsstadt Zhuolu zu verteidigen?«

Shaodian dachte einen Augenblick nach, dann meinte er: »Am besten, wir tun gar nichts. Bleiben wir in Baolei.«

Shaodians Worte versetzten alle Anwesenden, in großes Erstaunen. Bors riss seine Augen auf: »Aber warum?«

»Weil wir nur so vermeiden können, im Rücken und am Bauch gleichzeitig angegriffen zu werden«, meinte Shaodian. »Die Königsstadt Zhuolu können wir vorübergehend aufgeben, denn die 200 000 Soldaten in Zhuolu sind verglichen mit einer Million Soldaten von Chiyou ohnehin in der schwächeren Position. Es dürfte unmöglich sein, diese Situation zu ändern. Außerdem befinden sich Chiyous Truppen schon fünfzig Kilometer vor Zhuolu. Wir sind viel zu weit entfernt, um Unterstützung zu schicken. Wenn wir nach Zhuolu zurückgehen, wird Baolei ungeschützt sein, was es wiederum unmöglich macht, die Gonggongs im Norden abzuwehren. In diesem Fall würden die Gonggongs Baolei besetzen und in die zentralen Gebiete vordringen. Die Folge wäre, dass wir von Chiyou und Gonggong gleichzeitig angegriffen würden. Die Niederlage wäre somit unvermeidbar. Warum es dann besser ist, in Baolei zu bleiben? Weil Baolei näher am Gebiet der Gonggongs liegt. Verglichen mit Chiyou sind die Gonggongs viel schwächer und es wird einfacher für uns sein, sie zu schlagen. Im Augenblick ist der Feind überall, vor und hinter uns. Wenn uns beide Feinde zugleich angreifen, werden wir in jedem Fall geschlagen werden. Deshalb ist unsere Hauptaufgabe, diese Situation zu vermeiden. Wir müssen die Soldaten zusammenziehen, um zunächst die Gonggongs zu erledigen.«

»Das ist pure Fantasterei«, erwiderte Bors. »Wie sollen wir die Gonggongs so schnell besiegen? Sie haben eine Million Truppen, außerdem die riesigen Xianglius und einige Tausend riesige Wuzhiqis.«

»Ja, ganz genau, Shaodian.« Kerximu war offensichtlich derselben Meinung wie Bors. »Das ist beinahe unmöglich.«

Shaodian antwortete: »Freunde, kennt ihr das Sprichwort: Wenn du Diebe fangen willst, dann fange zunächst ihren Kopf?«

Maihan war erstaunt: »Du meinst, wir müssen zuerst

Gonggong selbst erledigen, um die Gonggongs zu besiegen?«

Shaodian nickte und meinte: »Wir brauchen nur Gonggong zu besiegen, dann werden sich die Truppen der Gonggongs auflösen.«

Als Dayu Shaodians Worte hörte, schickte er ihm bewundernde Blicke zu. Er sagte: »Was Shaodian gesagt hat, ist durchaus zutreffend. Gonggong und Chiyou stellen nicht die gleiche Bedrohung dar. Die Gonggongs waren früher ein Vasallenstaat des Dayureiches und standen unter starkem Einfluss der Pangusippe. Ursprünglich hatten sie niemals im Sinn, die Pangumenschen zu verraten, nur unter Gonggongs schlechtem Einfluss kam es so weit. Wenn Gonggong vernichtet wird, werden sie sich wieder von ihrer gutmütigen Seite zeigen.«

»Und wie sollen wir uns mit Gonggong anlegen?«, fragte Het. »Was müssen wir tun, um ihn zu besiegen?«

»Es gilt noch immer jener Satz: Wenn du Diebe fangen willst, fange zuerst ihren Kopf«, meinte Shaodian. »Im Augenblick ist beinahe eine Million Gonggongsoldaten vor der Festung Baolei stationiert. Ich schätze, Gonggong wird heute Abend den Befehl zum Angriff geben. Dann werde ich auf den Huaxia-Drachen steigen, Gonggongs Zelt im Lager suchen und ihn zum Zweikampf herausfordern. Mithilfe des Huaxia-Drachen wird Gonggong sicher sehr schnell geschlagen sein. Bevor Gonggong erledigt ist, müsst ihr garantieren, dass die Stadt Baolei gegen Tausende Angreifer Gonggongs Widerstand leisten kann. Es darf nicht sein, dass Baolei in die Hand der Feinde fällt.«

»Das kann man durchaus in Erwägung ziehen. Immerhin haben wir noch die anderen Drachen«, meinte Dayu. »Und was geschieht mit Chiyou?«

Shaodian hatte offensichtlich schon einen Plan. »Alle Menschen und Soldaten in der Königsstadt Zhuolu und in den Präfekturen im Norden sollen nach Baolei zurückweichen, um die Stadt zu verteidigen. Nachdem Gonggong besiegt ist, werden wir Baolei als Stützpunkt nehmen und die Soldaten dort versammeln, um von dort aus einen Gegenangriff gegen Chiyou zu führen.«

Nachdem alles durchbesprochen war, schritt jeder zur Ausführung des Plans. Bevor sie aufbrachen, schärfte Shaodian Bors und den anderen noch einmal ein, die Pangumenschen mit den Drachen zu unterstützen.

Dann erst schwang sich Shaodian erleichtert auf den riesigen Huaxia-Drachen und erhob sich in den Himmel über den Truppen der Gonggongs, um Gonggong zu suchen und ihm zum Kampf herauszufordern.

Traurig blickte Anta Shaodian hinterher. Seitdem sie das Panguland verlassen hatten, hatten sie kaum noch Zeit miteinander verbracht. Immer musste Shaodian zum König, um an irgendwelchen Versammlungen teilzunehmen. Sie wusste, dass Shaodians Aufgabe sehr wichtig war, und sie war beschämt, Gefühle der Eifersucht zu verspüren. Dennoch sagte ihr Herz etwas anderes.

Die Truppen der Gonggongs hatten vor Baolei schon ihr Lager aufgeschlagen Das Heer war so groß, dass man das Ende beinahe nicht sehen konnte.

Im Lager der Gonggongs war Gonggongs Zelt weithin

sichtbar. Es war aus goldgelbem Stoff und vermittelte Stärke und Macht. Shaodian erkannte es sofort.

Das Näherkommen des Huaxia-Drachen löste im großen Heer der Gonggongs ein wildes Durcheinander aus. Obwohl die Soldaten der Gonggongs sehr mutig waren, fürchteten sie sich sehr, als sie mit ihren Augen den riesigen Drachen aus den Legenden sahen – vor allem da es der Sohn des Königsdrachen war.

»Endlich ist er gekommen!«, rief Gonggong.

General Sim fragte überrascht: »Großer Führer Gonggong, warum kommt der Huaxia-Drache alleine mit Shaodian? Muss Shaodian nicht den Krieg um Baolei befehligen? Wie Ihr wisst, wird unser Angriff sehr bald beginnen.«

»Das ist in der Tat ein herausragender Zug von Shaodian«, meinte Gonggong. »Nach Chiyous Erwachen sind seine Truppen viel schneller unterwegs, sie haben bereits das Jingwei-Meer überquert und das Ufer des Goldenen Kontinents erreicht. Nun fegen sie mit der Kraft des Herbstwindes über das Dayureich der Pangumenschen hinweg. Wir Gonggongs haben schon im Norden angegriffen und Chiyou im Süden. Früher oder später werden wir von allen Seiten angreifen und das Dayureich wird zweifellos besiegt werden. Um dies zu vermeiden, hat Shaodian nicht auf den Truppenangriff gewartet, sondern ist auf dem Huaxia-Drachen direkt zu uns gekommen. Er beabsichtigt wohl, mich so schnell wie möglich zu besiegen. So wird das riesige Heer der Gonggongs von selbst zerbrechen. Dann werden sie alle Truppen sammeln, um die Truppen Chiyous zu bekämpfen. So haben sie immer noch die Möglichkeit zu gewinnen.«

»Ein schlauer Zug«, meinte der General, »was sollen wir tun?«

»Natürlich werden wir den Kampf aufnehmen.« Gonggong lachte kalt. »Während ich mit Shaodian kämpfe, wirst du die Truppen anführen und Baolei so schnell wie möglich besetzen.«

»Jawohl, Kommandant«, antwortete Sim.

Schon näherte sich der Huaxia-Drache Gonggongs Zelt.

Gonggong lachte kalt auf und sprach: »Du bist gekommen, dieser große Augenblick macht mich ausgesprochen glücklich, ich, Gonggong, habe überraschenderweise die außerordentliche Gelegenheit, gegen den Huaxia-Drachen und den Auserwählten Shaodian zu kämpfen.«

Als er das letzte Wort gesprochen hatte, blies Gonggong seinen Bauch auf und gab ein tiefes Heulen von sich. Daraufhin löste sich eines der Xiangliu-Ungeheuer aus den Truppen und flog auf Gonggongs Zelt zu. Dann füllte sich Gonggongs Körper mit Luft, sodass er aussah wie ein Ballon. Der Körper wurde langsam immer größer und veränderte sich. Auf dem kahlen Kopf wuchsen plötzlich rote Haare. Der Körper blies sich langsam auf und wurde zu einem einige Dutzend Meter hohen Riesen.

Nachdem die Verwandlung des Körpers zu Ende war, heulte Gonggong laut auf. Daraufhin wurde ihm von hinten eine riesige Axt gebracht. Einige Tausend Gonggongsoldaten erhoben die Äxte und näherten sich Gonggongs Zelt. Gonggong schnappte sich die Axt und lachte laut auf. Da bebte plötzlich die Erde und die Berge zitterten. Die ganze Stadt Baolei schwankte.

»Ich bin der Sohn des Feuergottes und kann die berühmten Namen der Vorväter nicht an meinem Körper auslöschen lassen. Mein Blut ist ebenso edel wie das ihre!«, rief Gonggong. »Huaxia-Drache, komm, lass uns im Kampf entscheiden, wer in Zukunft König des Goldenen Kontinents sein wird. Du, Huaxia-Drache, oder ich, Gonggong? Oder vielleicht Chiyou?«

Schon sprang Gonggong auf den Rücken des riesigen Xiangliu-Ungeheuers und flog auf den Huaxia-Drachen zu.

Shaodian hatte vom Rücken des Drachen die Veränderungen an Gonggongs Körper mitverfolgt. Aus einem etwa einen Meter großen Mann war ein bedrohlicher Riese geworden. Shaodian erschrak. Das Tier, auf dem Gonggong ritt, das Xiangliu-Ungeheuer, war ungefähr so groß wie der Huaxia-Drache. Plötzlich spürte Shaodian, dass der Sieg noch in weiter Ferne lag.

Als sich der Huaxia-Drache dem Xiangliu näherte, ertönte ein dröhnender Laut, der Himmel und Erde erzittern ließ. Gonggongs Reittier erschrak und strauchelte einen Schritt zurück. Dem Huaxia-Drachen gegenüberzustehen, erfüllte es mit Angst. Als wollte es sich selbst ermutigen, heulte das Xiangliu mit allen neun Köpfen gleichzeitig auf und galoppierte mit voller Kraft los.

Doch der Huaxia-Drache fürchtete sich kein bisschen. Mit ruhigem Gesicht schüttelte er seinen Bart, der ganze Körper verbreitete goldenen Glanz und die gelben Drachenschuppen begannen wild zu glitzern und zu funkeln. Es war eine sehr einschüchternde Haltung.

»Du bist also Shaodian, der Weise der Pangusippe aus Ruiwen, welcher die Drachenperle besitzt? Du bist der junge Held, der sich auf die Suche nach dem Panguland begeben hat? Ich dachte, du wärst größer! Nun denn. Lass uns beginnen«, sagte Gonggong.

Zunächst griff Gonggong Shaodian an. Das Xiangliu flog einen raschen Angriff, hielt vor dem Huaxia-Drachen kurz inne und spie einen riesigen Feuerball aus. Der Huaxia-Drache bewegte sich blitzschnell. Kopf nach oben, Schwanz nach unten, schlug er einmal mit dem Drachenschwanz und nahm die Position des Aufsteigenden Drachen ein. Dann flog er nach oben und entkam so dem Feuer. Kopf nach unten, Schwanz nach oben, sauste er nach unten und flog auf das Xiangliu zu.

Gonggong und das Xiangliu hatten nicht damit gerechnet, dass der Huaxia-Drache so schnell sein würde. Das Xiangliu hatte keine Zeit zu reagieren. Schon streckte der Huaxia Drache seine Krallen aus und packte einen der neun Köpfe des Xiangliu.

»Gutes Tier!«, rief Gonggong. Wild schwang er die riesige Axt, drehte sich einmal und ließ sie auf Shaodian herabsausen.

Nachdem er Gonggongs Stärke kannte, riss Shaodian das Panguschwert aus seiner Scheide heraus und parierte den Schlag gekonnt. Shaodian war zwar kleiner als Gonggong, doch da er ein Weiser der Pangusippe war, besaß er enorme körperliche Kräfte.

Als sich die Riesenaxt und das Schwert trafen, erklangen sie laut, und Funken sprühten zwischen den Metallen, beide Menschen hatten die gleiche Kraft.

Nachdem sie eine Weile so verharrt waren, kam Shaodian plötzlich eine Idee. Er ließ den Huaxia-Drachen blitzschnell wenden, wich der herabsausenden Axt Gonggongs aus und zog seinen Körper zurück. Dann hieb er auf einen der neun Köpfe ein, der Kopf des Xianglius fiel ab. Aus dem neunköpfigen war ein achtköpfiges Xiangliu geworden.

Der Aufschrei des Xianglius ließ Himmel und Erde erbeben.

Als Gonggong das bemerkte, nahte er von Neuem mit der riesigen Axt. Obwohl Gonggong stärker war als Shaodian, fing dieser seinen Hieb ab, sodass sie beide eine Weile bewegungslos verharrten, dann entkam Shaodian mithilfe des flinken Körpers des Huaxia Drachen Gonggongs Angriff. Schon drehte er sich um und hieb auf einen anderen der Köpfe des Xianglius ein. Nachdem sich dies zweimal wiederholt hatte, waren dem Xiangliu nur mehr sechs Köpfe geblieben.

Das Xiangliu hatte Angst, wich zurück und floh Richtung Yuzhou, um ins Gebiet der Gonggongsippe zu entkommen.

In Wirklichkeit war dies eine berüchtigte Methode der Gonggongs: Rückzug als Angriff. Gonggong kannte diese Methode seines Xiangliu-Reittiers. Der Huaxia-Drache war sehr gewandt, er konnte sich in der Luft viel besser bewegen als das Xiangliu. Es war eher groß und schwerfällig.

Das Xiangliu verfügte über keine anderen Waffen als

Feuer und seine neun Köpfe. Der Huaxia-Drache hingegen konnte außer Feuerspeien auch noch mit seinen Krallen angreifen und seine spitzen Hörner verwenden, um den Gegner aufzuspießen.

Im Vergleich war offensichtlich, dass der Feind im Vorteil war. Deshalb führte Gonggong das Xiangliu in Richtung des Gebiets der Gonggongsippe an das Ende des Goldenen Kontinents. Er hoffte, durch seine Kenntnis des Endes des Goldenen Kontinents selbst im Zweikampf die bessere Position zu haben.

Shaodian folgte auf dem Huaxia-Drachen.

Gonggong lenkte das Xiangliu in den Luftraum über Yuzhou, der Königsstadt der Gonggongs, und von dort weiter Richtung Ende des Goldenen Kontinents. »Am Ende des Goldenen Kontinents herrscht dichter Nebel«, dachte Gonggong. »Man sieht kaum seine Hand vor den Augen. Auch wenn der Huaxia-Drache wendig und flink ist, wird es ihm nichts nützen, wenn er nichts sehen kann. Doch ich als Sohn des Feuergottes kann auch im Nebel sehen und werde mein Xiangliu geschickt durch den Nebel lenken.«

Unterdessen hatte in Baolei der Angriff der Gonggongs schon begonnen. 10 000 kleinere Xianglius waren in den Luftraum über Baolei geflogen und hatten die Festung aus der Luft angegriffen.

Bors, Het, Maihan, Anta, Babuduo und der Schneelandmensch Kerximu hatten sich jeweils auf einen der Drachen gesetzt und warteten so in der Luft auf den Angriff von Gonggongs Ungeheuern.

Die Drachen wichen den Angriffen der Ungeheuer

gekonnt aus und benutzten die Krallen und die spitzen Hörner, um sich zu verteidigen oder die Ungeheuer anzugreifen. Obwohl die Ungeheuer Gonggongs von der Zahl her viel stärker waren, konnten sie gegen die flinken Drachen nichts ausrichten.

Auf der Erde marschierten die Gonggongs mit den Wuzhiqis als Vorhut auf die Stadt zu. Die Katapulte wurden nach vorne gebracht und begannen die hohe, starke Stadtmauer zu beschießen.

Unter der Führung von Dayu setzten sich die Pangumenschen zur Wehr. Von der Stadtmauer aus schossen die Bogenschützen ihre Pfeile auf die Soldaten hinab, Steine flogen über den Himmel auf die feindlichen Soldaten. Zugleich befahl Dayu den Soldaten, mit den Bögen auf die Augen der Wuzhiqis zu zielen.

Es war ein harter Kampf entbrannt.

Unterdessen verfolgte Shaodian auf dem Huaxia-Drachen Gonggong und sein Reittier Richtung Ende des Goldenen Kontinents.

Das Ende des Goldenen Kontinents lag in undurchdringlichem Nebel, sodass sie nicht weit sehen konnten. Das Gebiet war sehr felsig, überall lagen merkwürdig geformte Steine herum und Reihen von seltsamen Steinsäulen, die von irgendjemandem errichtet worden waren. Doch nun bildeten die Steine und Säulen ein einziges riesiges Geröllfeld.

Gonggong frohlockte und dachte: »Dieses Gebiet ist mir und meinem Reittier Xiangliu sehr vertraut, dem Gegner aber nicht. Mit diesem Vorteil werde ich Shaodian und den Drachen besiegen.«

Gonggong konnte nicht wissen, dass er mit seinen Vermutungen völlig falsch lag. Shaodian und der Huaxia-Drache verirrten sich kein bisschen und wichen allen Steinen und Steinsäulen geschickt aus.

So verfolgten sich beide durch die Luft und kämpften und fochten zwischen den Steinen und Geröllhalden.

Mithilfe des Drachen hieb Shaodian dem Xiangliu weitere fünf Köpfe ab. Das Ungeheuer Xiangliu brüllte auf und flog daraufhin noch tiefer in den dichten Nebel hinein.

Der unerbittliche Kampf führte sie schließlich auf einen hohen Berg. Der Berg war so hoch, dass er in die Wolken ragte und mit dem Himmel verbunden zu sein schien. Er befand sich irgendwo im Nordwesten am Ende des Goldenen Kontinents.

»Ist das die Himmelssäule aus den Legenden? Ist das hier etwa das Ende der Welt?«

Gonggong umkreiste die riesige Säule auf seinem Xiangliu. »Das ist in der Tat die Himmelssäule, die Himmel und Erde verbindet, um das Universum zu halten. Die Legende entspricht wohl der Wahrheit.«

Gonggong blieb keine Zeit, länger nachzudenken. Schon nahte Shaodian auf dem Huaxia-Drachen. Als er die Himmelssäule erreichte, lenkte er den Huaxia-Drachen zu einem plötzlichen Angriff und schlug dem Xiangliu den letzten Kopf ab. Das Ungeheuer mit dem Schlangenkörper war sofort tot.

Als Gonggong sah, dass sein Reittier tot war, erkannte er, dass für ihn jede Möglichkeit zum Sieg verloren war. Er würde hier von Shaodian und dem Huaxia-Drachen getötet werden und die Ehre seiner Vorfahren beleidigen. Da wurde er plötzlich sehr zornig und rammte seinen Kopf gegen die Himmelssäule. Ein lautes, knirschendes Geräusch erklang am Himmel, im nächsten Augenblick war ein großer Riss in der Säule zu sehen.

Gonggong freute sich und wollte mit seinem Kopf noch einmal die Himmelssäule rammen und rief mit lautem, boshaftem Lachen: »Haha, die Himmelssäule wird brechen und der Goldene Kontinent verloren sein, hahaha. Shaodian, ich kann dich zwar nicht besiegen, doch ihr Pangumenschen werdet kein gutes Leben führen.«

Shaodian erstarrte: »Die Himmelssäule soll einstürzen?« Er wurde von einer gewaltigen Wut gepackt, lenkte den Huaxia-Drachen auf Gonggong zu, hob sein Schwert und hieb Gonggong den Kopf ab.

Shaodian wollte keinen Augenblick länger bleiben, denn er war um den Krieg in Baolei besorgt. »Ich muss so schnell wie möglich nach Baolei zurück. Dort findet bestimmt ein erbitterter Kampf statt.«

Als er auf dem Huaxia-Drachen zurück nach Baolei ritt, hielt Shaodian Gonggongs Kopf hoch erhoben. Er durchquerte den großen, dichten Nebel und das Feld mit den riesigen Steinen am Ende des Goldenen Kontinents. Der Huaxia-Drache war sehr schnell. Bereits nach kurzer Zeit erreichten sie die Königsstadt der Gonggongs und schon bald kam Baolei in Sichtweite.

Zu dieser Zeit tobte in Baolei der Kampf aufs Heftigste. Die beinahe eine Million Gonggongsoldaten hatte Baolei angegriffen und stürmte nach vorne. Unter dem

Angriff der einigen Tausend Wuzhiqis hatte die Festungsmauer schon einige große Risse bekommen. Zahllose Gonggongsoldaten stürmten wild auf die Breschen zu und griffen die Pangusoldaten an.

Dayu war vor allem darum bemüht, diese Risse zu verteidigen, um den Feind davon abzuhalten, in die Stadt vorzudringen.

So fochten beide Seiten und der Kampf tobte wild. Auch der Luftkampf wogte hin und her, obwohl die Ungeheuer der Gonggongs den Glückstieren und Drachen zahlenmäßig stark überlegen waren. Denn jeder der Drachen konnte es mit einer Vielzahl von Ungeheuern auf einmal aufnehmen.

Shaodian hatte Baolei schon erreicht und zog am Himmel über der Stadt weite Kreise. Der Huaxia-Drache verströmte am ganzen Körper goldgelben Glanz, er blitzte und funkelte. Die goldenen Schuppen am Drachenleib glänzten und die vier Beine bewegten sich im Rhythmus der kreisenden Bewegungen des Körpers wie die Krallen eines Adlers. Der beinahe tausend Meter lange Körper des Huaxia-Drachen zog am Himmel über der Stadt seine Kreise, hin und wieder bog er seinen Körper, so als wollte er sich setzen. Dann wieder streckte er seinen Körper, und bewegte sich waagrecht seitlich vorwärts. Hin und wieder schlug er mit dem Drachenschwanz, Kopf nach oben, Schwanz nach unten, und flog nach oben. Dann sauste er wieder Schwanz nach oben, Kopf nach unten, und drehte einige Kreise um die Türme.

Shaodian hielt den großen Kopf von Gonggong in der Hand und schrie: »Seht her! Ich halte hier den Kopf eures Anführers. Er hat es gewagt, sich gegen uns zu stellen, und hat dafür mit seinem Leben bezahlt.« Gonggongs Blut tropfte von seinem abgetrennten Hals und fiel auf die Köpfe seiner Soldaten. Seine toten, geweiteten Augen starrten ins Leere und sein Mund war grotesk geöffnet. Der Anblick von ihrem toten Anführer ließ die Gonggong Soldaten sofort erstarren. Sie ließen ihre Waffen fallen und liefen schreiend weg.

Die Soldaten ves Dayureiches jubelten! Das Blatt hatte sich gewendet. Die wenigen Gonggongsoldaten, die nicht sofort flohen, setzten sich nach dem Tod ihres Anführers nur mehr mit halbem Herzen zur Wehr und ergriffen einer nach dem anderen die Flucht. Auch die Xianglius und die anderen Luftungeheuer gaben unter dem Gegenangriff der Drachen ihren Widerstand bald auf und zogen sich in die Gebiete der Gonggongs zurück.

Die Pangumenschen frohlockten und jubelten den Drachen zu.

»Bald werden hier wieder Frieden und Gerechtigkeit herrschen!«

Doch die Freude über den Sieg währte nicht lange.

13

Die Entscheidungsschlacht

Nach Gonggongs Tod war es ein leichtes Spiel für die Drachen und die restlichen Soldaten, das feindliche Heer in die Flucht zu schlagen. Wieder hatten die Pangumenschen einen Kampf gewonnen. Doch sie hatten es noch nicht geschafft, ihren Sieg gebührend zu feiern, da erreichte sie schon eine schlimme Nachricht: Chiyous Truppen hatten die Königsstadt Zhuolu eingenommen. Nachdem die Pangumenschen und die Soldaten, die im Norden der Königsstadt Zhuolu stationiert waren, sich auf Dayus Befehl hin nach Baolei zurückgezogen und alle Befestigungen aufgegeben hatten, war die Stadt schutzlos gewesen, und es war für Chiyous Truppen ein leichtes Unterfangen, die Stadt einzunehmen.

Chiyou hatte seinen Truppen nicht erlaubt, sich in Zhuolu auszuruhen, sondern hatte den Befehl gegeben, sofort weiter nach Norden zu marschieren, um die anderen Städte der Pangusippe zu besetzen.

Diese Nachricht versetzte alle in große Besorgnis. So berief Shaodian eine große Versammlung ein.

»Die Gonggongs sind geschlagen«, begann Shaodian. »Zumindest in nächster Zeit werden sie neutral bleiben – solange wir gegen Chiyou kämpfen.«

»Mag Gonggong auch tot sein, aber die Stärke seiner Truppen ist ungebrochen. Wenn sie uns noch einmal angreifen, ist unser Sieg ungewiss«, meinte Dayu.

»Der Anführer der Gonggongs ist tot. Sie wissen

nicht, was sie tun sollen. Sein negativer Einfluss auf die Gonggongs ist zwar nicht mehr da, aber dennoch ist ungewiss, wie sie sich in diesem Krieg weiter verhalten werden. Sie werden sich zwar nicht ergeben, doch im Moment werden sie uns auch nicht angreifen. Derzeit sind sie ein unorganisiertes Heer, das nicht weiß, was es machen soll«, meinte Shaodian.

»Warum?«, fragte Bors. »Haben sie wieder einen heimtückischen Plan?«

Shaodian schüttelte den Kopf. »Nein, sie warten auf das bessere Angebot.«

»Auf das bessere Angebot?«

»Ja«, Shaodian nickte. »Die Gonggongs warten auf das bessere Angebot. Sie werden die Soldaten halten, wo sie sind, und sich nicht bewegen. Mit Gonggongs Tod hat der Krieg für sie seinen Sinn verloren. Sie werden die Pangumenschen nicht noch einmal angreifen, doch sie werden sich uns auch nicht ergeben. Dass sie sich jetzt nicht ergeben, heißt nicht, dass sie sich nie ergeben werden, sondern dass sie warten um zu wählen, wem sie sich ergeben sollen. Sie wollen sich zunächst vergewissern, wer aus dem Krieg als Sieger hervorgeht – Chiyou oder wir. Wenn die Gonggongs beschließen sich uns jetzt zu ergeben, was passiert mit ihnen, sollten wir verlieren? Würden sie in diesem Fall nicht den Sieger des Krieges beleidigen, und zwar den zukünftigen König des Goldenen Kontinents?«

»Ah, dies ist der Grund.« Bors verstand.

»Aber wie es jetzt aussieht, werden die Gonggongs auch nicht beschließen uns anzugreifen, denn um uns zu besiegen, müssten sie einen sehr hohen Preis bezahlen. Wir werden von den Drachen unterstützt und vor den Drachen fürchten sie sich sehr. Außerdem hätte es für sie keinen Sinn, noch einmal einen Krieg gegen uns zu beginnen, da Gonggong ohnehin schon tot ist«, fügte Babuduo hinzu.

»So betrachtet«, überlegte Dayu, »ist unser erstes Ziel schon erreicht. Wir haben vermieden, von beiden Seiten gleichzeitig angegriffen zu werden. Unser nächstes Ziel ist es, unsere Kräfte zu sammeln, um Chiyou zu besiegen.«

»Dazu habe ich eine Frage«, meinte Babuduo. »Shaodian, als Krieger und als Soldat muss ich dir diese Frage stellen. Warum hast du befohlen, die Königsstadt Zhuolu und viele andere Gebiete aufzugeben? Natürlich, Baolei ist stärker, wenn die Angehörigen aller Sippen und alle Truppen dort versammelt sind, doch gleichzeitig verlieren wir auch den größten Teil unserer Gebiete. Außerdem liegt Baolei an der Grenze. Wenn Baolei in die Hand der Feinde fällt, haben wir keinen Raum zum Rückzug mehr. Denn unmittelbar hinter uns befinden sich die Gonggongs. Es ist offensichtlich, dass sie uns in dieser Situation bestimmt nicht verschonen werden, falls Chiyou den Krieg gewinnen sollte. In diesem Fall hätten wir alles verloren. Ist es nicht zu riskant, alle Hoffnungen nur auf Baolei zu setzen?«

Shaodian dachte einen Augenblick nach, dann meinte er: »Ich habe schon darüber nachgedacht. Das gehört wohl zu den sogenannten Kriegsrisiken. Ich bitte dich, mir zu vertrauen, wir befinden uns auf dem Weg zum Sieg.«

Anschließend berieten sie sich noch über ein paar andere Angelegenheiten und arbeiteten einige neue Pläne aus. Shaodian teilte allen mit, dass nun den Flüchtlingen aus Zhuolu geholfen werden musste. Also schickte er vier der sechs Drachen aus, um den Menschen aus Zhuolu entgegenzufliegen.

»Dies ist ein Problem für sich. Obwohl die Stadt Baolei sehr groß ist, kann sie niemals so viele Menschen und Truppen aufnehmen. Zum Glück gibt es hinter der Stadt Baolei auf der linken und auf der rechten Seite noch einige Grenzgebiete, die sehr viele Menschen aufnehmen könnten. In Baolei selbst sollen nur Soldaten zurückbleiben«, meinte Shaodian.

»Wie soll das gehen?«, fragte Bors. »Sollen wir die Menschen einfach so ohne den Schutz der Soldaten in die Gebiete an der Grenze schicken? Was, wenn Chiyou sie angreift?«

»Schaut alle her.« Shaodian zeigte auf die Landkarte. »Das ist das nördliche Grenzgebiet unserer Sippe, da gibt es immer noch über zehn Städte. Diese zehn Städte sind sehr dicht, sie befinden sich alle hinter Baolei. Mit anderen Worten, wenn Chiyou und seine Truppen ankommen, wird Baolei als Erstes angegriffen werden. Vor Baolei befindet sich ein bergiges Gebiet, über das ein Pass führt. Diese Berge liegen wie ein Schutz vor Baolei. Wenn Chiyous Truppen die Städte hinter Baolei angreifen wollen, müssen sie zunächst Baolei einnehmen.«

Alle verstanden und nickten.

»Zweitens«, Shaodian hielt kurz inne. »Ist es nicht vergeudete Kriegskraft, wenn alle Pangumenschen nach

Baolei kommen? Nein, denn dadurch wird ihr Leben geschützt. Außerdem verfügen wir hier über eine starke Verteidigung. Die Stärke von Chiyous Truppen übersteigt bei Weitem unsere Vorstellungskraft; wenn wir unsere Abwehrkräfte aufsplittern, sind wir vor Chiyous Gesicht nichts als kleine Ameisen. Dann wäre es sehr leicht für ihn, die Festung einzunehmen. Und wenn Chiyous Truppen erst in die Städte eingedrungen sind, werden sie die Pangumenschen grausam ermorden. Angesichts Chiyous Grausamkeit bezweifle ich, dass ein Einziger übrig bleibt. Doch wenn wir allen Soldaten befehlen, nach Baolei zu kommen, wird unsere Kraft viel größer sein, und wenn es uns gelingt, Chiyou zu besiegen, werden wir das Leben der Pangumenschen bewahren.«

Shaodian redete weiter und weiter: »Dritens, die einfachen Leute denken an ihre Familie, aber die Politiker denken an alle. Wir müssen alles von einem höheren Standpunkt aus betrachten. Mein Ziel ist es, Chiyou zu besiegen, denn nur so wird die Gerechtigkeit nicht zugrunde gehen.«

Dayu nickte und stimmte zu.

Chiyous Truppen kamen sehr schnell voran. Dadurch dass sich die meisten Pangumenschen und Soldaten aus den Städten schon zurückgezogen hatten, nahmen Chiyou und seine 81 Brüder die Städte sehr schnell ein. Chiyou gab nicht den Befehl, die Städte zu besetzen, sondern marschierte einfach weiter. Sie nahmen sich nicht einmal die Zeit, die Städte der Pangumenschen zu zerstören – obwohl das zu jenen Dingen gehörte, die ihnen am meisten Spaß machten.

Chiyous Truppen zählten beinahe eine Million, sie bewegten sich auf allen Arten von Ungeheuern vorwärts und waren sehr beweglich. Chiyous 81 Brüder marschierten an der Spitze und führten die Truppen an. Jeder von den Brüdern war furchtlos und mutig. Ihre einige Dutzend Meter hohen Körper konnten jeden Gegenstand mit einer Handbewegung zerstören.

Hinter den 81 Brüdern folgte Chiyous riesiges Heer. Die meisten Soldaten kamen aus den Gebieten im Süden des Drachenlandes aus Xiaers erster Epoche. Unter ihnen waren auch einige Wildmenschen, die lange Zeit tief in den alten Wäldern gewohnt hatten, und noch einige andere Sippen.

Sie hatten Äxte in den Händen, schwangen Schwerter und preschten zornig voran. Sie atmeten sehr schnell, laut und keuchend.

Verglichen mit den Menschen vom Goldenen Kontinent waren sie sehr groß, ungefähr drei Meter. Sie waren aufgeregt und grölten Soldatenlieder auf ihrem Marsch. Außerdem begleiteten sie noch zahllose Ungeheuer, die durch die Luft flogen oder über den Boden krabbelten.

Den Abschluss des Heeres bildeten einige Tausend Angriffstürme. Sie mussten gezogen werden und kamen daher nur langsam voran.

Chiyou befand sich in der Mitte des Heeres. Obwohl er noch immer keinen festen Körper hatte, war sein Schatten nicht mehr so durchsichtig wie vorher. Es konnte sich nur noch um Tage handeln, bis sich sein Körper endlich verfestigen würde.

Als Chiyous Truppen in die Stadt Begenlaier kamen, befahl Chiyou seinem Heer, kurz auszuruhen und sich neu zu ordnen.

»Großer Chiyou, bisher haben wir von den Pangumenschen nicht einen Schatten gesehen. Es sieht so aus, als hätten sie die Städte verlassen. Es sind wohl nur einige alte Menschen zurückgeblieben, die ihr Zuhause nicht verlassen wollten«, berichtete ein Unteroffizier.

Obwohl Chiyou nur ein Schatten war, konnte er schon sprechen. Er hielt einen Augenblick inne, so als überlegte er. Dann dröhnte er: »Ein beachtlicher Kerl!«

Darauf rief der Offizier: »Wen meint Ihr? Etwa den Weisen der Pangusippe, diesen Shaodian aus Ruiwen?«

Der schwarze Schatten schüttelte sich. »Er hat eine kluge Strategie, ich, Chiyou, habe einen ebenbürtigen Gegner gefunden. Alle Truppen der Pangusippe haben sich an die Grenze im Norden zurückgezogen. Wenn meine Annahmen richtig sind, müssten sie sich in Baolei befinden. Machen wir uns also auf den Weg dorthin. Denn dort befindet sich der Feind, den wir suchen. Das Heer der Pangusippe hat sich an jenen kleinen Ort zurückgezogen.«

So marschierten die Truppen weiter. Die Heerführer wunderten sich nicht mehr, dass die Städte vollkommen leer, ohne einen einzigen Menschen, waren. Ihr Anführer hatte gesagt, dass sie sich an der nördlichen Grenze des Dayureiches aufhielten. Sie wollten so schnell wie möglich nach Baolei, um dort Krieg zu führen. Beim Gedanken an den Krieg freuten sie sich, denn sie liebten es, zu morden und zu zerstören.

Der Pass vor Baolei war belebt wie nie zuvor. Zahllose Pangumenschen drängten sich hindurch und bewegten sich auf die große Festung zu.

Nachdem sie das Gebiet um die Stadt erreicht hatten, teilte Shaodian ihnen mit, dass sie sich in die hinteren Gebiete an der Grenze zurückziehen sollten. Unterdessen versammelten sich die Truppen in Baolei und bereiteten sich auf den Kampf gegen Chiyou vor.

Diese Arbeit brauchte einige Tage Zeit. Als die Nachricht eintraf, dass Chiyous Truppen Ladagaist erreicht hatten, nahm Shaodian sie kühl und überlegt zur Kenntnis. Die Angehörigen der Sippe hatten sich schon alle in das Gebiet hinter Baolei zurückgezogen, die Truppen hatten sich in Baolei versammelt, alle Vorbereitungen für die Schlacht waren getroffen.

Chiyous Truppen ließen sich in der 50 Kilometer von Baolei entfernten Stadt Ladagaist nieder, um von dort aus den Angriff auf Baolei durchzuführen.

»Wir haben jetzt 300 000 Männer«, meinte Shaodian. »Chiyou hat circa eine Million Soldaten und dazu noch alle Arten von Ungeheuern und seine 81 Brüder. Von diesem Gesichtspunkt aus betrachtet, befinden wir uns in der schwächeren Position.«

»Das heißt, dass wir nur durch unsere Strategie, aber nicht durch Kraft gewinnen können«, meinte Dayu. »Wenn wir nur auf die militärische Kraft setzen, werden wir zweifellos verlieren.«

Shaodian nickte. Er dachte einen Augenblick nach, dann meinte er: »Bald wird die Dämmerung kommen, ich werde sofort die Truppen in den Kampf führen. König Dayu wird hier bleiben und sich um die Verteidigung der Festung kümmern.«

»Zum Kampf? Jetzt?« Babuduo zeigte Zweifel, »ist das nicht zu schnell? Haben wir uns ausreichend vorbereitet? Ist das so nicht zu überstürzt?«

»Mach dir keine Sorgen, Ritter Babuduo«, meinte Shaodian. »Chiyous Truppen haben gerade Ladageist erreicht, egal wie stark sie sind, nach diesem langen Marsch sind sie bestimmt sehr müde. Freunde, müde Krieger können geschlagen werden.«

»Außerdem«, fuhr er fort, »hat Chiyou seinen Körper noch nicht zurückerlangt. Noch kann er nicht kämpfen, sondern nur kommandieren. Wir müssen diesen Augenblick nutzen, um einen vernichtenden Angriff auf seine Truppen zu führen und unsere Gewinnchancen auszubauen. Wenn wir hier länger überlegen und stumm zusehen, wie sich alles verändert, wird unsere Gelegenheit schnell vorbei sein.«

Shaodian begann sofort mit der Planung. Bors, Anta, Maihan, Het, Babuduo und Kerximu ritten auf ihren Drachen und führten jeweils einen Trupp von Phönixen, Schildkröten und Einhörnern mit. Da in der Schlacht von Baolei viele Einhörner gestorben waren, weil sie zu plump und unbeweglich waren, waren dieses Mal nur wenige dabei. Dafür begleiteten sie viele der wendigen Phönixe.

Der Tag neigte sich und die Stille der Nacht kam über das Land. Die unbewohnten Dörfer schienen sehr ruhig und doch lauerte etwas Ruheloses.

Shaodian ritt auf dem Huaxia-Drachen und führte

100 000 Soldaten und die restlichen Glückstiere an. Sie verließen die Festung Baolei, überquerten den Pass und stellten sich zwanzig Kilometer vor Ladagaist auf. Als Chiyou davon erfuhr, zog er selbst an der Spitze von 500 000 Soldaten in die Schlacht. Chiyous 81 Brüder waren einige Dutzend Meter groß, sahen aus wie Berge und führten das Heer an. 10 000 Ungeheuer flogen in der Luft und waren bereit, jederzeit einen Angriff auf die Pangumenschen durchzuführen.

Zwischen der Stadt Ladageist und dem Pass befand sich eine große Ebene, ein riesiges, flaches Land. Shaodian wandte den Kopf und sah auf den Pass zurück. Es war ein strategisch wichtiger Punkt, leicht zu halten und schwer zu erobern. Darüber freute sich Shaodian sehr.

Bors ritt auf dem Feuerdrachen. Als Shaodian ihnen seinen Plan erklärt hatte, meinte Bors: »Shaodian, du bist wirklich ein Genie!«

Er hatte sofort verstanden und flog auf dem Feuerdrachen auf Chiyous feindliche Truppen zu.

Der Feuerdrache flog einen Kreis in der Luft über Chiyous Truppen und flog zunächst nach oben. Dann nahm sein Drache Schwanz nach oben, Kopf nach unten, die Position des Absteigenden Drachen ein, riss sein Maul weit auf und begann riesige Feuerbälle auf die versammelten Truppen zu speien.

Im nächsten Augenblick strömten enorme Wassermassen herbei und gigantische Wogen rollten auf Chiyous Truppen zu. Nachdem Chiyous Truppen den Angriff der Wassermassen erlitten hatten, ertranken viele der Soldaten in den tiefen Fluten. Auch die Ungeheuer, die nicht fliegen konnten, wurden unter den tiefen Fluten begraben.

Als Chiyous Luftungeheuer erkannten, was geschah, eilten sie eines nach dem anderen herbei und umzingelten Bors. Als der Feuerdrache die Situation erkannte, begann er sofort aus seinem Maul riesige Feuerbälle zu speien und verbrannte so ein Ungeheuer nach dem anderen.

Dann gab er vor, nicht mehr anzugreifen, und entfernte sich. Chiyous Luftungeheuer nahmen sofort die Verfolgung auf und flogen auf das Heer der Pangusippe zu. Wie hätten sie auch wissen können, dass sie genau dadurch dem Angriff der Drachen entgegenflogen.

Auf einmal befanden sie sich vor den sechs Drachen mit dem Huaxia-Drachen in der Mitte, die in der Luft eine gerade Linie bildeten und Feuerbälle auf Chiyous vorpreschende Ungeheuer zu speien begannen. Schon bald befanden sich die Luftungeheuer in einem riesigen Flammenmeer, in dem viele von ihnen elendiglich verbrannten. Beinahe tausend Ungeheuer waren sofort verbrannt und fielen auf die Erde.

Doch die feindlichen Ungeheuer waren zu viele. Nach einer Weile formierten sich die sieben Drachen zusammen zur Aufsteigenden-Drachen-Formation und sausten Kopf nach oben, Schwanz nach unten, in den Himmel hinauf.

In diesem Augenblick preschten die Glückstiere der Pangusippe auf einmal nach vorne und begannen in der Luft mit Chiyous Ungeheuern zu kämpfen.

Am Himmel tobte ein fürchterliches Gefecht.

Als Chiyou sah, dass seine Truppen gegen die Wassermassen des Flutdrachen kämpften und schon Tausende ertrunken waren, ergriff ihn die Furcht, und er schrie laut: »Windgott, Regengott! Ruft schnell meine zwei Brüder herbei!«

Als der Windgott und der Regengott den Befehl ihres Bruders hörten, eilten sie so schnell sie konnten an die vorderste Front. Sie brauchten keine weiteren Worte und begannen sofort.

Der Regengott und der Windgott waren nur spärlich bekleidet, sie hatten nur ein Stück Stoff um die Hüfte gewickelt. Sie streckten den Bauch heraus, rissen das Maul auf und begannen die Wassermassen zu verschlingen. So wurden die Fluten, die eben noch groß und tosend herbeigeströmt waren, sehr schnell von ihnen aufgesaugt.

Doch sie hielten nicht inne, sondern begannen ihrerseits das aufgesaugte Wasser auf die Pangusoldaten zu speien. Das große Wasser wallte auf und begrub sehr schnell die Pangusoldaten unter sich. Dann riss der Windgott sein riesiges Maul auf und begann zu blasen. Sofort war der ganze Himmel voller Sand, enorme Sandböen wirbelten auf und fegten über die Truppen der Pangusippe hinweg. Diesen blieb nichts anderes übrig, als die Flucht zu ergreifen.

Shaodian befahl den Pangutruppen, über den Pass zurück nach Baolei zu fliehen. Er selbst blieb als Letzter zurück und schloss das große Tor, um den verwundeten Soldaten einen sicheren Rückzug zu garantieren.

Nachdem alle Soldaten im Lager zurück und in Sicherheit waren, verlor Shaodian kein weiteres Wort, sondern schwang sich sofort wieder auf den Huaxia-Drachen, um neuerlich zum Kampf auszuziehen. Bors und die anderen hatten ihre Zweifel. »Shaodian, was hast du vor?«

»Jetzt ist keine Zeit, um das zu erklären. Sobald ich zurückkomme, werdet ihr verstehen.« Schon erhob sich Shaodian wieder in die Lüfte, um an den Kampfplatz zurückzukehren.

Rasch erreichte Shaodian auf dem Huaxia-Drachen den Luftraum über Chiyous Truppen. Chiyou und die anderen waren über Shaodians Ankunft sehr überrascht: Warum war er noch einmal zurückgekommen?

Während sie noch grübelten, stieß der Huaxia-Drache einen lauten Schrei aus, schlug mit dem Drachenschwanz und nahm Kopf nach unten, Schwanz nach oben, die Position des Absteigenden Drachen ein. So stürzte er sich blitzschnell aus dem Himmel direkt auf den Windgott und den Regengott.

Die beiden hatten noch nicht begriffen, was hier geschah, da riss Shaodian schon sein Schwert heraus und hieb dem Windgott mit einem Hieb den Kopf ab. Dann drehte er sich um und der Kopf des Regengottes fiel. Darauf wendete er den Drachen und flog in Windeseile nach Baolei zurück.

Ein schockiertes Heer mit Chiyou in der Mitte blieb zurück.

Als Shaodian wieder in seinem Lager auftauchte, wurde er von entgeisterten Blicken begrüßt. Er meinte: »Ich befürchtete, dass der Windgott und der Regengott aus Chiyous Truppen beim nächsten Kampf abermals denselben Trick anwenden würden. Das kann böse Folgen haben.«

»Der Krieg ist wirklich sehr bitter«, seufzte Anta.

»Natürlich, das ist ein Krieg auf Leben und Tod, das Schicksal aller Menschen auf dem Goldenen Kontinent hängt vom Ergebnis dieses Krieges ab. Was hast du dir denn erwartet«, erwiderte Maihan.

»Jetzt hat die Nacht gerade begonnen und ich rate allen, ein wenig zu schlafen und auszuruhen. Morgen früh werden wir Chiyous Truppen dann direkt angreifen«, erinnerte Shaodian.

»Morgen früh?«, fragte Babuduo. »So schnell? Warum denn?«

»Um sie zu überraschen. Chiyou glaubt bestimmt, dass wir uns nach dieser großen Niederlage einige Tage lang ausruhen müssen, bevor wir die nächste Schlacht schlagen können. Deshalb wird sein Heer morgen früh noch nicht kampfbereit sein. Außerdem werden wir unsere Kräfte sammeln, um diesen Schurken selbst endgültig zu erledigen, sobald er seinen Körper zurückerhalten hat.«

In dieser Schlacht hatten die Pangumenschen wieder große Verluste hinnehmen müssen. Von 100 000 Soldaten waren 90000 gefallen, also waren von den 300 000 Soldaten nur noch 210 000 übrig. Doch Shaodian ermutigte alle und fand tröstende Worte.

»Die Wassermassen und der Wind haben uns große Verluste zugefügt. Doch auch der Feind hat viele Soldaten und Ungeheuer verloren. Selbst wenn es im Augenblick nicht so gut für uns aussieht, werden wir nicht den Mut verlieren, im Gegenteil, wir werden noch viel mutiger werden. Denn wir haben klar erkannt, dass die Hoffnungslosigkeit uns nur zur Niederlage bringen kann. Der Mut hingegen wird uns zum Sieg führen.«

Shaodian trat in die Zelte der verwundeten Soldaten und sprach ihnen Mut zu.

Anschließend kehrte er in den Versammlungssaal zurück und überlegte sich die Strategie für die nächste Schlacht. Nach und nach entwickelte er einen großen Plan.

»Wenn sich hier Baolei befindet«, murmelte Shaodian und zeigte auf einen Punkt auf der Landkarte, »dann befindet sich hier das große Gebirge, über das ein Pass führt. Eben da vorne, von wo aus wir soeben die Schlacht verlassen haben.«

Er überlegte. »Unsere Verluste sind zu groß, deshalb müssen wir sehr klug vorgehen, nur so können wir den Gegner überraschen. Wir können nicht mehr zurück.«

Keiner der Anwesenden sagte ein Wort, denn von Kriegsangelegenheiten verstanden sie wenig. Auch Dayu blieb stumm. Sie machten einige wenige Vorschläge, die jedoch einer nach dem anderen von Shaodian abgelehnt wurden.

Shaodian dachte sehr lange nach. Endlich zeigte er ein Lächeln.

»Es ist gerade Nacht geworden. Bei Tagesanbruch werden wir 20 000 Soldaten durch den Pass in die Ebene zwischen Ladagaist und Baolei schicken, an den Ort, wo wir gerade gegen Chiyou gekämpft haben. Bereitet 5 000 große Trommeln vor. Wenn die 20 000 Soldaten auf dem Kampffeld auftauchen, sollen sie nichts tun, als mit aller Kraft zu trommeln und laute Schreie auszustoßen. Wenn die Feinde zum Angriff kommen, ziehen sich die 20 000 Soldaten sofort durch den Pass zurück.«

»Willst du die Schlange aus dem Loch locken?«, fragte Babuduo.

Shaodian nickte und fuhr fort: »Ich selbst führe 100 000 Soldaten auf der rechten Seite die Berge entlang und werde von dort aus Ladagaist erreichen. Wenn die 20 000 Soldaten Chiyous Truppen herausgelockt haben, werden wir sie überraschend von der Seite her angreifen. Vielleicht schaffen wir es nicht, Chiyous Truppen mit einem Streich zu zerschlagen, doch immerhin werden wir ihnen große Verluste zufügen.«

»Sollen wir also vorher aufbrechen?«, fragte Maihan.

Shaodian nickte. »Ja. Die 20 000 Soldaten werden bei Tagesanbruch den Pass überschreiten, doch Chiyous Truppen sollen erst später herausgelockt werden. Ich werde jetzt gleich aufbrechen und 100 000 Soldaten die Berge entlang Richtung Ladagaist führen. Kurz vor der Stadt werden wir uns verstecken und sobald Chiyous großes Heer die 20 000 Soldaten angreift, werden wir sie von der Seite angreifen, um sie mit einem Streich zu erledigen.«

Bors und die anderen brachten noch einige Gedanken ein, Shaodian fasste ihre Überlegungen zusammen und perfektionierte seinen Schlachtplan.

Zunächst hatte er geplant, die Truppen zu führen. Bors und die anderen sollten in Baolei bleiben, so war es für sie sicherer. Doch seine Gefährten waren anderer Ansicht. »Wir wollen zusammen losmarschieren, Shaodian«, meinte Babuduo. »Wir waren seit dem Drachenland immer zusammen. Wir dürfen zu keiner Zeit auseinanderbrechen, bevor der Krieg zu Ende ist. Wir werden mit dir kommen.« Als Shaodian sah, wie entschlossen alle waren, freute er sich, dass er so treue Freunde gefunden hatte, und willigte ein.

Nachdem die Strategie abgesprochen war, brach Shaodian in der Sternennacht von Baolei auf und führte 100 000 Krieger die großen Berge entlang. Dayu hingegen blieb zur Verteidigung in Baolei zurück.

Auch die sieben Drachen folgten Shaodian und den 100 000 Soldaten. Vor ihnen erhob sich die große Bergkette. In der dunklen Nacht bildete sie eine schwarzgraue Fläche, auf der man nichts erkennen konnte. Außer den Stimmen der Soldaten waren keine Geräusche zu hören. Sie marschierten am Fuß der Berge dahin. Es war sehr ermüdend, so schnell über den kleinen Waldweg zu laufen.

Am Fuß der Berge erhoben sich viele Wälder, in denen kein Geräusch zu hören war, kein Vogelzwitschern, kein Flüstern der Jäger und noch weniger der Gesang seltsamer Sippen. Ihre leise Umgebung gab ihnen das Gefühl, dass sie sich im Herzen der Welt befanden.

In Ladagaist hielt auch Chiyou eine große Versammlung ab. Die Offiziere in Chiyous Heer, jene Generäle aus den südlichen Sippen, waren hoch erfreut und zeigten dies in ihren Worten und ihrem Verhalten.

Ein flachnasiger General meinte: »Großer Chiyou, unser Sieg ist in Sicht.«

Chiyou hingegen meinte: »Freut euch nicht zu früh.« Sein Körper war immer noch nicht da, Chiyou war bloß ein riesiger Schatten. In diesem Augenblick stand der Schatten still, offensichtlich dachte er nach.

»Freut euch nicht zu früh, Freunde«, mahnte Chiyou, »dieser Shaodian ist kein gewöhnlicher Mensch, sondern ein Weiser der Pangusippe mit einem tiefen Blick und einem klugen Kopf. Ich habe keine Ahnung, was in seinem kleinen Kopf vor sich geht. Wir müssen auf der Hut sein.«

Die Generäle verstummten.

Ein General mit hängendem Mund meinte: »Großer Führer, mein König Chiyou. Mach dir keine Sorgen, wir haben immer noch ein riesiges Heer. Wir haben heute 50 000 Soldaten verloren, doch von den Soldaten der Pangusippe sind noch mehr gestorben. Ihre gesamte Zahl ist weniger als ein Viertel von uns. Der Sieg ist uns schon so gut wie sicher.«

»Ehrwürdiger General, der Krieg hängt nicht nur von der Anzahl der Soldaten ab. Das gilt noch mehr, da wir einem Jungen wie Shaodian gegenüberstehen. Obwohl wir von der Anzahl der Soldaten her stärker sind, ist es gut möglich, dass wir, falls wir zu voreilig sind, mit dem nächsten Kampf unser eigenes Grab schaufeln.«

»Ja«, bemühte sich der General mit dem hängenden Mund, schnell seinen Fehler zuzugeben.

Die Anwesenden schwiegen, sie hatten nicht den Mut, noch etwas zu sagen.

»Keine Angst, mein General. Meinen Körper habe

ich zwar noch nicht zurückerhalten, doch das bedeutet nicht, dass ich meine Zauberkraft nicht zeigen könnte. Es bedeutet nur, dass ich mich nicht direkt in die Mitte der Feinde begeben, eine Axt schwingen, Pangumenschen töten oder Shaodians Kopf abschlagen kann. Ich habe einige geheime Pläne. Egal welche Methode dieses Kleinkind namens Shaodian anwenden wird, ich werde den Pangumenschen in jedem Fall eine Lehre erteilen.« Daraufhin lachte Chiyou kalt und grausam.

Shaodian schritt an der Spitze der 100 000 Soldaten am Fuß der großen Berge dahin. Ursprünglich hatten sie gedacht, dass die Berge, je weiter sie nach Westen marschierten, immer höher werden würden. Doch nun wurden sie immer niedriger und schmaler. Sie hatten auch nicht die Zeit, all das genau zu erforschen.

Seitdem sie von Baolei aufgebrochen waren, hatten sie schon eine lange Strecke zurückgelegt und kamen auf dem kleinen Weg rasch voran.

Eine Zeit lang liefen sie wie schlafwandlerisch dahin, doch auf einmal schreckten sie auf. Hinter einer Kurve schien der kleine Weg direkt in den Berg zu führen.

Shaodian, der vorausging, stand vor dem Eingang einer Höhle.

»Himmel!« rief er überrascht. »Der Weg führt in eine Höhle hinein. Doch er ist sehr schmal, so schmal, dass nur menschliche Körper hindurchkommen.«

»Was für ein Glück!«, rief Het. »So gelangen wir direkt auf die andere Seite des Berges und brauchen keinen weiten Umweg zu machen.«

»Wenn wir diesen kleinen Durchgang benutzen, werden wir Ladagaist schon sehr bald erreichen. Dort können wir uns verstecken. Sobald Chiyous Truppen von unseren 20 000 Soldaten herausgelockt wurden, können wir unseren plötzlichen Angriff führen, Chiyous Truppen im Handumdrehen schlagen und der Welt den Frieden zurückbringen«, meinte Kerximu.

»Wir sollten jetzt weniger reden und mehr handeln.« Shaodian winkte die anderen herbei. »Kommt, gehen wir, nehmen wir diesen kleinen Durchgang.«

Da die Drachen nicht durch den kleinen Gang passten, folgten sie Shaodian und den anderen in der Luft.

Unterdessen hatten sich die 20 000 Soldaten in Baolei schon längst auf den Weg gemacht. Sie hatten nicht bis zum Morgengrauen gewartet, sondern den Großen Pass noch in tiefster Nacht überschritten. Als sie die weite Ebene erreichten, nahmen sie ihre Formation ein und brachten die 5 000 Trommeln nach vorne. Jeder Soldat erhielt eine Fackel, doch noch hatten sie sie nicht angezündet.

Die von Shaodian geführten 100 000 Mann waren aufgrund der Abkürzung viel schneller gewesen, als sie geschätzt hatten. Schon hatten sie die linke Seite der Stadt Ladagaist erreicht und legten sich in den Bergen hinter der Stadt auf die Lauer, um Chiyou von der Seite anzugreifen, sobald die 20 000 Soldaten ihn aus dem Lager gelockt hatten.

Schon nahte der Morgen. Der Himmel lichtete sich bereits. Die 20 000 Krieger auf dem Kampfplatz begannen unter dem Befehl der Offiziere der Pangusippe die

Kriegstrommeln zu schlagen und entzündeten die Fackeln. Dann stießen sie gemeinsam einen Himmel und Erde erschütternden Kampfschrei aus.

Überrascht schickte Chiyou 500 000 Soldaten in den Kampf. Die 500 000 Soldaten gingen in Kampfposition und strömten auf Chiyous Befehl hin wie eine Welle gegen die Pangusoldaten los.

Die Pangugeneräle warteten einen Augenblick, dann gaben sie den Befehl zum Rückzug.

Chiyou stutzte. In diesem Augenblick führte Shaodian die 100 000 Soldaten, die sich an der Flanke versteckt hatten, in den Kampf.

Die 500 000 Soldaten reagierten zu langsam, schon wurden sie von den sich im Vorteil befindenden Pangusoldaten angegriffen, welche die ursprüngliche Aufstellung im Bruchteil einer Sekunde durchbrachen.

Die 100 000 Soldaten des Panguheeres stießen einen lauten Kampfschrei aus, der Himmel und Erde erschütterte. Ein Teil des Heeres von Chiyou zog sich zurück, wendete und floh in die Stadt Ladagaist.

Als Chiyou sah, wie mutig die Pangumenschen kämpften, wusste er nicht mehr, wie er sie aufhalten sollte, und befahl seinen Truppen, sich zurückzuziehen. Nur Chiyou und seine 79 Brüder blieben zurück.

In diesem Augenblick flogen die Drachen aus der Luft herbei, sausten Feuer speiend auf die Erde herunter und verbrannten einen Teil des feindlichen Heeres.

Die Pangusoldaten nutzten den Augenblick um zuzuschlagen, die Feinde ergriffen die Flucht.

Chiyou tobte vor Wut. Sein schwarzer Schatten erhob

sich vor den Pangumenschen zu schauerlicher Größe. Auch wenn er seinen Körper noch nicht zurückerhalten hatte, konnte er eine Reihe von Zaubertricks anwenden. Dass er auf Shaodians Trick hereingefallen war, hatte Chiyou in Rage versetzt. »Du bist nur ein kleiner Junge, du hast nicht das Recht, dich mit mir zu messen. Glaubst du wirklich, ich würde mit dir nicht fertigwerden?« Chiyou kochte vor Wut, sein Schatten tanzte hin und her und seine wilden Schreie erschütterten die Erde. Dann folgte ein tiefer Ton und Chiyou spie einen dichten Nebel aus, der Shaodian und die Soldaten der Pangusippe einhüllte.

Der Nebel war sehr dicht, sogar auf einen halben Meter konnte man weder seinen Vordermann noch seinen Schatten erkennen. Die Soldaten der Pangusippe ergriff furchtbare Angst.

»Was ist das? Wieso sehe ich niemanden mehr? Wo sind die Feinde?«

»Wo ist unser großer Anführer? Ich finde ihn nicht, was soll ich bloß tun?«

»Himmel, wie komme ich da raus, wo ist Norden, wo ist der Ausgang?«

Auch Shaodian konnte nichts erkennen, weder Dinge noch Menschen. Er begann um die Sicherheit von Anta und den anderen zu fürchten.

»Anta, wo bist du?«, rief er laut.

Er erhielt keine Antwort.

»Bors, Babuduo, Maihan, Het, Kerximu, wo seid ihr?«

Keine Antwort.

Die Soldaten der Pangusippe suchten im Rauch verzweifelt nach Shaodian, doch keiner konnte ihn finden.

Shaodian hingegen suchte nach Anta und den anderen, aber auch er fand sie nicht.

Die Menschen irrten im Nebel herum und prallten hin und wieder zusammen, doch sie wussten nicht, mit wem. Sie liefen hektisch dahin wie blinde Fliegen, getrieben von Furcht und Unruhe.

Als Chiyou das sah, lachte er laut und befahl seinen Soldaten, den großen Rauchnebel zu umzingeln, um jeden Pangumenschen, der aus dem Nebel entkam, sofort zu töten.

Gleichzeitig befahl er allen gehörnten Ungeheuern in Ladagaist, sich in einer Reihe aufzustellen und geschlossen in den Rauchnebel hineinzulaufen.

Schon richteten einige Tausend Ungeheuer ihre spitzen Hörner auf und stürmten mit gesenkten Köpfen in den Rauchnebel hinein.

Ununterbrochen waren die Schreie der Pangusoldaten zu hören und Shaodian bekam große Angst. »Ich muss so schnell wie möglich eine Lösung finden, um hier herauszukommen«, dachte Shaodian, »sonst ist unser ganzes Heer vernichtet.«

Nach dem ersten gewaltigen Schlag fand sich Shaodian am ursprünglichen Ort wieder, schloss die Augen und versuchte sich zu konzentrieren. Er wurde ruhig, seine Gedanken waren sehr gelassen. Er hatte ein Gefühl außerhalb von Leben und Tod.

»Wir müssen hier raus«, dachte er. »Um aus dem Rauchnebel herauszukommen, müssen wir in die entgegengesetzte Richtung gehen. Genau, in die Richtung des Passes vor Baolei. Doch wo ist hier Norden?«

»Wenn ich bloß wüsste, wo Norden ist«, seufzte er, doch er fand keine Antwort. Plötzlich hob er den Kopf und sah zum Himmel hinauf. »Dort ist der Drachenstern! Dort ist Norden«, rief er glücklich.

Shaodian freute sich sehr. »Wenn sich der Drachenstern im Norden befindet, dann müssen wir ihm nur immer folgen, um dem Rauchnebel zu entkommen und den Pass vor Baolei zu erreichen.«

Schon hatte er seinen Entschluss gefasst und marschierte los. Dem ersten Soldaten, dem er begegnete, flüsterte er ins Ohr: »Ich bin der Anführer des Heeres und befehle dir in die Richtung zu gehen, wo der Drachenstern leuchtet. Sag das jedem, dem du begegnest.«

So flüsterte Shaodian denselben Satz jedem Menschen zu, dem er begegnete. Die, die es hörten, sagten es den anderen. Einer sagte es zehn, zehn sagten es hundert, hundert sagten es tausend, tausend sagten es zehntausend, und am Ende wussten alle Soldaten davon.

Also wandten alle ihren Blick zum Himmel und liefen in die Richtung, die ihnen der Drachenstern zeigte. Schon bald hatten sie den großen Rauchnebel hinter sich gelassen und versammelten sich am Pass, dann liefen sie in die Stadt Baolei zurück.

Shaodian zählte die Soldaten ab. Von den 100 000, die er zunächst geführt hatte, waren nur 20 000 geblieben.

Shaodians Herz schmerzte sehr. Er hoffte, dass den anderen und vor allem Anta nichts passiert war. Shaodian schritt in den Versammlungssaal und wartete. Als Anta, Bors und die anderen wieder auftauchten, fielen sich alle in die Arme und weinten. Nachdem sie so lange

Zeit Seite an Seite gelebt hatten, verband sie eine innige Freundschaft.

Doch die Freude des Wiedersehens war nur von kurzer Dauer, denn in diesem Kampf hatten sie unnötig viele Soldaten verloren.

»Shaodian, das ist nicht dein Fehler«, tröstete ihn Anta, »es gibt keinen unfehlbaren Führer, du hast in jeder Situation Stärke bewiesen und uns immer wieder Mut geschenkt. Wenn wir dich nicht hätten, wäre das Dayureich der Pangusippe schon längst verloren.«

»Herr Shaodian, mach dir keine Vorwürfe«, meinte Dayu. »Wir sind alle sehr froh darüber, dass du unser Anführer bist. Wenn du nicht wärst, wären wir schon längst verloren gewesen. Nur dir haben wir es zu verdanken, dass die Drachen an unserer Seite kämpfen. Chiyou ist kein normaler Gegner. Sogar unser Vorfahre Pangu hat ihn gefürchtet.«

»Habt Dank für euer Vertrauen und euren Trost.« Shaodians Gesicht war müde. »Bitte nehmt es mir nicht übel, aber ich muss mich ein wenig ausruhen und wieder einen klaren Gedanken fassen. Bitte lasst mich alleine. Ich brauche ein wenig Ruhe. Entschuldigt mich, Freunde.«

»Ja, er braucht Ruhe«, flüsterte Bors den anderen ins Ohr, »gehen wir. Wir wollen ihn nicht stören.«

Anta wusste nicht so recht, was sie tun sollte. Sie sehnte sich nach Shaodian und seinen Berührungen, aber in seinen Augen sah sie, dass er müde war und alleine sein wollte. Vorsichtig nahm Maihan sie in den Arm und verließ mit ihr das Zimmer.

»Wir befinden uns vor zwei Schwierigkeiten, die eine

ist Chiyou, die andere ist Chiyous Heer. Was müssen wir tun, um sie zu schlagen? Wie können wir beide Probleme lösen?«

Shaodian überlegte im Stillen.

Da gab es in der ruhigen Stadt Baolei plötzlich einen wilden Aufruhr. Menschen versammelten sich auf dem großen Hof und begannen laut zu reden. Doch er schenkte dem Gerede keine Beachtung. Er lehnte in seinem Stuhl und wollte sich ausruhen.

Plötzlich kamen Dayu, Bors und die anderen in sein Zimmer herein. Shaodian fragte: »Was ist da los?«

Bors rief laut: »Entschuldige, dass wir dich stören. Aber es sind Menschen von außerhalb der Welt gekommen, um dich zu sehen.«

»Was für Menschen?«, fragte Shaodian, »wo sind sie jetzt?«

»Sie sind schon wieder gegangen«, sprach Dayu, »sie waren in einem Augenblick da und im nächsten wieder fort. Vollkommen unverständlich.«

»Sie sagten, sie hätten ein Geschenk und eine Nachricht für dich. Wenn du die Bedeutung der Nachricht verstehst, wirst du im Krieg siegen. Sie wiederholten immer wieder, dass dies das Ergebnis ihrer langen Forschung sei«, meinte Babuduo.

»Was? Wo ist es?«, rief Shaodian.

Dayu gab Shaodian eine kleine Flasche und meinte: »Das ist das Geschenk der Menschen von außerhalb der Welt. Sie sagten, dass du den Inhalt der Flasche leer trinken sollst, sobald Chiyou seinen Körper zurückerhalten hat.«

»Die Nachricht lautet: »Der Weise wird in der Welt der Zeit wiedergeboren«, meinte Bors.

»Der Weise wird in der Welt der Zeit wiedergeboren?« Shaodian wiederholte den Satz und dachte nach.

»Ja«, sprach Dayu, »das haben jene Menschen von außerhalb der Welt gesagt. Wenn du die Bedeutung dieses Satzes verstehst, wirst du siegen.«

Shaodian überlegte und fühlte sich plötzlich unsagbar müde. Die anderen zogen sich stumm zurück. »Er ist müde, er muss sich ausruhen«, meinte Bors.

Shaodians Schlafzimmer befand sich im Versammlungssaal. Seit dem Beginn des Krieges hatte er viele Nächte hier verbracht.

Shaodian zündete das Dämonische Feuer an, setzte sich an den Tisch und begann die Antworten auf seine Fragen zu suchen.

Eine Zeit lang saß er stumm am Tisch, hin und wieder erhob er sich und ging auf und ab. Zunächst schien er ruhig und kontrolliert, dann wurde er aufgeregt und unruhig, es war ihm anzusehen, dass er mit sich selbst kämpfte. Das Licht des Dämonischen Feuers schien zum Fenster hinaus.

Die Leute glaubten, dass das Feuer im Versammlungssaal die ganze Nacht lang brennen würde. Doch angeblich soll es schon bald, nachdem Bors und die anderen gegangen waren, ausgegangen sein. Shaodian war zu erschöpft und konnte sich nicht lange konzentrieren. Schnell fiel er in einen traumlosen Schlaf.

Als er am nächsten Tag erwachte, standen Dayu, Babuduo, Bors und die anderen vor seiner Tür. Shaodian öffnete die Tür und sagte zu ihnen: »Bereitet euch darauf vor, den Sieg willkommen zu heißen!«

Het freute sich sehr: »Shaodian, hast du die Antwort auf deine Fragen gefunden?«

Shaodian nickte leicht und lächelte Anta kurz zu. Doch als Anta zurücklächelte, blickte er schnell wieder weg. Anta spürte, das etwas Seltsames in seinem Blick lag, aber was es genau war, hätte sie in diesem Augenblick nicht sagen können. Seine Augen wirkten traurig, obwohl er lächelte. Anta war besorgt, sie fühlte, dass bald etwas passieren würde.

»Ehrwürdiger König Dayu«, meinte Shaodian, »Ihr seid der Anführer des Dayureiches. Seitdem ich auf den Drachen des neuen Zeitalters, den Huaxia-Drachen gestiegen und auf den Goldenen Kontinent gekommen bin, habt Ihr gesagt, nur der zukünftige König des Goldenen Kontinents könne auf dem Drachen des neuen Zeitalters reiten, richtig?«

»So ist es, Shaodian«, antwortete Dayu. »Der Drache des neuen Zeitalters ist ein königlicher Drache, deshalb kann nur der König auf ihm reiten. Du hast königliches Blut und gehörst somit zu den höchsten Adeligen. Wir gehorchen deinem Befehl.«

»Sehr gut«, Shaodian nickte zufrieden, blieb eine Zeit lang stumm, dann fragte er: »Gilt das für jede Situation?«

Dayu nickte.

»Mein Befehl lautet so: Außer mir sollen alle Soldaten der Pangusippe und alle anderen Menschen Baolei verlassen und sich in das Hinterland von Baolei zurückziehen. Gib ihn weiter.«

Die Anwesenden wurden unruhig und sahen ihn mit großen Augen an.

»Sind mit ›allen anderen Menschen‹ etwa auch wir gemeint?«, fragte Maihan und zeigte mit seinem Finger auf sich und die anderen.

Shaodian nickte: »Natürlich bezieht sich das auch auf euch. Nun geht und gehorcht meinem Befehl, egal was passiert, dreht euch nicht um und zieht euch in das Hinterland zurück.«

»Wie soll das möglich sein?«, fragte Anta. »Wie könnten wir dich alleine hier zurücklassen? Nein, das geht nicht. Wir lieben dich und wollen dir folgen, dieses ›wir‹ bezieht sich nicht auf uns, sondern auf alle Menschen der Pangusippe. Wir lieben dich sehr, Shaodian, deshalb bereite uns nicht so großen Kummer.«

»Liebste Anta«, erwiderte Shaodian und nahm sie in den Arm, »frag nicht so viel. Wenn du mich liebst, dann verlass die Stadt. Bitte mach mich nicht durch deine Tränen traurig. Ich werde gerade in dem Augenblick, wo du traurig bist, den Sieg erringen. Wenn ich aufgrund eurer Liebe, weil ihr mich nicht gehen lassen wollt, den Krieg verliere, könnte ich euch das niemals verzeihen. Nun geht!«

Trotz seiner Entschlossenheit wirkte Shaodian traurig.

Stumm begleitete er seine Freunde bis ans Tor der Stadt. Sie wussten, dass es keinen Sinn hatte, mit Shaodian zu diskutieren. So blieb ihnen nichts anderes übrig, als sich zu verabschieden.

»Ich werde auf dich warten«, flüsterte Anta und sah

ihm fest in die Augen. »Sehr lange. Wenn es sein muss, sogar ewig.«

Shaodian ließ seinen Blick in weite Ferne schweifen.

»Du musst jetzt gehen«, erwiderte er leise und küsste sie auf die Stirn.

Dann trat er einen Schritt zurück und sah zu, wie seine Freunde dem langen Zug folgten, der sich Richtung Hinterland bewegte.

Bei der Schlacht, die über ihr Schicksal entscheiden sollte, würde kein anderer dabei sein. Weder Dayu noch Bors, weder Soldaten noch einfache Menschen. Egal ob Adeliger oder einfacher Bürger, keinem blieb etwas anderes übrig, als aus der Entfernung tatenlos zuzuschauen und auf das Ergebnis der Schlacht zu warten. Dieses Gefühl war unerträglich für sie.

Sie wussten nicht, was Shaodian durch die Botschaft der Menschen von außerhalb der Welt erkannt hatte. Sie fanden ihn immer noch unergründlich tief, ruhig und entschlossen, weise und klug.

Also warteten sie in der angrenzenden Präfektur angespannt auf eine Nachricht von Shaodians Kampf gegen Chiyou. Hin und wieder glaubten sie Schreie und Kampfgeräusche zu hören. Doch sie wagten es nicht, sich der Stadt zu nähern. Sie wünschten sich so sehr, dass Shaodian eines Morgens auf dem Huaxia-Drachen dahergeritten käme, um ihnen den Sieg über Chiyou zu verkünden.

Später hofften sie, wenigstens Shaodians Schatten zu sehen oder zu erfahren, wie es ihm ging.

Aber keiner ihrer Wünsche ging in Erfüllung. Sie warteten einen Monat lang. Doch sie erhielten keine Nachricht vom Krieg zwischen Shaodian und Chiyou.

Als Dayu nach mehreren Monaten einen Boten schickte, um nachzusehen, was los sei, sah die Festung noch genauso wie an jenem Tag aus, an dem sie sich von Shaodian verabschiedeten. Keiner war da, weder Shaodian noch Chiyou noch Chiyous Truppen.

Alle grübelten und sannen über diese merkwürdigen Geschehnisse nach. Wo waren Shaodian und Chiyous riesige Truppen nur geblieben? Warum hatten sie keine Spuren hinterlassen und keine Nachrichten?

Auch die Drachen waren verschwunden. Wohin waren sie nur gegangen? Hatten sie sich in Luft aufgelöst? Waren sie immer noch am selben Ort? Wenn sie noch da waren, was trieben sie bloß?

Da Shaodian ihnen keine Anweisungen hinterlassen hatte, wagte sich niemand in die Stadt zurück. Alle fragten sich, was mit Shaodian, den Drachen und vor allem Chiyou und seinem Heer passiert war.

Nachdem sie mehrere Monate lang vergeblich gewartet hatten, kehrten die Menschen allmählich wieder in ihr gewohntes Leben zurück. Die einfachen Leute kehrten in ihre Häuser und Wohnungen zurück, die Soldaten legten die Waffen nieder und erfreuten sich am Frieden und Dayu machte sich mit Bors und den anderen auf den Weg in die Königsstadt Zhuolu.

Anta hatte schon Tage und Nächte lang geweint. Sie wollte niemanden sehen, nicht einmal ihren Bruder. Sie konnte sich einfach nicht erklären, warum Shaodian sie so plötzlich verlassen hatte. In ihren Träumen sah sie Shaodian, wie er auf sie wartete, doch als sie auf ihn zulaufen wollte, war er plötzlich verschwunden. Jedes Mal, wenn sie diesen Traum hatte, wachte sie weinend auf. Auch Bors ließ Shaodians Verschwinden keine Ruhe. Immer wieder versuchte er sich an jeden einzelnen Augenblick zu erinnern, so als hoffte er darin eine versteckte Antwort zu finden: »Zunächst waren diese merkwürdigen Wesen von außerhalb der Welt gekommen, dann befahl uns Shaodian, Baolei zu verlassen, am Ende war er spurlos verschwunden. Was soll das nur bedeuten?«

Für die Pangumenschen blieb Shaodians Verschwinden ein unerschöpfliches Gesprächsthema. Sie hatten eine blühende Fantasie, dachten sich alle möglichen Erklärungen aus und wurden nicht müde, sie in den kleinen Lokalen und Teehäusern auszutauschen.

»Das Einzige, was man mit Sicherheit sagen kann ist, dass Chiyou von Shaodian gefangen und in Ketten gelegt wurde«, meinte ein Junge der Pangusippe.

»Das stimmt nicht unbedingt«, meinte ein alter, bärtiger Mann. »Woran man wirklich glauben kann ist, dass Shaodian Chiyou und seine Truppen gefangen genommen und in die Welt der Zeit gesperrt hat. So kann Chiyou, der Meister des Bösen, niemals wieder heraus.«

»Nein, nein, nein.« Ein stupsnasiger Junge schüttelte den Kopf. »Das Einzige, woran man wirklich glauben kann ist, dass es Shaodian mit der Hilfe der Drachen geschafft hat, das feindliche Heer zu umzingeln und zu besiegen. Vergesst nicht, der alte Herr Bors berichtet, dass diese seltsamen Wesen von außerhalb der Welt Shaodian eine Nachricht hinterließen: »Der Weise wird in der Welt der Zeit wiedergeboren«. Durch diese Strategie konnte er Chiyou und seine Truppen festhalten. Doch auch Shaodian und die Drachen sind darin gefangen und kämpfen dort immer noch Tag und Nacht. Doch wir können sie nicht sehen. Das ist eben eines der großen Rätsel dieser Welt.«

»Hört mir zu, junge Leute!«, meinte ein alter Mann und nahm einen Schluck Wein. »Was diese Sache betrifft, weiß ich bestens Bescheid. Es war so: Shaodian stieg auf den Huaxia-Drachen und führte ihn und die anderen Drachen zum Kampf gegen Chiyou und seine Truppen. Nach seinem Sieg kehrte er auf dem Huaxia-Drachen ins Panguland zurück und führte die anderen Drachen mit sich. Deshalb gibt es bis heute keine Nachricht von ihm.«

14

Ein ungelöstes Rätsel

Was auch immer an jenem Tag geschehen war – der Krieg war endlich vorbei und für den Goldenen Kontinent begann ein neues großes Zeitalter.

Als die Gonggongs erfuhren, dass Chiyou plötzlich verschwunden war, schlossen sie sich sehr bald der Pangusippe an. Auch die anderen Gebiete und Sippen taten es ihnen nach, sodass die Pangusippe zur größten Macht wurde. Alle beschlossen, dem Dayureich der Pangusippe auf dem Goldenen Kontinent zu folgen. Sogar einige jener Sippen, die früher noch nie die Welt betreten hatten, kamen nacheinander aus dem dunklen Hinterland und schlossen sich der Zivilisation der Pangusippe an.

So gingen viele Sippen auf Wanderschaft – nicht von Epoche zu Epoche natürlich – aber immerhin von Gebiet zu Gebiet. Da sie den Drachen verehrten, zogen sie alle ins Zentrum des Landes, wo sich das Dayureich der Pangusippe befand.

Jede Sippe gab ihren Wohnort auf, an dem sie viele Generationen lang gelebt hatte, und begab sich mit den anderen unter den rechtlichen Schutz des Dayureiches. Sie brachten nicht viel Besitz mit sich, denn sie waren davon überzeugt, dass das blühende Dayureich ihnen alles geben konnte, was sie sich wünschten. Das umfasste auch materielle Bedürfnisse. Unter ihnen gab es auch einige wilde Sippen, deren Namen in den Geschichtsbüchern der Pangumenschen noch nie erwähnt worden waren. Deshalb kannte auch niemand ihre Sitten und Bräuche, ihren Totem und ihre Religion. Doch nach den großen Ereignissen entdeckten sie ihre tiefe Verehrung für den Drachen.

»Ich hatte immer geglaubt, Drachen gäbe es nur in den Legenden, sie seien eben eine Geschichte, die die Mütter ihren Kindern erzählten. Niemals hätte ich gedacht, dass Drachen wirklich existieren. Doch nachdem einer zum Geist von Pangu wurde, reichen die Blutsbande des Drachen der Gerechtigkeit bis heute herauf. Immerhin haben wir den Großen Drachen mit eigenen Augen gesehen. Wir freuen uns sehr und hoffen zugleich von ganzem Herzen, unter dem Glanz des Drachen zu leben.«

Nachdem der Anführer der Sippe fertig gesprochen hatte, ließen die wilden Menschen Hab und Gut zurück, kamen aus den tiefen Wäldern heraus und machten sich auf den Weg ins Dayureich. Die meisten dieser Sippen lebten seit vielen Jahren in den Bergen im Nordwesten des Dayureiches, zwischen einsamen Gipfeln und verwachsenen Wäldern. Dort führten sie ein einfaches Leben, weitab von der blühenden Zivilisation der Pangumenschen.

Als die Bewohner des Drachenlandes in Xiaers erster Epoche von den Geschehnissen im Dayureich erfuhren, machten auch sie sich auf den Weg, erreichten den Goldenen Kontinent und schlossen sich dem Dayureich an. »Wir verehren eure Kultur, die Gerechtigkeit und den Drachen aus dem Osten, deshalb sind wir hierhergekommen.«

Auch die anderen Sippen in Xiaers erster Epoche

folgten dem Beispiel der Bewohner des Drachenlandes. Durch das Loch der Epochen auf der Pagode der Erdgeister kamen sie in Xiaers zweite Epoche, überquerten das Jingwei-Meer und erreichten schließlich den Goldenen Kontinent. Die Sippen aus Xiaers erster Epoche gehörten zu den ältesten Sippen der Menschheit. Die meisten von ihnen existierten seit der Zeit des Chaos. Auch einige Sippen aus dem Süden, die früher zu Chiyous Anhängern gehört hatten, stellten sich unter die Herrschaft des Dayureiches der Pangusippe. Das Dayureich nahm sie gerne auf, denn der Krieg war kein Ziel mehr für sie.

Dayu war fest davon überzeugt, dass der Krieg keine Methode war, um Schwierigkeiten zu lösen. Er war ein Führer, der das Volk liebte. Er wünschte sich, dass alle Menschen den Frieden nach dem Krieg genießen sollten, auch wenn sie früher zu Chiyous Adlerkrallen gehört hatten.

»Der Geist des Drachen ist groß und weit und Großzügigkeit ist eine der ewigen Tugenden der Pangumenschen. Nie wieder wollen wir einen Krieg anstreben.«

Die Sippen am südlichen Ufer des Jingwei-Meeres überquerten das Meer, erreichten den Goldenen Kontinent und wurden Bürger des Dayureiches. Die Sippe der Erdgeister war nicht erwacht und schlief weiterhin tief unter der Pagode der Erdgeister.

Natürlich gab es auch noch einige Sippen, die Chiyou treu blieben und weiterhin erbittert Widerstand leisteten. Sie hatten sich in die Berge ins Hinterland zurückgezogen und jeglichem Kontakt mit der Außenwelt abgeschworen.

Die Pangumenschen freuten sich und jubelten, sangen und tanzten, denn sie spürten: Der Krieg war vorbei. Zwar wussten sie immer noch nicht, wohin Shaodian, die Drachen und Chiyou mit seinem riesigen Heer verschwunden waren, doch sie vertrauten einem Gerücht, das besagte, dass Shaodian sich nach seinem Sieg über Chiyou auf den Huaxia-Drachen geschwungen hatte und zusammen mit den anderen Drachen ins Panguland zurückgekehrt war.

Sie waren davon überzeugt, dass Shaodian von Neuem auf dem Huaxia-Drachen herbeikommen würde, wenn sie ihn brauchten.

Obwohl niemand so genau wusste, was eigentlich geschehen war, gab das Verschwinden von Chiyous Soldaten den Pangumenschen genug Grund zur Freude. Nie wieder sollten sie unter Chiyous Bedrohung leben und ihre Tage in Angst und Schrecken verbringen.

Es gab keinen Zweifel daran, dass Dayu König des Goldenen Kontinents sein würde. Er erließ den Befehl, am neunten Tag des neunten Monats nach dem Pangukalender eine Zeremonie zur Gründung des neuen Reiches abzuhalten.

Alle Sippen, die ins Dayureich gezogen waren, wurden vorübergehend in Zhuolu untergebracht, wo sie Unterkunft und Essen bekamen. So drängten sich die Menschen, die von überall herbeigezogen waren, in den Straßen, um die Pracht und die Bauten der Königsstadt zu bestaunen.

»Wo werden wir überhaupt wohnen? Ob sie uns ein Gebiet außerhalb des Landes zuteilen oder irgendwo im

Zentrum? Wie sollen wir uns jetzt nennen? Immer noch nach den alten Bezeichnungen unserer Sippen? Oder gehören wir jetzt auch zur Pangusippe?«

»Nein, wir sind offensichtlich keine Pangumenschen«, meinte der alte Mann mit dem Bart, »wir werden ein neues Volk sein. Wir verehren den Huaxia-Drachen, deshalb sind wir ins Dayureich gekommen. Unter dem Schutz des Drachen werden wir immerwährenden Frieden genießen: Immer wenn ich an den Drachen denke, ergreift mich tiefe Ehrfurcht. Was der Drache uns gebracht hat, ist nicht nur der Frieden, sondern auch ein Symbol für unsere Zusammengehörigkeit.«

»So? Du siehst das auch so? Ich hatte schon gedacht, dass nur ich dieses Gefühl hätte«, meinte ein anderer Mann erfreut. »Als ich an jenem Abend mit eigenen Augen sah, wie der Große Drache vom Himmel stieg, spürte ich eine große Freude. Niemals hätte ich gedacht, dass die Geschichten vom Drachen wahr sein könnten. Bruder, erinnerst du dich noch an die Legenden, die sich die Menschen immer erzählten?«

»Alter Herr, meint Ihr die Geschichte von Pangu? Wie er den Himmel öffnete und die Erde teilte? Natürlich erinnere ich mich daran! Auch an viele andere Legenden, ich erinnere mich an alle. Pangus Geist verwandelte sich in den Neun-Länder-Drachen, den Vater der Urahnen der Menschen. Wir alle sind die Nachkommen der Urahnen der Menschen.« Der junge Mann fuhr aufgeregt fort: »Ich hatte immer gedacht, dass das nur eine Legende sei! Doch das Erscheinen des Großen Drachen hat meine Ansicht verändert, die Legende ist wahr! Der

Huaxia-Drache, auf dem Shaodian ritt, ist ein Nachkomme des Neun-Länder-Drachen. Das haben wir in jener Nacht mit eigenen Augen gesehen. Wir haben alle dieselben Wurzeln. Wir sind Pangus Enkel und Nachkommen des Neun-Länder-Drachen, wir alle sind Nachfahren des Drachen.«

»Himmel!« Der alte Mann erstarrte. »Nachfahren des Drachen? Ah, dieser Name klingt wirklich sehr gut, und dies ist die Wahrheit, der Drache ist unser gemeinsamer Vorfahre, die Urahnen der Menschen sind die Söhne des Drachen.« Der alte Mann dachte eine Weile nach und fragte: »Bruder, du sprichst sehr klug, zu welcher Sippe gehörst du?«

»Ich? Ich gehörte früher zu Chiyous Gesellen. Meine Sippe lebte im Süden, wir heißen …« Der junge Mann dachte nach, dann meinte er: »Nein, nein, ich bin ein Nachfahre des Drachen.«

Der alte Mann verstand und lächelte dem jungen Mann wissend zu.

Obwohl die Königsstadt Zhuolu belebt war wie nie zuvor, kamen immer noch aus allen Richtungen Menschen herbei, um sich dort niederzulassen. Die Königsstadt lebte und atmete, glitzerte und funkelte bei Tag und bei Nacht. Überall drängten sich die Menschen, schüttelten sich die Hände und diskutierten über ihre Sippen und Gebiete, über Essen und Wohnen, über Drachen und Bären und natürlich auch über Chiyous Truppen und Shaodians Verschwinden.

Bis zum neunten Tag des neunten Monats fehlten nur noch wenige Tage, deshalb war König Dayu mit den Vorbereitungen der Zeremonie beschäftigt. Auf dem Platz vor dem Königspalast sollten die Zimmerleute der Pangusippe eine riesige Tribüne errichten, die einigen Hunderttausend Menschen Platz bot. Der Tag der Zeremonie rückte immer näher, und die Menschen reckten aufgeregt und neugierig ihre Köpfe in die Höhe, um alles zu verfolgen. Immer noch strömten aus allen Richtungen Menschen herbei, und da die Königsstadt sie schon nicht mehr aufnehmen konnte, blieb ihnen nichts anderes übrig, als an anderen Orten des Dayureiches der Pangusippe zu bleiben.

Dayu und seine Minister hatten alle Hände voll zu tun. Als sie sich am Vorabend zum großen Fest versammelten, brachten sie auch ihren neuen Namen zur Sprache.

»Wir müssen einen Namen für das neue Volk finden. In Zukunft werden nicht nur Pangumenschen hier leben, sondern auch zahllose andere Sippen, die den Drachen verehren. Alle wollen unter dem Drachenbanner leben, um mit uns zusammen ein neues Volk zu bilden«, meinte Dayu.

»Das neue Volk soll Huaxia-Volk heißen«, meinte einer der Minister. »Der Huaxia-Drache hat den Goldenen Kontinent gerettet und dem Planeten Xiaer Gerechtigkeit, Frieden und Hoffnung zurückgebracht.«

»Aber was noch wichtiger ist«, meinte ein anderer Minister, »die Menschen sind alle aus Verehrung für den Drachen auf den Goldenen Kontinent gekommen. Sie wollen mit uns zusammen ein neues Reich unter dem Drachenbanner gründen.«

Dayu dachte kurz nach. Dann meinte er: »Das ist sehr wichtig. Ich werde mir das alles gut überlegen.« Er schwieg eine Weile, dann fuhr er fort: »Beeilen wir uns, um die Vorbereitungen für das Fest abzuschließen. Wir gehen einer neuen Zeit entgegen.«

Endlich war der Festtag gekommen. Die ersten Sonnenstrahlen fielen auf das Land und die Häuser der Menschen. Zahllose Menschen hatten sich schon früh auf dem Platz vor dem Königspalast versammelt, um zu singen und zu tanzen.

Da trat eine Reihe von Hornbläsern aus dem Palast, die sich in einer langen Reihe aufstellten. Die Hörner wurden von Soldaten hochgehoben. Sie waren aus den Hörnern der Ungeheuer gemacht und sahen wie riesige Lautsprecher aus.

Die Hornbläser standen in einer perfekten Reihe da, der laute Klang ihrer Instrumente erschütterte Himmel und Erde. Es folgte donnernder Applaus.

Da schritt Dayu an der Spitze der Minister aus dem Königspalast. Unter den Ministern waren Stellvertreter der neu hinzugekommenen Sippen, die am Abend zuvor an der Versammlung zur Gründung des neuen Reiches teilgenommen hatten.

Auch Bors, Anta, die Wichte, Kerximu, Babuduo und die anderen folgten hinter König Dayu und wurden von den Menschen freudig begrüßt.

An Dayus Seite schritt der König des Drachenlandes. Maihan und Anta begrüßten ihren Vater und weinten vor Freude.

Dayu erklärte mit lauter Stimme:

»Liebe Freunde, ich weiß, warum ihr auf den Goldenen Kontinent gekommen seid und euch heute hier in der Stadt Zhuolu versammelt. Ihr verehrt den Großen Drachen und seinen Namen. Ich verstehe euren Drang zur Freiheit und Gerechtigkeit. Denn hier ist das Land des Drachen, es wird vom Drachen der Gerechtigkeit, dem Huaxia-Drachen, beschützt. Der Frieden wird hier ewig währen, denn der Huaxia-Drache ist der Vertreter der Gerechtigkeit und vertreibt alles Böse. Das haben wir selbst mit eigenen Augen gesehen.

Der Krieg ist vorbei und wird wie die gestrige Nacht nie mehr wiederkommen. Jetzt können wir endlich im Licht des Friedens baden, denn das Böse wird auf dem Planeten Xiaer und dem Goldenen Kontinent in Zukunft nicht mehr existieren. Somit wird uns das sicherste und friedlichste Leben seit der Geburt des Universums beschert sein. In Zukunft werden wir im Licht des Drachen leben, bis das Leben in die Ewigkeit übergeht.

Freunde, seitdem Pangu Himmel und Erde schuf, haben alle Sippen für sich gewohnt, die Grenzen waren klar. Doch das Erscheinen des Drachen bestätigte, dass die Legende wahr ist, die wir uns erzählten: Wir alle sind Nachfahren der Urahnen der Menschheit, und die Urahnen der Menschheit waren die Nachfahren des Drachen. Egal ob du in Xiaers erster oder in Xiaers zweiter Epoche lebst, egal ob du zur Pangusippe oder zu einer anderen Sippe gehörst, wir alle sind Nachfahren des Drachen und bringen diesem großen Namen unsere Verehrung entgegen.

Deshalb wollen wir den Drachen verehren. Ihr alle

wisst, der Huaxia-Drache hat uns den Frieden zurückgebracht. Wenn der Huaxia-Drache nicht gekommen wäre, müssten wir unsere Zukunft im Schatten des Bösen verbringen. Es ist der Huaxia-Drache, der uns mit der Tugend des Drachen aus dem Bösen und der Dunkelheit gerettet hat. Deshalb baden wir jetzt im Geist des Drachen und führen unser Leben in Frieden weiter. Aufgrund des Glaubens an den Drachen schließen wir uns zusammen und versammeln uns unter seinem Schutz.

Freunde, ich bin aufgeregt und erschüttert. Alle Menschen auf dem Planeten Xiaer sind in der Verehrung des Drachen vereint. Wir wollen Sippen, Farben und die Positionen nicht unterscheiden, die wir im Krieg einnahmen – jene Dinge gehören der Vergangenheit an. Jetzt leben wir zusammen und wollen ein neues Volk sein. Wir verehren denselben Drachen, deshalb wollen wir in Zukunft nach dem Huaxia-Drachen genannt werden. Also wollen wir uns Söhne oder Nachfahren des Drachen nennen. So wird der Drache in Zukunft unser gemeinsames Zeichen und unser Totem sein. Wir werden das Land des Drachen sein.«

Von allen Seiten brauste der Applaus auf, sodass Dayu gar nicht mehr imstande war, seine Rede fortzuführen. Bors war schon seit einiger Zeit unruhig und flüsterte Het leise ins Ohr: »Het, diese Rede ist wirklich furchtbar, die hat kein bisschen Niveau. König Dayus literarische Fähigkeiten bedürfen noch einiger Übungen.«

Het war überrascht: »Seid Ihr des Wahnsinns, alter Herr? Solche Worte müsst Ihr leise sagen. Dayu ist jetzt unser König, der König der Huaxia-Sippe, Ihr habt wirklich keinen Respekt.«

Bors meinte rau: »Egal. Er ist ein guter Anführer und zudem sehr intelligent. Ich bin mir sicher, dass dieser alte Herr den Menschen der Huaxia-Sippe langen Frieden und eine blühende Ära bringen wird, die den Vergleich mit dem Panguland durchaus nicht zu scheuen braucht.«

Babuduo meinte: »Wie lange das wohl dauern wird? Die Zivilisation des Pangulandes ist die blühendste Zivilisation seit Menschengedenken. Ob wir das jemals erreichen können?«

»Babuduo, vergiss nicht, auch wir sind das Land des Drachen. Warum sollten wir es nicht schaffen? In unseren Adern fließt ebenfalls Drachenblut«, meinte Maihan.

»Ich kann den Gedanken an Shaodian einfach nicht ertragen«, meinte Anta und fing an zu weinen. »Wo ist er nur geblieben? Warum ist er nur spurlos verschwunden, ohne auch nur ein Zeichen zu hinterlassen?«

»Das ist wirklich seltsam«, meinte Siruo. »Wohin kann er nur gezogen sein?«

»Ins Nichts!«, rief Bors. »Ich habe es immer schon gesagt, ins Nichts. ›Der Weise wird in der Welt der Zeit wiedergeboren‹ – Shaodian hat die Bedeutung dieses Satzes begriffen und Chiyou und seine Truppen mithilfe der Zauberei in Chiyous altes Nest, das Nichts, eingesperrt. Ich schätze, sie befinden sich immer noch im Nichts und kämpfen dort bis in alle Ewigkeit.«

»Sei nicht traurig, Anta«, meinte Kerximu. »Ich bin

mir sicher, dass Shaodian zurückkommen wird, sobald er Chiyou im Nichts besiegt hat. Oder aber Shaodian wurde vom Ältesten der Pangusippe gerufen und ist schon längst zusammen mit den Drachen ins Panguland zurückgekehrt.«

Es herrschte eine ausgelassene Stimmung auf dem Fest. Die Menschen der Huaxiasippe tanzten und sangen in der ganzen Königsstadt. Mithilfe der Pangukünste brachten sie einige wohlschmeckende kleine Speisen hervor und füllten damit die großen Teller auf dem Platz, damit jeder davon essen konnte.

Das Fest dauerte bis zum Abend und dann noch weiter bis zum nächsten Morgen. Doch die Menschen hätten am liebsten für immer weitergefeiert. In der Nacht entzündeten sie zahllose Fackeln, die den Himmel erleuchteten.

Als sie auf den Hügeln um die Königsstadt das Dämonische Feuer entzündeten, wurde die Festnacht wie am helllichten Tag erleuchtet. Auf den Plätzen und in den steinernen Häusern wurden kleine Theaterstücke zur Unterhaltung aufgeführt, sodass keiner der Menschen daran dachte, nach Hause zu gehen.

Um die Verbindungen zwischen den Sippen zu verbessern, befahl Dayu, von der Königsstadt aus große Straßen in alle neun Präfekturen zu bauen, sie sollten für den Handel und zum Reisen benutzt werden.

Die Königsstadt Zhuolu wurde das kulturelle und wirtschaftliche Zentrum der Huaxiasippe. In den folgenden Jahren zogen zahllose Händler und Reisende zwischen der Königsstadt und den neun Präfekturen hin und her und die Kontakte wurden von Tag zu Tag intensiver.

Die Sippen am Ende des Goldenen Kontinents, wie zum Beispiel das Land der Pfirsichquelle und andere, befanden sich nicht direkt unter dem Dayureich und gehörten auch nicht zum Huaxiavolk. Doch sie erkannten es an und waren mit ihm verbunden. Später wurden die Kontakte zwischen den Sippen am Ende des Goldenen Kontinents und der Huaxiasippe sehr eng, immer wieder schickten sie eigene Vertreter in die Königsstadt, um dort zu studieren und die Kultur des Dayureiches kennenzulernen.

Der Ruhm der Huaxiasippe wurde von Tag zu Tag größer, sogar lange Zeit später, als sie in die Welt der Zeit reisten, antworteten die Angehörigen des Huaxiavolkes jedes Mal, wenn sie im Ausland nach ihrer Herkunft gefragt wurden: »Freund, ich bin ein Nachfahre des Drachen, ich komme aus dem Dayureich der Huaxiasippe.«

Die vier Wichte aus dem Land der Pfirsichquelle kehrten nach dem Ende der Feierlichkeiten in ihr Land zurück und wurden wie Helden gefeiert. Nur sehr selten hatten sie Kontakte zu anderen Sippen. Doch ins Dayureich kamen sie immer wieder. Denn dort waren ihre alten Freunde, die sie ihr Leben lang nicht vergaßen.

Kerximu, der Mann aus dem Schneeland, konnte sich nicht dazu entschließen, im Dayureich sesshaft zu werden. »Ich bin als Vagabund geboren, nur das ist mein Leben«, meinte er. »Mein Leben besteht darin, die Robe der Zeit aus dem Schneeland anzuziehen und loszulaufen, um das gesamte Universum zu erkunden. In jeder Zeit und jeder Galaxie werden Kerximus Spuren zu finden sein.«

Als er sich von den anderen verabschiedete, schien er sehr betrübt. »Aber ich werde immer wieder kommen, um euch zu sehen. Liebste Freunde, ich werde unsere Freundschaft niemals vergessen. Alles, was wir zusammen erlebt haben, liebe ich sehr. Jeder Augenblick, im Krieg, auf der Reise oder im neuen Frieden – jeder Augenblick wird mir für immer in Erinnerung bleiben.«

Kerximu redete und redete, bis ihm beinahe die Tränen kamen. Also wandte er seinen Kopf ab, zog sich die Robe der Zeit über und lief los – im nächsten Augenblick war er verschwunden. »Auf Wiedersehen, Freunde!« hallte sein letzter Gruß. Dann war Kerximus Silhouette am Horizont verschwunden.

Die anderen blickten ihm stumm und traurig nach.

»Jetzt ist auch er fort«, meinte Bors bekümmert. »Nun ist wohl der Augenblick des Abschieds gekommen. Von nun an wird jeder für sich leben, Freunde. Nur beim Gedanken daran überkommt mich große Traurigkeit.«

»Kein Bankett währt ewig auf dieser Welt. Mag auch ein jeder seine eigene Zukunft leben, unsere gemeinsame Vergangenheit wird in Ewigkeit eine schöne Erinnerung bleiben. Ich bin euch sehr dankbar für eure Freundschaft«, meinte Babuduo.

Es waren nur mehr Anta, Maihan, Babuduo und Het übrig geblieben. Sie hatten vor, noch eine Weile in der Königsstadt zu bleiben. Doch sobald König Dayu seine

Aufgaben erledigt hatte, wollten sie nach Timulir aufbrechen.

Anta und Maihan würden wieder bei ihrem Vater leben. Sie wohnten im Nordwesten des Goldenen Kontinents, in der Gegend von Timulir. Zwar hatte ihr Vater den Titel König des Drachenlandes ablegen müssen, doch als Gegenleistung wurde er Herrscher von Timulir genannt und regierte über das nordwestliche Gebiet des Dayureiches.

Auch der treue Krieger Babuduo sollte nach Timulir ziehen und wieder seinem alten Herrn folgen.

Het folgte Anta und Maihan und wurde ein berühmter Lehrer an der Zauberschule, wo er große Erfolge in der Zauberei erzielte.

Bors hingegen wurde ein großer Gelehrter der Huaxiasippe. Dayu persönlich veranlasste den Bau eines großen Hauses mit einem wunderschönen Garten und riesigem Archiv wo Herr Bors nach Herzenslust forschen konnte und seine Geschichten von seiner Reise niederschreiben konnte.

In der Gelehrtenwelt des Dayureiches genoss der Name Bors großes Ansehen. Aber nach wie vor gehörte er nicht zu den geselligsten Menschen und zog es vor, alleine in seinem Haus zu bleiben und Tee aus dem Bambusland zu trinken. Maihan, Anta, Babuduo, Het und Kerximu waren die Einzigen, die er mit Freude in seinem Haus empfing.

Ende

Epilog

In einer dunklen Nacht, der Winterwind heulte kalt, saß der alte Bors über sein Schreibpult gebeugt und schrieb: »Am hundertsten Gründungstag des neuen Dayureiches. Am neunten Tag des neunten Monats des Jahres 30005 im Zeitalter des ewigen Friedens.

Shaodian ist noch immer nicht zurückgekehrt. Von ihm fehlt weiterhin jede Spur.«

Figuren

Shaodian: Hauptfigur des Buches, 17 Jahre alt, in seinen Adern fließt adeliges Blut, bewaffnet mit dem Panguschwert, umsichtig und vernünftig.

Bors: großer Geschichtsgelehrter des Drachenlandes, angeblich schon 10 000 Jahre alt, lebendig und sehr launisch.

Anta: Prinzessin des Drachenlandes, 15 Jahre alt, unsterblich in Shaodian verliebt.

Babuduo: Krieger des Drachenlandes, 20 Jahre alt, bewaffnet mit dem Schwert, treu und tapfer.

Het: Zauberer des Drachenlandes, 17 Jahre alt, bewaffnet mit dem Zauberstab, guter Räuber, der die Reichen bestiehlt, um die Beute den Armen zu schenken.

Maihan: Antas großer Bruder, Prinz des Drachenlandes.

Pangu: Schöpfer des Universums, Vertreter der Gerechtigkeit, Urvater der Pangusippe. Seine Seele verwandelte sich nach seinem Tod in den Großen Drachen aus dem Osten.

Chiyou: Urvater des Bösen im Universum, Gegner der Pangusippe, der nach der Niederlage im Kampf gegen Pangu lange Zeit in einen tiefen Schlaf gefallen war.

Gonggong: Chiyous Verbündeter in Xiaers zweiter Epoche, Gegner der Pangusippe, beherrscht alle möglichen Verwandlungstricks.

Dayu: König des Dayureiches der Pangusippe in Xiaers zweiter Epoche.